btb

Buch

Die 80-jährige Lydia Blessing lebt einsam auf ihrem Anwesen in Mount Mason. Ihr Mann ist schon seit langem tot,
sie selbst hat schon vor Jahren mit dem Leben abgeschlossen. Doch alles ändert sich, als Skip, einer ihrer
Angestellten, eines Tages vor seiner Haustür ein Neugeborenes findet und beschließt, sich um das Baby zu
kümmern. Das kleine Mädchen rührt jedoch auch Lydia
Blessings Herz. Sie wird wieder gebraucht, aber auch daran
erinnert, was alles schief gelaufen ist in ihrem Leben, was
sie hätte besser machen können. Sie ist zum ersten Mal
bereit, aus ihren Fehlern zu lernen, und versagt dann doch
beinahe, als es darauf ankommt ...

Autorin

Anna Quindlen ist eine der bekanntesten amerikanischen
Journalistinnen. Sie war lange Zeit als Kolumnistin für die
New York Times tätig. 1992 erhielt sie den renommierten
Pulitzerpreis. In den USA zählt sie zu den wenigen ganz
großen Autorinnen, denen es gelingt, sowohl die
Literaturkritik als auch das breite Publikum zu begeistern.

Anna Quindlen bei btb

Die Seelen des Ganzen. Roman (72073)
Glücklich leben. (73052)
Kein Blick zurück. Roman (72716)
Lebenslinien. Roman (72048)

Anna Quindlen

Des Lebens Fülle
Roman

*Aus dem Amerikanischen
von Almuth Carstens*

btb

Die amerikanische Originalausgabe erschien 2002 unter
dem Titel »Blessings« bei Random House, New York.

Umwelthinweis:
Alle bedruckten Materialien dieses Taschenbuches
sind chlorfrei und umweltschonend.

Der btb-Verlag ist ein Unternehmen der Verlagsgruppe
Random House.

1. Auflage
Genehmigte Taschenbuchausgabe November 2004
Copyright © 2002 by Anna Quindlen
Copyright © der deutschsprachigen Ausgabe 2003 by
Verlagsgruppe Random House GmbH, München
Umschlaggestaltung: Design Team München
Umschlagfoto: premium-ibid
Satz: IBV Satz- und Datentechnik GmbH, Berlin
EM · Herstellung: Augustin Wiesbeck
Made in Germany
ISBN 3-442-73264-6
www.btb-verlag.de

*Für Christopher Krovatin, den Träumer.
Der mich lehrte, immer zu lachen,
bedingungslos zu lieben, und ohne Furcht
zu leben.*

Auf ewig wird es hier Sterne geben;
Sind auch das Haus und die Straße, die wir liebten, verloren,
Erreichen doch jedes Mal, wenn die Erde ihre Bahn zieht,
In der Nacht, die zum Herbstäquinoktium auserkoren,
Zwei Sterne, die wir kannten, genau um Mitternacht
Ihren Zenith; die Stille ein tiefer Hafen;
Auf ewig wird es hier Sterne geben,
Auf ewig sind Sterne da, während wir schlafen.

SARA TEASDALE

In den frühen Stunden des 24. Juni bog ein Auto in der Ortschaft Mount Mason in die lange, geteerte Einfahrt an der Rolling Hills Road ab. Der Fahrer drosselte den Motor, sodass der Wagen langsam auf den ovalen Wendeplatz zwischen der Rückseite des großen weißen Schindelhauses und der Garage zurollte und nur noch ein leises, sattes Geräusch von sich gab, wie das sanfte Prasseln eines Sommerregens in jenen ersten kurzen Augenblicken, nachdem sich die schmutzig grauen Gewitterwolken geöffnet haben.

Auf den Wiesen rund um das Haus grasten Rehe mit ihren gefleckten Kitzen im Glatthafer. Das Grün erstreckte sich zu beiden Seiten der Einfahrt so weit, dass die dicht an der Baumgrenze verharrenden Rehe nicht einmal ihre eckigen Köpfe hoben, als das Auto vorbeiglitt. Nur ein, zwei hörten vielleicht auf zu kauen, und die kleinsten der Jungtiere drängten sich, noch ganz wacklig auf ihren kleinen Hufen, mit zierlichen Seitwärtsschritten an ihre Mütter.

»Mir geht's nicht besonders«, sagte die junge Frau auf dem Beifahrersitz, das Gesicht von Haaren verschleiert.

Das Mondlicht fiel fast senkrecht durch die Fenster und die Windschutzscheibe des Autos und beleuchtete, was von ihr zu sehen war: das Weiß ihrer Augen, angedeutet zwischen dem Vorhang ihrer Haare, die Schweißperlen auf der gewölbten Oberlippe, die Silberkette um ihren Hals, den abgeblät-

terten kastanienbraunen Lack auf ihren Nägeln – ein Puzzle
von einem Mädchen, die Hälfte der Teile nicht sichtbar. Sie
hatte sich vom Fahrer abgewandt, der Tür zu, als wäre sie gefangen in dem Wagen und wollte jeden Moment am Türgriff
ziehen und hinausstolpern. Die Finger der einen Hand spielten mit ihrer vollen Unterlippe, als sie auf die schwarzen
Schatten der Bäume starrte, die sich auf dem Silber der Rasenflächen dunkel abzeichneten wie Scherenschnitte. Am
Rande der Einfahrt befand sich auf halbem Wege ein kleines
Schild. BLESSINGS stand da, Schwarz auf Weiß.

Blessings war einer jener wenigen Orte, die Besucher bei
ihrer Rückkehr stets noch angenehmer fanden als die erfreu-
lichen Erinnerungen, die sie daran hatten. Das Haus lag groß
und weiß, niedrig und ausgedehnt in einem Tal voller wu-
chernder Wiesen. Aus seinen abgestuften Gärten ergossen
sich weiße Hortensien, blaue Indianernessel und buschige
Polster aus Katzenminze und Lavendel auf eine gefliese Terrasse, die sich über die ganze Längsseite hinzog. Das umlie-
gende Land war über eine weite Strecke, bis zum Ende der
Einfahrt, flach und fruchtbar, dahinter ragten steinige Berge
auf, die einem riesigen, göttergroßen, mit stacheligen Fichten
bewachsenen Wall glichen, der das Anwesen beschützte.

Das Haus hatte etwas Gesetztes und Gleichmütiges, als
hätte es sich im Tal zur Ruhe gelegt und wäre dabei in die Jahre gekommen. Je nachdem, was gerade in Mode war, hatte
man unbedachte Anbauten vorgenommen: ein Herrenzimmer, rustikal mit Kiefer verkleidet, eine lange, vergitterte Veranda, einige Giebelfenster, die wie Augen auf die Einfahrt hi-
nablugten. Die Trauerweiden am einen Ende des Teiches
neigten sich tief, die Zedern am anderen Ende dagegen waren
zu hoch und schlaksig, um anmutig zu sein, und es war beinahe vom Tag ihrer Pflanzung an immer wieder die Rede davon
gewesen, sie zu fällen. Die Gärten waren höchst konventio-
nell, hinten Stockrosen, in der Mitte Taglilien, Steinkraut an

den Rändern. Wilder Rhododendron wuchs im Schatten überall dort, wo ein Bach aus dem Boden entsprang und sich den Hang hinunter in den großen Teich, einen See fast, ergoss, der sich seitlich am Haus entlangzog. Nichts davon war für sich genommen etwas Besonderes.

Als Ganzes aber war es nahezu perfekt, die Art von Anwesen, die Reichtum ohne Snobismus, Behaglichkeit ohne Arroganz verheißt. Von der Straße aus wirkte Blessings auf die beiden wie ein Ort, wo Menschen in der Dämmerung auf der Terrasse sitzen, an einem Drink nippen und die Abendbrise genießen, sich eine leichte Strickjacke um die Schultern legen und zufrieden zu Bett gehen. Tatsächlich war all das einmal so gewesen. In letzter Zeit war es aber nicht mehr so.

Wie alle jungen Leute hatten sich die beiden im Auto, als sie vor einigen Monaten in die Einfahrt spähten, eingeredet, der äußere Schein entspreche der Realität. Bei dem Mädchen waren es die Markisen, die sie letztlich überzeugten, verblasste grün-goldene Streifen über jedem Fenster, wie stolze Flaggen eines kleinen Nationalstaats, wo die Sonne nie die Polster ausbleichen würde. Die Markisen und ein kleines Boot neben dem Teich, in dem Kinder nicht nur vielleicht, sondern ohne Zweifel sicher sitzen, geschickt rudern, eine Angel auswerfen konnten. Im Licht eines Sichelmondes glänzte das Boot, umgedreht auf dem Gras liegend, als ob ein kleinerer Mond zur Erde herabgefallen wäre. Als das Mädchen im Scheinwerferlicht des Autos das Schild am Rande der Einfahrt erblickte, sah sie darin eine Segnung, was »blessing« ja wörtlich bedeutet, nicht das Zeichen des Besitzes, den stolzen Namen einer alten Familie am Ende ihrer Blutlinie.

Der Teich machte den Fahrer des Wagens nervös. Er war leuchtend hell wie ein Spiegel, jeder Stern, jedes Sternbild, selbst die Bahn von Flugzeugen spiegelten sich in seinem dunklen Wasser wider, scheinbar vergrößert durch das Pechschwarz der Nacht und die Unbewegtheit seiner Oberfläche.

Frösche quakten an seinen Ufern, und während das Auto lautlos auf den kreisförmigen Wendeplatz der Einfahrt rollte, sprang ein Fisch auf und hinterließ Kringel auf der Wasseroberfläche. Im selben Augenblick löste der Wagen die automatische Beleuchtung an der Ecke der Terrasse aus, und sie schien auf die Zufahrt und das Wasser und die Fledermäuse, die auf der Suche nach Mücken verrückte Achten flogen. Das Licht erwischte das Auto selbst so direkt, dass die beiden Menschen auf den Vordersitzen, ein Junge und ein Mädchen, beide in der Schwebe zwischen der rohen, unfertigen Schönheit der Jugend und den faderen beständigen Konturen des Erwachsenenalters, vorübergehend hell angestrahlt wurden wie vom Blitz einer Kamera. Ihr helles Haar glänzte, auf den ersten Blick ähnlich genug, als dass sie als Geschwister hätten durchgehen können.

»Scheiße«, sagte der Fahrer und trat heftig auf die Bremse, sodass der Wagen bockte.

»Nicht!«, rief das Mädchen. Ihre Hand berührte einen Pappkarton auf dem Rücksitz, dann ihre eigene Stirn, fiel dann in ihren Schoß. »Was würde ich nicht für 'ne Zigarette geben«, murmelte sie.

»Klar«, flüsterte der Junge schroff. »Damit du gleich hier einen Asthmaanfall kriegst und alle aufweckst.«

»Das ist nicht der Grund, warum ich nicht rauche«, brummelte das Mädchen.

»Bringen wir es einfach hinter uns«, sagte er.

Das Auto glitt auf die Ecke der großen Garage mit ihren fünf Einstellplätzen zu. An der einen Seite des länglichen Gebäudes befand sich eine schmale Tür, zu der drei Stufen aus Steinplatten führten. Der Junge hatte die Türen des Autos heute Morgen mit so viel Voraussicht und Fleiß und Verstohlenheit geölt, wie es das Mädchen nicht von ihm gedacht hätte. In den letzten zwei Tagen hatten beide sowohl sich selbst als auch einander überrascht, er mit seiner Härte und Entschlossenheit, sie mit ihrer Schwäche und ihrem Kummer. Jeder, der mit Liebesgeschichten zwischen Männern und Frauen vertraut ist, hätte ihnen sagen können, dass die ihre bald vorbei sein würde.

Als er hinausschlüpfte und die hintere Wagentür öffnete, war fast nichts zu hören, nur jenes Knacken und Schnippen, das von einer Motte hätte stammen können, die gegen ein Fliegengitter stößt, oder von einem Waschbären, der in den Wäldern, die sich hinter der Garage in die Schwärze der Berge und der Nacht erstreckten, auf einen Stock tritt. Das Mädchen war jetzt an die Tür auf ihrer Seite gekuschelt, ganz in sich zusammengekrümmt wie eine alte Frau oder wie ein Kind, das auf einer langen Reise eingeschlafen ist; sie hörte die Geräusche, die er machte, wie Noten, jede klar und deutlich, und ihre Schultern bewegten sich leicht unter ihrem Hemd, und ihre Hände waren zwischen ihre Knie geklemmt. Sie fühlte sich, als wären sie irgendwie allein auf der Welt, beinahe so, als wären das Haus und seine Umgebung eine Art Insel, die auf dem dunklen Meer des Alltagslebens dahintrieb. Indem sie die Einfahrt zurückfuhren, würden sie wieder zur Küste schwimmen.

Sie dachte, dieses Gefühl rühre von dem Jungen her und dem Karton und der Nacht und dem Schmerz in ihrem schlaffen Bauch und ihrem wunden Unterleib und den Schmerzen in ihrer Brust, die womöglich der Anfang eines Asthmaanfalls waren. Dabei war sie nur die Letzte in einer langen Reihe von Menschen, die spürte, dass Blessings irgendwie ein besonderer Ort war. Im Mondlicht traten seine schönsten Seiten hervor, der schwache Glanz des Schieferdaches, der Schuppen auf dem Hügel, wo der Gärtner immer seine Werkzeuge aufbewahrt hatte, das kleine weiße Bootshaus am einen Ende des Teichs: sie alle hoben sich sepiafarben ab wie das Foto, das mittlerweile unbeachtet an der Wand der Bibliothek hing. Es zeigte Edwin Blessing, der das Anwesen gekauft hatte, als es noch eine von vielen alten Farmen war, und in den Jahren, in denen er Geld zum Ausgeben hatte, viel Geld daran verschwendet hatte. Die Leute aus Mount Mason, die hier arbeiteten, die in den alten Tagen bei Gesellschaften das Geschirr spülten, die in den Jahren, nachdem es mit den Gesellschaften vorbei war, für die alte Dame eingefrorene Rohre reparierten, sie alle meinten, es sei, als betrete man einen Ort außerhalb dieser Welt; die Ruhe, der Geruch nach Sauberkeit, die unzähligen Räume voller polierter Möbel und Toile-Vorhänge, auf die sie nur durch halb offene Türen einen Blick erhaschten. Vor allem der Teich, die Gärten, das Land. Von Zeit zu Zeit versuchte die Realität, nach Blessings hereinzudrängen, doch für gewöhnlich ohne Erfolg.

Selbst Lydia Blessing, die letzte der Blessings, hatte als Mädchen einmal gesagt, wenn sie die Stadt verlasse und in den Ferien in das Haus komme, habe sie das Gefühl, in einer von den Schneekugeln zu stecken, die alle Mädchen in ihrer Klasse in der Bertram School das eine Jahr zu Weihnachten bekommen hatten. Jenes Weihnachten vor dem Börsenkrach, als sie gerade neun geworden war. Sie hatte das Gefühl, Gott halte sie in der Hand und schaue durch den gläsernen Ball auf die Blaufichte neben dem Stall, den Rundweg um den Teich, die Säulen auf der vorderen Terrasse, den morastigen Sumpf auf der entlegenen Wiese, wo die Schildkröten ihre Eier legten und die breitblättrigen Rohrkolben aufragten. Es war schwer zu glauben, dass Gott sich mit irgendjemandem in der Stadt befasste, wo sich alle in den Bienenkörben ihrer Apartmentgebäude und schmalen Kalksteinhäuser versteckten. Auf dem Land aber stand sie auf dem prachtvollen Rasen zwischen Haus und Straße und hob ihr Gesicht in das funkelnde Blau und verspürte die Gewissheit, dass die Luft transparent war bis hin zu dem Flecken Erde, auf dem sie stand, und dass sie bewacht wurde, und zwar aus der Nähe und gut bewacht.

»Ich weiß nicht, wie du auf solche Sachen kommst«, hatte ihre Mutter gesagt, die im nachlassenden Licht des Feuers im Wohnzimmer an einem großen Stück geblümter Gros-Point-Stickerei arbeitete. Ihr Vater dagegen hatte sich übers Haar gestrichen und gesagt: »Ich verstehe, was du meinst, Lyds, meine Liebste.« Das war in dem Jahr gewesen, als er Pläne für die Anlage des Apfelgartens entwarf, als man ihn bei jeder Dinnerparty in der Stadt auf »unsere alte Farm« verweisen hörte, wobei seine leichte, hohe, schleppende Stimme wie Pfeifenrauch die Wendeltreppe hinaufzog.

»Warum, glaubst du, ist Papa so nett und Mama so gemein?«, hatte sie ihren Bruder Sunny einmal gefragt, als sie mitten im Teich im Boot saßen, wo man Geheimnisse aussprechen und keiner zuhören konnte.

»Das ist eine Jahrhundertfrage«, hatte Sunny erwidert. Konfuzius nannten sie ihn in der Schule, seitdem sie in der dritten Klasse beim Kaplan die Religionen der Antike durchgenommen hatten.

Die einzige Möglichkeit, sich an das Kind zu erinnern, das sie einst gewesen war, bestand für Lydia Blessing darin, sich Fotoalben anzusehen, und selbst da kam sie sich fremd vor; unglaublich, dass die Saat ihres hohen Alters in diesem rosigen, schwellenden Fleisch gekeimt hatte. Wenn sie jeden Tag den Spiegel benutzte, um ihr silbernes Haar zu einer der drei Frisuren hochzustecken, die sie trug, wenn sie die feine Haut, die sich seit Jahrzehnten um ihre Augen und Lippen kräuselte, energisch mit Cold Cream eincremte, zweifelte sie gelegentlich, nicht an der Tatsache, dass sie alt geworden, sondern an der Vorstellung, dass sie jemals jung gewesen war. Der Gedanke an Schneekugeln oder die Hand Gottes war längst verflogen, die Stickerei zu einem Kissen verarbeitet worden; es lag auf einem Sessel im hinteren Gästezimmer, demjenigen, das sie bei Wochenendgesellschaften nur benutzt hatte, wenn das Haus sehr voll war. Jedes Mal, wenn sie

15

es sah, was nur noch selten geschah, fiel ihr ein, wie ihre Mutter sich über den Preis seiner Anfertigung beklagt hatte. Das waren so die Dinge, an die sie sich heutzutage entsann.

Und an Sunny. An Sunny entsann sie sich immer, als ob er gleich den Hang vom Stall hochkommen würde, seinen maisgelben Strohhut in der Hand. Manchmal, in Nächten wie dieser, träumte sie von ihm, und er war stets jung und glücklich.

Eine frische Brise wehte über die Berge und senkte sich ins Tal und auf die Weiden am Ufer des Teichs, wo die Bisamratten Tunnel durch die Verzweigungen der Wurzeln bauten. Der Junge nahm den Pappkarton vom Rücksitz und trug ihn zu den steinernen Stufen, die ins Obergeschoss der Garage führten. Er stolperte und fiel beinahe hin, als eine weitere Forelle aus dem schwarzen Wasser sprang und klatschend wieder aufkam. Er fing sich und schaute die ganze Zeit über nicht an, was er trug, nicht einmal, als er es abstellte und einen Schritt zurücktrat, um sich umzudrehen. Auf dem Karton stand in roten Buchstaben »Drink Coke«.

»Nicht die Garage!«, zischte das Mädchen verzweifelt und beugte sich dabei über den Sitz und fast aus der Wagentür, als er sie öffnete. »Du solltest es doch am Haus abstellen. Am Haus! Nicht an der Garage!«

»Irgendjemand findet es schon«, murmelte der Junge, dessen Entschlossenheit jetzt verschwunden war.

»Du kannst es nicht da an der Garage lassen«, sagte sie mit zitternder Stimme, doch er war bereits dabei, langsam das Auto zu wenden.

Um sie herum war eine Welt, die sie überhaupt nicht bemerkten, während sie die Einfahrt zurückfuhren, das Mädchen weinend, der Junge seine Hand am Bein seiner Shorts abwischend. Die Motten kreisten und tauchten blind um die Lampen, die auf der Terrasse immer angelassen wurden, die Lampen, die seit dem Tag, an dem die Blessings eingezogen waren, das Haus jede Nacht vom Einbruch der Dunkelheit bis zum Sonnenaufgang beleuchtet hatten. Die Opossums waren undeutlich sichtbare graue Gespenster, die auf ihre unbeholfene Weise hinter der Garage herumstolperten und ihre rosa Schwänze wie nachträgliche Einfälle hinter sich herzogen. Ein Bärenmännchen, voll gestopft mit Stinkkohl, federte über die dunkle Wiese, aber die beiden Menschen im Auto sahen es nicht, da sie geradeaus starrten. Und wieder sprang eine Forelle aus dem Wasser, und währenddessen bog der Wagen auf die Rolling Hills Road ein, und die Schweinwerfer erwachten zum Leben und beleuchteten den umliegenden Wald, als ob sie nach etwas suchten. Noch ehe die durch den großen Fisch verursachten Kreise von der Wasseroberfläche verschwanden, hatte sich jede Spur von dem Auto und dem Pärchen ebenfalls verflüchtigt, und das Haus und das Grundstück, auf dem es stand, waren, wie sie vorher gewesen waren, entlegen, unverändert. Bis auf den Karton auf der Treppe.

Das Mädchen wischte sich die Augen mit einem Papiertaschentuch ab und strich mit der Spitze ihres kleinen Fingers aus einem Plastikdöschen, das sie aus ihrer Handtasche holte, Gloss auf ihre Lippen.

»Willst du anhalten und was essen?«, fragte der Junge.

»Ich hab keinen Hunger«, sagte sie.

»Das geht schon in Ordnung«, sagte er. »Am Haus waren diese automatischen Lichtdinger. Ich konnte nicht näher ran, sonst hätte ich jemanden aufgeweckt.«

»Wahrscheinlich.«

»Ich fasse es nicht, dass ich das getan habe«, sagte er mit leiser Stimme.

Das Mädchen warf durch eine Gruppe von Birken, weiße, schlanke Schatten am Rande des schwarzen Rasens, einen Blick zurück auf Blessings. »Ich möchte nach Hause«, sagte sie schließlich.

»Zur Uni nach Hause oder zu dir nach Hause?«

17

»Zu mir nach Hause«, sagte sie.

Vielleicht war es das letzte Schnurren des Motors oder der schwache Schrei des nistenden Vogels, den eine der Stallkatzen angesprungen, gepackt, gefangen und dann wieder verloren hatte, der dazu führte, dass Lydia Blessing sich gereizt in dem großen Kirschholzbett umdrehte, das einst ihren Eltern gehört hatte. Sie hatte einen Moment lang die Stimme ihres Vaters vernommen, jene seltsam hohe Stimme für einen so massigen Mann, mit der er im Chor von St. Stephen Tenorpartien gesungen hatte. Der elegante Ed, so hatten sie ihn an der Uni genannt. Die hübscheste Handschrift von Princeton, sagte er gern, wenn er auf seine wie gestochene Schrift hinabschaute. Lyds, meine Liebste, nannte er sie. Das Geräusch von Stimmen in der Nacht war mittlerweile gang und gäbe für sie, mehr noch sogar als früher, als wirklich Stimmen zu hören gewesen waren, Streitereien aus den Gästezimmern, Gespräche von den Nachzüglern auf der Terrasse, Geflüster von Leuten, die sich, lange nachdem im Haus Bettruhe war, ins dunkle Wasser des Teiches schlichen.

Lydia Blessing zog die Häkeldecke um ihre Schultern und schlief wieder ein, während der Karton auf der Garagenschwelle erzitterte und ruckelte und sich schließlich nicht mehr regte.

Das erste Licht der Dämmerung stieg in der Farbe von Limonade über die Blue Mountains, als Skip Cuddy die Augen öffnete und sich zum Fenster wandte. Zuerst konnte er sich nicht erinnern, wo er war, erkannte bloß am zarten Dunst des Sommerlichtes, dass es früh war, dass sein Wecker länger schlafen würde als er. Das war ihm ganz recht. Sein Leben lang, so weit er zurückdenken konnte, war er früh aufgewacht, mühelos, als ob der Morgen eine nette Überraschung bereithielte, was nie auch nur im Mindesten der Fall gewesen war.

Trotzdem war er nie, nicht ein einziges Mal, aufgewacht und hatte mit Sicherheit gewusst, wo er sich befand. Nicht in Joes und Debbies Trailer, wo er auf der Ausziehcouch im Wohnzimmer geschlafen hatte, Bierflaschen und ausgedrückte Kippen auf den Beistelltischen zu beiden Seiten seines Kopfkissens, die Hälfte davon rot-schwarz mit Debbies Lippenstift beschmiert. Nicht im Bezirksgefängnis, oberste Koje, mit der spritzlackierten Betondecke nur einen Fuß von seinem Gesicht entfernt, und den Geräuschen von Menschen, die im Schlaf husteten und schnarchten und furzten. Sogar in seinem Zimmer hinten im Haus seiner Tante und seines Onkels nahe der Front Street nicht, wo der Ahorn draußen so groß geworden war, dass der Raum Tag und Nacht dunkel war. Beinahe vier Jahre hatte er dieses Zimmer bewohnt, nachdem sein Vater in den Süden gezogen war, und vier Jahre lang war er verwirrt und hilflos aufgewacht. Er glaubte, dass er vielleicht gewusst hatte, wo er war, als er noch bei seinen Eltern gelebt hatte, vor dem Tod seiner Mutter, als er noch klein war. Aber er entsann sich nicht. Er erinnerte sich an gar nichts außer daran, dass auf seinem Bett eine Decke mit einem Cowboy darauf gelegen hatte, der auf einem Pferd ritt, das versuchte, ihn abzuwerfen. Und dass seine Mutter ihre Strümpfe zum Trocknen über die Wasserhähne in der Badewanne hängte. Und dass sein Vater so ein merkwürdiges Gestell im Schlafzimmer hatte, auf das er über Nacht sein Hemd und seine Hose hängte. Zuerst die Hose, dann das Hemd. Schuhe darunter. Es waren nicht gerade viele Erinnerungen. Seine ganze Kindheit schien sich zusammen mit dem kleinen Kap der Guten Hoffnung, wo er aufgewachsen war, in Luft aufgelöst zu haben.

Skips Hose lag am Fuße des Betts auf dem Boden. Er versuchte, ein Paar Hosen zwei Tage lang zu tragen, weil er die Waschmaschine im großen Haus nicht benutzen durfte, und in den Räumen über der Garage war keine. In der Garage der Blessings gab es Einstellplätze für fünf Autos und dahinter eine kleine, aber komplette Werkstatt, aber weder Waschmaschine noch Trockner. Der alte Mr. Blessing hatte Großes im Sinn gehabt, als er das Anwesen 1926 kaufte und Mr. Foster einstellte, um es zu verwalten. Er ließ von den Zimmerleuten über der Garage eine Wohnung bauen, nicht allzu groß, aber doch so groß, dass Foster mit seiner Familie einziehen konnte, damit er als Verwalter immer zugegen war, um aufzupassen, dass die Mauern aufrecht standen, die Wege gejätet waren, die Dächer intakt blieben, immer zugegen, um die Lecks und Risse zu reparieren, die ein Haus mit acht Schlafzimmern und zehn Bädern mit sich brachte. Irgendwann bekam Foster Arthritis in den Händen und gab dem Nörgeln seiner Frau nach, sie wolle näher am Ort wohnen, und ein zweiter

Foster, der mittlere Sohn des ersten, nahm die Sache in die Hand. Er hieß Tom, aber auf dem Anwesen der Blessings nannte ihn jeder einfach Foster, wie seinen Vater. »Wie auf einer Plantage«, hatte Sunny Blessing einmal gemurmelt. Dieser Foster arbeitete gern an Autos, und seine Frau kochte für Mrs. Blessing, Mahlzeiten, die stets als gute Hausmannskost bezeichnet wurden, was Hackbraten, Eintopf und selbst gemachte Pies bedeutete. Das Paar hatte drei Söhne gehabt, und Edwin Blessing war mit dem zufriedenen Gedanken gestorben, es würden immer Fosters da sein, die für gemähtes Gras und einen frischen Anstrich sorgten. Diese drei aber wurden erwachsen und nahmen Jobs in der Stadt an und beerdigten später ihre Eltern und schafften einige von ihren Sachen fort und gaben die restlichen der Heilsarmee oder ließen sie in der Wohnung über der Garage.

Jetzt kochte Skip mit den Töpfen und Pfannen von Mrs. Foster, die die Söhne dagelassen hatten. Wenn er überhaupt kochte, was nicht oft vorkam. Dosensuppen überwiegend, die er vor dem kleinen Fernseher aß, den er ins Wohnzimmer am Ende des Flurs gestellt hatte, auf einen alten Schrankkoffer, auf dem tatsächlich noch Hotelaufkleber waren. Wenn er seine Suppenschüssel direkt in die Mitte stellte, befand sich neben seiner rechten Hand ein großer blau-weißer Aufkleber, auf dem »Kabine Nummer« stand und dahinter eine *18*, die jemand mit schwarzer Tinte hingeschrieben hatte.

Er zog seine Hose an und aß aus einer Schachtel auf der Küchentheke einen Donut, der außen schon hart war. Er wollte hinaus, die Hecken beschneiden und zwischen den Pflanzen in dem Gemüsegarten jäten, den er hinter dem Stall angelegt hatte, und von dem Feuerholz für den Winter noch etwas auf die richtige Länge zurechthacken, so lang, dass es im Wohnzimmerkamin oder im Esszimmerkamin oder im Bibliothekskamin oder in den Kaminen der Schlafzimmer genau von einem Messingfeuerbock zum anderen reichte. Er hatte festgestellt, dass ihm nichts ein besseres Gefühl verschaffte als ein schöner, ordentlicher Stapel Holz.

Den Job hier hatte er seit einem Monat, und ihm gefiel fast alles daran. Er besaß jene unverbrauchte, überwältigende Liebe zur Natur, die ein Junge hat, der in einem Haus in der Stadt aufgewachsen ist, das nächste Gebäude kaum zwei Armlängen entfernt. Er besaß die Liebe zur Natur, die ein Junge hat, wenn er mit dem Rad durch Wald und Wiesen fährt, an Flüssen und Seen vorbei, der jagt und angelt und dann jeden Abend auf ein winziges Grundstück in einer Straße zurückkehrt, wo man den Nachbarn durch die Wand so laut mit seiner Frau streiten hören kann, als säße er auf dem eigenen Sofa.

Geographie war Schicksal in Mount Mason. Die Kinder mit ein bisschen Geld, deren Eltern Lehrer oder Bauunternehmer oder Buchhalter waren, wohnten in den gepflegten Vororten, die nach dem Zweiten Weltkrieg gleich außerhalb der Stadt entstanden waren. Für die Versager, die Gelegenheits- oder Saisonjobs hatten, indem sie Schnee pflügten oder putzen gingen, gab es zwei Möglichkeiten: entweder lebten sie in den baufälligen alten Holzhäusern, die sich um das Zentrum des schäbigen Stadtkerns gruppierten, oder weit draußen an den Landstraßen, in Trailern am Ende von Schotterpisten, mit Autowracks, die sich um die Flecken aus Erde und Gras reihten wie Weihnachtsfiguren für den Vorgarten und bunte Lichter, die nie entfernt werden. Skip war im Laufe seiner Kindheit in Mount Mason von hier nach dort gezogen, von ganz weit draußen ins Stadtzentrum. Dann war er irgendwie in Blessings gelandet, dem schönsten Teil des Ortes.

Er hatte noch nie einen Job gehabt, der ihm gefallen hatte. Die Drive-through-Ausgabe bei Burger King. Die nächtliche Putzschicht in der Mall, hauptsächlich Popcorn, das zusammen mit gerinnender Cola und Eiskremklecksen fest wie Zement auf dem Boden des Multiplex-Kinos klebte, oder Papiertaschentücher, die man am liebsten gar nicht angeguckt, geschweige denn angefasst hätte. Die Wäscherei im Bezirksgefängnis, besser als den ganzen Tag Liegestütze in der Zelle, aber für die Hände war es höllisch. Er bekam Risse in den Fingern, die ständig brannten, sodass die Haut, wenn man eine Fritte mit Salz anfasste, noch nach einer Stunde rot war.

Er ging die Stufen hinunter, die vom Apartment seitlich die Garage hinab und auf die Einfahrt führten. Es standen keine Autos in der Garage außer dem Cadillac der alten Dame, zehn Jahre alt mit knapp achttausend Kilometern drauf. Allerdings waren da noch der Aufsitzmäher, der Traktor, der alte rote Laster. »Meine Güte«, hatte Joe gesagt, als er Skip half, seine vier Kisten mit Sachen in die Wohnung zu tragen. »Das sieht ja aus wie die Antiquitätenshow bei der Landwirtschaftsausstellung. Bis auf den Mäher, Mann. Schöner Mäher ist das.«

»Komm nicht auf blöde Gedanken«, sagte Skip.

»Leck mich, Mann. Erinner ich dich dauernd an deine Fehler?«

»Erzähl es auch nicht in der Stadt rum«, hatte Skip gesagt. Er dachte daran, wie sein Onkel immer gemeint hatte, es gebe zwei Sorten von Menschen, Anführer und Mitläufer. Joe war stets ein Mitläufer gewesen, von der Zeit an, als er in der ersten Klasse anfing, Chris hinterherzulaufen. Chris hatte ihn damals Snotty genannt, wegen Joes Allergien. Joe schniefte immer noch ständig und erzählte Chris immer noch alles, was für diesen interessant sein könnte. Von den vieren, die zusammen herumgegangen hatten, seit sie Kinder waren, war Chris derjenige, der zum Anführer geeignet war, das wusste Skip mit Sicherheit und für alle Zeiten.

»Wie viel zahlen sie dir hier?«, fragte Joe. »Mein Gott, da hast du ja in den Glückstopf gegriffen.«

»Wird auch mal Zeit«, hatte Skip gesagt.

Er hatte Joe seither nicht zu sich eingeladen, und Ed oder

Chris hatte er nicht einmal mehr gesehen. Besonders Chris. Die alte Dame hatte lausige Schlösser an den Türen, wenn es auch eine Alarmanlage gab. Für Chris wäre das wie Fleisch für einen Hund. Es war, als könnte er nicht anders. Das war schon damals so, als sie noch klein waren und es gar nicht viel gab, was sie sich wünschten, außer Keksen und Kaubonbons. Sie gingen einfach kurz vor dem Labor Day in das Newberry's auf der Main Street, um Loseblattpapier zu kaufen, während Vierteldollarmünzen von ihren Eltern in ihren Jeans klimperten, und wenn sie dann zur Bank an der Bushaltestelle kamen, entleerte Chris seine Taschen, und da war sie dann, seine unsinnige Beute: ein Fläschchen Kölnischwasser, ein Pappblättchen mit Haarnadeln, eine Schachtel Spielkarten, Plastikohrringe, Pfefferminz gegen Mundgeruch, Baby-Aspirin.

»Fahr uns rüber zum Quik-Stop, Mann«, hatte er voriges Jahr am Wochenende des Memorial Day zu Skip gesagt, Joe im Schlepptau, und das Nächste, was Skip mitkriegte, war, dass er für 364 Tage im Bezirksgefängnis saß und noch dankbar für den Deal war, denn er bedeutete, dass er nicht in das Staatsgefängnis in Wissahonick musste. Chris hatte sich so eine alte Skimütze übergezogen. Daher wusste Skip Bescheid, als sie in den Parkplatz einbogen und Chris sie aus der Tasche holte. Die Mütze hatte er auch gestohlen, als sie eines Tages in einem Sportartikelgeschäft waren, um einen Baseball-Handschuh zu kaufen, damit sie beim Sommerturnier von McGuire's Tavern mitspielen konnten. »Komm bloß nicht auf den Gedanken, wegzufahren«, hatte Chris mit jener plötzlichen kalten Gewalttätigkeit in der Stimme gesagt, die Menschen vor ihm zurückweichen ließ. Also blieb Skip einfach draußen sitzen, schwitzend und fluchend, und dachte darüber nach, was für ein Trottel er war, und die Überwachungskamera zeichnete sein Nummernschild so deutlich auf, wie die Lottozahlen am Dienstagabend unten auf dem

Fernseher erscheinen. Aber Skip riss weder Chris noch Joe mit rein, auch nicht, als der Sheriff ihm anbot, ihn dann freizulassen. Er fand einfach, dass es nicht richtig wäre. Dass er nicht vorbestraft war, ersparte ihm das Staatsgefängnis. Nach knapp zehn Monaten war er wegen guter Führung entlassen worden.

Er schärfte die Heckenschere am Schleifstein und füllte Vogelfutter nach und schaute zu, wie das wässrige frühmorgendliche Licht wärmer, weniger kreidig wurde. Er wusch sich an dem tiefen Specksteinausguss die Hände. Beide Mrs. Fosters hatten dort die Wäsche der Familie erledigt und sie ganz hinten auf der von der Garage verdeckten Leine aufgehängt, während ihre Männer den Ofen reparierten oder das tückische Ende des Teichs ausbaggerten. Die alte Dame wollte nicht, dass jemand angefahren kam und Wäsche in der Brise flattern sah. Skip brachte seine Wäsche in den Waschsalon in der Stadt. Er wusch sich noch einmal die Hände.

»Ach zum Teufel, bringen wir's hinter uns«, sagte er, dasselbe im selben Tonfall, was sein Onkel gesagt hatte, wenn er seinen Gürtel abnahm, um Skip im Keller den Hintern zu versohlen.

»Mit dir will ich nichts mehr zu tun haben«, hatte sein Onkel gesagt, als Skip wegen des Quik-Stop-Überfalls verhaftet wurde.

Skip ging um die Ecke des großen Hauses zur Kellertür, die auf die Einfahrt führte. »Hier lang«, hatte Nadine, die Haushälterin, zu ihm gesagt, als sie ihm hatte mitteilen müssen, was er tun und wichtiger noch, was er nicht tun sollte. Benutzen Sie nicht die Vordertür. Benutzen Sie nicht die Hintertür. Kommen Sie durch die Kellertür nach oben. Putzen Sie sich die Füße an der Matte ab. Machen Sie keinen Lärm. Wecken Sie Miz Blessing nicht. Genau so hatte sie es gesagt, Miz, wie in einem von diesen alten Filmen, in denen Nadine das Kindermädchen hätte spielen können. Oder vielleicht lag es auch

25

nur an der seltsamen Art, wie Nadine redete, als ob sie eine
Zahnspange trüge so wie die, die Skip getragen hatte, um seine schiefen Zähne in Reih und Glied zu bringen, diejenige,
die er verloren hatte, und die zu ersetzen sie, wie sein Vater
meinte, kein Geld hätten. Nadines Name war früher ein anderer gewesen, und ihre Sprache, in der sie immer noch leise
Selbstgespräche führte, wenn sie wütend war, was oft vorkam, war auch eine andere gewesen. Aber das war, als sie
noch in Korea lebte, bevor sie mit ihrer kleinen Tochter rü-
berkam, um Mr. Fosters Neffen Craig zu heiraten, der ihr den
Job in Blessings besorgte.

»Erst Bohnen mahlen«, hatte Nadine gesagt. »Nicht zu
klein, nicht zu groß. Genau richtig. Konsistenz von Maismehl.« Das musste sie von der alten Dame haben. Nadine
wäre es nie und nimmer eingefallen, »Konsistenz von Maismehl« zu sagen. Das Wort klang in Nadines Mund eher wie
»Maime«. Skip glaubte nicht, dass sie überhaupt schon mal
Maismehl gesehen hatte. Wenn Nadine »Konsistenz« sagte,
hörte es sich an, als ob jemand mit einem Zahnstocher zwischen den Zähnen pfiff.

Allmählich meinte er, den Dreh rauszuhaben. Eine Tasse
voll schwarzer Bohnen, glänzend wie Onyxperlen, versiegelt
in braunen Tüten, auf die in Schwarz der Name eines Ladens
in New York City gestempelt war. Das Brummen des kleinen
Motors in der Kaffeemühle, der langsame Schluckauf der alten Kaffeemaschine hinter ihm, wenn er wieder die Kellertreppe hinabstieg. Er erfuhr nie, was passierte, nachdem er
gegangen war. Er erfuhr nie, ob Mrs. Blessing selbst nach unten kam, sobald sie die Kellertür ins Schloss fallen hörte, um
sich eine Tasse Kaffee einzugießen, oder ob sie im Bett blieb,
den langen, zufriedenen Schlaf schlafend, der, wie Skip sich
vorstellte, das Geburtsrecht von Menschen war, die so viel
Land besaßen wie das, worauf die ganze Stadt gebaut war,
und das Land einfach liegen und ebenfalls schlafen ließen.

26

Vielleicht wartete sie, bis Nadine um halb neun kam. Vielleicht brachte Nadine ihr Frühstück und den Kaffee auf einem Tablett, und Mrs. Blessing nahm einen Schluck und hob jene blassblauen Augen zum Himmel, der dieselbe Farbe hatte, so wie sie es tat, wenn sie verärgert war, und sagte: »Zu schwach« oder »Zu stark«. Vielleicht war er nur eine schlechte Kanne Kaffee entfernt davon, wieder in Joes kombinierter Wohnzimmer-Esszimmer-Küche zu schlafen und Debbie durch die Wand aus Hartfaserplatten hindurch »OhJoeJoe-JoeJoe« schreien zu hören.

Er liebte den verdammten Job, aber jeden Morgen den Kaffee zu machen war ihm verhasst, und er begriff nicht, warum. Vielleicht, weil er nicht verstand, was das sollte. Er verstand, wieso er die Pumpen in den Froschteichen reinigen oder mit Spray gegen die Feldwespen vorgehen sollte, die sich mit viel Getöse an der Ecke der Veranda und unterm Dach des Bootshauses häuslich einrichteten. Wenn er einfach so arbeiten könnte, von morgens bis abends im Freien, schwitzend, sonnverbrannt, die Fliegengitter flicken, die Pflanzen mulchen, dafür sorgen, dass der Rasen so glatt und ebenmäßig und grün blieb wie der Filz auf dem Tisch bei McGuire's, wäre sein Leben vollkommen gewesen. Er hätte auch gern eine Frau gehabt, mit der er schlafen konnte, aber er wollte keine Fehler mehr machen. Und eine Waschmaschine. Vielleicht würde er sich eine Waschmaschine zulegen, sobald er genug Geld gespart hatte.

Die große Stallkatze saß selbstgefällig vor der Kellertür, einen Maulwurf auf dem Boden zu ihren Füßen. Die Katze folgte ihm über den Wendeplatz, der das große Haus von der Garage trennte. In der Mitte des Rondells stand ein drei Stockwerke hoher Ahornbaum. Vielleicht würde Skip heute die tiefer gelegenen Äste stutzen und die Stechpalmen beschneiden, die den Plattenweg zu seiner Wohnungstür säumten, derjenigen, die er nie benutzte, die auf die Teichseite hinausging. Er schaute zu ihr hin und sah einen Pappkarton, der am Fuß der Treppe lag.

Das war genau die Art Vorkommnis, das die alte Dame vom hinteren Flurfenster im Obergeschoss aus sehen und wegen dem sie ihm die Hölle heiß machen würde. Nicht ihm direkt die Hölle heiß machen, nein, sie würde Nadine Bescheid sagen, die wiederum ihm Bescheid sagen würde, was ihm das Gefühl gab, unter ihr zu stehen, ein kleiner Junge zu sein, ein Niemand, ein Nichts. »Miz Blessing sagen ...« Als ob sie ihn für zu minderwertig hielt, um ihn direkt anzusprechen. Sie sprach ihn nur direkt an, wenn sie glaubte, die Aufgabe sei zu kompliziert, um sie Nadine zu erklären, was Nadine wahrscheinlich auch das Gefühl gab, ein Nichts zu sein.

Die Katze sprang voran, wobei ihr der Maulwurf schlaff aus dem Maul baumelte, und beschnüffelte die Ecke des Kartons und miaute. Skip bückte sich nach dem Karton und trug ihn zu der Werkzeugbank in der Garage. An seinem Gewicht erkannte er, dass etwas darin war.

Es hatte ein paar Male in seinem Leben gegeben, wo er das Gefühl gehabt hatte, dass sein Verstand sich fast bis zum völligen Stillstand verlangsamte, wo es schien, als müsste sein Gehirn dem Rest seines Körpers mitteilen, was geschah, langsam, in einsilbigen Wörtern, so wie Mr. Keller in Amerikanischer Geschichte zu ihnen sprach, wenn er ärgerlich war, weil zu viele von ihnen eine Arbeit verhauen hatten. Als sein Vater in der Einfahrt im Auto saß, den Kopf aufs Lenkrad gelegt, nachdem er gerade seine Mutter im Krankenhaus besucht hatte – das war das eine Mal. Und als sein Onkel vorbeigekommen war, um Skip zu sagen, er solle bei ihm und Tante Betty einziehen, da aus der Reise seines Vaters nach Florida ein Leben in Florida geworden war – das war ein anderes. »Es ist warm hier unten«, hatte sein Vater am Telefon gesagt, als ob das alles erklärte.

Danach hatte er gelernt, das Gefühl zu beschreiben, als ob

28

man sich im Fluss unter Wasser bewegte, wenn die Strömung einen nach unten zog und man mit den Händen stoßen und mit den Füßen treten, sich mit aller Kraft mühen musste, ruhig zu bleiben. Das eine Mal, als er sich beim Sturz vom Fahrrad das Bein gebrochen hatte und der Knochen wie ein Birkenzweig durch den Riss in der Haut stach. Der Moment, in dem er gesehen hatte, wie sich Chris auf dem Weg in den Quik-Stop die Skimütze überzog. Der Tag nach seiner Entlassung aus dem Bezirksgefängnis, als er an Shellys Hintertür stand und ihren Bauch unter dem T-Shirt hervorquellen und ihren halb verschämten, halb trotzigen Gesichtsausdruck sah. Als er im Geist die Monate abzählte, die er im Gefängnis verbracht hatte, und dabei versuchte, aus zehn Monaten irgendwie weniger als neun zu machen, sich umdrehte und wegging, ohne etwas zu sagen, und Shelly ihm nachrief: »So ernst war es ja wohl nicht zwischen uns, Skipper.« Was, wie er annahm, bedeutete, dass sie schon rumgeschlafen hatte, bevor er ins Gefängnis musste.

Dasselbe Gefühl hatte Skip, als er den Pappkarton aufmachte und hineinschaute. »Ein Baby«, sagte er, als ob er es erst glauben könnte, wenn er es aussprach. Er war ein Einzelkind, das einzig Gesunde, das seine Mutter zu Stande gebracht hatte, ehe sie zusammengeklappt und in ein Leben unklarer körperlicher Beschwerden entglitten war, das mit dem großen Finale Brustkrebs endete. In der High School war er einer der wenigen gewesen, die nicht mit einem Cousin ersten oder zweiten Grades in eine Klasse gingen, einer der wenigen, die nicht aus einer so großen Familie stammten, dass sie genau aufpassen mussten, wen sie bei einer Party im Keller begrapschten. Er wusste erheblich mehr über Maschinen als über Babys, aber sogar er erkannte, dass das Baby in dem Karton ein mehr oder weniger neugeborenes war. Seine kastanienbraune Haut war von einer scheckigen Maske aus getrocknetem Blut und Schleim überzogen, und es hatte sich die kleine Faust fest ins Gesicht gedrückt, als ob es versuchte, sich gegen den grellen Schein einer wenn auch nur halb beleuchteten Garage abzuschirmen.

»Ih-ih-ih«, keuchte es, und sein winziger, hässlicher Backapfel von einem Gesicht war verzerrt vor Angst oder Frustration oder Hunger oder etwas anderem, aus dem Skip nicht schlau wurde. Der Körper des Babys war eng in ein altes Flanellhemd eingewickelt, dessen Ärmel um ihn geschlungen und unter dem Kinn zusammengebunden waren. Lendenschurz, dachte Skip bei sich. Er war sich nie so recht darüber klar geworden, was das bedeutete. Lendenschurz. Es war heiß draußen, und auf dem kleinen Schädel schimmerte Schweiß, kristallklare Tropfen in dem blassen, farblosen Flaum, der den Kopf des Babys bedeckte. Die Katze leckte mit ihrer rauen Zunge an dem Flaum. »Geh weg«, sagte Skip und schubste das Tier von der Bank. »Hau ab. Hau ab.«

Skip wischte sich die Hände an seinen Jeans ab und schob sie unter das Baby, um es aus dem Karton zu heben. Wo der Hintern des Babys gewesen war, hatte die Pappe einen nassen Fleck und einen weiteren, der ungefähr zu seinem Mund passte. Sein Kopf wackelte, als er es so auf seine Schulter hob, wie er es andere Leute so oft leicht und mühelos hatte tun sehen. Es war wesentlich schwieriger, als es aussah; er wusste nicht genau, wie er es anfassen sollte. Der kleine Kopf kippte hin und her. Das keuchende Atmen dauerte an, dann ein bellendes Husten.

»Oh Mann«, sagte er, während er die Innentreppe hoch in das Apartment über der Garage stieg, die geringe Last trotzdem schwer auf seiner Schulter. »Was zum Teufel soll ich damit anfangen?« Er wusste nicht, warum, doch auf halbem Wege kehrte er um und holte den Karton.

In den Sommermonaten frühstückte Mrs. Blessing jeden Morgen an einem kleinen Klapptisch in einer Ecke der langen Terrasse, von der man auf den Teich blickte. Im Winter wanderte der Tisch in einen Winkel der Bibliothek, weil es auf der Terrasse nach dem ersten Frosteinbruch in Mount Mason zu kalt war. Beide Plätze hatten den Vorteil, dass sie ihr die Aussicht auf einen stattlichen Teil ihres stattlichen Besitzes erlaubten. Ihr Vater hatte die Tradition eingeführt, und häufig pflegte er irgendwann im Laufe der Mahlzeit glücklich zu sagen: »Herr über alles, was er überblickt.« Ihre Mutter aß oben im Bett von einem Tablett.

Mrs. Blessing hatte dieses Brauchtum fortgesetzt, weil sie sich gern als einen Menschen sah, der die Tradition ehrt, und weil sie von dieser günstig gelegenen Stelle aus gewöhnlich jeden im Auge hatte, der auf dem Grundstück arbeitete. Auf der hinteren Wiese konnte sie ihren neuen Verwalter auf dem Aufsitzmäher sehen. Er war nach vorn über den Sitz und das Lenkrad gebeugt, sodass es aussah, als trüge er, wie ihr Vater gesagt hätte, das Gewicht der ganzen Welt auf seinen Schultern. Mrs. Blessing fragte sich, warum seine Haltung plötzlich so schlecht war. Sie gehörte der alten Schule an, die da glaubte, dass sich im Rückgrat der Charakter spiegelt, und dass nur die Schwachen krumm gingen. Sie hatte die schlechte Haltung des jungen Mannes nicht bemerkt, als sie ihn eingestellt hatte, auch nicht in den ersten Wochen, in denen er für sie arbeitete, erst in letzter Zeit erledigte er seine Aufgaben mit den hängenden Schultern eines alten Mannes. Sie kniff nachdenklich die Augen zusammen. Ein schlechtes Zeichen bei einem jungen Menschen, sich von der Sommerhitze so umwerfen zu lassen, wenn es erst Anfang Juli war.

»Also, heute ist der Kaffee zu stark«, sagte Mrs. Blessing, auf die Titelseite der Zeitung schauend. »Gestern war er nicht stark genug.«

»Nicht meine Schuld«, sagte Nadine und räumte das Frühstücksgeschirr von dem kleinen Tisch auf ein silbernes Tablett mit dem Monogramm von Mrs. Blessings Mutter in der Mitte. Mrs. Blessing hatte eine halbe Grapefruit, eine Schüssel Getreideflocken mit Erdbeeren oben drauf und zwei Tassen Kaffee, schwarz, zu sich genommen. Bananen, so sagte sie immer, hätten eine Tendenz, sie zu verstopfen. Nadine verabscheute es, wenn sie so redete. »Das soll sie für sich behalten, die runzlige Alte«, sagte sie zu Craig, ihrem Ehemann.

»Wie nett du über sie sprichst«, meinte Craig.

»Geht dich nichts an«, sagte Nadine.

Mrs. Blessing wischte sich den Mund mit einer Serviette ab, die ihr Monogramm in weißem Garn aufwies, der Farbe des Leinens so ähnlich, in das es eingestickt war, dass es leichter war, die Buchstaben zu fühlen, als sie zu lesen, als wäre man blind und sie wären in Braille-Schrift. Auch das brachte Nadine auf die Palme. Der Stoff und der Faden waren gemeinsam verblichen, sodass beide jetzt von einem blassen Ekrü waren, der Farbe des Alters. Mrs. Blessing selbst zeigte dieselbe Schattierung. Das Gleiche galt für das Zifferblatt der Armbanduhr, die ihre Eltern ihr zum Abschluss der Bertram's geschenkt hatten. Aus dem Weiß war Elfenbein geworden, dann ein ganz blasses Café au lait, das Schwarz der Ziffern bräunlich, dann kaffeefarbig. Das goldene Armband war matt angelaufen. Es musste schon sechs Monate, nachdem sie die Uhr bekommen hatte, repariert werden, nachdem sie sich damit auf ihrer Debütantinnen-Gesellschaft in der Kante eines der gemieteten vergoldeten Stühle verhakt hatte, dann erneut 1946, als ihr die Uhr auf dem Tennisplatz vom Handgelenk sprang, während sie den Ball aufschlug, und noch einmal Anfang der 60er, als einer von Jess' Söhnen unachtsamerweise auf dem Steg darauf getreten war, während sie im Teich schwamm.

Jedes Mal war sie zu dem Juwelier auf der Madison Avenue gebracht worden, bei dem ihr Vater sie gekauft hatte. Sie zog sie jeden Abend vor dem Zubettgehen auf. Zum 70. Geburtstag hatte ihre Tochter Meredith ihr eine goldene Armbanduhr mit braunem Lederarmband geschenkt. »Ich verstehe nicht, wie du die Zahlen auf deiner alten noch erkennen kannst«, hatte Meredith gesagt. »Die hier braucht nie aufgezogen zu werden«, hatte sie hinzugefügt. Seit über zehn Jahren lag die Uhr nun in einer Schublade neben mehreren Schachteln mit Strümpfen aus dem alten B. Altman's, mittlerweile geschlossen, in ihrem Kästchen. »Ich weiß nicht, warum ich mir überhaupt die Mühe mache, ihr was zu kaufen«, hatte Meredith bei ihrem nächsten Besuch zu ihrem Mann gesagt.

In der Bertram's School hatten sie gelernt, dass alt immer besser ist als neu, dass die Vergangenheit immer schöner ist als die Gegenwart, dass Weiß immer eleganter ist als andere Farben, ausgenommen Schwarz, was für Mädchen unter 21 unpassend war. Mit 17 war sie von der Bertram's abgegangen, 1939, aber jetzt gab es lange Nachmittage, wenn sie in dem Ohrensessel am Kamin im Wohnzimmer einnickte, an denen ihr die Bertram's realer erschien als die Nachrichten in der Zeitung, die sie heute Morgen gelesen hatte. Die langen linoleumbelegten Flure, der Geruch nach Stärke in ihren Uniformblusen, Miss Bertrams Schnürschuhe, schwarz auf dem roten türkischen Teppich im Büro der Direktorin, wenn ein

Mädchen wegen Unverschämtheit oder schlechter Laune oder Mangel an Nächstenliebe zu ihr bestellt wurde.

Die Sünden der Vergangenheit kamen ihr sehr verzeihlich vor angesichts dessen, was sie jetzt allmorgendlich in der *Times* las, die Nadine vom Zeitungsstand in Mount Mason mitbrachte, Geschichten über Mädchen, die für Geld Geschlechtsverkehr hatten und daran erkrankten und starben, die ihre Freunde und ihre Eltern und sich selbst umbrachten. An der Bertram's hatte es keine wahrhaft schlechten Mädchen gegeben, zumindest nicht schlecht auf eine Art und Weise, die wirklich zählte oder offen erörtert wurde. In jeder Klasse gab es ein Mädchen, das gerissen und ein bisschen gewöhnlich war und, wie Miss Bertram es nannte, »auf Abwegen wandelte«. Es galt unter ihnen als selbstverständlich, dass es mit diesen Mädchen schlimm enden würde, aber Lydia Blessing war aufgefallen, dass es sich irgendwie immer so fügte, dass diese Mädchen sehr gut zurechtkamen. Das auf Abwegen wandelnde Mädchen in Mrs. Blessings Klasse, Priscilla North, war nach dem Tode ihres Mannes Botschafterin in einem der kleineren europäischen Länder geworden und wurde oft in die Schule eingeladen, um über die neue amerikanische Frau zu sprechen.

Mrs. Blessing nahm erst in höherem Alter kein Blatt mehr vor den Mund, weil sie spät zu der Erkenntnis gelangte, dass zu sagen, was sie wirklich dachte, eine gewisse Befriedigung bot und keinen wesentlichen Einfluss darauf hatte, wie die Leute sie behandelten. Als Mädchen war sie äußerst gehorsam gewesen, besonders verglichen mit ihrem Bruder Sunny. Wenn sie im Haus in der East 77th Street die Tür zuknallte, wurde sie für eine halbe Stunde zu stillem Lesen in der Bibliothek verdonnert. Wenn sie eines der eingeladenen Kinder auf dem Tennisrasen neben dem Bootshaus hinschubste, durfte sie für den Rest des Tages nicht mehr im Teich baden. Sie trug den ganzen Sommer über im Landhaus Weiß, Kleider, nie

34

Hosen oder Shorts. Sunny trug Shorts und, als er älter war, Hosen aus weißem Köper, die in der Wäsche vergilbten, ebenso wie das Zifferblatt ihrer Armbanduhr.

Sunnys Ungehorsam äußerte sich nicht so sehr in Taten wie in Worten. Einmal hatte er zu einer Freundin ihrer Mutter gesagt, er habe noch nie ein Kleid gesehen, das so gut zur Polsterung passte. Er hatte den Raum bereits verlassen, ehe die zwei Frauen merkten, was für eine raffinierte Beleidigung das gewesen war, so raffiniert, dass keine von beiden zu der anderen etwas sagte; allerdings wurde Sunny von seinem Vater verprügelt, und die Frau besuchte das Blessingsche Heim nie wieder. Es war besonders beleidigend gewesen angesichts Mrs. Blessings Geschmack, der, was Polsterstoffe betraf, zu dunklen Brokaten aus der Stofffabrik neigte, die ihr Vater ihr hinterlassen hatte.

Sein richtiger Name war Sumner, aber Lydia nannte ihn Sunny, als sie ein Baby war, und danach taten das alle. Die Gärtner hatten ihn Master Blessing und sie Miss Lydia genannt. In ihrer Kindheit hatte es drei Gärtner gegeben: einen für die Bäume und Sträucher, einen für die winterharten Rabatten, den letzten und jüngsten für das Gemüse. Foster hatte sie alle beaufsichtigt. Der erste Foster, nicht der zweite.

Sie nippte an ihrem Kaffee und schaute aus dem Fenster über die Wiesen auf die Gestalt, die da zusammengesunken auf dem Aufsitzmäher saß. Der neue Mann musste dazu gebracht werden, aufrecht zu sitzen. Ihren eigenen Rücken hielt Mrs. Blessing nach wie vor für gerade. Der leichte Buckel war hinter ihr, sodass sie ihn nicht bemerkte. Sie bestand darauf, dass ihre weißen Blusen nicht mehr so gut passten wie früher, weil das Schneiderhandwerk, wie alles übrige, an Qualität verloren hatte.

»Ich glaube, er gewöhnt sich ein, dieser neue Mann«, sagte sie. »Bis auf den Kaffee.«

»Im Knast gewesen«, sagte Nadine.

»Das war Thomas More auch«, erwiderte Mrs. Blessing. Sie hatte ihren Anwalt beauftragt herauszufinden, ob es stimmte und wie ernsthaft das Vergehen gewesen war.

»Bringt uns alle mit Messern um.«

»Ach, um Gottes willen, Nadine. Man sieht ihm doch an, dass er niemanden umbringen wird. Bis auf das Murmeltier da im Spargelbeet. Darüber muss ich mit ihm sprechen.«

Natürlich, wenn Mrs. Blessing auf dem Wal-Mart-Parkplatz gewusst hätte, dass der junge Mann kürzlich aus dem Gefängnis entlassen worden war, wie Nadine so nachdrücklich behauptete, hätte sie das Fenster hochgekurbelt und sich allein auf den Heimweg gemacht. Aber jetzt würde sie nicht kneifen. Lydia Blessing machte, was sie wollte: das war etwas, worauf sie stolz war. Sobald sie endgültig nach Blessings gezogen war, hatte sie es sich selbst und anderen immer wieder gesagt, sodass nach einer Weile alle glaubten, es sei die Wahrheit: Lydia Blessing macht, was sie will. Einer von Fosters Neffen hatte sich in dem Apartment über der Garage eingerichtet, als wäre es sein Eigentum, als stünde es der dritten Generation seiner Familie zu, und zwei Wochen später hatte sie von der Schlafzimmerveranda aus bemerkt, dass die Mülltonnen noch einen vollen Tag, nachdem der Laster da gewesen war, am Straßenrand standen. Sie hatte sogar das Fernglas neben ihrem Bett benutzt, um sicherzugehen, dass sie nicht voreilig urteilte. Anschließend hatte sie den Mann gefeuert und einen anderen eingestellt, denjenigen, der im Winter den Schnee von der Einfahrt pflügte. Sein Kaffee war scheußlich gewesen, und im zweiten Monat, den er für sie arbeitete, hatte er die Tür zum Keller nur angelehnt und einen schmutzigen Arbeitshandschuh auf der Küchentheke liegen gelassen. Sie schaute ihn lange an und erinnerte sich an die Zeit, als das Gartenpersonal nie weiter in die Küche kam als bis zur Anrichte, das Küchenpersonal nie weiter ins Haus als bis ins Esszimmer. Eine Reihe unzulänglicher Verwalter folgte. Ihr war nie in den Sinn gekommen, sie könnte anspruchsvoll sein.

Der Neue hatte seit ein paar Tagen etwas Heimlichtuerisches an sich, aber er arbeitete hart und gründlich, beklagte sich nie. Ab und zu sah sie ihn in der Garage verschwinden, doch sie sah ihn auch kurz nach Sonnenaufgang das Boot abspritzen, als sie mit dem Fernglas den Teich und die Wiesen und die weit entfernte Straße beobachtete. Neuerdings schien er seltsame Arbeitszeiten zu haben, aber es war kein Unkraut um ihre Baumpäonien, und von den Kornblumen waren ordnungsgemäß die welken Blüten entfernt worden, sodass sie ein Sternbild in Blau unter dem Fenster des kleinen Arbeitszimmers bildeten, wo sie sich auf Briefpapier, das zehn Schachteln tief im Vorratsschrank aufbewahrt wurde, Briefpapier, das sie mit Sicherheit überleben würde, ihrer Korrespondenz widmete.

Es war reines Glück, dass sie ihn am Wal-Mart getroffen hatte. Sie hatte an jenem Morgen zu Nadine gesagt, die Ausgaben für den Haushalt seien exorbitant, Nadine bezahle zu viel für Papiertücher und Spülmittel und Glühbirnen, verschwende Geld, das nicht ihr gehöre. Mrs. Blessing hatte ihre alte Autofahrjacke angezogen, die karierte aus dem Geschäft in London nahe der Regent Street, das ihr Vater so gern mochte mit all seinen Gewehren und Spazierstöcken, und war langsam, mit geradem Rücken und hoch erhobenen Hauptes, zur Garage gegangen. Der Geruch nach Mottenkugeln und Badesalz hing wie ein Miasma in der reglosen Sommerluft des Wagens. Der Cadillac war verstaubt. Es war drei Wochen her, seit sie mit ihm in den Club gefahren war, um mit ihrem Anwalt etwas zu trinken, und sie hatte gerade keinen Verwalter. Der letzte hatte eine Frau bei sich übernachten lassen und war noch Ende derselben Woche gefeuert worden. Es zahlte sich aus zu wissen, woran man mit dem Personal war. Das hatte ihre Mutter immer gesagt.

Auch Mount Mason war ihr verstaubt erschienen, verstaubt und unmodern, alternd wie die schäbigen Häuser im Umkreis des Industriegeländes, abblätternd, rissig, verfallend statt reifend. So viele der für sie gültigen Wahrzeichen waren verschwunden; das alte Bankgebäude aus Kalkstein war jetzt zerhackt in ein Reisebüro, einen Schönheitssalon und ein Antiquariat, das Eisenwarengeschäft, ein ehemals roter Ziegelkasten, mit einem grässlichen Steinimitat neu verkleidet und in einen Schallplattenladen umgewandelt worden. Sie hatte den Kreisverkehr in der Mitte der Stadt zweimal durchfahren müssen, weil sie unsicher war, wo sie zum Einkaufszentrum abbiegen musste, und ein Auto voller Teenager hatte sie angehupt und war viel zu dicht aufgefahren. Und dann war da das fürchterlich lärmende, grelle Licht des Supermarktes gewesen und das Beharren der anderen Kunden darauf, sich an ihr vorbeizudrängen und ihre schmuddeligen Kinder anzuschreien. Aber sie fand Glühbirnen, billiger als diejenigen, die Nadine im Shop Rite kaufte, und Papiertücher in einem besonders günstigen Zwölfer-Pack. »Würden Sie den in meinen Wagen legen«, hatte sie ohne die geringste Andeutung einer Frage zu einem der Jungen gesagt, die die Regale auffüllten. In einer verschlossenen Schublade ihrer Kommode bewahrte Mrs. Blessing ein handgefertigtes Lederetui auf, voll gestopft mit dem alten, hässlichen Schmuck ihrer Mutter: Diamanten, groß wie Mandeln, eingefasst von Saphiren oder Smaragden, Perlenschnüre, die bis zur Taille hinabfielen, mit juwelenbesetzten Verschlüssen. Sie besaß nahezu zwölfhundert Acres des besten Landes im Nordosten des Staates. Und doch war sie geizig, so wie die Reichen oft geizig sind, wenn es um kleine Dinge geht, die nicht von Dauer sind. »Sparsam«, nannte sie es. »Um Himmels willen, Mutter«, sagte Meredith, die jedes Mal, wenn ihr Blick auf die alte Armbanduhr an dem sehnigen, fleckigen Handgelenk fiel, ein schwaches Pochen im Kopf verspürte.

Auf dem Parkplatz des Wal-Mart war der Cadillac nicht mehr angesprungen. Der Motor rumpelte verzagt und war dann still, egal, wie oft sie den Schlüssel drehte. Sie hatte aus dem Auto ein merkwürdiges Geräusch gehört und plötzlich bemerkt, dass ein Mann an ihre Scheibe klopfte. Er war dünn und blass, sein Haar, das ihm kreuz und quer über Stirn und Ohren fiel, von einem stumpfen Braun, lohfarben eigentlich. Er hatte kleine, eng beisammenstehende Augen und einen großen, breiten, beweglichen Mund. Zwischen seinen Schneidezähnen war eine Lücke. Alma, die Köchin in ihrem Haus in der Stadt, hatte den Dienstmädchen einmal erklärt, dies sei ein Zeichen für Unzüchtigkeit. »Daran sind bestimmte Mädchen zu erkennen, und alle Männer können es sehen«, hatte Alma gesagt und ihre Hüften nach vorn geschoben, ohne zu wissen, dass die kleine Lydia auf dem schwach beleuchteten Platz vor der Anrichte herumlungerte.

Mrs. Blessing hielt ihre Handtasche fest an sich gedrückt, während sie sich den Mann an ihrem Autofenster anschaute.

»Soll ich Ihnen Starthilfe geben?«, hatte der Mann laut gefragt.

»Wie bitte?«

»Soll ich Ihnen Starthilfe geben? Starthilfe? Wollen Sie – Entschuldigung, möchten Sie, dass ich Ihre Batterie mit meiner auflade? Von meinem Laster? Dauert nur eine Minute.«

»Wie viel würde das kosten?«

Da hatte er gelächelt. Es war ein Lächeln wie das von Sunny, fast schon eine Grimasse, als wäre er mit dem Herzen nicht ganz bei der Sache. »Haltung!«, hatte Vater Sunny angebrüllt und ihn zwischen die Schulterblätter geboxt. »Präsenz!«

Der Wagen war sofort angesprungen, nachdem er die Kabel von einem zerbeulten Laster am Cadillac angeschlossen hatte. Sie war einen Moment lang in Panik geraten, als er die Klemmen abzog, da sie befürchtete, der Motor würde stot-

39

tern und wieder ausgehen. Dann hatte sie sich zur Besinnung gerufen und zwei Dollar aus ihrer Handtasche geholt und das Fenster wenige Zentimeter heruntergekurbelt, um sie hindurchzuschieben.

»Dafür würde Ihnen keiner was berechnen«, hatte er gesagt. »Aber der Motor muss wirklich neu eingestellt werden. Ich weiß nicht, welche Werkstatt Sie für Ihren Wagen haben, aber sie gibt sich nicht viel Mühe mit ihm.«

Sie hätte nicht sagen können, warum, nur, dass sie ihn für zu unbedarft hielt, um arglistig zu sein, jedenfalls forderte sie ihn auf, ihr die Straße entlang, die aus Mount Mason hinaus in die Berge führte, nach Hause zu folgen.

»Wie heißen Sie?«, hatte sie gefragt und ihn an dem Tisch in der Küche Platz nehmen lassen, wo Nadine am Ausguss Gemüse putzte und dabei reichlich Lärm machte, als ob sie ein Konzert der Missbilligung aufführte, verfasst für Sieb, Messer, Topfdeckel und Wasserhahn.

»Skip«, sagte er. »Cuddy«, als wäre sein Familienname ein nachträglicher Einfall.

»Skip ist kein Name für einen Menschen. Skip ist ein Hundename. Skippy. Ich kannte mal jemanden namens Quad.«

»Was?«

»Quad.«

»Was?«

»Taub oder wie?«, schrie Nadine.

»Kümmern Sie sich um Ihre eigenen Angelegenheiten«, übertönte Mrs. Blessing den Krach von der Spüle.

»Tut mir Leid, ich dachte, Sie sagten Quad«, hatte Skip gesagt, wobei er sein Haar zurückstrich und auf seinem Stuhl herumzappelte.

»Habe ich auch. Quad Preston. Leland Preston der Vierte. Quad. Weil er der Vierte war. Ich habe mich geweigert, ihn Quad zu nennen. Aus den meisten Spitznamen mache ich mir nichts. Wie heißen Sie richtig?«

40

Er war rot geworden, hatte auf seine Hände geschaut, die rissig waren von seiner Arbeit in der Gefängniswäscherei und dem Tagelöhnerjob, den er zurzeit hatte, Zäune aufstellen. »Charles«, sagte er.

»Charles, suchen Sie Arbeit?«, hatte sie gefragt.

»Oh. Oh.« Nadine stöhnte und hieb mit einem Tranchiermesser auf einen Brokkoli ein.

Sie war der Meinung, eine gute Menschenkennerin zu sein, Mrs. Blessing, und eine Pferdekennerin, wenn auch die Pferde längst weg waren, verkauft, als Meredith aufs College ging. Die Kosmeen wuchsen so schön auf der hinteren Wiese, weil dort das Gelände war, wo die Pferde und vor ihnen die Kühe geweidet hatten, damals, als Vater sich gern der Vorstellung hingegeben hatte, das Anwesen sei eine Farm und er ein Gentleman-Farmer. »Du hast ein gutes Auge, Lyds«, sagte er, wenn sie zu anderen Farmern fuhren, um Tiere zu kaufen. Er hatte dem Haus einen Namen geben wollen, als er es erwarb, doch über kurz oder lang nannte jeder es Blessings, und bald schon schien ein anderer Name sinnlos.

Nun glaubte sie, sie habe ein gutes Auge für den jungen Mann gehabt. Er war fertig mit dem Gras auf den Wiesen und beschnitt jetzt die Eiben an der Überlaufrinne des Teichs. Ed und Jeanne Chester war der bessere Zustand des Anwesens sofort aufgefallen, als sie neulich Abend zu Cocktails und Dinner da gewesen waren. »Das Grundstück sieht großartig aus, Lydia«, hatte Ed, an seinem Martini nippend, gesagt. »Wunderbar«, hatte Jeanne hinzugefügt. »Die Blumen haben nie schöner ausgesehen.«

»Ich habe einen neuen Mann«, hatte Mrs. Blessing erwidert, und die beiden hatten feierlich genickt. Jeanne war die Tochter von Mrs. Blessings alter Freundin Jess, mit der sie an so vielen Dienstag- und Donnerstagvormittagen hinten auf dem Rasen Tennis gespielt und damit die Stunden ihres jungen, ziellosen Lebens ausgefüllt hatte. Aber Jess war inzwischen tot, wie fast alle von Mrs. Blessings Freunden, und ihre Tochter war von einem jungen Mädchen zu einer Frau mittleren Alters herangereift. Sie und Mrs. Blessing, zwischen denen einst eine Generation lag, waren irgendwie gleichaltrig und Freundinnen aus zweiter Hand geworden. Trotzdem waren Jeanne und Ed stets respektvoll.

»Wo haben Sie ihn aufgetrieben?«, fragte Ed und legte den Kopf schief.

Nadine gab ein schnaubendes Geräusch von sich, als sie die Käsewürfel und Oliven herumreichte. Mrs. Blessing ließ Nadine länger bleiben, wenn sie Gäste hatte; allerdings weigerte sich Nadine hartnäckig, eine Uniform zu tragen.

»Nadine schätzt Veränderungen nicht« sagte Ed mit jenem Blitzen in den Augen, das Mrs. Blessing schon immer so aufreizend gefunden hatte.

»Aufgelesen wie Hund«, sagte Nadine. »Keine Zeugnisse, kein gar nichts.«

»Das reicht, Nadine«, hatte Mrs. Blessing gesagt.

Nadine schätzte Veränderungen nicht, aber das traf auch auf Mrs. Blessing zu. Es war viele Jahre her, seit sie sich die Mühe gemacht hatte, Mount Mason zu verlassen, und über dreißig, seit sie die Park Avenue entlanggefahren war, einst die Hauptstraße ihres Lebens. Jetzt legte sie Wert auf ihre festen Gewohnheiten, ihr Frühstück, ihre *Times*, das Abschicken ihrer Briefe, ein leichtes Mittagessen, einen Spaziergang um den Teich mit ihrem Stock, vielleicht ein heimliches Nickerchen auf einem der hölzernen Gartenstühle mit einem Buch auf ihrem Schoß, den Einband nach oben gekehrt, eine Stunde Talkshows im Fernsehen, einen Teller Suppe, zwei Drinks und frühes Zubettgehen. Den Großteil der Nacht schlief sie nicht. Sie ruhte sich für den kommenden Tag aus und dachte an die hinter ihr liegenden Tage. Es war ihr ein Rätsel, wie begierig sie sich ins Leben gestürzt hatte, als sie achtzehn oder zwanzig gewesen war, und auf welch halbherzige Weise es sich seitdem dahingezogen hatte. Auch als sie noch jünger gewesen war, vor dreißig, vierzig Jahren, als es in Blessings große Gesellschaften gegeben hatte und Golfturniere und Schwimmen um Mitternacht und Abendessen für zwölf – selbst da waren die Tage so lang und die Jahre irgendwie so kurz gewesen.

»Nadine«, rief sie, an ihrem Kaffee nippend. »Nadine. Sagen Sie Charles, er soll die Hortensien nicht beschneiden. Den Rhododendron auch nicht. Erst im Herbst. Nadine?«

Sie beobachtete, wie Nadine mit geballten Fäusten quer über die Einfahrt marschierte. »Wie mutig von Ihnen, so jemanden einzustellen«, hatte Ed gesagt, doch Mrs. Blessing kannte die Menschen, und sie hatte in dem jungen Mann, der auf dem Wal-Mart-Parkplatz die Überbrückungskabel hielt, jenes delikate Gleichgewicht zwischen Effizienz und Unterwürfigkeit wiedererkannt, das die besten Dienstboten ihrer Kindheit und Jugend ausgezeichnet hatte. Die Köchin hier in Blessings hatte es gehabt und der erste Gärtner und der Mann, der sich um die Kühe kümmerte und Miss Lydia und Master Blessing beibrachte, wie sie an den weichen Eutern ziehen mussten, sodass die Milch warm und süß auf ihren Lippen war. Die Dienstmädchen im Stadthaus hatten es irgendwie nie gehabt, doch das lag womöglich daran, wie ihr Vater sie behandelte, der sie manchmal im Flur streifte, wenn er dachte, es sähe niemand, oder den Vorlegelöffel so hielt, dass sein Oberarm sacht die Rundung einer Brust unter einem weißen Latz und grauer Baumwolle berührte. Wie gut er ausgesehen hatte mit seinem in der Mitte gescheitelten blonden Haar und seinem Schnauzbart und der vollen Unterlippe und den leuchtend blauen Augen.

Als Nadine den Neuen ansprach, sah Mrs. Blessing, wie er leicht zusammenzuckte und Nadine über die Schulter antwortete, als ob er nicht wollte, dass sie sein Gesicht sah. Er bewegte sich seltsam, als wäre er steif oder verletzt, als hätte er sich den Rücken verrenkt und könnte sich nicht aufrichten. Harte Arbeit hat noch nie jemandem geschadet, pflegte Mrs. Blessings Vater zu sagen, wenn er mit ihr, seinen Stock schwingend, auf dem Anwesen herumspazierte, obgleich er noch nie in seinem Leben hart gearbeitet hatte.

Nadine kehrte zum Haus zurück, und der junge Mann nahm sein Harken wieder auf. Er würde es schon lernen, der hier, dachte Mrs. Blessing. Sie hatte ein Gefühl dafür. Sie musste nur daran denken, dass sie Nadine sagte, sie solle ihn daran erinnern, aufrecht zu gehen. Es war schließlich nicht einzusehen, dass er sich schon im ersten Monat seines neuen Jobs den Rücken verrenkte.

Solche Angst hatte er nicht gehabt seit seiner ersten Woche im Bezirksgefängnis, als er davon überzeugt gewesen war, dass sich jede Minute irgendein großer Kerl auf ihn stürzen würde. Und so müde war er seither auch nie wieder gewesen. Ein erschöpfter alter Knabe, der mit ihm in der Wäscherei arbeitete, hatte sich damals seiner erbarmt. »Du kannst ruhig schlafen, Kleiner«, hatte der Mann gesagt, während er Bettzeug in die riesige Waschmaschine stopfte. »Das Schlimmste, was dir hier passieren kann, ist ein Bodycheck beim Basketball.«

»Ich spiele kein Basketball«, hatte Skip erwidert.

»Na, siehst du«, sagte der Ältere.

Der Aufsitzmäher fuhr in einer glatten, monotonen Bewegung im Kreis herum, die ihn einschläferte. Die Fenster des Hauses glitzerten im Sonnenlicht, sodass unmöglich zu erkennen war, ob ihn jemand beobachtete. Solche Angst hatte er nicht gehabt, seit er auf dem Parkplatz des Quik-Stop gesessen und durch die verrußte Fensterscheibe zugesehen hatte, wie Chris den Angestellten anschrie. Und damals hatte er wenigstens gewusst, welches Verbrechen er beging, als er mit laufendem Motor auf jemanden mit dem Inhalt einer Registrierkasse wartete. Auf jemanden, der eine braune Papiertüte in der Hand hielt, in die schmutzige Geldscheine gestopft waren. Er hatte jetzt seit über einer Woche Angst, obwohl er nicht mit Sicherheit wusste, wessen er schuldig war. Wenn er in die unterste Schublade einer alten Kommode, die er mit einer Decke ausgelegt hatte, auf das Baby schaute, eingehend nach Lebenszeichen Ausschau hielt, fragte er sich, ob dies wohl Kidnapping sein könnte oder Diebstahl oder eine Art von Beihilfe. Vielleicht war es eine Verletzung der Bewährungsauflagen, ein minderjähriges Kind zu beherbergen. In erster Linie aber fragte er sich, wie lange er es schaffen würde, sich um zweihundert Acres Land zu kümmern, wenn sein Rücken dabei über ein vor seine Brust geschnalltes Baby gekrümmt war und eine alte Frau ihn vom Fenster aus beobachtete.

»Sie denkt bestimmt, ich bin der Glöckner von Notre Dame«, sagte er laut, ohne dass er beabsichtigt hätte zu sprechen, und der kleine, flaumige Kopf bewegte sich leicht. »Bitte bitte bitte bitte nicht aufwachen«, flüsterte er. »Bitte nicht.«

Er hatte mal einen Hund gehabt, der wie alles in seiner Kindheit gewesen war, gewöhnlich, aber nicht von Dauer. Es war irgendeine Beagle-Mischung gewesen, mit scharfem Bellen und langen Schneidezähnen und einem Schwanz, der Nippes von niedrigen Flächen fegte. Eines Abends hatte er einen Müllsack aufgerissen, der im Rinnstein stand, und Blechdosen und Fetzen von Wachspapier über den Rasen verstreut; am nächsten hatte er die dünne, beige Auslegware beschmutzt, das Schmuckstück des Wohnzimmers seiner Mutter. »Wir haben ihn einer Familie mit einer Farm gegeben, Junge«, sagte sein Vater zu ihm, als er von der Schule heimkehrte. »Die Farm-Geschichte«, hatte Chris mit geschürzten Lippen gesagt. »Die erzählen sie einem immer.« Skip hatte seine Mutter bei einem Telefongespräch mit ihrer Schwester seufzen hören. »Du kannst dir diese ständige Verantwortung gar nicht vorstellen«, hatte sie gesagt. »Wie bei einem Baby, wo du überhaupt keine Zeit mehr für dich selber hast.« Derartige Dinge sagte sie dauernd, als ob er es nicht hören könnte oder es, falls doch, nicht persönlich nehmen würde.

Jetzt wusste er, dass sie Recht hatte. Am ersten Tag hatte das Baby so selbstvergessen und hingebungsvoll geschlafen, dass er zu dem Schluss kam, es sei krank, oder manchmal, wenn das Licht nicht voll auf den kleinen, schlaffen Körper fiel, sogar tot. Gegen Anbruch der Dämmerung hatte er überprüft, ob es richtig atmete, und war dann zum Wal-Mart einkaufen gefahren. Vermutlich war das auch ein Verbrechen, einen Säugling allein zu lassen, aber da er schon einmal einer der Freundinnen des Barkeepers im McGuire's dabei zugesehen hatte, wie sie ihren Zwillingen am Hintertisch die Windeln wechselte, wusste er, dass er Pampers und irgendwas benötigen würde, das er in Fläschchen füllen konnte.

Er hatte fettarme Milch besorgt, weil sie ihm am gesündesten erschien, und Pampers mit feuchtigkeitsabweisender Einlage in Neugeborenen-Größe und einige Plastikflaschen mit aufgemalten Luftballons und ein Buch über Babypflege und ein Tragetuch aus Nessel, in dem man sich einen Säugling vor die Brust binden konnte, und jedes mit Enten bedruckte Kleidungsstück, das er fand. Er war mit gesenktem Kopf und tief in die Stirn gezogener John-Deere-Kappe zur Kasse geschlichen, falls ihn eines der Mädchen von der High School oder aus der Bar kannte, und hatte versucht, in seinem Pickup nach Hause zu gelangen, bevor die alte Dame merkte, dass er weg war, oder das fleckige, sich windende Etwas in dem Karton wach wurde. Er gab 81,19 Dollar im Wal-Mart aus, die Hälfte davon für Dinge, die er, wie sich erweisen sollte, erst später brauchen würde: Babynahrung in Gläsern, einen Becher, der wieder hochschnellte, wenn man ihn umkippte, eine Rassel.

Als er in die Garage gefahren war, hatte er gelauscht und das Baby von oben schreien hören, in kurzen Ausbrüchen, wie die Alarmanlage eines Autos. Das war ein weiterer Grund, froh darüber zu sein, dass die Garage so weit entfernt vom Haus war, so weit, dass die alte Dame womöglich nichts hören würde. Ehe er das Apartment verlassen hatte, hatte er das Baby aus der Kommodenschublade genommen und wieder in den Karton gelegt und den Karton unter sein Bett gestellt, für alle Fälle. Das feuchte, gerötete Gesicht war mit einer dünnen Schicht grauen Staubs bedeckt, wie die auf dem Weihnachtsschmuck, als er ein Junge war und sie ihn hervorholten, um den Baum damit zu dekorieren, er und sein Dad, ganz allein. Wangen und Stirn wirkten, fast wie durch eine Prellung, unter der rot glänzenden Wut des Babys wie geschwollen, und die Augen waren Schlitze. Der graue Sand glitzerte wie Glimmererde in dem Flaum, der versprach, sich zu Augenbrauen zu entwickeln.

»Okay«, hatte er gesagt und das Baby mit einem Griff in die Achselhöhlen aus dem Karton gehoben, sodass sich das Flanellhemd abwickelte und der ganze kleine Körper, die nackten Beinchen gekrümmt wie Klammern, herabbaumelte. »Es ist ein Mädchen!«, hatte er bei sich gedacht, als er auf den krabbenrosa Körper hinuntersah, und überlegt, dass er vor lauter Sorge vielleicht ganz durcheinander war und es womöglich ein zusätzliches Verbrechen bedeutete, ein weibliches Baby zu beherbergen. Er trug die quäkende Kleine in die Küche und legte sie auf die Theke, goss die Milch in das Babyfläschchen und stellte das Radio an. »Okay«, sagte er immer wieder. »Okay okay okay.«

Und Grundgütiger, das gesegnete Gewicht der Stille, als er ihr den Sauger in den Mund steckte und sie Ruhe gab, kein Geräusch außer Patsy Cline, die auf dem Country-Sender »Crazy« sang. Skip wusste, dass er ihr eine Windel anlegen musste, aber er hatte Angst, das Flanellhemd ganz zu entfernen, Angst, ihre kleinen Beine zu bewegen, Angst, sie wieder aufzuwecken, als sie nach dem Trinken eingenickt war, den Kopf schwer über seinem gebeugten Arm. Als er sie auf der Küchentheke nackt vor sich gehabt hatte, hatte er befürchtet, sie hätte einen Anfall; ihre Arme und Beine hatten sich krampfhaft gespreizt und gezittert, als ob sie versuchte, die Luft zu greifen. Aber inzwischen war es mit den Krämpfen vorbei, und er wollte, dass es so blieb. Er hatte auch Angst, sie hinzulegen, deshalb setzte er sich in einen alten Schaukelstuhl und schaukelte sie sacht, während ihr Urin warm in seine Hosen sickerte. »Nicht kacken, Baby«, flüsterte er. »Nicht kacken.« Er murmelte immer noch vor sich hin, als sie den Kopf wandte und sich so heftig erbrach, dass die Milch an die Wand und das Fenster spritzte.

»Oh, Scheiße«, sagte er, und das Schreien begann erneut.

Er staunte, dass er die erste Nacht überstanden hatte: sie säubern, ihr die Windel anlegen, ein Hemd anziehen, sich das Tragetuch umbinden, das Buch nehmen, etwas über Milchpulver lesen, auf sich selbst fluchen, den Highway hinunter zu einem Gemischtwarenladen fahren und genügend Packungen kaufen, um damit ein Dutzend Babys zu füttern. Als die Sonne begann, über dem Teich aufzugehen, wischte er mit dem Baby im Tragetuch saure Milch von den Fensterscheiben, und ein neuer Tag erstreckte sich vor ihm, an dem er die Blumenbeete harken und den Überlauf des Teiches reinigen und den Mäher fahren sollte.

»Ich halte das nicht aus«, sagte er bei sich, aber irgendwie schaffte er es.

Zehn Tage waren es nun schon. Ein Tag voller Arbeit, zum Großteil verrichtet mit der Kleinen an seiner Brust, ein nasser Fleck von Schweiß und Sabber kühl in der Mitte seines Brustbeins. Manchmal schlief sie, nachdem sie getrunken hatte, so fest, dass er es für ungefährlich hielt, sie oben zu lassen, während er lossprintete, um die Fenster abzudichten oder die Tomaten zu spritzen. Er fuhr wieder zum Wal-Mart, diesmal, um ein Babyfon zu kaufen, das er im Fernsehen gesehen hatte, sodass er hören konnte, was über der Garage vor sich ging, wenn er draußen war. Er lernte, sich so in den Traktor plumpsen zu lassen, dass seine gekrümmten Schultern ein Tal für die kleinen Rundungen des Kopfes und des Hinterteils bildeten. Wenn er das Glitzern von Mrs. Blessings Fernglas sah, drehte er ihr den Rücken zu. Er glaubte zu wissen, was Mrs. Blessing hierzu sagen würde. Er kannte sie noch nicht gut, doch das Erste, was ihm an ihr aufgefallen war, waren die dünnen, scharfen Falten um ihren Mund herum, Falten, die eine Frau bekommt, wenn sie jahrelang voller Missbilligung für die Launenhaftigkeit der Welt die Lippen zusammenkneift. Und er nahm an, sie würde dasselbe vermuten wie er: dass jemand das Baby nicht für ihn, den jämmerlichen Trottel von einem Verwalter, der nicht einmal ein Bankkonto besaß, hier abgelegt hatte, sondern für sie, die reichste Frau in Mount Mason.

»Sie sagen, Radio nachts zu laut«, rief Nadine ihm über den Teich hinweg zu.

»Sagen Sie ihr, es tut mir Leid, wird nicht wieder vorkommen«, rief er zurück.

Das Radio sollte das Weinen übertönen, und für das Weinen gab es keinen für ihn ersichtlichen Grund. Manchmal schien die Kleine Blähungen zu haben, dann zog sie die Beine an die Brust, ächzte und furzte und ächzte erneut, schrie dann, döste für zwanzig Minuten ein, wachte dann mit einem Ruck in seinen Armen auf und schrie noch ein bisschen. Er schaukelte und schaukelte sie und blätterte in dem Babybuch und suchte nach einer Erklärung und fütterte sie und schaukelte sie wieder. »Sie haben soeben das wunderbarste Geschenk erhalten, das sich denken lässt!«, hieß es in dem Babybuch. Skip hielt Koliken für eine Möglichkeit. Oder vielleicht war sie auch bloß sauer, dass ihre Mutter sie in Blessings abgeladen und nicht einmal genügend Grips gehabt hatte, sie vor das große Haus zu legen. Der faserige Stumpf der Nabelschnur, braun von getrocknetem Blut, war vor dem runden Bauch mit einer Haarspange mit einem blauen Emailleschmetterling, wie er sie im Einkaufszentrum an Schulmädchen gesehen hatte, abgeklemmt worden.

Morgens hörte sie immer auf zu weinen, als ob das schwache Licht im Fenster sie besänftigte. Manchmal schien sie direkt durch ihn hindurchzustarren, mit Augen von einem dunklen, klaren Blau, und ein kleines Bläschen bildete sich mitten auf ihrer Oberlippe. Ihre Beine und Arme bewegten sich in einer seltsamen Gymnastik, während er sie mit einem warmen Tuch säuberte.

»Okay«, sagte er. »Alles okay. Ich kümmere mich schon um dich. Alles wird gut. Okay?«

Aber am Ende seines Arbeitstages war er kurz davor umzufallen, so müde, dass er eines Tages auf die Weide hinter dem Stall fuhr und in der Mittagssonne hinten auf seinem Laster einschlief; beim Aufwachen stellte er fest, dass seine Kleider schweißgetränkt waren und die Hälfte seines Gesichts zu einem dunklen Purpurrot verbrannt war. An manchen Tagen war er so erschöpft, dass das Klopfen der Kolben des Aufsitzmähers ihn langsam in den Schlaf wiegte und er dann mit einem Ruck zu sich kam und auf die leicht wellige Spur zurückschaute, die er gemäht hatte.

Selbst wenn er wirklich einmal schlief, war es kaum Schlaf zu nennen, eher ein Hineingleiten in Tagträume und Hinausgleiten aus ihnen, als ob der Schlaf so dünn wäre wie die Baumwolllaken, mit denen er sich nachts zudeckte, weil es in dem Apartment über der Garage so verdammt heiß war. Er hatte zwei Ventilatoren in Betrieb. Mrs. Blessing hatte darüber irgendetwas zu Nadine gesagt, zwei Ventilatoren, viel Strom. Was kümmerte sie das mit all ihrem Geld? Er konnte ihr nicht erzählen, dass der eine Ventilator heiße Luft über ihn blies und der andere über die unterste Schublade der alten Kommode, die er mit einer wattierten Satinbettdecke gepolstert hatte, welche er im Schrank gefunden und unter das Baby gelegt hatte.

»Was willst du denn?«, hatte er eines Nachts kurz nach vier Uhr morgens in wütendem Flüsterton gefragt. »Was zum Teufel ist dein Problem?« Es war, als könnte sie, unfertig, wie sie war, den heftigen Ärger in seinen Worten verstehen. Das unaufhörliche Weinen verwandelte sich in abgehacktes Jammern, und sie fing an zu schreien, bis sie nach Luft rang, das Gesicht so knallrot wie sein Sonnenbrand. Am liebsten hätte er sie geschüttelt. Stattdessen trug er sie in einen Raum ganz hinten in der Wohnung, der ein kleines, auf die Wiesen hinausgehendes Fenster besaß; es stand nur eine Bettcouch darin, und er legte sie darauf, schloss die Tür und ging im Flur auf und ab. »Ich kann das nicht«, flüsterte er vor sich hin. »Ich kann es nicht. Ich kann einfach nicht.« Nach zehn Minuten trat er wieder in das Zimmer und hob sie auf seine Schulter. »Ich kann es nicht«, sagte er. Ihr Gesicht lag nass an seinem Hals. »Das ist Wahnsinn«, murmelte er. »Das ist total verrückt.« Vier Uhr morgens, und die Dunkelheit hatte etwas Unerbittliches und Bedrohliches, als würde sie nie vergehen, als wäre, ohne dass jemand etwas bemerkt hatte, die Dämmerung vom Tag zuvor der Beginn des letzten Lichtes in der Geschichte der Welt gewesen. Endlich, als er gerade aus dem Badezimmerfenster guckte und am Rand des Teiches einen blau-grauen Streifen auftauchen sah, der den Sonnenaufgang ankündigte, spürte er, wie das Baby erschlaffte wie ein halb geleerter Mehlsack.

Er hätte nicht sagen können, wann genau er sich entschloss, sie zu behalten, oder warum. Es ergab eigentlich keinen Sinn. Er hatte nie groß darüber nachgedacht, wie es wäre, Kinder zu haben, und jetzt eins zu haben würde ihm erhebliche Schwierigkeiten einbringen, wie er bereits erfahren hatte. Aber er wusste, dass es Dinge gab, für die man sich, obwohl sie der Welt als irre erschienen, trotzdem entschied. Das musste auch sein Vater empfunden haben, der als Fernfahrer seinen Sohn ziemlich selten sah, als er eine Frau kennen lernte, die im Restaurant des Quality Inn nahe Tampa Kellnerin war, und wieder merkte, wie es sich anfühlte, sich im Bett umzudrehen und das Laken nicht mehr kalt vorzufinden, und der daraufhin beschloss, in Florida zu bleiben, obgleich er tausend Meilen weiter nördlich ein Haus und einen Sohn hatte.

Oder vielleicht hatte es mit dem verdammten Hund zu tun, an den er ständig denken musste. All die Jahre hatte er jedes Mal, wenn sie im Laster seines Onkels an einer Farm vorbeikamen, aus dem Fenster auf die Ställe und Felder und langen Kiesauffahrten gestarrt und nach einem alten, sich in der Sonne aalenden Beagle Ausschau gehalten. Er wünschte sich einfach, es hätte etwas Dauerhaftes in seinem Leben gegeben, etwas, das er anschauen oder mit Händen greifen oder in seiner Kommodenschublade aufbewahren könnte, das Zeugnis ablegte für Jahre voller Getreideflocken-Frühstücke, Milch nach der Schule, Hausaufgaben am Küchentisch, Familienausflüge zum Jahrmarkt oder auch nur jene Momente vor dem Einschlafen, wenn die Decke des Zimmers so vertraut ist wie das eigene Gesicht im Spiegel.

Er hatte nichts damit zu gewinnen. Sicherlich würde es Ärger geben, wenn ihm jemand auf die Schliche kam, und sicherlich würde Mrs. Blessing oder Nadine oder sonst jemand früher oder später nachts ein Geräusch hören oder ihren Kopf aus seinem Hemdausschnitt hervorlugen sehen.

Doch nach ein paar Tagen war ihm aufgefallen, dass sie, egal wie oft und wie wahllos er seinen Zeigefinger in ihre faltige Handfläche legte, ihn mit ihren Fingern wie zum Gruß umfasste. »Ihr Baby wird sich an Ihrer Hand festhalten!«, plapperte das Buch, und ohne es zu merken, hatte er sich auf das eine Wort fixiert, das Wort »Ihr«. Oder vielleicht lag es auch gar nicht daran. Vielleicht war es auf den Tag zurückzuführen, an dem er die alten Zweige unter dem Birkengehölz hervorgeharkt hatte, das an die Rolling Hills Road grenzte,

53

und ihn ein kurzes Geräusch überraschte, so eines, wie es das Wild machte, wenn man es aufscheuchte, und ihm klar wurde, dass sie geniest hatte.

»Gesundheit«, murmelte er, und als er Feierabend hatte, schlug er im Register des Buches »Erkältungen« nach.

Vielleicht hatte er gar keine Wahl, wie so viele Menschen, die sich ungeplant, zufällig mit Kindern wiederfinden. Wenn er darüber nachdachte, was er sonst tun könnte, traten ihm nur unterschiedlichste kalte und grausam beleuchtete Räume vor Augen, die nach Desinfektionsmitteln rochen. Das Krankenhaus in Mount Mason, wo ihm sein gebrochenes Bein gerichtet wurde, als er vierzehn war, und man seine Verbrennungen behandelte, nachdem die Frittierpfanne bei Burger King eines Abends kurz vor Geschäftsschluss seinen mageren Bizeps anspuckte und dort einen magentaroten Fleck hinterließ. Das Polizeirevier, das wie eine Grundschule aussah und auch so roch, nach Lysol und Pommes und Zigaretten, wo er nach dem Raubüberfall in Handschellen auf einer Bank gesessen hatte. Das Gerichtsgebäude, das in den 60ern renoviert worden und jetzt von außen immer noch ein prachtvoller Kalksteinkoloss war, im Innern dagegen ein Labyrinth aus Hartfaserplattenverkleidungen und kariertem Linoleum und grauen Metallschreibtischen.

An einen dieser Orte, Orte der Vorläufigkeit und der unechten Anteilnahme, würde er niemanden bringen. Ebenso gut hätte er das Baby in einen Brunnen werfen und auf das Aufklatschen warten können. Er kannte diese Leute. Sie würden ein paar Jahre herumtrödeln, Papiere hin- und herschieben, nach einer Mutter suchen, die einfach in Ruhe gelassen werden wollte. Das kleine Mädchen würde mit drei Jahren nach wie vor in einer miesen Pflegefamilie leben, die das Geld, das sie vom Staat bekam, für Camel Lights und eine Satellitenschüssel ausgab.

Er kaufte einige Einwegkameras und machte Fotos von ihr,

schlafend, wach, sogar schreiend. Ihr kastanienbrauner Teint war nach der ersten Woche zu einem fast geisterhaften Weiß verblasst, schwach rosa gesprenkelt, wie die Blüten der Magnolienbäume entlang der Auffahrt. Ihre Nabelschnur fiel ab, was ihn zu Tode erschreckte, bis er sah, dass der niedliche kleine Nabel an Ort und Stelle war, und er nahm die Spange, die die Schnur abgeklemmt hatte, und den Karton und das Flanellhemd und packte alles zusammen auf das oberste Bord des Wandschranks im Hinterzimmer. Die Kameras legte er dazu. Er konstruierte eine Biografie für sie, so, wie er sich eine von jemandem für ihn selbst konstruierte gewünscht hätte.

Und als ob sie all dies wüsste, war sie am zehnten Tag ruhig. Er reihte die Fläschchen im Kühlschrank auf, legte sie hin, schlief selber ein mit der Erwartung, in ein, zwei Stunden von ihrem Schreien geweckt zu werden. Und stattdessen schlief sie bis um drei, wachte auf und trank, schlief wieder ein, beschwerte sich erst kurz vor Tagesanbruch, verputzte, kaum wach, eine ganze Flasche und schlief erneut, den kleinen Mund gespitzt, die Finger gespreizt, bis gegen neun Uhr. So hatte er Zeit, die Kellertreppe hochzugehen, den Kaffee für Mrs. Blessing zu machen, abgefallene Äste von der Einfahrt zu räumen, das Gemüse und die Zinnien zu gießen, bevor sie aufwachte und mehr verlangte. Nachmittags fuhr er mit dem Traktor weit weg vom Haus und nahm sie aus dem Tragetuch, um sie unter langgliedrigen Ulmen auf ein Handtuch zu legen. Eine Brise wehte, und ihre Augen weiteten sich, und er hätte schwören können, dass sie geistesabwesend den Himmel anlächelte. Im Buch stand, sie würde erst nach Wochen lächeln, aber er wusste, was er gesehen hatte. »Wow«, sagte er und kniete sich neben sie. Ernst blinzelte sie, machte die Augen zu und schloss ihre Faust um seinen Finger. Soweit es Skip betraf, war's das. Sie gehörte ihm.

Lydia Blessing war schon oft mitten in der Nacht von einem Geräusch wie Babygeschrei aufgewacht. Im Laufe der Jahre hatte sie gelernt, die Quellen dafür auszumachen: manchmal etwas so Prosaisches wie das Wehklagen eines läufigen Katers, gelegentlich das hohe, dünne Jaulen der Kojoten, die sich vor einem Jahrzehnt von Westen her wieder in diesen Teil des Nordostens eingeschlichen hatten.

In den ersten Monaten, nachdem sie festgestellt hatte, dass sie schwanger war, als der neue Ehering, obschon schmal, sich wie eine unerwartete Schwiele an ihrem Finger anfühlte, war ihr das Schreien wie gespenstische Rufe des Kindes in ihr erschienen. Das war, nachdem sie ihre Sachen aus dem Haus ihrer Eltern in der Stadt nach Blessings gebracht hatte, zu einem Kriegs-Intermezzo, wie sie dachte, währenddessen in dem Briefkasten an der alten Landstraße Bennys Briefe auf transparentem Luftpostpapier eintrafen.

Und dann war Meredith zur Welt gekommen, und die Schreie waren real gewesen, wenn auch irgendwie genauso fremdartig wie ihre imaginären Gegenstücke. Langsam kämpfte sie sich durch den Schleier ihrer Träume zu den im ersten Moment unheimlichen Formen der Lampe, der Frisierkommode, des Schrankes, des Schreibtischs durch, die ihr Schlafzimmer bevölkerten, und fragte sich kurz, wessen Baby es war, das da schrie. Ihre Beine mühten sich mit dem Laken, den Decken, und dann kam das gleichmäßige Tapp-Tapp-Tapp der Schritte der Kinderschwester, die ihre Mutter eingestellt und aus der Stadt hergeschickt hatte, einer dünnen Frau mit kurz geschorenem Haar und einem schwachen mitteleuropäischen Akzent, die in ihrer Freizeit in der Küche Patiencen legte. Mrs. Blessing konnte sich entsinnen, wie sie in jenen ersten Wochen gedacht hatte, sie würde nicht wieder einschlafen können, während sie das Ticken der Uhr auf dem Kaminsims hörte und spürte, wie es dort wehtat, wo sie nach dem Kaiserschnitt quer über den Bauch genäht worden war. Und dann wachte sie wieder auf, und das strahlend klare Licht des hellen Tages schien durch die Äste des Ahorns vor dem Schlafzimmerfenster. So tief schlief sie heute nie mehr, und ihr Schlafzimmer im Dunkeln war ihr so vertraut wie das grübchengeschmückte Antlitz des Mondes über dem Teich.

In den letzten zwei Wochen war das Geschrei zurückgekehrt, klagender und fordernder noch als dasjenige, das sie gehört hatte, als wirklich ein Baby im Haus war. Manchmal dachte sie, sie träumte von jenen Tagen, sechzig Jahre war es inzwischen her, als Meredith geweint hatte und auf irgendeine Weise von der Ausländerin getröstet worden war, die das kleine, in Flanell gewickelte Bündel unter dem Arm trug wie einen widerspenstigen Brotlaib. Manchmal wachte sie mit einem Ruck auf, dann wurde ihr klar, dass sie das leise Geräusch eines Radios aus der Wohnung über der Garage hörte. Sie hatte Nadine gesagt, sie solle dem Einhalt gebieten.

Heute konnte sie nichts hören außer den stetigen Paukenschlägen des Donners, der von Nordosten herangerollte. Sie trat ans Fenster und spähte in die Finsternis, doch die Gewitterwolken hatten den Halbmond verhüllt. Meistens konnte sie von der Veranda vor ihrem Schlafzimmer eine Ecke des Stalldaches sehen, eine mit grünen Schindeln gedeckte Biegung und einen der Blitzableiter, ein Pferd in vollem Galopp aus Kupfer, das zu einem matten Braun verblichen war. Sie hatte das Pferd selbst auf die Stange gesteckt, um die Taille gefasst von ihrem Vater hoch oben auf einer langen, langen Leiter, die von zweien der Männer, die den Stall gebaut hatten, festgehalten wurde. »Muss denn alles zur Schau ausarten?«, hatte ihre Mutter morgens im Esszimmer gesagt, als ihr Vater es vorschlug. Ethel Blessing war nicht einmal zum Zuschauen heruntergekommen. Sie blieb auf der langen vorderen Terrasse in einem Schaukelstuhl sitzen, während alle, Dienstboten, Handwerker, Gärtner, gekommen waren, um zu sehen, wie Lydia das leuchtende Kupferpferd anbrachte. Sie erinnerte sich, dass es warm in ihren Händen gewesen war. Sunny hatte sich an diesem Tag bei Benny Carton in Rhode Island aufgehalten, entsann sie sich. Das war die einzige Enttäuschung für sie gewesen.

Ihr Vater hatte den Stall im Sommer 1930 bauen lassen, als es in Mount Mason keine Arbeit gab. Der Vater und ein Onkel einer Klassenkameradin von Lydia in der Bertram's hatten sich nach dem Börsenkrach umgebracht, und zwei der Mädchen in ihrer Klasse waren auf eine andere Schule gewechselt, obwohl Miss Bertram ihnen Stipendien angeboten hatte. Lydias Mutter dagegen hatte nie an die Börse geglaubt, an Banken übrigens auch nicht, und irgendwie war all das Geld aus dem Unternehmen, das sie von ihrem Vater geerbt hatte und das früher Simpson's Dry Goods, jetzt jedoch Simpson's Fine Textiles hieß, erhalten geblieben. Sie waren nicht lange nach dem Börsenkrach von einem schmalen Haus in der 77th Street nahe der Lexington Avenue in ein größeres in der 74th Street dicht beim Park gezogen, ein Haus, das mit beträchtlichem Verlust von einem Mann verkauft wurde, den man kurz vor Weihnachten ins Flower Fifth Avenue Hospital einliefern musste, nachdem er erkannt hatte, dass sein gesamtes Vermögen dahin war.

Die Menschen in Mount Mason waren froh über die Arbeit gewesen, und sie hatten die Ständer und Dachstreben mitten in der großen Grassenke, für die sich Edwin Blessing als Standort entschieden hatte, ausgelegt und den Stall schnell hochgezogen. Er hatte außerdem entschieden, dass Sunny den aus dem Ort angeheuerten Handwerkern beim Stallbau helfen sollte. »Das wird einen Mann aus ihm machen«, sagte Mr. Blessing wiederholt, als ob Persönlichkeit im Akkord zu vergeben wäre. »Lehrt ihn den Wert harter Arbeit.« Sunny war in jenem Sommer dreizehn Jahre alt gewesen. Sein Haar war strahlend hell wie Sonnenschein und seine Haut golden. Lydia fand ihren Bruder wunderschön.

»Ich war so verliebt in ihn, als wir Kinder waren«, hatte Jess ihr eines Tages gestanden, als sie mit dem Mittagessen auf das Eintreffen von Sunnys Zug warteten, während sich die Kinder die Zeit damit vertrieben, in der Bibliothek Parchisi zu spielen. »Er war so lieb.« Lydia erinnerte sich, dass Sunny an jenem Tag nicht zum Lunch, sondern mit dem letzten Abendzug gekommen war, nach Gin riechend, einen frischen Schnitt in einem Augenwinkel. Sie hatte ihn in dem üblichen Zimmer zu Bett gebracht. »Ich bin ein böser Junge, Lydie«, hatte er gemurmelt, laut gerülpst und war dann eingeschlafen, als hätte man ihn narkotisiert. Fünfzig Jahre war das her, und sie konnte immer noch seinen gebräunten Arm aus dem schmalen Bett baumeln sehen.

Ihre Laken waren kalt, als sie wieder ins Bett schlüpfte, leuchtend weiß wie ein nächtliches Licht in dem dunklen Raum. In den Jahren, in denen Blessings ihr gehörte und ihr allein, hatte sie niemals farbiges Bettzeug im Haus gehabt. Sie beabsichtigte, es dabei zu belassen. Weiße Handtücher desgleichen.

Sie war seit vielen Jahren nicht mehr unten im Stall gewesen. Heute war er verlassen, völlig leer bis auf Tauben und Mäuse und den gelegentlich nach Futter suchenden Fuchs. Ein langer, steiler Hang führte zu ihm hinab; der Bauunternehmer hatte gesagt, das sei der Nachteil des Standortes, doch Vater hatte ihn dort haben wollen, hinten mit einer langen Zufahrt zur Straße und daneben eine Weide. Die Frau des Farmers, von dem er die Kühe gekauft hatte, stand weinend in der Tür, als sie in einen Lastwagen mit offener Lattenverkleidung getrieben wurden, und Lydia, die mit ihrem Vater in dem alten Lincoln saß, hatte angenommen, die Frau des Farmers würde jede einzelne Kuh kennen und wäre traurig, sie ziehen zu lassen. Bessie. Brownie. Calico, das Kalb. Vielleicht verabschiedete sie sich im Geiste von ihnen. Jahre später erzählte sie die Geschichte bei einer Dinnerparty, beschrieb, wie die Frau in der rosa geblümten Schürze die Fliegengittertür mit der Hüfte aufhielt, sich mit dem Saum der Schürze die Augen wischte, zuschaute, wie sich das schwarz-weiße Vieh die Rampe hinaufschleppte, wobei ihr Mann sie mit einem zugespitzten Besenstiel antrieb. Und Jess war noch vor Kaffee und Dessert gegangen und hatte Lydia am nächsten Morgen angerufen und ihr mit jener erstickten, atemlosen Stimme, die sie hatte, wenn sie verärgert war, erklärt, die Frau habe geweint, weil der Verkauf der Kühe das Einzige war, was eine Zwangsversteigerung der Farm verhindern konnte, die seit der Zeit vor dem Bürgerkrieg im Besitz ihrer Familie war. Jess wusste das, weil ihr Vater Präsident der Bank war, die die Hypothek innehatte.

»Wie hätte ich das wissen sollen, Herrgott noch mal?«, hatte Lydia gesagt.

»Das ist ja immer dein Problem«, hatte Jess erwidert. »Du hättest es wissen müssen. Es gibt ständig Dinge, die du wissen müsstest, aber irgendwie nicht weißt. Mach die Augen auf, Lydia. Du bist nicht der Mittelpunkt des Universums.«

Das waren die beiden Menschen, die für sie der Mittelpunkt des Universums gewesen waren: Jess und Sunny. Und beide waren nicht mehr da. Und die Menschen, die sie geglaubt hatte zu lieben, waren auch nicht mehr da, ihr Vater, der Blessings hatte bauen lassen und es dann an seine Frau und seine

Tochter verloren hatte, und Frank Askew, immer noch gut aussehend und mit Schlafzimmerblick auf dem Foto zu seinem Nachruf in der *Times* vor 15 Jahren, immer noch mit Ella verheiratet, immer noch im Verwaltungsrat des Krankenhauses und im Gemeinderat von Bedford. Beide Männer hatten ihr vorgesungen. »Let me call you sweetheart, I'm in love with you«, pflegte ihr Vater mit seinem klaren Tenor zu singen, wenn er mit ihr im Wohnzimmer des Hauses in der Stadt herumtanzte. »Night and day, you are the one«, hatte Frank eines Nachts im Club beim Debütantinnenball einer seiner Töchter gesungen. Hinterher hatte es im Apartment der Askews in der Park Avenue Frühstück gegeben, und er hatte die Tür eines der Dienstmädchenzimmer abgeschlossen und sie auf dem schmalen Bett geliebt, und die ganze Zeit über hatte sie über den Flur hinweg hören können, wie Ella Askew mit ihrer unverwechselbaren Stimme, laut und hell wie eine Essensglocke, eine lange Geschichte über die Schwierigkeiten mit dem Zelt für die Gartenhochzeit ihrer Schwester erzählte. »Schön«, flüsterte Frank immer wieder. »Wunderschön.« Sie schämte sich all dessen, war rosig angehaucht wie ein Pfirsich, doch vielleicht war das auch ein Teil des Vergnügens gewesen. Im Alter von zwanzig schien ihr Körper seinen eigenen Willen zu haben, sich aus eigenem Antrieb zu öffnen, so automatisch wie ein Herzschlag. Es war schwer, sich das heute vorzustellen.

Während eines der langen Mittagessen, die sie und Jess sich genehmigten, draußen auf der Terrasse, wo sie eine Flasche Wein geleert hatten, die Kinder erwachsen und die Männer tot, waren sie darauf zurückgekommen, wie sie als Mädchen gewesen waren: »Ich bin sechzig und habe noch nie einen Mann ganz nackt gesehen.«

»Oh, Lyds«, hatte Jess gesagt. »Ach du liebe Güte.« Und dann: »So toll ist das nun auch wieder nicht.« Sie hatten gelacht, bis ihnen die Tränen kamen. Bis sie nur noch weinten.

Jess war damals für einige Jahre zu ihr zurückgekehrt. Sie

hatte Lydia nicht absichtlich allein gelassen; sie hatte einfach das Perfideste getan, was nur möglich war, eine glückliche Ehe geführt mit einem guten Mann, der sie liebte und ihr alles gab, was in seiner Macht stand, um ihr das zu zeigen, von Smaragdohrringen bis zum Spielen mit den Kindern am Samstagmorgen. Sie hatten beide zu Beginn des Krieges geheiratet, sie und Jess, und waren beide in seinem weiteren Verlauf verwitwet. Aber Jess hatte sich ein anderes Leben geschaffen: zwei Söhne, drei Töchter und Roger. Und Lydia nie. Ihr Leben war ein Leben in Sepia und Schwarz-Weiß im Büttenrand, in Silber gerahmt, in Alben geklebt. Es war schon vor Jahren ein vergangenes Leben gewesen.

Die warme Sommerluft hatte etwas Klammes, Stilles, als ob die Atmosphäre langsam ausatmete. Eine riesige Motte tanzte auf dem Fenstergitter am Kopfende ihres Bettes, fest entschlossen, zu dem schwachen Licht zu gelangen, das von der Flurlampe im Erdgeschoss hereinsickerte, oder bei dem Versuch zu sterben. Ihre Flügel klangen, als würden Karten gemischt, und ihre Füße klickten auf dem Drahtgeflecht. Einen Moment lang dachte Lydia, sie sei eingeschlafen und höre im Traum das Geräusch jener alten Lastwagen, die den Hang von der Einfahrt her hochkletterten und dann zum Bauplatz des Stalls hinunterfuhren, wobei ihre Gänge sich mit einem tiefen Rumpeln mühten. Dann fiel ihr ein, dass es der vierte Juli war und es in Mount Mason bestimmt ein Feuerwerk gab. Dabei war sie Jess zum ersten Mal begegnet, als ihr Vater sie auf die große Wiese hinter den Bahngleisen mitgenommen hatte, um das festtägliche Feuerwerk zu betrachten. »Bomben platzen in der Luft«, hatte er gebrüllt, während sein Wagen die Feldwege entlangschlingerte. Jess' Vater hatte sie eingeladen, sich mit auf die Decke seiner Tochter zu setzen, und er und Ed Blessing hatten sich eine Flasche geteilt. »Du hättest mitkommen sollen, Sunny«, sagte sie am nächsten Morgen. »Ich habe ein nettes Mädchen kennen gelernt.«

»Wessen Tochter war das?«, hatte seine Mutter wissen wollen, doch ihr Vater hatte mit dem Mund das Wort »Bankpräsident« geformt, und da war es in Ordnung gewesen. Aber danach hatten sie immer ihre eigenen Feuerwerke gehabt, und Lydia hatte es genauso gehalten, nachdem das Haus ihr gehörte. Am Vierten hatten dreißig Leute hier übernachtet, auf den Sofas auf der Veranda geschlafen, die Schlafzimmer doppelt belegt, und um Mitternacht hatten sie Pfingstrosen und Wasserfälle abgebrannt und sich anschließend Erdbeerkuchen und Sekt genehmigt und dabei auf Steppdecken gesessen, die vorn auf dem Rasen ausgebreitet waren. Sie erinnerte sich, dass Jess die Leute nicht gemocht hatte, die aus der Stadt gekommen waren. Sie fand, sie tränken zu viel, und eine von den Frauen, sie glaubte, es war Penny Lind, hatte versucht, sich auf Rogers Schoß zu setzen.

Es gab noch einen Knall und dann wieder einen und eine ganze Reihe, in Wellen, und sie erkannte nicht, welche von dem Feuerwerk stammten und welche von dem Gewitter, das sich über ihrem Kopf zusammenbraute. Dann hörte sie das seidige Geräusch des Windes, der die Zweige der Bäume beiseite schob, und ihr Zimmer wurde durch einen Blitz in der Nähe silberhell erleuchtet. Der Regen kam mit einer weiteren Bö, dann ein schwach ächzender Laut von dem alten Haus, und dann wieder der Donner, selbstsicher diesmal, der die Luft erfüllte. Hoffentlich überprüften die Fosters, ob die Stalltüren geschlossen waren. Dann fiel ihr ein, dass die Fosters nicht mehr da waren. Jahre um Jahre hatte es in Mount Mason Fosters gegeben. In Lydias ganzem Leben hatte es Blessings gegeben, und bald würden keine mehr da sein.

»Erzähl Mutter und Vater nichts«, hatte Sunny gesagt, als er an seinem ersten Arbeitstag vom Stall kam und, einen Kratzer auf der Wange, seinen rechten Arm mit dem linken umfasste. Sie hatte auf dem Gras am Froschteich gesessen und ein paar neugeborene Stallkätzchen im Schoß gehalten, und in der schräg einfallenden Sonne konnte sie den blassen Flaum sehen, aus dem ein Bart werden sollte. Er hatte sich durchs Abendessen gemogelt, indem er mit der linken Hand aß, ohne dass es jemand bemerkte, und irgendwie hatte er die Nacht überstanden, obgleich er am nächsten Morgen aussah, als hätte er überhaupt nicht geschlafen. Lydia wunderte sich, wie er in seine Baumwollhose und das verschlissene weiße Hemd von seiner alten Schuluniform gekommen war, das er bei der Arbeit am Stall trug.

»Mr. Blessing, Sir, sein Arm ist gebrochen«, hatte der Vorarbeiter gesagt, mit dem Kopf auf Sunny deutend, als sein Vater zu der Senke gegangen war, um dort herumzustehen und über die Fortschritte am Stall zu reden. Mr. Foster hatte sie in das kleine Krankenhaus in Mount Mason gefahren, und sie hatte Sunnys Hand gehalten, während der Arzt seinen Arm richtete. Er hatte zweimal aufgeschrien, war weiß, dann rot geworden, winzige Schweißtropfen wie Perlen auf seiner Stirn. Dann war er gegen sie gesunken. »Ich brauche hier mal ein bisschen Riechsalz«, hatte der Arzt einer Krankenschwester zugerufen, während Lydia sich gegen Sunnys schlaffes, totes Gewicht stemmte.

»Der Junge ist eine Enttäuschung«, sagte ihr Vater, nachdem sie ihn in den Zug nach Newport zu Benny Carton gesetzt hatten. Als Sunny heimkehrte, hatte er gelernt, mit nur einem Arm zu segeln.

Der Regen war jetzt stark und hörte sich an, als ob Kies auf das alte Schieferdach fiele. Eine Bö wehte eine Hand voll Tropfen durch das Fliegengitter auf ihr Kopfkissen. Langsam mühte sich Mrs. Blessing auf die Füße und zog das Schiebefenster herunter. Ihr linker Arm schmerzte dort, wo sie vermutlich darauf geschlafen hatte. Sie begann, erneut einzunicken, als sich ein Donnerschlag wie eine Explosion über dem Haus entfaltete. Sie hatten Dynamit benutzt, um die Erde herauszusprengen und Zement für das Fundament des Stalls in das Loch zu gießen. Sie entsann sich, dass sie hinterher taub und benommen gewesen war, als ob all ihre Sinne von dem Geräusch durcheinander gerüttelt wären. Der Donner war genauso, und auf den Fersen folgte ihm ein stechender Blitz, so hell diesmal, dass er einen Augenblick lang die Außenbeleuchtung ausstach. Dann gingen die Lampen vor ihrem Fenster und die neben der Haustür und am Gehweg aus. Als sie von ihrem Kissen in eine schwarze Nacht, tief wie ein Brunnen, schaute, wurde ihr klar, dass die Lichter im Flur und in der Küche ebenfalls ausgegangen waren. Sie verspürte Irritation und dann, als sie einen Brandgeruch bemerkte, Angst.

Die Alarmanlage für das Haus ging mit einem schrillen Kreischen los, und sie presste die Hände auf ihre Schläfen. Als sie den Lärm nicht mehr ertrug, trat sie in ihre Hauspantoffeln und tastete sich die Treppe hinunter wie eine Blinde, und ihr weißes Nachthemd wogte wie ein Segel bei starkem Wind, aufgebläht von den Böen, die durch die Schlafzimmerfenster, die Flurfenster und schließlich, nachdem sie auf dem Weg nach unten jede Stufe zögernd berührt hatte, durch die Fenster im Erdgeschoss hereinkamen. Die Alarmanlage stellte sich nicht ab. Ihr Fuß glitt auf einem Fleck Regenwasser im Flur aus, und sie wäre gestürzt, wenn sie sich nicht am Knauf einer Wandschranktür festgehalten hätte. Sie tastete sich die Wände entlang, ließ sich in den Ohrensessel im Wohnzimmer sinken und hob den Hörer des Telefons ab. Kein Ton. Der Brandgeruch war stärker geworden.

»Verdammt«, sagte sie laut in dem leeren Haus, wo niemand sie hörte, wo das Schrillen und der Donner und das schwere Klopfen des Regens das Wort ertränkten.

Sie holte ihren Regenmantel aus dem Wandschrank und band sich einen Schal ums Haar. Auf dem Esszimmertisch war eine Glocke, mit der sie Nadine manchmal rief, und sie trug sie zur Hintertür und schwenkte sie wild, während ihr der Regen ins Gesicht wehte. Der dünne silbrige Klang war nichts gegen das Getöse. Im Apartment über der Garage waren keine Lichter an und kein Lebenszeichen. In der Küchenschublade lag eine große Taschenlampe. Sie ließ den Strahl durch den Raum wirbeln und stampfte dann vor Wut und Frustration mit dem Fuß auf. Der Lärm der Alarmanlage war unerträglich, als würde einem ein Zahn aufgebohrt.

Bis sie zu der Treppe gelangte, die zur Wohnung über der Garage führte, waren ihre Pantoffeln durchweicht. Der Regen peitschte in Strömen über die Einfahrt, und während eines langen Blitzschlages konnte sie sehen, dass der Teich vom Wind aufgewühlt war und ein großer Ast von der Weide auf dem Rasen lag. »Charles!«, rief sie die schmale Treppe hinauf. »Charles!« Ein schwaches Echo folgte. Sie war entsetzt bei dem Gedanken, ihn schlafend vorzufinden. Es war nicht so, dass sie das Gefühl hatte, in seine Privatsphäre einzudringen, eher so, dass er in ihre eindrang, indem er sie zwang, in seine Unterkunft zu kommen und um Hilfe zu bitten, wenn er sie ihr doch ganz selbstverständlich hätte zuteil werden lassen müssen. Sogar hier war das Kreischen der Alarmanlage laut.

Sie ließ die Taschenlampe in der Küche aufscheinen und runzelte die Stirn, als sie sah, wie unaufgeräumt sie war; Dosen und Töpfe standen auf der Spüle. Sie bahnte sich ihren Weg durch den Flur. »Charles?«, rief sie noch einmal. Die Tür zum größten Schlafzimmer war zu, und sie klopfte, klopfte dann erneut. Als sie sie aufmachte, konnte sie sehen, dass das Bett gemacht war. Im Fenster waren zwei Ventilatoren, und beide hatten Wasser auf den Holzfußboden geweht, ehe der Stromausfall sie abschaltete. Unter einem der Fenster stand eine Kommodenschublade, und während sie die Taschenlampe darauf richtete, trat sie näher heran, um hineinzuspähen. Ein schlafendes Baby lag dort auf der Seite, ein zusammengerolltes Handtuch im Rücken, um es abzustützen. Die eine

Wange war lumineszierend gesprenkelt, Regentropfen, die hereingeweht waren, es aber nicht geweckt hatten.

Mrs. Blessing stand da, bis ihre Beine unter ihr nachzugeben drohten. Vom Saum ihres Nachthemds tropfte es auf den Fußboden. Einen kurzen Moment lang fragte sie sich, ob sie wohl einen besonders merkwürdigen und beunruhigenden Traum hatte: das Kind, das Gewitter, der Lärm, die schwarze Nacht. Schließlich tastete sie sich ins Wohnzimmer und setzte sich in einen schäbigen Sessel am Fenster. Sie beleuchtete den altmodischen gestreiften Bezugsstoff mit der Taschenlampe und entsann sich, dass der Sessel einst im Arbeitszimmer ihres Vaters neben dem Kamin gestanden hatte. Er erschien ihr wie das einzig Normale in dieser wilden, misstönenden Nacht, und sie umklammerte seine Armlehnen. Nach ein paar Minuten ging sie zurück, um sich zu vergewissern, doch das Kind war noch da, friedlich schlafend, während die Alarmanlage weitergellte. Sie hatte gelesen, dass das Auge eines Sturms bei einem Unwetter der einzige stille Ort war. Dies schien er zu sein.

Wenn irgendjemand Skip gefragt hätte, wo er am 4. Juli in einem Gewitter besonders ungern gewesen wäre, wäre die Antwort leicht gewesen: bei McGuire's. Aber da war er und hielt sich an einem schmierigen Glas Bier fest und schaute zu, wie einer von Eds jüngeren Brüdern mit so viel Körpereinsatz flipperte, dass es aussah, als würde er gleich batmanmäßig durch die rückwärtige Wand der Bar krachen.

»Hey, Kumpel«, überschrie der Barkeeper das Lärmen eines Country-Songs, »immer sachte mit dem Automaten.«

Skip guckte auf seine Armbanduhr. Vermutlich hatte er noch ungefähr eine Stunde, bevor das Baby aufwachte. Die Kleine schien in den letzten zwei Tagen zur Ruhe gekommen zu sein; sie trank, schlief, trank, schlief, mit einer Stunde gegen Ende seines Arbeitstages, wenn die Sonne vom Himmel fiel, in der sie stocksauer war. Er musste mit ihr herumlaufen, hin und her, aber wenn sie dann schließlich einnickte, hatte ihr kleiner Körper etwas anrührend Ergebenes. Sie rülpste, spuckte auf sein Hemd und wurde dann schlaff und still. Er erkannte, dass jene ungelenke leere Stelle zwischen der menschlichen Schulter und dem Kinn einen Sinn hatte: sie war der ideale Platz zum Ablegen eines Säuglings.

Nadines Tochter hatte es Nadine erzählt, die ihm auf die ihr eigene wütende Weise mitgeteilt hatte, ein Mädchen namens Debbie habe einen Brief für ihn von seinem Vater. Das war das Einzige, was ihn heute zu McGuire's führte, obgleich er dort früher praktisch gewohnt hatte. Er schaute um sich auf die Typen, die sich an ihrem Bier festhielten und Billard spielten, und fragte sich zum ersten Mal in seinem Leben, wer zum Teufel wohl auf ihre Kinder aufpasste. Frauen vermutlich – Ehefrauen oder Freundinnen oder auch ihre Mütter, wenn die Ehefrauen und die Freundinnen ausgingen oder abhauten. Skip dachte, er müsste verrückt sein, der einzige allein stehende Vollzeitvater in Mount Mason.

Ungeduldig klopfte er mit dem Fuß auf die den Tresen umlaufende Stange. Aus der Zeit, als er in ihrem Trailer gewohnt hatte, nach seiner Entlassung aus dem Bezirksgefängnis, wusste er, dass Debbie tagsüber Haare schnitt und an vier Abenden pro Woche von zehn bis zwei bei McGuire's arbeitete. Sie könne genauso gut da arbeiten, meinte Joe, da sie sowieso da sei, und so könnte sie ihm das Bier umsonst geben. McGuire's war das, was sie alle an Stelle eines sozialen Lebens hatten, eine Kneipe an der Ecke Front Street und Route 211, die lang und schmal war, mit einem Billardtisch und einem Dartsspiel im Hinterzimmer. Skips Vater und Onkel pflegten hier zu trinken und Joes Vater und auch Eds. Chris hatte nie einen Vater gehabt, an den sich irgendjemand erinnerte, aber von Chris' Mutter wusste man, dass sie bei McGuire's an der Bar saß, bis geschlossen wurde. Das hatte sie von anderen unterschieden, als sie Kinder waren. Frauen gingen zu McGuire's, wenn sie ledig waren, und dann, wenn sie verheiratet waren, brachten sie den Babys ihrer Freundinnen Geschenke oder gingen zu Tupperware-Partys oder zu den Weight Watchers oder besuchten ihre Mütter oder Schwiegermütter.

McGuire's gehörte inzwischen einer Familie namens Jackson, und vor ungefähr zehn Jahren hatte es eine Phase gegeben, in der sie jemanden in schwarz gerahmten goldenen Buchstaben »Bar und Restaurant« auf das Spiegelglasfenster hatten malen lassen, und es gab Speisekarten und ausgefallene Kaffees mit Alkohol drin, Irish und Neapolitan Coffee, was auch immer. Es war kein großer Erfolg gewesen. Jetzt bestellte ab und zu jemand einen Burger und Pommes oder diese Nachos, die jeder auf der Karte hatte, weil man sie einfach nur in die Mikrowelle stellte. Meistens bestand das Essen, das bei McGuire's konsumiert wurde, aus den Erdnüssen, die auf dem Tresen standen. Eine Menge von dem, was bei McGuire's konsumiert wurde, wurde auf dem Parkplatz erbrochen. Skip erinnerte sich, wie er in dem Jahr nach seinem High School-Abschluss, als er bei Burger King gearbeitet hatte, mindestens einmal wöchentlich auf dem Asphalt kniete, einmal in so tiefem Schnee, dass er seine Knie nicht mehr spürte. Wenn er jemals zu diesem Leben zurückkehren würde, könnte er sich ebenso gut gleich erschießen, um es hinter sich zu bringen. Er erinnerte sich an Vormittage, als er bei seinem Onkel und seiner Tante gewohnt hatte, an denen er in die Küche kam und seinen Onkel um elf Uhr morgens ein Bier trinken sah. »Frühstück für Champions«, sagte sein Onkel und stemmte die Dose in die Luft.

»Willst du noch ein Bier, Skipper?«, fragte der Barkeeper.

»Nee«, sagte er. »Muss noch fahren.«

Der Barkeeper zuckte die Achseln. »Hast wohl zu viele staatliche Werbekampagnen gesehen«, meinte er.

»Verdammt noch mal!«, schrie Eds kleiner Bruder und schlug mit der Faust gegen den Flipperautomaten.

Er hatte noch nie einen Brief von seinem Vater gekriegt. Postkarten, ungefähr zweimal im Jahr, immer mit Fotos von Palmen oder einem Strand. Als er im Bezirksgefängnis gewesen war, machte sein Vater einen Umweg, nachdem er in Connecticut Maschinenteile geladen hatte, und besuchte ihn unerwartet. Die beiden saßen an einem langen Tisch, der am Boden festgeschraubt war, und sein Vater spendierte ihm Mineralwasser und einen Schokoriegel aus dem Automaten.

»Wichtig ist, dass du was draus lernst«, sagte sein Vater immer wieder, und Skip nickte dazu und dachte, klar, ich habe gelernt, nie ein Fluchtauto zu fahren. Doch er sagte nichts. Eigentlich sagten sie beide nicht viel. Sein Vater erzählte ihm, dass Linda, die Frau, mit der er zusammenlebte, jetzt als Empfangsdame arbeitete, was für ihren Rücken und ihre Füße nicht so beschwerlich war, und dass sie sich einen Trailer in doppelter Breite zugelegt hätten, der aussah wie ein Haus und in dem die Gardinen schon hingen und die Tapete an den Wänden war. Skip sagte, er komme in viereinhalb Monaten raus. Sie hatten wirklich nicht viel miteinander zu reden.

Was wohl in dem Brief stand, den sein Vater ihm geschickt hatte? Ob Debbie immer zu spät zur Arbeit kam oder nur heute Abend, um ihn auf die Folter zu spannen?

Er hörte gar nicht, dass Chris neben ihn trat, bis er den eisernen Arm um seinen Hals spürte. Chris roch nach Bier und Marihuanarauch, und er hatte einen blauen Fleck im Gesicht, der frisch wirkte. Sein sommersprossiges Gesicht hatte jenes gedunsene, zerknitterte Aussehen, das mit langem Schlafen in betrunkenem Zustand einhergegangen war, als sie jünger waren, das aber einfach normal wurde, wenn man jahrelang in betrunkenem Zustand zu lange schläft. Er hatte eine Tätowierung auf seinem Oberarm, den Tasmanischen Teufel. Er hatte sie sich eines Abends in einem Laden am Strand von Virginia machen lassen, als sie alle vier zusammen in einem Zimmer in einem Motel 6 übernachteten. Skip hatte einen Sonnenbrand gehabt, sodass ihm alles wehtat, und als der Tätowierer die erste Nadel reingesteckt hatte, um ihm einen Blitz auf den Handrücken zu malen, hatte er am Rande seines Gesichtsfelds schwarze Sterne gesehen und war mit einer dicken Beule am Kopf auf einem Feldbett im Hinterzimmer zu sich gekommen. »Das mache ich nicht«, sagte der Tattoo-Typ entschieden. »Ich habe meine Grundsätze.«

Der Tasmanische Teufel wölbte seinen runden Bauch, als

Chris sein Bier an den Mund hob. »Wo hast du dich rumgetrieben, Skippy?«, fragte er. »Wieso sehe ich dich gar nicht mehr?«

»Soll ich dich wieder fahren?«, sagte Skip.

»Sei kein Witzbold. Mann. Du weißt, dass ich dich nicht reinlegen wollte.«

Skip wusste, dass das auf eine verdrehte Weise stimmte. Er und Chris waren seit der ersten Klasse Freunde gewesen. Er hatte stets zu Chris gehalten, sogar in der vierten Klasse, als Chris die Skijacke vom Weihnachtsmann gekriegt hatte, eine richtig gute mit Vliesfutter, und sie ganz stolz in die Schule trug und dann Robert Bentemenn, dessen Vater Rechtsanwalt und Verwaltungsbeamter und irgendwas bei der Handelskammer war, dabei ertappte, wie er sie anstarrte.

»Das ist meine alte Jacke, die meine Mom zur Heilsarmee gegeben hat«, hatte er gesagt, und Chris war auf ihm, wumm wumm wumm. Obwohl sich die halbe Klasse auf Chris stürzte, konnte sie nicht verhindern, dass sein Arm auf und ab drosch, auf und ab. Die Jacke wanderte in die Mülltonne hinter Newberry's, sobald Chris entdeckt hatte, dass Bentemenns Name mit Tintenstift in die Tasche geschrieben war, und Chris musste zur Beratung, und die Beraterin sagte zu seiner Mom, er habe seine Impulse schlecht im Griff. Am Memorial-Day-Wochenende letztes Jahr hatte er die impulsive Idee gehabt, den Quik-Stop zu überfallen, und Skip war so blöd gewesen zu fahren. Chris hatte es wirklich nicht böse gemeint, doch dadurch waren die zehn Monate, in denen er Wäsche durch eine Industriemangel laufen ließ, für ihn auch nicht leichter zu ertragen oder die argwöhnischen Blicke von Jennifer Foster, bei denen er wusste, dass sie sich fragte, was er als Nächstes anstellen würde.

»Und wie lebt es sich so im Wunderland?«, fragte Chris, und Skip zuckte die Achseln. »Brauchen sie da draußen irgendwelche Aushilfen? Meinen Job auf der Baustelle bin ich nämlich los.«

Skip zuckte wieder die Achseln. Die Vorstellung, dass Chris sich auch nur in der Nähe von Blessings oder dem Baby aufhielt, ließ ihn erstarren. Er guckte auf seine Armbanduhr. Debbie war fast eine halbe Stunde zu spät dran. Ein Mädchen namens Mary Beth winkte ihm zu. »Hey, Skip«, sagte sie. »Was gibt's Neues bei dir?«

»Ich brauche einen Job, und ich brauch was zu ficken«, murmelte Chris ihm ins Ohr.

»Oh Mann«, sagte Skip und stellte sein Bier mit einem Knall auf dem Tresen ab. »Rede nicht so. Du bist zu alt für solche Sprüche. Das ist billig. Das ist einfach billig, Mann.«

»Leck mich, Mann. Du hast dich von der Alten einwickeln lassen. Du kommst nie mehr in die Bar, du bist nie bei Ed. Du hast dir das Crashcar-Derby entgehen lassen. Was ist denn so Besonderes an dem Schuppen? Als ich klein war, hat meine Tante Patty bei Partys da immer das Essen serviert, und wenn sie nach Hause kam, sagte sie, ooh, das Besteck, die Blumen, der beschissene See. Ich wette, du angelst nicht in dem See, mein Lieber, weil sie dir dann den Hals umdrehen würde. Jimmys Alter ist mal rausgefahren und hat um sechs Uhr morgens eine über einen halben Meter lange braune Forelle aus dem See geholt, und dann stand sie da, vorne auf der Terrasse. Sie wollte, dass er die verdammte Forelle wiegt, und dann sagt sie, sie will, dass er sie ihr pfundweise bezahlt. Pfundweise!«

»Was hat er gemacht?«, fragte Skip.

»Er hat sechs Mäuse für den verdammten Fisch bezahlt. Dabei fällt mir ein, ich komme irgendwann auch mal raus und angle in dem See. Hab gehört, da sind immer noch ein paar große Braune drin. Und sie merkt das doch gar nicht. Wir gehen angeln, und dann haust du da ab oder lässt dich feuern. Du musst da weg, Mann. Du riechst sogar schon wie ein Mädchen. Du riechst nach Sonnenöl oder so was. Was machst du, dich auf dem Sprungbrett sonnen?«

Es waren die Babytücher und das Babypuder, Skip wusste es. Er dachte gerade darüber nach, wie er den Geruch wegerklären sollte, als Debbie durch die Schwingtür aus dem Hinterzimmer hereinfegte, aber nicht, ehe Chris Skip mit schmalen Augen angeguckt hatte, als sähe er ihn durch einen Schleier aus Rauch. »Ja, ja, ja«, sagte Debbie, der klar war, dass sie sich verspätet hatte, und zog den Brief aus der Gesäßtasche ihrer Jeans.

Zwei Minuten, und er war draußen auf dem Parkplatz, der Regen strömte so heftig, dass er seinen Laster nicht gleich entdeckte. Er schaltete die Innenbeleuchtung an und riss den Umschlag auf, als ob es darauf ankäme, als ob der Alte ihm nach all den Jahren wirklich etwas zu sagen hätte. Er war erstaunt über das schwache Pulsieren der Hoffnung, das er in seiner Kehle verspürte. Auf liniertem Papier, wie er es in der Schule verwendet hatte, hatte sein Vater geschrieben: »Junge, wir dachten, du wüsstest vielleicht gern, dass du einen kleinen Bruder hast. Er heißt Lance, er trinkt brav, schläft aber nicht besonders viel. Vielleicht kannst du ihn ja bald mal besuchen kommen, wenn er besser durchschläft. Pass auf dich auf und trink einen auf mich. Dein Vater.«

Ein Zehn-Dollar-Schein flatterte aus dem Brief auf den Boden des Lasters. Skip beugte sich vor und hob ihn auf, dann ließ er ihn wieder fallen. Er ließ den Motor an und scherte mit schleuderndem hinterem Ende vom Parkplatz auf die überschwemmte Straße aus. Er fragte sich, ob die Frau seines Vaters wohl dieselben Bücher hatte wie er und ob sie schon festgestellt hatte, dass die Neugeborenen-Windeln für die meisten Babys zu klein sind und grausam in die weiche Haut ihrer Oberschenkel schneiden. Verdammt wollte er sein, wenn er ihr das mitteilte oder eine Karte schickte. Lance Cuddy. Was für ein Name, zum Teufel, war Lance? Ein Seifenopernname, das war's.

Aus der Wasserwand tauchten plötzlich Lichter auf, ein

Auto, das ihm entgegenkam, und beide verlangsamten das Tempo, weil sie Angst hatten, Wind und Regen könnten sie kopfüber ineinander wehen. Er hatte Glück mit dem Blitz, der eine Minute später, als er sich über die Brücke über dem breiten Bach schob, im Zickzack auf die Erde zujagte, sodass er in dem seltsamen silbrigen Licht sehen konnte, dass jemand auf der einen Seite bereits in das Geländer gekracht war und es dort geradewegs drei Meter tief ins Bachbett hinunterging. Er fuhr mit ungefähr zehn Stundenkilometern hinüber und betete dabei, dass seine alten, abgenutzten Reifen auf dem Brückengitter nicht ins Rutschen kämen. Einen Unfall konnte er sich nicht leisten, nicht mit dem Baby zu Hause, das ruhig seinem nächsten Fläschchen entgegenschlief.

Vor ihm stand ein Auto neben der Straße, dessen Vorderteil wie ein Akkordeon um den Motorblock gefaltet war, und er hielt dahinter an, das Fernlicht eingeschaltet, und rannte zur Fahrerseite, um nachzusehen, ob jemand verletzt war. Doch der Wagen war leer, leer wie ein verlassenes Haus, und als er wieder in den Laster stieg, durchweicht und bibbernd, merkte er, dass er am Boatwright-Haus war, wo Autos so um die Zufahrt und den Rasen herum aufgereiht waren, wie manche Leute Petunien pflanzen. Die Boatwright-Frauen sahen alle aus, als ob sie mit einer Fahrradpumpe aufgepumpt worden und dann in Stretchstoffe gesteckt worden wären; die Boatwright-Männer waren klein und drahtig und trugen immer Schrotflinten und Zigaretten bei sich; die Boatwright-Kinder hatten graue Haut und schlecht geschnittene Haare. In der Grundschule waren Boatwright-Zwillinge in seiner Klasse gewesen, Mädchen mit dicken, runden Armen und fransigen Ponys. Für einen Fünfer hatten sie hinter der Tribüne des Sportplatzes ihre Geschlechtsteile gezeigt.

Während er durch das Tal kroch und das Wasser in Rinnen aus Schlamm und Kies über die Straße lief, wurde Skip klar, dass Blessings von den Boatwrights keine anderthalb Kilometer entfernt war. Und einen Moment lang hatte er Angst, sein nasser Motor würde absterben, und er wäre für immer in der Boatwrightschen Welt gefangen, so wie es bei vielen Typen, die er kannte, geschehen war, denn Boatwright-Mädchen schliefen mit jedem, und mit einem Boatwright-Mädchen zu schlafen, endete unweigerlich mit einer Schwangerschaft. Einen schrecklichen Augenblick lang stellte er sich vor, sein Baby sei eine Boatwright. Aber er wusste, dass das nicht stimmen konnte. Sie war zu drall, zu rosig, Nase und Kinn waren zu ausgeprägt. Außerdem gab es bei den Boatwrights so etwas wie ein unerwünschtes Kind nicht, ebenso wenig, wie es ein erwünschtes gab. Babys passierten einfach.

»Lance Cuddy«, sagte er vor sich hin. »Lance verdammter Cuddy.«

Er verpasste beinahe die Abzweigung zur Einfahrt, so oft er sie auch schon genommen hatte, hätte sie verpasst, wenn die Birken kurz vor der Biegung des Zauns nicht einen gespenstischen Anblick geboten hätten. Zuerst dachte er, es liege am Regen, der undurchdringlich war, fast so wie die Nacht, dunkelgrau auf schwarz. Aber als er die lange Zufahrt entlang und um das große Rondell fuhr und das Haus zur einen Seite von ihm und die Garage zur anderen Seite von ihm lagen, gingen keine Lampen an, um den Laster zu beleuchten, und aus dem Haus ertönte ein hohes, dünnes Schrillen. Er legte den Park-Gang ein und rannte die Hintertreppe zum großen Haus hinauf und erkannte dann, dass das, was er hörte, das Geräusch der Alarmanlage war. Immer wieder klopfte er an die Hintertür und verfluchte dabei Nadine, die sich geweigert hatte, ihm den Code für die Anlage zu geben oder ihm auch nur zu zeigen, wie sie funktionierte. »Sie brauchen nicht«, hatte sie mit schmalen Augen gesagt und ihn angeschaut, als hätte er eine Hand schon am Griff ihrer Handtasche.

Oben in der Wohnung über der Garage trommelte der Regen hart und schwer auf das Dach. Auch dort war kein Licht zu sehen, nicht einmal das rote Glimmen der Uhr am Küchenherd. Er tastete sich zur Schublade neben dem Kühlschrank und holte die Taschenlampe heraus. Durch das Küchenfenster, das auf die Wiesen und den Wald dahinter hinausging, konnte er nichts sehen als den Regen. Seine Arbeitsstiefel klangen nass, als er den Flur mit seinem abgetretenen Holzfußboden entlangquietschte.

Wie die Birken, die an der Straße als Leuchttürme fungiert hatten, standen im Wohnzimmer zwei kleine Säulen in Weiß, zwei Kerzen, die auf dem alten Schrankkoffer brannten. Langsam schwenkte er die Taschenlampe nach oben und sah Mrs. Blessing auf dem durchsackenden Sessel sitzen; sie hielt einen hellen Regenmantel an ihre Kehle, unter dessen Falten zwei Füße aus nasser, weißer Baumwolle herabhingen. Ein Schal mit Blumenmuster war um ihr Haar gebunden.

»Meine Güte«, hauchte Skip. »Sie haben mich zu Tode erschreckt.«

»Erzählen Sie mir nichts übers Angsthaben«, sagte Mrs. Blessing. »Ich sitze hier wer weiß wie lange, keine Elektrizität, kein Strom, kein Licht. Und dieser grässliche Lärm von der Alarmanlage.«

»Haben Sie die Firma angerufen?«

»Das Telefon geht auch nicht mehr, alles ist tot, und dann ist da so ein schrecklicher Brandgeruch, und ich weiß nicht, wo er herkommt. Und ich hatte keine Ahnung, wo Sie waren.«

»Wie sind Sie reingekommen?«, fragte Skip.

»Ich habe natürlich einen Schlüssel. Was soll die Frage?«

Er hielt den Atem an, während sein Herz versuchte, sich von der Fahrt, der Brücke, der offenen Hintertür, der Alarmanlage und vor allem vom Anblick von Mrs. Blessing in dem kleinen Raum zu erholen. Er hatte ein komisches Gefühl, als er die Taschenlampe so direkt auf sie richtete. Der Strahl beleuchtete alle Falten in ihrem Gesicht und die Furcht in der

77

Form ihres Mundes und den wild funkelnden Blick in ihren hellen Augen.

»Sie müssen was unternehmen«, sagte sie.

»Das mache ich.«

»Gleich jetzt. Das ganze Haus könnte niederbrennen, während Sie hier rumtrödeln.«

»Nicht bei diesem Regen.«

Im Apartment roch es nicht nach Feuer, nur nach Regen und Mottenkugeln, vielleicht von Mrs. Blessings Regenmantel, und nach Talkumpuder und süß nach Babytüchern, die Chris mit seiner unfehlbaren Nase für Geheimnisse und Schwächen gerochen hatte. Skip hielt die Taschenlampe auf seine Armbanduhr. Es war zwanzig vor zwölf.

»Sie brauchen sich keine Sorgen zu machen«, sagte Mrs. Blessing scharf und mit schmalen Augen. »Ich bleibe hier bei dem Kind, während Sie sich um die Alarmanlage und den Brand kümmern.«

»Was?«, sagte Skip.

»Sie können sich meine Überraschung wohl vorstellen«, sagte sie, »reinzukommen, um Hilfe zu suchen, und zu entdecken, dass Sie hier hinter meinem Rücken, ohne Erlaubnis, mit Ihrem Kind leben.«

Natürlich. Sie war rübergekommen und hatte eine Runde durch die Wohnung gedreht. Schließlich gehörte sie ihr, und er gehörte ihr auf gewisse Weise auch. Skip fühlte seine Schultern nach vorn sacken, als ob sein Körper noch vor seinem Verstand das traurige, erbärmliche Ende dieser letzten kurzen Episode in seinem Leben kannte. Es war wie damals, als der Wagen des Sheriffs am Abend nach dem Quik-Stop-Überfall bei McGuire's hinter seinem Laster wartete; schon bevor er sich bewusst sagte, na gut, das war's dann, war sein ganzer Körper schlaff, sein Blick trüb geworden. Chris würde sich freuen, dachte er, wenn er hörte, dass Skip gefeuert worden war. »Willkommen daheim«, würde er, im McGuire's am

Tresen stehend, sagen. Skip würde seinen Job verlieren, die Kleine verlieren. Wahrscheinlich würde er sie doch im Flur des Gerichtsgebäudes bei den Sozialarbeitern abliefern. Ihm drehte sich der Magen um, das Bier stieß ihm sauer auf.

»Für mich war sie auch eine Überraschung«, sagte er schließlich mit müder Stimme und richtete den Strahl der Taschenlampe auf den Fußboden. Der Regen ließ nach, sodass jetzt die einzelnen Regentropfen, während sie aufs Dach fielen, ein Geräusch machten wie ein Kind, das auf eine einzige Taste des Klaviers einhämmert, eine ständig wiederholte tiefe Note spielt. An ihrem Muster erkannte er, dass das Gewitter abzog und dass die Luft bis Tagesanbruch klar sein würde. Er ging in den Flur zu dem Haken, an dem er den großen Regenmantel aufhängte, den einer von den Fosters dagelassen hatte.

»Charles«, rief sie ihm nörgelnd hinterher, und er erstarrte.

»Wie heißt das Baby?«

»Es hat noch keinen Namen«, sagte er.

»Das ist absurd. Wo ist seine Mutter?«

»Es hat auch keine Mutter.«

Unmöglich, sich vorzustellen, dass jemand alles tut, was hier nötig ist, und dann noch einen Säugling versorgt«, sagte sie.

»Ich hätte nie einen Mann mit einem kleinen Kind eingestellt«, sagte sie.

»Babys sind sehr unberechenbar«, sagte sie.

Er sagte meist nichts. Er schaute auf den Aubusson-Läufer in dem kleinen Arbeitszimmer hinab und rieb an einem Farbfleck auf seinen braunen Arbeitshosen. Dies war der Raum, wo Lydia Blessing das erledigte, was sie Geschäftliches nannte, wo sie dem Tischler sagte, sein Kostenvoranschlag sei zu hoch, sich bei Nadines Mann darüber beschwerte, dass die Heizung im Auto immer noch nicht richtig funktionierte, Rechnungen bezahlte und sich laut fragte, warum alles so teuer war. Ihr Vater hatte hier ebenfalls Geschäftliches erledigt, die Karaffe neben seinem Ellenbogen.

»Sind Sie sich absolut sicher?«, fragte sie. »Einfach so auf die Treppe gestellt, in einem Karton? War denn nicht irgendein Ausweis dabei oder ein Zettel?«

»In solchen Dingen irrt man sich nicht, Ma'am«, sagte er.

»Es ist sehr schwer zu glauben, dass jemand einen Säugling einfach so mitten in der Wildnis aussetzt«, sagte sie, einen aus seinem Behälter vorstehenden Umschlag glättend.

»Es ist der ideale Ort für dich, um dein Baby zur Welt zu bringen«, hatte ihre Mutter vor sechzig Jahren gesagt.

Sie legte ihre Hand an die Stirn. Da war es wieder, das Echo, das Menuett aus Worten, gesprochen in der Gegenwart mit jenen aus der Vergangenheit. Es war schlimmer geworden, seit sie im grellgelben Schein der Taschenlampe das schlafende Baby mit seiner an die gespitzten Lippen gepressten Faust gesehen hatte. Ihre Mutter hatte natürlich Recht gehabt. Mitten in der Wildnis war ihnen als ein guter Ort erschienen, um in jenem ersten Kriegsjahr ein Kind aufzuziehen. Es gab ständig Gerüchte, dass auf New York die Bombardierungen genauso beginnen würden wie auf London, und das gesellschaftliche Leben in der Stadt war eingeschränkt, teils aus Rücksicht auf den Krieg, teils aus Mangel an Männern.

Natürlich hatte die junge Lydia Blessing gedacht, dass es nur eine vorübergehende Maßnahme sei, und dass Blessings, wenn der Krieg vorüber war und das richtige Leben begann, wieder eine Zuflucht auf dem Land werden würde. Vor ihrem geistigen Auge sah sie das Apartment, das sie und Benny haben würden, das Brokatsofa an der Längswand des Wohnzimmers, die fassförmigen Beistelltische, das Gemälde eines Schoners unter Segeln über dem Kaminsims. Benny würde in der Firma seines Vaters arbeiten, die irgendwann seine Firma sein würde, und Lydia würde mit den Mädchen, mit denen sie auf die Bertram's gegangen war, Karten spielen, und ihre Kinder würden auch auf die Bertram's gehen oder auf die Thomas Makepeace Vester School für Jungen, auf die Benny und Sunny gegangen waren, ehe sie ins Internat kamen. Sunny würde zum Essen kommen und sie beide zum Lachen bringen, und ihre Kinder würden ihn vielleicht ebenso lieb haben wie ihre Mutter und ihren Vater, wenn nicht lieber. Es war, als ob das alles wirklich existierte; es war alles da, alles wahr, als ob, wie es ihnen ihr Naturkundelehrer in der Oberstufe erklärt hatte, Professor Einstein tatsächlich bewiesen hätte, dass alles gleichzeitig stattfindet, nur in unterschiedlichen Dimensionen.

Mitten in der Nacht, wenn Meredith mit dem Gummischnuller und dem dicken, nach Hefe riechenden Milchpulver beschwichtigt worden war, wenn die leisen Geräusche von draußen in die Stille des Hauses schlüpften, hatte Mrs. Blessing sich ausgemalt, wie eine ältere, klügere Lydia in einem Apartment in der Park Avenue den Speiseplan für eine Dinnerparty durchging und einem Raum voller übererregter Kinder sagte, sie sollten doch bitte zu Nanny und in den Park spielen gehen. Es waren lediglich die Augenblicke mit Benny allein, die sie sich nicht vorstellen konnte, was sie sagen würde, was er sagen würde, wie er sie berühren würde, wie es sich anfühlen würde, ob es sich immer kühl und zögernd und sanft anfühlen würde, wenn er sie küsste.

»Das ist doch in Ordnung, Lydie, oder?«, hatte er nach ihrer Trauung in dem Gemeindegebäude geflüstert. »Es wird gut.«

»Ein Kind sollte zwei Eltern haben«, sagte sie zu Skip Cuddy, faltete ihre Hände fest im Schoß und schaute hinaus über den Teich. Er schwieg immer noch.

Lydia Blessing hatte Benny Carton fast ihr ganzes Leben lang gekannt. Sie war fünf gewesen, als er und Sunny sich an der Vester angefreundet hatten. »Du hast eine Schwester«, hatte Benny beim ersten Mal, als seine Kinderschwester ihn zu ihnen brachte, gewispert, und er hatte eine Hand ausgestreckt, um eine blaue, um ihr Haar gebundene Schleife zu berühren.

»Du hast zwei Brüder«, sagte Sunny.

»Das ist nicht dasselbe«, sagte Benny. »Ist sie nett?«

»Ich mag sie«, hatte Sunny gesagt. Daran erinnerte sie sich, wie glücklich sie gewesen war. »Sunny mag mich, Mama«, hatte sie am selben Abend nach dem Essen gesagt, nachdem er vom Tisch verwiesen worden war, weil er aus seiner Serviette eine Handpuppe gefaltet und sich geweigert hatte, die Handpuppe zum Schweigen zu bringen.

»Na, das gehört sich wohl auch so, oder?«, hatte ihre Mutter gesagt.

Komisch, wie wichtig Kindern solche Dinge sind. Sie fragte sich, was sie unüberlegt zu Meredith gesagt haben mochte, an das sie nie einen Gedanken verschwendet hatte und an das Meredith sich erinnern konnte wie an den Sinnspruch auf einem Sticktuch. Na, das gehört sich wohl auch so, oder? Als ob Sunnys Zuneigung nicht bedeutsamer wäre als eine Serviette im Schoß oder ein Fischmesser zur Seezunge. Aber es war Sunnys selbstverständliches »Ich mag sie«, das sie nie vergessen würde. Er und Benny waren von jenem Tag an ständig zusammen gewesen, obgleich Benny mittlerweile in Newport auf einem kleinen Friedhof am Meer unter einem weißen Steinkreuz lag und Sunnys Asche über den Teich verstreut worden war; eine Brise wehte sie hoch und über ihn hinweg, in die Luft und dann in das grüne Wasser, das um das kleine Boot wirbelte.

Sie schloss die Augen bei der Erinnerung. Skip stand nach wie vor schweigend da, und sie wollte ihn dazu bewegen, dass er etwas sagte. »Ich bin viel zu alt, um auch nur die Mitverantwortung für einen Säugling zu übernehmen«, sagte sie laut in dem kleinen, dunkel getäfelten Zimmer, während er an dem Fleck auf seiner Hose zupfte.

»Der Bursche gefällt mir ganz und gar nicht«, hatte Benny gesagt, als er sie bei einer Tanzerei im Club einem älteren Jungen von der Vester abklatschte. Daran erinnerte sie sich auch. Und daran, dass seine Hand in ihrem Kreuz verschwitzt gewesen war, sodass sie, als sie auf die Terrasse hinaustraten, von der man auf den Kinderzoo blickte, dort eine kalte Stelle verspürte. »Es gefällt mir nicht, wie er sich benimmt«, hatte Benny gesagt, als sie draußen waren und, beide experimentelle Raucher, auffällig ihre Zigaretten hielten. »Deutlicher möchte ich lieber nicht werden.« Er hatte sich über die verschnörkelte Kalksteinbrüstung gebeugt, den Kopf schräg gelegt. »Hör mal«, sagte er. »Kannst du die Affen hören?« Sie glaubte, sie könne es, ein schwaches, johlendes Geräusch wie von einer missbilligenden Menschenmenge bei einer Sportveranstaltung, wenn man draußen vor dem Stadion steht. Benny lächelte. »Vom Apartment meiner Oma kann man sie hören. Als ich klein war, dachte ich, sie reden miteinander. Ich dachte, ich könnte ganze Gespräche in Affensprache hören.«

»Was haben sie denn gesagt?«

»Nicht viel. Sie reden eigentlich so ziemlich über dasselbe wie wir. Wetter. Tratsch.«

»Wie langweilig«, hatte Lydia gesagt. Auch als sie noch jünger, freundlicher, fügsamer war, weniger abgestumpft vom Leben, hatten ihre Lehrerinnen sie als unsensibel bezeichnet.

Benny hatte erneut gelacht. Er war nicht viel größer als sie, und die Art und Weise, wie sein Haar über der Stirn in zwei Ecken zurückwich, sagte eine zukünftige Glatze voraus. Er hatte schwarze Augen und lange Wimpern, einen kleinen, dünnen Strich von einem Mund, eingefasst von Grübchen, wie ein Satzzeichen. Das hatte sie ihm auf der Terrasse gesagt, und er hatte gelacht.

»Du bist das einzige Mädchen auf der Welt, das ich mag«, hatte er gesagt, und er sagte es noch einmal an dem Tag, an dem sie heirateten. Er war an diesem Vormittag immer noch ein bisschen betrunken vom Abend zuvor, und er lutschte Pfefferminz, damit es der Beamte nicht merkte, obwohl sie in jenen Tagen in der Rathauskapelle über vieles hinwegsahen, vor allem, wenn der Bräutigam eine Uniform trug. Drei Tage später war er nach Süden zu einem Stützpunkt in Georgia geschickt worden und bald darauf nach Europa. Seine Briefe deuteten kryptisch an, dass seine Geschicklichkeit in Sprachen ihn vor Schaden bewahren würde. Ihre Mutter schickte Lydia aufs Land, um für sie dasselbe zu tun, das sagte sie jedenfalls.

»Es ist sechzig Jahre her, seit ein Baby im Haus war«, sagte Lydia Blessing.

Das Telegramm, in dem stand, dass Benny tot war, hatte sie an dem Tag erhalten, an dem Meredith ihren ersten Schritt tat, indem sie von der Ottomane zum Beistelltisch im Arbeitszimmer torkelte. Bennys Vater hatte sie mit einem Wagen zum Gedenkgottesdienst in der St. Stephen's abholen lassen und hinterher in die Bibliothek des großen Hauses an der Fifth Avenue geführt und gefragt, ob Meredith sie jeden Sommer einen Monat lang in Newport besuchen dürfe. Alle drei Carton-Söhne waren verstorben, einer an Scharlach, ein weiterer im Krieg, zwei Wochen vor seinem Bruder. Nur Benny hatte Zeit gehabt, zu heiraten. »Bitte sag ja«, hatte Mr. Carton im Foyer gemurmelt. »Oder öfter, wenn du willst.«

»Es ist eine gute Gelegenheit für Meredith«, meinte Ethel Blessing, als Lydias Eltern am Wochenende aufs Land kamen.

»*Cherchez l'argent*«, sagte Lydia verbittert, doch Ethel Blessing, die nicht wie so viele der Mütter von Lydias Freundinnen auf die Bertram's gegangen war, sondern zu Hause von einer Nanny unterrichtet worden war, die schlechtes Französisch mit deutschem Akzent sprach, sagte bloß: »Sie haben ein reizendes Heim. Es sind nette Leute.« Als ob das ein und dasselbe wäre und achtzehn Zimmer automatisch einen hervorragenden Charakter bedeuteten.

Lydia war eine Zeit lang im Landhaus geblieben, weil sie es leichter fand, sich eine Pause zu gönnen, während der Mrs. Foster kochte und die Babyschwester Meredith versorgte. Es fiel ihr schwer, sich vorzustellen, wie sie es schaffen sollte, Frank Askew zu begrüßen, wenn sie wieder in der Stadt wäre, wie sie den gelassenen, gleichgültigen Blick und die kühlen, höflichen Plattheiten zu Stande bringen sollte, die von einer jungen Frau erwartet wurden, wenn sie mit den Vätern ihrer Freundinnen sprach. Es war schwierig, sich vorzustellen, wie sie im Central Park mit Meredith seiner Frau und seinen

Töchtern begegnete und beobachtete, wie ihre Augen beim Anblick des kleinen Gesichts aufleuchteten und sich beim Wiedererkennen rasch verschleierten. Einfacher wurde es, als sie sich erinnerte, dass es meistens die Nannys waren, die die Kinder im Park spazieren fuhren, dass die Babys in ihren schweren Kinderwagen und mit den bestickten Häubchen alle gleich aussahen, als könnten sie jedem gehören.

Sie verbrachte dunstige Sommervormittage damit, um den Teich zu wandern, weinend, und darüber nachzudenken, ob sie sich eine Wohnung in New York suchen sollte und wann sie anstandshalber dorthin zurückkehren konnte. Sie weinte um ihren Mann, nicht, weil sie ihn nicht aus Liebe geheiratet hatte, sondern weil sie, hätte er gelebt, Liebe hätte vortäuschen müssen, bis genug Zeit verstrichen wäre, dass sie sich in dem passiven Kompromiss des nicht unfreundlich miteinander umgehenden Ehepaars der guten Gesellschaft hätten einrichten können. Jeden Nachmittag nahm sie das Baby mit ins Boot und ruderte von einem Ende des Teichs zum anderen, während die Kinderschwester neben dem Steg stand und finster auf ihre schlammigen Schuhe hinabschaute.

Das Boot lag immer noch am Teich, leuchtend weiß. Sie entsann sich, dass Skip es letzte Woche gestrichen hatte, und während sie sich daran erinnerte, trat ihr ein Bild von ihm vor Augen, mit gekrümmten Schultern und heimlichtuerisch, und ihr wurde klar, dass er das Kind tagelang überall mit hingetragen hatte.

»Ich kann mir nicht denken, was für ein Mensch ein Kind auf diese Weise aussetzen würde«, sagte sie.

Einen Monat nach Bennys Tod hatte sie den letzten seiner Briefe erhalten. Aus dem Gekritzel auf dem Umschlag und einer Vielzahl amtlicher Stempel ging deutlich hervor, dass er nach seiner Absendung auf Abwege geraten war. Seine Handschrift war schwer zu lesen, das linkshändige Gekrakel eines ziellosen Schülers. Sie hatte gewartet, bis sie im siebten Monat schwanger war, bevor sie ihm von dem Baby erzählte, und als sie wusste, dass er tot war, hoffte sie, ihr Brief wäre nicht rechtzeitig angekommen. Sie hatten drei Nächte in einem kleinen Hotel am Gramercy Park verbracht, und in keiner davon war er im Stande gewesen, sie auf die übliche Art und Weise zu lieben. Seine Art und Weise war eben Bennys Art und Weise, hatte sie damals angenommen, sanft, zögernd, großzügig, ein bisschen jungenhaft, als befänden sie sich im Wandschrank einer Tanzschule.

»Liebe Lydie«, hatte er gekritzelt, »ich freue mich sehr auf das Baby. Hoffentlich wird es ein Mädchen und sieht genauso aus wie du. Am glücklichsten macht mich der Gedanke, dass ich irgendwann heimkehren werde und du da sein wirst und das Baby da sein wird und wir eine richtige, normale Familie sein werden und all das hier wie ein böser Traum sein wird. Wenn ich das im Gedächtnis behalte, geht es mir gut. In Liebe, Benny (dein Ehemann).«

Es war, als versuchte er, mit diesem Zusatz in Klammern sich selbst zu überzeugen oder zu erinnern. Und sie. Er hatte Babys immer geliebt, dieser Benny. Er gehörte zu den Jungen, die bei einer Geburtstagsparty den Kleinen mit ihren Bauklötzen halfen, während die anderen älteren Jungs das Wohnzimmer auseinander nahmen und mit Kuchen warfen. Er gehörte zu den Männern, die endlose Stunden damit verbracht hätten, ihr Kind in den Schaukeln vom Central Park anzuschubsen. Sie hatte ihn vor sich sehen können, wie er, Nonsens-Liedchen singend, einen Kinderwagen über die Wege des Parks schob, während die Nanny missbilligend schnalzte. »Mr. Carton, Sir«, würde sie sagen. »Mr. Carton! Das ist meine Aufgabe.«

Sie blieb ihr noch jahrelang, diese Skizze, gezeichnet mit ein paar einfachen Sätzen, diese Vorstellung von einem Parallelleben, das ihrs hätte sein können, mit Benny, nach und nach sein Haar verlierend, auf einem Polstersofa, und Meredith, die Tag für Tag mehr ihrer Mutter ähnelte oder sogar Benny und nicht Frank Askew.

Eine Woche, nachdem sie erfahren hatte, dass Benny tot war, war ein riesiges Paket aus dem Schreibwarenladen an der Madison Avenue eingetroffen, und als sie es öffnete, fand sie darin Schachtel um Schachtel voller ekrüfarbener Karten. »Mrs. J. Bennet Carton« war in zarter Schrift in der Farbe von Milchkaffee oben eingeprägt. »Blessings, Mount Mason.« Briefpapier, das für Jahre gereicht hätte.

Es war ein Wintertag gewesen, der Schnee lag dick auf dem Dach und den Bäumen, und in der Stille, die nur unterbrochen wurde vom Geräusch der Holzscheite, die Saft aus dem Kamin spuckten, hatte Lydia auf das Papier geschaut und begriffen, so genau, als handelte es sich um amtliche Dokumente. Ihre Mutter hatte beschlossen, dass Lydia in Blessings im Exil leben, nie wieder vom Klang der Autos eingelullt werden sollte, die sich im Morast der Straßen der East Side von Manhattan voranmühten. Lydia war nicht klar, woher, aber ihre Mutter wusste Bescheid. Die Sünde, die Lydia meinte, so geschickt vertuscht zu haben, war einigen bekannt und musste allen anderen verheimlicht werden. Sie hatte eine der Schachteln mit dem Briefpapier ins Feuer geworfen, dann noch eine, bis die Flammen mit blauorangeroten Krallen nach ihr gegriffen und Lydias rechte Hand verbrannt, den Anstrich des Kaminsimses blasig aufgeworfen und geschwärzt hatten.

»Ich freue mich, dass Sie sich entschlossen haben zu bleiben«, sagte Mrs. Foster, als Lydia ihr mitteilte, sie würde noch eine Weile in Blessings wohnen. »Die Großstadt ist kein Ort, um ein Kind aufzuziehen.«

Lydias jüngeres Selbst hatte ihre Mutter bestraft, indem sie sie ebenfalls ins Exil verwies, symbolisch zumindest, indem sie alle Bräuche und Zeremonien aus Blessings verbannte, die Ethel Blessing so teuer waren. Da sie sich selbst immer nur als Lydia Blessing gesehen hatte, bestellte sie in einem Anfall von Trotz, der sie auch noch erstaunte, als die Karten und Umschläge schließlich eintrafen, ihr eigenes Briefpapier mit ihrem eigenen Namen darauf. Ebenso, wie sie einige der Karten verbrannte, die ihre Mutter hatte schicken lassen, und den Rest auf dem Dachboden der Garage verstaute, begrub sie die Formalitäten, die das Leben ihrer Mutter und der Freundinnen ihrer Mutter definiert hatten.

Eine Zeit lang verlief das Leben in Blessings unkonventionell: Sandwiches, zusammengeklatscht von anderen jungen Witwen, die übers Wochenende kamen und zu den merkwürdigsten Zeiten aßen, in Unterwäsche mit Männern schwimmen gingen, die so taten, als wären sie an Frauen interessiert. Weiße Ringe von Cocktailgläsern auf Nachttischen, ein im Kühlschrank der Bar ständig bereitstehender Martinishaker, das leise Knarren von Schlafzimmertüren, die sich mitten in der Nacht öffneten und schlossen.

Aber auch aus den Gewohnheiten leichter Degeneration waren Gewohnheiten geworden, und nach einer Weile wurde das Schwimmen langweilig und manchmal gefährlich für die Gäste, die richtig betrunken waren, und alle fingen an, sich besseres Essen zu wünschen. Und ehe sie es bemerkte, war auch aus Lydias Leben eine Abfolge kleiner Rituale geworden. Die Hausgäste waren jetzt ein oder zwei seit langem verheiratete Paare, die übers Wochenende blieben, und man sprach über ihre Kinder und die Freunde ihrer Kinder statt übereinander. Morgens wurde Tennis gespielt, am Spätnachmittag Krocket, und zum Sonntagsbrunch gab es Bloody Marys und Omelettes, gefüllt mit Kräutern aus dem Garten (im Sommer) oder Käse vom Farmer (im Winter), der ein Stück weiter die Straße entlang Ziegen hielt. Ansonsten hatte sie jeden Mittwoch mit ihrer besten Freundin Jess Golf gespielt, gefolgt von Schwimmen und Tennis.

»Das wünsche ich mir zum Geburtstag«, hatte Jess gesagt, als sie dreißig wurde, einen Monat nach Lydia. »Ich möchte, dass du einen netten Mann kennen lernst und wieder heiratest und noch drei Kinder kriegst, die mit meinen Kindern spielen, und wenn wir alt sind, sitzen wir bei dir am Teich und reden über alte Zeiten und gucken zu, wie unsere Enkel schwimmen gehen wie wir früher.«

Aber nichts hatte sich so ergeben, wie Jess es sich gewünscht hatte. Ihre Kinder waren zwar mit ihrer Mutter vorbeigekommen, um mit Meredith im Teich zu baden, doch es hatte keinen weiteren Ehemann für Lydia gegeben und daher auch keine weiteren Kinder, und im Laufe der Zeit war klar geworden, dass es auch keine Enkel geben würde. Jess war nicht alt geworden, sondern krank. Lydia hatte stundenlang an ihrem Bett gesessen und ihre Hand gehalten, und Jessie hatte ausgerufen: »Verdammt, ich fühle mich beschissen.« Und Lydia fühlte sich ebenfalls beschissen.

Danach machte sie sich nichts mehr aus Golf oder Tennis, und bald konnte sie mit der Arthritis in ihren Händen und Schultern sowieso keinen Schläger mehr schwingen, und an Stelle der Wochenenden mit Hausgästen waren der gelegentliche Besuch von Meredith und ihrem Mann getreten, der gelegentliche Lunch mit ihrem Anwalt, das gelegentliche Abendessen mit Jess' Tochter Jeanne und deren Ehemann Ed. Eine Reihe von Ritualen wurde von einer anderen abgelöst, wie der Herbst den Sommer ablöst, nicht, weil man es sich so ausgesucht hat, sondern weil es üblich ist. Manchmal sah sie Benny vor sich in seinem Ledersessel, wie er allmählich die Haare verlor, aber öfter hatte sie ihn als Jungen vor Augen, der mit schief gelegtem Kopf dem Geschwätz der Affen lauschte und zu verstehen versuchte, was sie sagten. Oder sie sah ihn und Meredith vor sich, wie sie lachend über den Teich ruderten.

Sie seufzte. Der Gedanke an die Affen hatte sie traurig und ihre Stimme weich gemacht. »Charles«, sagte sie. »Da ich diese besondere Verkettung der Umstände ja nun kenne, könnten Sie sie wenigstens nach draußen bringen. Ständig drinnen zu sein, kann nicht gesund sein.«

Und endlich sprach er, vielleicht, weil der Frost aus ihrer Stimme geschmolzen war. »Ich kann sie nicht mit rausnehmen, Ma'am«, sagte er. »Wenn Nadine sie sieht, wird sie es Mr. Foster erzählen, und der erzählt es dann welchen von den Typen, mit denen er zusammenarbeitet, und die erzählen es ihren Frauen, und dann werden die Leute sagen, dass ich sie entführt hätte, oder dass sie einem Mädchen im Ort gehört, mit der ich, so sagt man wohl, rumgemacht habe, und dann entstehen eine Menge Gerüchte, und sie schicken mir einen Beamten auf den Hals, und dann gibt es ein großes Durcheinander, und wer weiß, was passiert.«

»Ach, Unsinn. Wen kümmert schon ein Baby?« Und all die Stimmen aus ihrer Vergangenheit kehrten zu ihr zurück, um sie in einem lauten Chor – Frank, ihre Mutter, Benny, ihr Vater, sogar Meredith – daran zu erinnern, dass ein Baby alles verändern konnte.

»Sie verstehen nicht so richtig, wie es hier zugeht.«

»Unsinn! Ich lebe schon seit langem vor Ihrer Geburt in Mount Mason.«

»Nein, Ma'am. Sie leben in Blessings. Das ist ein großer Unterschied.« Er schaute in Richtung Küche. »Nur ein Beispiel. Den Küchentisch haben Sie vor ungefähr fünfzehn Jahren in Harrison's Furniture Store gekauft. Sie haben ihn im Ausverkauf gekriegt. Ich glaube, er hat so um die 200 Dollar gekostet. Stimmt das?«

Mrs. Blessing nickte widerwillig.

»Sehen Sie, mein Dad ist Fernfahrer, aber manchmal hat er früher, um ein bisschen extra zu verdienen, auch Auslieferungen hier in der Gegend gemacht. Er hat Ihnen den Tisch geliefert. Und Mr. Harrison hat ihm erzählt, Sie hätten den billigsten Tisch im ganzen Laden gekauft. Und mein Vater hat in der Bar all seinen Freunden erzählt, dass Sie ihm kein Trinkgeld gegeben haben, und als er Sie um Wasser bat, weil er Durst hatte, haben Sie ihn zur Pumpe geschickt.«

Mrs. Blessings Lippen waren fest aufeinander gepresst. »Was hat das mit dem zu tun, worüber wir gesprochen haben, Charles?«

»Hier weiß jeder alles über jeden. Und so wissen auch alle, dass Ihre Familie wohlhabender ist als sonst eine im Tal. Sagen wir also, ein Mädchen kriegt ein Kind, und sie weiß, dass sie null Geld hat oder keine gute Wohnung oder was auch immer. Vielleicht ist sie eins von diesen dicken Mädchen, von denen man in den Nachrichten hört, die schwanger werden, und niemand kommt darauf, jeder denkt, es waren zu viele Hamburger oder so was. Vielleicht denkt sie, dass das Baby, wenn sie es in der Toilette kriegt und dann hier ablegt, ein prima Leben führen wird.«

Tennis am Morgen, Krocket am Nachmittag. Eine Haushälterin, ein Teich, ein angeblicher Haufen Geld. Sie wusste, dass er vermutlich Recht hatte. Trotzdem sagte sie: »Charles, ich bin achtzig. Meine Tochter, die nie eigene Kinder hatte, ist mittlerweile sechzig. Kein vernünftiger Mensch dürfte annehmen, dass diese Familie ein Kind versorgen könnte.«

»Die Leute denken alles Mögliche über Blessings. Aber dann ist jemand, der dachte, er hätte sein Kind zu reichen Leuten gegeben, im Wal-Mart oder im Drugstore und hört, dass ich mit diesem Baby rumlaufe, und es stellt sich raus, dass das Baby, statt in Blessings zu leben, über der Garage wohnt, was womöglich auch nicht besser ist als da, wo die Mutter wohnt.«

»Ich muss doch sehr bitten. Die Fosters fanden es vollkommen in Ordnung, dort drei Kinder großzuziehen. Sie haben sich nie beschwert.«

»Nein, Ma'am. Das glaube ich gern.«

Sie hätte ihn zu sich rufen und feuern sollen. Das hatte sie auch beabsichtigt, als sie Nadine beauftragte, ihn aus dem

Holzschuppen zu holen. Sie wusste nicht, warum sie es nicht getan hatte. Es war so schwierig, anständiges Personal zu finden. Und das Baby hatte die ganze Zeit geschlafen, als sie bei jenem schrecklichen Gewitter auf ihn wartete, während er die Alarmanlage abschaltete und sich vergewisserte, dass die schwelende Ecke des Stalldaches sich in dem heftigen Juliregen nicht ausbreitete.

»Ich arbeite jetzt seit zwei Wochen mit ihr im Tragetuch«, sagte Skip rasch. »Es klappt nicht immer, aber meistens klappt es. Und sie trinkt und schläft mittlerweile ziemlich regelmäßig. Fürs Erste muss sie ein Geheimnis bleiben. Und das geht hier gut.«

Mrs. Blessing setzte sich aufrecht hin. »Ich muss mir das in Ruhe überlegen«, sagte sie. »Übrigens, der Lattenzaun an der Südseite der Einfahrt scheint sich zu neigen. Können wir irgendwas tun, außer den Zaun zu erneuern?«

Da war wieder das schiefe Lächeln. »Ich habe schon Stahlstützen bestellt, die ich hinter den Pfosten einschlagen werde«, sagte er. »Ich binde sie mit Draht fest, dann hält der Abschnitt mindestens noch zwei Jahre.«

»Und die Kleine?«

»Ich stecke sie ins Tragetuch.«

»Sie könnten sie ab und zu auch hier bei mir lassen. Hinten ist ein Schlafzimmer mit einer Wiege.«

»Ich kann das Risiko mit Nadine nicht eingehen«, sagte er. »Außerdem sollte sie wirklich in meiner Wohnung sein. Sie ist mein Baby.«

»Ein Kind braucht einen Namen, Charles.«

»Ich arbeite dran«, sagte er. »Die meisten Menschen haben ja wohl neun Monate Zeit, um sich einen auszudenken. Außerdem wusste ich bisher nicht, ob ich sie würde behalten können. Ich hätte es nicht ertragen, ihr einen Namen zu geben und sie dann nicht behalten zu dürfen.«

Später, als Mrs. Blessing am Tisch am Fenster ihr Abendessen einnahm, während die Sonne orangerot in den Teich schmolz, fiel ihr ein, dass oben irgendwo, auf einem alten Sessel in einem hinteren Schlafzimmer, das benutzt wurde, wenn Kinder zu Besuch kamen, ein Teddybär saß, obgleich seit Jahren keine mehr gekommen waren. Auf Bauch und Kopf war sein Fell dünn gerieben, und er war mit etwas ausgestopft, das ihn hart und nicht kuschelig machte. Die fünfjährige Meredith hielt ihn eines Morgens umklammert, nachdem sie die ganze Nacht in dem großen Auto der Cartons von Newport hergefahren worden war. Mrs. Foster hatte ihr eine Tasse Kakao und ein paar Muffins gemacht. Sunny war auch da gewesen; er hatte in seinem alten Zimmer übernachtet, den Wagen gehört und war, das goldene Haar zerzaust, in einem zu großen karierten Bademantel heruntergekommen.

»War mein Daddy ein guter Daddy?«, hatte Meredith Lydia gefragt, und Mrs. Foster hatte einen Moment innegehalten, frische Schlagsahne in den Kakao zu löffeln.

Mrs. Blessing hatte gerade versucht, sich zu überlegen, was sie sagen sollte, als Sunny sich neben das kleine Mädchen hockte und sein Gesicht nah an ihres hielt. »Benny Carton war der beste Daddy auf der ganzen Welt«, sagte er und drückte sie an sich. Mrs. Blessing war hinaufgegangen und hatte geweint. Sie wusste es nicht, aber daran würde Meredith sich stets erinnern, dass sie ins Schlafzimmer gespäht und ihre strenge und reservierte Mutter in Tränen aufgelöst gesehen hatte, und ihr Leben lang sollte sie sich, auch noch als erwachsene Frau, diesen Augenblick ins Gedächtnis zurückrufen und das Gefühl haben, dass ihre Kindheit etwas Süßes und Tiefes beinhaltet hatte.

Sie wusste natürlich nicht, dass Lydia um sich selbst und ihr eigenes verlorenes Leben geweint hatte und wegen etwas in Sunnys Stimme, das sie noch nie gehört hatte. Lydia hatte es selbst nicht gewusst.

94

Langsam erhob sie sich aus ihrem Schreibtischsessel und ging nach oben durch den Flur voller verschlossener Schlafzimmertüren, um den verlassenen Bären zu suchen.

Als Jennifer Foster über den Rasen ging, wogten die Muskeln unter der Haut ihrer Oberschenkel. Sie war gebaut wie eine Schwimmerin, was sie an der Mount Mason High School auch gewesen war. Ihre Haare waren schwarz und hingen ihr in einem lockeren Pferdeschwanz auf den Rücken. Skip bemühte sich, sie nicht zu lange anzugucken. Zu seinen Füßen spreizte sich das Gewirr der Weidenwurzeln in den Teich, und zwei Forellenbarsche ließen ihre Flossen flattern und schienen zu ihm emporzustarren; im Brombeergebüsch hinter ihm stand ein Korb mit dem schlafenden Baby darin. Es hatte seit zwei Wochen nicht geregnet, seit dem Gewitter am vierten Juli, und er konnte das Gras unter Jennifer Fosters Füßen knirschen hören. Skip versuchte, an sich selbst zu riechen, ohne den Arm zu heben. Nicht schlecht, obwohl er glaubte, in den Geruch nach Diesel von der Kettensäge könnte sich womöglich der Geruch nach Desitin von dem Baby, das irgendeinen Ausschlag hatte, gemischt haben. Vielleicht wusste Jennifer Foster ja nicht, wie Desitin roch. Eigentlich roch es ein bisschen wie Diesel.

»Hallo«, sagte sie. »Entschuldige, wenn ich dich störe.«

Sie hatte eine komische Art zu reden, als wäre sie älter, als sie war. Sie machte sich nicht die Mühe, ihren Namen zu nennen, und er nannte seinen Namen ebenfalls nicht. In Mount Mason stellte sich keiner vor. Skip wusste, dass ihr Vater mit einer Friedenstruppe in Korea gewesen war und dort Nadine geheiratet und seine Frau und sein Kind herübergeholt hatte, sobald es möglich gewesen war. Skip wusste, dass Craig Foster mit den meisten seiner Angehörigen nicht sprach, weil einer seiner Onkel bei einem Memorial-Day-Barbecue gesagt hatte, Craig schlafe mit dem Feind, und fast alle anderen Fosters hatten die Partei des Onkels ergriffen, der, wie sie fanden, es nicht böse gemeint habe, und woran es überhaupt liege, dass Nadine so ein Aas sei. Skip wusste, dass Jennifer einen Teilzeitjob im Krankenhaus hatte und am Gemeinde-College eine Ausbildung zur Krankenschwester machte, was ihn erstaunte, weil sie ihm wie ein Mädchen erschien, das auf eine staatliche Uni, vielleicht sogar auf eine noch bessere, hätte gehen können. Skip wusste, dass sie noch nie einen festen Freund gehabt hatte und dass die Mütter in Mount Mason darüber recht glücklich waren, denn so wohlerzogen und hübsch sie auch war, war sie doch nicht weiß. Sie war mehr oder weniger hellbraun. Und sie war in jeder Hinsicht das Gegenteil von den anderen Mädchen, die er in Mount Mason kannte, die, kaum aus der High School, schwanger wurden und fett.

»Komm sofort her!«, rief Nadine vom Küchenfenster in ihrer komischen Sprechweise mit den stumpfen Konsonanten wie bei einem Menschen, der taub ist.

Jennifer Foster verdrehte nicht gerade die Augen, aber sie zog die Brauen ein Stückchen hoch. Wahrscheinlich wusste sie, dass Skips Mutter tot war. Wahrscheinlich wusste sie, dass er während der High School-Zeit in einem jener schiefen Fachwerkhäuser mit den schmalen vorderen Veranden bei seiner Tante und seinem Onkel gewohnt hatte und nicht wie sie in einem der von Bäumen überspannten Backstein-Bungalows draußen im Tal mit ihren Eltern. Und angesichts der Art und Weise, wie sie so nett lächelte, aber doch mit ein klein wenig Schärfe im Blick, wusste sie definitiv von seinem Aufenthalt im Bezirksgefängnis.

»Sie dich sprechen«, rief Nadine.

»Erst schickt sie mich raus, um dir was wegen des Stalls auszurichten. Dann schreit sie, ich soll wieder reinkommen.« Jennifer Foster schüttelte den Kopf, dann schaute sie nach oben. »Ist das nicht ein wunderschöner Baum? Als ich klein war, habe ich immer darunter gesessen und gelesen. Wenn es regnet, wird man nicht mal nass, es sei denn, es gießt.«

»Man muss sich um ihn kümmern«, sagte Skip und legte die Baumschere in die Schubkarre. »Die Äste werden zu lang, und manche von ihnen sind nicht so stabil, wie sie sein müssen, und die krachen bei Sturm dann runter und reißen die gesunden mit. Sie hat sie ein bisschen verkommen lassen. Mrs. Blessing, meine ich.«

Jennifer Foster lächelte. »Ich weiß, wer hier mit *sie* gemeint ist«, sagte sie.

Wenn man sie anguckte, war es schwer zu glauben, dass Jennifer Foster die Tochter von Nadine und Craig Foster war. Nebeneinander sahen die Eltern aus wie ein Jux. Craig war ein massiger Mann mit schmalen Schultern, einer hohen, bleichen Stirn, braunen, ins Graue verblassenden Haaren und einem Schnurrbart, der an ihm irgendwie albern wirkte, fast so, als wäre er angeklebt. Nadine war eine Sache für sich. Sie hatte den zierlichen, geschlechtslosen Körper eines kleinen Jungen; ihre Beine waren leicht gekrümmt, ihre Arme muskulös und ebenfalls gekrümmt. Ihr Gesicht war flach mit einer hässlichen, mysteriösen Narbe quer über eine Wange, teils Schnitt, teils Verbrennung. Ihr Haar hatte Skip noch nie anders gesehen als straff zu einem Pferdeschwanz zurückgebunden, und sie selbst immer nur in Jeans und Männerhemden. Der einzige Schmuck, den sie trug, waren eine Digitaluhr, die jede Viertelstunde piepste, und ein Ehering. »Das muss ja sein, als wenn du ein Brett knallst«, hatte Chris mal gesagt, als sie die Fosters zusammen in der Stadt gesehen hatten.

Es war grausam, sich Jennifer auch nur mit den beiden vorzustellen. Er begriff nicht, wie zwei Menschen, die so aussahen, eine Person hatten produzieren können, die so aussah. »Promenadenmischungen, Skippy«, hatte Chris gesagt. »Sie geben die besten Hunde ab.« Chris hatte immer ein übles Mundwerk. Eines Abends hatte er Shelly bei McGuire's ein Bier spendiert, als Skip gerade angefangen hatte, mit ihr zu gehen, falls man es so nennen konnte, wenn man sich mit einer Frau in einer Bar betrank, mit ihr nach Hause fuhr, mit ihr schlief und dann seinen Rausch ausschlief. Und Chris sagte: »Shelly, deine Titten wären nicht so groß, wenn du nicht so fett wärst.« Skip wartete darauf, dass Shelly ihm ihr Bier ins Gesicht kippte, was Skip zumindest Respekt vor ihr abgenötigt hätte. Aber stattdessen rannte sie auf die Damentoilette und heulte. Skip fuhr an diesem Abend allein nach Hause. Manchmal fragte er sich, ob es Chris gewesen war, der Shelly geschwängert hatte. Chris liebte es, mit Mädchen zu schlafen, die er verabscheute.

Nadine kam quer über den Wendeplatz der Einfahrt marschiert und schwenkte dabei ein rot-weiß gestreiftes Geschirrtuch wie eine Fahne oder eine Waffe vielleicht, als wollte sie sie damit verprügeln. »Bist taub?«, sagte sie.

»Ich komm ja schon, Mommy.«

»Sie wollen dich sprechen«, sagte Nadine zu Jennifer, und dann drehte sie sich um und schaute Skip an, ihre Augen verengend, die eh schon Schlitze in ihrem kleinen, flachen Gesicht waren. Sie besaß die Gabe, in ihrem Fall eine unangenehme, dass sie andere dazu bringen konnte, sich zu sehen, wie sie sie sah. Skip konnte sich die Schweißringe auf seinem grauen T-Shirt vorstellen, die Erde, mit der sein Gesicht verschmiert sein musste, den Schmutz an seinen Händen. »Sie wollen Sie auch sprechen. Sie sagen, Sie gehen zu Garage, bringen Sachen da hin, richten sich her und kommen zu ihr.«

»Warum?«

»Mich nicht fragen«, sagte Nadine, wedelte mit dem Geschirrtuch und machte sich auf den Rückweg ins Haus.

»Ich nehme an, du weißt *auch*, wer *sie* ist«, sagte Jennifer Foster.

Das wusste er genau. Er und sie waren Teil einer Verschwörung geworden. Die Anweisungen, die Mrs. Blessing Nadine gegeben hatte, bedeuteten, dass sie mit ihrem kleinen Fernglas herausschaute und wusste, dass er die Kleine bei sich hatte, dass er sie ins Apartment bringen sollte, bevor er zum großen Haus herüberkam. Vor zwei Tagen hatte eine Frau, während Skip mit dem Baby im Korb zu seinen Füßen am Zaun arbeitete, aus der Stadt unerwartet Kissenbezüge geliefert, die gereinigt worden waren, und ihm war von Mrs. Blessings Anblick die Spucke weggeblieben, die ihn von einem Fenster im ersten Stock, einen geblümten Schal als Flagge der Warnung in der Hand, vom Haus fortscheuchte. »Charles«, hatte sie am Abend zuvor gesagt, »wenn Sie in die Stadt müssen, sollten Sie die Kleine hier bei mir lassen. Sie können ja warten, bis Nadine Feierabend hat.«

»Und was machen Sie, wenn sie aufwacht und Hunger hat?«, wollte er wissen.

»Herrgott noch mal; ich habe selbst ein Kind gehabt«, sagte sie, aber irgendetwas in ihrem verkniffenen Gesicht verriet ihm, dass sie sich dasselbe fragte.

Er musterte eingehend alle Fenster, die auf den Teich blickten, und stellte dann den Korb in die Schubkarre. Die Kleine war wach, starrte in den Himmel und versuchte, sich die Faust in den Mund zu rammen. Mitten auf dem Kopf hatte sie einen sternförmigen Haarwirbel, auf den er merkwürdig stolz war, und ihre Zungenspitze bewegte sich zwischen ihren Lippen, als ob sie die Luft kostete. Auf einer Wange hatte sie einen Kratzer von ihren scharfen kleinen Nägeln, und Skip wusste, dass Mrs. Blessing sich darüber äußern würde, obwohl er die Nägel gerade selbst geschnitten hatte, eine Prozedur, die ihn so nervös machte, dass er mehrmals damit aufhören und wieder ansetzen musste. Skip wusste auch nie, wie er sie schlafen legen sollte. In dem einen Buch, das er hatte, stand, auf dem Rücken, damit sie nicht an plötzlichem Kindstod starb, und in einem anderen, das er für einen Vierteldollar ertrödelt hatte, auf dem Bauch, damit sie nicht an ihrem Erbrochenen erstickte. Er hatte beschlossen abzuwechseln, obgleich er manchmal vergaß, wie er es den Abend oder das Nickerchen zuvor gemacht hatte. Beim Lesen der Bücher fragte er sich immer, wie jemand das Säuglingsalter überhaupt überleben konnte. Oder eine Vaterschaft. Sie hatten noch einmal eine schlechte Nacht gehabt, in der sie nicht schlafen und nicht trinken und nicht auch nur für eine Minute hingelegt werden wollte. Ihr Kopf schlingerte auf ihrem dünnen Stängel von einem Hals hin und her, und sie hörte nur auf zu schreien, um geräuschvoll an der Schulterpartie seines Hemdes, dann an seiner Nase zu nuckeln. Zum Glück war es ein Sonntag gewesen, sodass seine Arbeit nicht zu kurz kam, doch er hatte sie erneut auf die Bettcouch im Hinterzimmer legen und hinausgehen müssen, um sich wieder zu berappeln.

»Soll sie sich ausweinen«, hatte Mrs. Blessing gesagt, als er am nächsten Tag den Fehler beging, es zu erwähnen. »Das hielt man für richtig, als meine Tochter klein war. Sonst werden sie schrecklich verwöhnt.«

Skip hatte nichts gesagt. Er fand, jeder sollte ein bisschen verwöhnt werden, besonders, wenn er nicht größer war als ein Murmeltier.

Er schaute hinab auf die schlafende Kleine und war erfüllt von der simplen Tatsache, dass es sie gab, dass sie lebte und atmete und Tag für Tag größer wurde und niemand anderer dafür sorgte als Skip Cuddy. Manchmal kam es ihm vor, als ob sie sich angestrengt bemühte, ihn anzusehen, obwohl in den Büchern stand, sie könne eigentlich noch nichts fixieren. Abends pflegte er sie für ein, zwei Stunden ins Freie zu bringen, trug sie zum jenseitigen Ende des Teiches und legte sie auf eine doppelt gefaltete Decke, damit keine Erde an ihren Strampelanzug geriet. »Charles«, klagte Mrs. Blessing, »es ist viel zu feucht da unten. Bringen Sie sie näher ans Haus.« Aber manchmal wollte er sie einfach ganz für sich allein haben. Die Fledermäuse flogen Achterbahnschleifen über ihnen, und die Vögel trillerten, versteckt im Wipfelgeäst der verfinsterten Bäume, einander zu. Er hätte sie gern öfter hinaus in den Sonnenschein gelassen, statt sie an seine Brust geschmiegt bei sich zu tragen. Die Bücher meinten, Sonnenschein sei gut für Neugeborene. An seinem nächsten freien Tag würde er irgendwo hinfahren, eine halbe Stunde entfernt oder so, und einen Park suchen und sie im Kinderwagen herumschieben. Falls jemand fragen sollte, würde er sagen, er sei ihr Vater. Er hatte sogar schon vor dem Spiegel geübt. »Ich bin ihr Vater«, würde er sagen. »Vier Wochen. Ja, ein Mädchen. Ach, ungefähr zehn Pfund. Ein braves Baby, klar, ein richtig braves Baby.« Er hatte ziemlich überzeugend gewirkt, bis ihm einfiel, dass er allein war und er sich wie ein Trottel vorkam.

Als er ihr ein Fläschchen gegeben, sie in ihrem tragbaren Babybett auf die Seite gelegt und sich ein sauberes Hemd angezogen hatte, klopfte er an die Hintertür. Nadine führte ihn ins Wohnzimmer. Es erinnerte ihn an einen Schulausflug, den er in der sechsten Klasse zu George Washingtons Haus in Mount Vernon gemacht hatte. Über dem gemauerten Kamin war das große Ölporträt eines Mannes, und an der gegenüberliegenden Wand hingen Blumenaquarelle. Mrs. Blessing saß in einem Ohrensessel zwischen Kamin und Fenster, ihr Fernglas auf dem Tisch mit der verschnörkelten Kante neben sich. Eine Teetasse war auch da und eine Zeitung mit einer Lupe darauf. Sie trug, was sie meistens trug, eine weiße Bluse und einen langen blauen Rock. In dem Licht vom Fenster her konnte er durch die dünnen Wellen ihres silbernen Haars ihre

Kopfhaut sehen. Jennifer saß am Klavier. Es sah aus, als ob nie jemand auf den Wohnzimmermöbeln säße, außer Mrs. Blessing.

»Unsinn«, sagte Mrs. Blessing gerade zu Jennifer. Skip war aufgefallen, dass es eins ihrer Lieblingswörter war.

»Na ja, es ist erst mein erstes Jahr«, sagte Jennifer. »Vielleicht ist mir Ende des nächsten Jahres klarer, was ich tun will.«

»Du solltest auf einem guten Vier-Jahres-College sein«, sagte Mrs. Blessing. »Auf einem Elite-College sogar.«

»Leute kümmern sich um ihren Kram«, murmelte Nadine hinter ihm, aber so laut, dass die Frau und das Mädchen sich umdrehten und ihn sahen.

»Charles«, sagte Mrs. Blessing. »Das ist Jennifer Foster. Nadines Tochter. Ich vertraue ihr bedingungslos.« Sie legte Jennifer eine Hand, deren Weiß vor der goldenen Haut des Mädchens deutlich hervortrat, auf die Schulter. Die einzelnen Knochen ihrer Hand waren durch die fleckige Haut sichtbar, als würde sie durch den ständigen Druck immer stärker modelliert. Das war eines der ersten Dinge, die Skip an ihr bemerkt hatte, das und die Tatsache, dass der einzige Schmuck, den sie trug, ein Ehering war. Auf dem Tisch mit der Schnörkelkante stand das alte Schwarz-weiß-Studiofoto einer jungen Frau im weißen Kleid. Er sah, dass Mrs. Blessing als Mädchen durchaus nicht mädchenhaft gewesen war: Nase und Mund gerade, Augen und Stirn groß, nichts Rundes oder Weiches, als wäre sie von vornherein speziell dazu bestimmt gewesen, in Würde zu altern.

»Wir kennen uns schon«, sagte Jennifer. »Wir kennen uns von der Schule. Bis auf den Charles.«

»Ich heiße Skip«, sagte Skip und spürte die Hitze in seinem Gesicht.

»Charles, ehe ich es vergesse«, sagte Mrs. Blessing. »Es gefällt mir nicht, was Sie mit der Weide machen. Sie brauchen

103

sie nicht zu beschneiden. Dieser Baum hat eine besondere Form. Er ist nicht wie ein Ahorn oder eine Ulme. Seine Äste gehen nach unten, nicht nach oben. Ich würde mir den Baum gern angucken, bevor Sie weiter daran arbeiten. Mein Vater hat diese Bäume gepflanzt. Sie sind unersetzlich.«

»Ja, Ma'am. Aber gucken Sie ihn sich lieber bald an. Die Hälfte der Zweige an dem Baum ist totes Holz. Um die toten Zweige ist eine Menge Giftsumach gewachsen, den Sie von hier aus mit dem Fernglas nicht sehen können. Da haben die Spechte ihren Spaß, und falls wir in nächster Zeit einen ordentlichen Sturm kriegen, und das werden wir, weil es Juli ist, könnte er das gute Holz zusammen mit dem verrotteten Zeug abreißen. Genau das ist bei dem Gewitter am vierten Juli passiert. Wenn es noch mal passiert, landet der ganze Baum Ihres Vaters im Teich, und ich muss ihn mit Ketten und Traktor rausziehen.«

Skip spürte, wie Jennifer Foster ihn beobachtete. Er liebte den Baum auch.

»Diesem Baum ist es ohne Sie über sechzig Jahre gut gegangen, Charles«, sagte Mrs. Blessing.

»Ja, Ma'am.«

»Und das bleibt auch noch sechzig Jahre so.«

»Nein, Ma'am. Ich habe bei der Bezirks-Hotline angerufen, und die haben gesagt, ich sollte jedes Jahr ein Drittel der kleinen Zweige des Baums rausschneiden. Und dann ist da noch was. Das Stalldach muss repariert werden, direkt neben der Tür zum Heuboden. Das ist da, wo während des Gewitters der Blitz eingeschlagen hat. Es hat – –«

Mrs. Blessing stand auf. Als sie sich bewegte, verströmten ihre Kleider einen scharfen, pudrigen Geruch, wie der Lavendel in den Beeten am Bootshaus. »Kümmern Sie sich darum«, sagte sie, trat zum Klavier und blätterte die Partitur auf dem Notenständer durch.

»Ich glaube, den Job schaffe ich nicht allein. Jemand hat da drinnen eine Waffe abgefeuert, vielleicht auf Tauben oder Holztauben, und dann hat der Regen – –«

Sie hielt weder inne noch drehte sie sich zu ihm um, und es lag eine gewisse ernste Würde in der Präzision ihrer langsamen und schwerfälligen Bewegungen. Skip bemerkte plötzlich, ihren gekrümmten Rücken betrachtend, dass sie früher eine hoch gewachsene Frau gewesen sein musste, beinahe so groß wie er.

»Lassen Sie das erledigen«, sagte sie.

Jennifer Foster folgte ihm nach draußen zum Rondell. Neben ihrem kleinen, blauen Auto blieb sie stehen. Auf dem Armaturenbrett saß ein Plüschpanda, auf dessen kleinem Hemd »Tochter Nummer 1!« stand. Skip nahm an, dass er von ihrem Vater stammte.

»Es klingt, als könntest du die Weide zurückschneiden«, sagte sie. »Wenn sie nicht direkt widerspricht, heißt das, dass sie einverstanden ist. Wenn sie wirklich was dagegen hätte, würdest du es wissen.«

»Du übersetzt?«

»Ja, das tue ich wohl«, sagte Jennifer und lächelte. »Ich kenne sie schon lange. Ich weiß noch, wie ich mir in der sechsten Klasse das Haar abschneiden lassen wollte. Sie sagte: ›Davon will ich nichts wissen.‹ Und als ich ihr erzählte, dass ich aufs Gemeinde-College gehen wollte. Da hättest du sie hören sollen.«

»Wollte sie, dass du auf ein staatliches gehst?«

»Sie will, dass ich aufs Wellesley gehe. Oder aufs Smith.«

»Nie gehört«, sagte Skip.

»Sie warten!«, kreischte Nadine aus dem Küchenfenster.

»Tut mir Leid«, sagte Jennifer. »Ich muss wieder rein und Klavier spielen. Sie meint, das erspart ihr das Stimmen.« Sie lächelte erneut und blinzelte in der Sonne zu ihm auf. »Du solltest den Stall einfach reparieren. Beim Stall brauchst du sie gar nicht erst zu fragen, wenn es ein Problem gibt.«

»Wie lange kennst du sie schon?«, fragte Skip.

»Seit ich in Mount Mason bin«, erwiderte sie. »Anfangs ließ sie mich von meiner Mutter herbringen, um ihre Neugier zu befriedigen, glaube ich. Und dann wollte sie sichergehen, dass ich zu Hause kein Koreanisch sprach. Amerikaner sollten Amerikaner sein. Das sagt sie immer. Offensichtlich kennt sie meine Mutter nicht. Meine Mutter hat mich schon im Flugzeug kein Wort Koreanisch mehr sprechen lassen, geschweige denn in Mount Mason.«

»Dann ist sie für dich also so was wie eine Großmutter?«

»Eigentlich nicht. Es klingt seltsam, aber ich glaube, wir sind Freundinnen. Zuerst wollte sie nur mein Leben planen, wie sie hier alles plant, weißt du. Das versucht sie manchmal immer noch. Aber dann, glaube ich, fing sie an, mich zu mögen. Dich muss sie auch mögen.«

»Warum?«

»Sie lässt dich ins Haus. Ich bin nicht mal sicher, ob die Fosters ins Haus durften, außer um Mahlzeiten zu servieren und das Feuer in den Kaminen anzumachen. In der Hinsicht ist sie komisch. Und seit du hier bist, kommt sie mir, wie soll ich sagen, lebhafter vor. Ausgeglichener als früher.«

»Ich weiß nicht, ob sie mich mag. Ich glaube, sie findet, dass ich gute Arbeit leiste.«

»Das läuft bei ihr auf dasselbe raus. Du solltest das Dach einfach reparieren. Das geht schon in Ordnung.«

»Die Sache ist bloß die, dass ich es nicht selbst machen kann. Dazu ist ein richtiger Dachdecker nötig. Man braucht spezielle Leitern und Gerüste. Das ist kein Ein-Mann-Job.«

»Dann musst du eben einen Dachdecker kommen lassen. Sie wird sich beschweren, aber dann zahlt sie doch. Sie geht nie runter zum Stall, aber sie möchte, dass er instand gehalten wird. Ihr Vater ließ ihn für die Kühe bauen, und ihre Tochter hat dort ihre Pferde untergebracht.«

»Die reinste Verschwendung. Keiner benutzt ihn.«

106

»Das ist ihr egal. Sie will nur, dass er instand gehalten wird. Ihr Bruder ist da unten gestorben. Bei dem großen Fliedergebüsch, da ist ein Stein. Wenn er blüht, schneide ich ihr immer einen dicken Strauß. Als ich das erste Mal ins Wohnzimmer durfte, war es, um die Vase auf den Tisch zu stellen.«

»Ich wusste nicht, dass es erlaubt ist, Menschen einfach auf seinem eigenen Grundstück zu begraben.«

»Ich bin mir nicht sicher, ob er dort begraben ist. Mrs. Blessing darf jedenfalls tun, was ihr gefällt. Mein Vater sagt, sie kann aus Stroh Gold und aus Wasser Wein machen. Wie in Grimms Märchen oder in der Bibel.«

»Glaubst du wirklich, dass das stimmt? Nicht das mit dem Stroh, aber dass sie tun kann, was sie will, und damit durchkommt?«

Jennifer Foster zuckte die Achseln. »Die Sache ist einfach die, dass sie, wenn sie etwas erreichen will, eine Möglichkeit findet, wie sie es erreicht. Und von dir will sie genauso, dass du es erreichst.«

»Das kapiere ich«, sagte er. »Was ich vorhin noch sagen wollte, bei deinem Wagen ist das Standgas zu niedrig eingestellt. Ich könnte ihn richtig einstellen, wenn du das nächste Mal hier bist. Wenn du willst, meine ich.«

»Danke«, sagte sie mit einer Stimme, mit der Mädchen wie sie in der Schule immer Typen wie ihn abgefertigt hatten. »Mein Vater hat eine Werkstatt, der erledigt das schon.«

»Ach ja. Klar. Weiß ich doch. Blöd von mir.«

»Nein, nein. Danke, wirklich.« Aus dem Verandafenster blitzte ein silberner Speer auf. »Guck jetzt nicht hin, aber sie beobachtet uns.«

»Hast du dir in der sechsten Klasse die Haare schneiden lassen?«, fragte er.

»Machst du Witze? Natürlich nicht.«

Mit einem leichten Anflug von Ärger hatte Mrs. Blessing festgestellt, dass irgendjemand zahlreiche Dinge erfunden hatte, die das Leben mit einem Baby unendlich leichter machten als zu der Zeit, als sie selbst ein Baby gehabt hatte. An Stelle des ungelenken Kinderwagens mit den großen, steifen Rädern gab es diese Schlingenvorrichtung, mit der man einen Säugling freihändig überall hintragen konnte. Statt der Tütchen voller riesiger Sicherheitsnadeln mit Bakelitköpfen in Rosa oder Blau gab es diese Klebestreifen, um die Papierwindeln, bedruckt mit irgendwelchen kleinen, tanzenden Figuren, zu befestigen. Sogar die Fläschchen waren anders, die Sauger abgeflacht und aus Plastik. Es verstärkte ihr Gefühl, dass die jungen Frauen von heute es leichter hatten als sie damals.

Andererseits war sie ziemlich stolz auf ihr rosa Keep-Safe-Babyfon. Skip hatte es ihr mit einem Ausdruck der Resignation übergeben, als Kompromiss zwischen dem Alleinlassen der Kleinen und ihrer Unterbringung im großen Haus, wenn er unterwegs war. »Sie können jedes Geräusch hören, das sie macht«, sagte er. »Aber reagieren Sie nicht vorschnell. Manchmal gibt sie nur kurz ein Geräusch von sich und schläft dann wieder ein.« Mrs. Blessing schaltete das Gerät ein. »Ich höre gar nichts«, sagte sie.

»Hören Sie genau hin«, sagte er.

Sie presste den Hörer an ihr Ohr. Nun vernahm sie ein schwaches Geräusch flachen Atmens, ein und aus, ein und aus.

»Das ist sie«, sagte Skip stolz. Schüchtern fügte er hinzu: »Sie heißt Faith.«

Mrs. Blessing schürzte die Lippen. »Mir gefällt der Name«, setzte er hinzu. »Es ist keiner von diesen ausgedachten Namen, die heute jeder hat, wie Summer oder Whitney oder so.«

»Es gibt Kinder, die Summer heißen?«

Er nickte. »Ich kenne einen Typen, dessen Freundin hat Zwillinge gekriegt. Summer und Autumn.«

»Herr im Himmel«, sagte Mrs. Blessing. Das war das Gotteslästerlichste, was man je von ihr hörte.

»Wie finden Sie Faith?«

»Ich bin sicher, der passt gut zu ihr.«

»Er ist mir eben eingefallen«, sagte er.

Sobald Nadine gefahren war, musste er weg, weil er versuchen wollte, zum Kraftfahrzeugamt zu gelangen, bevor es schloss, um ihren Cadillac wieder zuzulassen. »Ich habe sie gerade gefüttert und ihr die Windeln gewechselt«, sagte er durch die Fliegengittertür zum Wohnzimmer. »Sie müsste eigentlich schlafen, bis ich zurück bin. Können Sie sie hören?«

Mrs. Blessing hielt das Babyfon an ihr Ohr. »Bestens«, sagte sie.

Zehn Minuten später vernahm sie ein leises Schnauben und redete sich ein, sie müsse nach dem Kind sehen. Es strengte sie an, die Treppe zu dem Apartment hinaufzusteigen, und als sie oben ankam, schwitzte sie, und die Schulter tat ihr weh. Sie erkannte, dass das Geräusch, das sie durch den Monitor gehört hatte, von den Ventilatoren stammte. Vielleicht sollte sie eine Klimaanlage für die Wohnung kaufen. Dann schnaubte sie selbst. Noch mehr Verwöhnung für ein verwöhntes Zeitalter. Sie entsann sich, wie die Babyschwester an

Julitagen wie diesem Meredith mit dem Schwamm kalte Bäder verpasst hatte. Die Kleine hatte krampfhaft geplantscht und geniest, wenn Wasser in ihre Augen kam, und Lydia hatte ständig Angst gehabt, ihr Kind würde aus dem Griff der Frau rutschen und ertrinken.

Dieses Baby wirkte irgendwie robuster. Dank der tiefen Falte in dem Speckpolster am Ellenbogen sahen seine Arme muskulös aus. Mit dem Mund machte es saugende Bewegungen. Es lag in dem kleinen tragbaren Bettchen, das Skip zusammen mit einer Schaukel und einem Autositz aus seinem Laster geholt hatte. »Ich habe mich immer gefragt, wer auf diesen privaten Trödelmärkten einkauft«, sagte er. »Jetzt weiß ich es. Ich habe den ganzen Kram hier für zehn Dollar gekriegt.«

Mrs. Blessing schätzte Sparsamkeit, besonders bei denen, die es sich nicht leisten konnten, verschwenderisch zu sein. Aber irgendetwas berührte sie traurig beim Anblick der Kleinen, die auf jene dralle, rosige Art recht hübsch geworden war, in dem ein wenig schäbigen, ein wenig verblichenen pastellfarben bedruckten Stoff des Bettchens, eines Bettchens, das ein anderes Kind benutzt hatte, als es neu gewesen war. Sie legte ihre Hand, die jetzt immer leicht zitterte, auf den Kopf des Babys und spürte, wie ihre Finger sich dem kleinen Schädel automatisch anpassten. Er war ihr Lieblingskörperteil bei einem Säugling, weil er am stärksten schien, nicht so verletzlich wie der wackelige Rumpf oder die wild fuchtelnden Arme. Von bunten Schirmen hing ein kleines Mobile aus grinsenden Mäusen herab; als sie die Hand wegzog, stieß sie dagegen, und die ersten drei Noten von »Twinkle Twinkle Little Star« erklangen durchdringend in dem stillen Halbdunkel. Das Baby bewegte sich, drehte den Kopf zur Seite und führte eine Faust an seinen schlaffen Mund.

Als Mrs. Blessing zum Haus zurückging, fühlte sie sich erschöpft, und während sie im Gleichklang mit dem Atem in dem Babyfon atmete, merkte sie, wie sie wegglitt und zu dösen anfing. Als das Telefon läutete, schreckte sie auf, als ob es wieder die Alarmanlage wäre. Doch es war nur Meredith, die es sich zur Gewohnheit gemacht hatte, mittwochs kurz vor dem Abendessen anzurufen.

»Wie geht es dir, Mutter?«, fragte sie jetzt immer statt eines simplen »Hallo«.

»Mir geht es gut.«

»Hast du geschlafen?«

»Natürlich nicht. Wieso um alles in der Welt sollte ich schlafen? Es ist noch nicht mal sechs.«

»Wie machen sich die Blumen?«

»So gut, wie man es bei dieser Hitze erwarten kann. Der neue Mann gibt sich große Mühe, aber in der Kapuzinerkresse haben die Schädlinge gewütet, und die Lupinen sind schrecklich ausgedünnt.«

»Das tut mir Leid«, sagte Meredith. »Wie geht's Nadine?«

»Lass mich bloß mit Nadine in Ruhe. Wenn es möglich wäre, anständiges Personal zu finden, wäre sie auf Arbeitssuche in Mount Mason.«

»Das tut mir Leid«, sagte Meredith erneut, mechanisch, ihre Stimme atemlos vor Langeweile und Ungeduld.

Zwei Frauen, die ihre besten Jahre längst hinter sich und keinen gemeinsamen Gesprächsstoff hatten, dachte Mrs. Blessing, das war aus jener jungen Mutter und ihrem Bade-Baby geworden. Mrs. Blessing fragte sich, was Meredith wohl sagen würde, wenn sie ihr von dem Kind in dem Karton erzählte. Sie hatte nicht die geringste Ahnung, wie ihre Tochter reagieren würde, was ihr furchtbar erschien. Sie wusste, dass dies zumindest teilweise ihre Schuld war. Die Babyschwester, die Nanny, die Sommer in Newport, die Internate. Meredith hatte früh geheiratet und war auf die Pferdefarm in Virginia gezogen, die sie von dem Ertrag aus dem Verkauf des Carton-Hauses erworben hatte. Das Resultat war, dass sie

111

sich nicht besonders gut kannten. Mutter und Tochter mussten sich immer wieder neu kennen lernen, wie Menschen, die sich ab und zu auf denselben Partys treffen. Als sie jünger gewesen war, hatte Meredith versucht, mit ihr zu reden, wenn sie gemeinsam ausritten, nach der Schule, vor dem Abendessen, bei einem Fragespiel, mit dem sie versuchte, ihr junges Selbst einzuschätzen und herauszukriegen, woraus sie gemacht war. Was war dein Lieblingsgericht, als du in meinem Alter warst, Mutter? Wie viele Mädchen waren auf der Bertram's in deiner Klasse? Erzähl mir noch mal, wie du und Onkel Sunny auf den Teich gerodelt und durch das Eis gebrochen seid. Erzähl mir noch mal von der Party, mit der Nana und Papa dich in die Gesellschaft einführten. Lydia Blessing hatte ziemlich selbstgefällig gedacht, dass sie die Fragen ihrer Tochter immerhin beantwortete, anders als ihre eigene Mutter, die oft nur erwidert hatte: »Die Neugier wird dich noch umbringen.«

»Wie geht es deinem Bein?«, fragte Meredith jetzt.

Als sie vor zwei Jahren im Krankenhaus die Augen aufschlug, hatte sie vorher von jener Debütantinnen-Feier geträumt. Oder vielleicht konnte man es nicht Träumen nennen, wenn man einen Schlaganfall gehabt hatte. Es war in der Bibliothek eines Clubs auf der Park Avenue gewesen, und sie hatte ein weißes Kleid aus Ripsseide getragen, das ihr in großen, steifen Falten von den Schultern fiel. Der Raum war nicht sehr voll; viele der Gäste, die ihre Mutter eingeladen hatte, hatten an jenem Abend andere Einladungen, das hatte ihre Mutter jedenfalls gesagt. Auf der anderen Seite des Raums sah sie Frank Askew, dessen Tochter an der Bertram's zwei Klassen unter ihr gewesen war. Er hatte einen Schnurrbart und einen spitz zulaufenden Haaransatz. Es war alles fast genauso gewesen wie in ihrer Erinnerung, nur dass er im Traum auf sie zugekommen war, um mit ihr zu reden, was erst bei einer Cocktailparty mehrere Monate danach gesche-

112

hen war. Und er hatte sich vorgebeugt und sie auf den Nacken geküsst, sodass sein Schnurrbart sie kitzelte, was einige Wochen nach der Cocktailparty geschehen war, in einem muffigen hinteren Schlafzimmer im Apartment der Askews, das nach Shalimar und Waschpulver und Zitronenwachs roch. Im Traum hatte sie sich umdrehen und weggehen wollen und war doch nicht dazu in der Lage gewesen, ebenso wenig, wie sie vor all den Jahren im wirklichen Leben dazu in der Lage gewesen war. Sie war gelähmt und zugleich erregt gewesen, wie im richtigen Leben. Nur dass sie, als sie auf Franks pomadisierten roten Schopf, der Rundung ihrer Schulter entgegengebeugt, hinabschaute, oberhalb des weiten Ausschnitts des weißen Kleides die blauen Adern, die sehnigen Muskeln, die über die Haut verstreuten Signallichter in Braun gesehen und erkannt hatte, dass es ihr altes und nicht ihr jüngeres Selbst war, das er im Traum küsste.

Dann war alles strahlend weiß geworden, und sie hatte die Augen geöffnet und war immer noch gelähmt gewesen, zumindest auf einer Seite, und immer noch tief aufgewühlt, obgleich das Gefühl sich im grellen Schein der Krankenhauslampen und dank der plötzlichen Aufmerksamkeit der Schwestern und Merediths gutturalem Weinen so schnell verflüchtigte, dass sie sich einreden konnte, es sei etwas anderes gewesen.

Ein Einzelzimmer war nicht verfügbar gewesen, sodass sie sich ein Zimmer mit einer Frau teilen musste, die nördlich von Mount Mason lebte und der die Gallenblase entfernt worden war. »Sie verbreitet sich ständig über ihre Enkel, bis man anfangen möchte zu schreien«, sagte Mrs. Blessing leicht nuschelnd, da es nur ein schwacher Schlaganfall gewesen war. Merediths Gesichtsausdruck bemerkte sie nicht. Nach so vielen Jahren des Alleinlebens musste sie sich ins Gedächtnis zurückrufen, dass es, wenn man das Richtige sagen wollte, wichtig war, in dem Gesicht der Person zu lesen, mit der man sprach. Kein Wunder, dass ihre eigene Mutter, die dazu neigte, beim Reden auf ihre Ringe zu gucken, so oft etwas missverstanden hatte.

»Kommt mich doch nächstes Wochenende besuchen«, sagte Mrs. Blessing plötzlich ins Telefon, während der Atem im Babyfon neben ihr sich hob und senkte. Sie wusste genau, als sie die Worte aussprach, dass sie sie so ernst meinte wie nie zuvor, und ebenso genau, dass sie das Angebot bereuen würde, sobald es gemacht war. Es gab nur eine bestimmte Anzahl von Veränderungen in ihrem Tagesablauf, die sie ertragen konnte. Sie schaute wieder auf das Babyfon hinunter.

»Was ist los?«, fragte Meredith.

»Nichts ist los. Muss denn etwas los sein, damit ich euch zu mir einladen darf? Egal. Egal. Macht euch keine Umstände.«

»Mutter, wir würden gern kommen. Aber wir erwarten einen Kunden, der sich das Fohlen ansehen will, das letzten Monat geboren wurde. Und einen Sachverständigen. Wie wär's mit Ende des Monats?«

»Nun, ich weiß nicht«, sagte Mrs. Blessing, als ob sie ihren Kalender studierte. Er lag immer offen auf ihrem Schreibtisch: weiß, weiß, wie das Kleid in ihrem Traum, das Kleid, das ihr Gesicht wie eine Wolke bedeckte, als Frank den Rock hochgeschlagen hatte. Weiß bis auf einen Arzttermin hier und da, eine Verabredung zum Essen. Am 18. Juli war Jess' Geburtstag eingetragen, doch Jess war seit sechzehn Jahren tot. »Ich denke, das lässt sich einrichten«, sagte sie zu Meredith.

»Ich könnte versuchen, den Termin mit dem Sachverständigen zu verlegen –«

»Nein, nein. Ende des Monats passt gut. Vielleicht kann Nadine bis dahin anständigen Mais auftreiben.«

Durchs Fenster sah sie, wie sich die Rasenflächen graugrün um den Teich ausbreiteten; das Gras war trocken wegen des ausbleibenden Regens. Einige kleine, schwarze Vögel pickten am Fuße des Stegs und im Gras um das Boot herum. Aus irgendeinem Grund vermittelte ihr das Halbrund des strahlend weißen Holzes das ruhige Gefühl der Zufriedenheit, das sie mittlerweile nur noch recht selten hatte, und ihr wurde klar, dass der kurze Moment, in dem sie den Kopf des Babys hielt, dasselbe bewirkt hatte. Diese Augenblicke waren immer ziemlich rar gewesen, und fast immer ging es dabei um kleine existenzielle Freuden, nie um große Emotionen. Es war ein Gefühl des Friedens, begleitet von einer Ruhe in ihrer Brust, ihrer Brust, die meistens angespannt und nach vorn gereckt war, sodass, als sie jung war, ihr Busen in einer Weise betont wurde, die Männer schlüpfrig und gefügig fanden, die in Wirklichkeit aber genau das Gegenteil war. Als Kind hatte ein Paar neue Schuhe das Gefühl hervorrufen können und später eine nette Mahlzeit im Restaurant oder der simple Anblick eines Quartetts geeister Martinigläser auf einem Tablett draußen auf der Terrasse. Auch der Anblick von Sunny hatte dieses Gefühl bei ihr ausgelöst, wenn er vom College heimkehrte oder in den Jahren, in denen er sie hier besucht hatte, heraus aufs Land kam. Und als sie noch jünger gewesen war, hatte sich das Gefühl eingestellt, wenn ihr Vater das Zimmer betreten hatte.

Alle hatten erwartet, dass Meredith es bei ihr erzeugte. So ein hübsches Baby, so ein reizendes Kind, so grüne Augen, schräg stehend wie die Akzentzeichen in ihren französischen Texten an der Bertram's, *accent aigu, accent grave*. Natürlich war ihr Haar rot gewesen, wie eine Flamme auf der langen, blassen Kerze ihres Gesichts. Rot, wie es Ethel Blessing vermutlich befürchtet hatte, als sie Lydia aufs Land verbannte, rot wie Frank Askews Haare als Junge, die allerdings, als Lydia ihn kennen lernte, zu einem Rostbraun verblichen waren. Bennys Mutter hatte eine Tante ausgegraben, die kastanienbraunes Haar gehabt hatte, wenn jemand unüberlegt die Farbe erwähnte. Nun, da es nicht mehr darauf ankam, waren Merediths Haare so silbern wie ihre eigenen.

Manchmal hatte Meredith, als sie jung gewesen war, das Boot mitten auf den Teich hinausgerudert und mit einem Buch dagesessen, einen alten Strohhut von Mrs. Blessings Vater tief über den Kopf gezogen. Sie hatte einen wunderschönen Haaransatz, Meredith, klar und spitz zulaufend. Inzwischen trug sie keine Hüte mehr bis auf den schwarzen Reithelm, trug ihr Haar immer straff zurückgebunden, sodass der Haaransatz sich von ihrer Stirn abhob wie eine Pfeilspitze.

»Lyds, meine Liebste«, pflegte Edwin Blessing, der gern in wohltuend unoriginellen Aphorismen sprach, zu sagen, »ein Gentleman trägt einen Hut, oder er bleibt im Haus.«

»Ihr werdet furchtbar runzlig werden in der Sonne, Mädchen«, hatte ihre Mutter bei jenen seltenen Gelegenheiten nach Merediths Geburt gesagt, wenn sie nach Blessings gekommen war und Lydia und ihren Freundinnen beim Kopfsprung vom Steg zugeschaut hatte.

Mrs. Blessing hatte Nadine gesagt, ihre kleine Tochter dürfe auch gern das Boot benutzen, das Boot, das da Tag um Tag lag, umgedreht, verlassen, ungenutzt. Doch das wollte Nadine nicht erlauben. »Nein, nein«, hatte sie gebrummt. »Nicht recht.« Mrs. Blessing war überrascht gewesen, Gefallen an Nadines Kind zu finden. Wie so vieles in der Welt, in die sie sich ausgesetzt fühlte, hatte sie Jennifer theoretisch missbilligt. Männer wie Craig Foster sollten Frauen aus Mount Mason heiraten, die in dieselbe Kirche gingen und dieselben Leute kannten, nicht Koreanerinnen, die sie als in Übersee stationierte Soldaten kennen lernten. Nadine konnte nicht einmal als Kriegsbraut gelten; Craig war in Korea gewesen, als der amerikanische Krieg dort längst vorbei war. Aber seine fremdländische Frau und seine fremdländische Tochter waren Mount Mason noch fremdländischer erschienen, weil sie auf Grund irgendwelcher Einwanderungsbestimmungen Ehemann und Vater erst drei Jahre nach Craig Fosters Heimkehr folgen durften. In dieser Zeit waren Legenden über sie entstanden, wie die Geschichten über den Mann, der in der Sackgasse neben der High School wohnte und nie das Haus verließ.

Mrs. Blessing war Jennifer zum ersten Mal vor zwölf Jahren begegnet, als das Kind sechs war und Nadine seit einem halben Jahr für sie arbeitete. Das kleine Mädchen durfte damals wegen einer Mittelohrentzündung nicht zur Schule gehen. Sie hatte den ganzen Tag über in einer Ecke der Küche auf einem Hocker gesessen, so still, dass Mrs. Blessing ihre Anwesenheit nur bemerkte, weil sie ab und zu von ferne her einen hohen Sopran hörte, als Kontrapunkt zu der atonalen Musik von Nadines flachem, gebrochenem Englisch.

»Ich freue mich sehr, Sie kennen zu lernen, Ma'am, und es tut mir Leid, dass ich heute mit meiner Mutter herkommen musste«, hatte das Kind gesagt, als Mrs. Blessing unter dem Vorwand, den mittäglichen Speiseplan verändern zu wollen, in die Küche kam.

Sie war amüsiert gewesen über die steife kleine Ansprache und die seltsam altmodischen Kleider, die das Mädchen trug, die Mrs. Blessing aber nach wie vor für angemessen hielt, einen karierten Rock, einen Wollpullover, Kniestrümpfe, Schnürschuhe. Sie hatte sie nicht als Merediths ausrangierte Kleidungsstücke wiedererkannt, vier Jahrzehnte alt, von Nadine zwischen Seidenpapier, durchsetzt mit Mottenkugeln, vor dem Verfall geschützt. Mrs. Blessing hatte Nadine gebeten, der Heilsarmee die Sachen zu geben, als das Dach neu gedeckt und folglich der Dachboden ausgeräumt werden musste. »Es ist offensichtlich sinnlos, sie für Meredith aufzubewahren«, sagte Mrs. Blessing, die die Kinderlosigkeit ihrer Tochter auf unentschlossene Weise missbilligte. Nadine hatte die handgestickten Monogramme mit einer Schere herausgezupft und gebügelt und gebügelt, bis die Gipfel und Täler dort, wo die Stiche gewesen waren, herausgeplättet waren, und die Kleider behalten.

117

Meredith redete über eins ihrer Pferde. Eine Muskelzerrung, sagte sie, Besuche vom Tierarzt. Mrs. Blessing hörte nicht zu. Ihre Gedanken hatten nun, da sie achtzig und die Vergangenheit so weit entfernt und doch so vollkommen plastisch war wie eins der Dioramen im Museum für Naturgeschichte, die Neigung abzuschweifen. Aus dem Babyfon vernahm sie eine Reihe dumpfer Aufschläge, und ihr Herz begann zu rasen, bis ihr klar wurde, dass es sich um das Geräusch von Schritten handelte, die in das Apartment hochstiegen. Es irritierte sie, dass sie so verwirrt vom Schlaf und von der Hitze und dem überraschenden Anruf und dem, was ihr Vater »Verträumtheit« nannte, gewesen war, dass sie den Laster nicht hatte zurückkommen hören. Vielleicht hatte er ja auch die hintere Zufahrt benutzt, die von der Straße um den Stall herumführte. Irgendwie fand sie das hinterlistig. Durch das Babyfon hörte sie die Schritte jetzt lauter sowie ein paar Noten aus der Spieldose des Mobiles.

»Was ist das?«, fragte Meredith.

»Nichts«, sagte Mrs. Blessing. »Ich glaube, Nadine hat das Radio an.«

»Sie ist spät dran heute.«

Was sagte Meredith? Dass sie selbst eine neue Haushälterin eingestellt hätte, weil diejenige, die sie gehabt hatte, nichts getaugt hatte. »Der Apfel fällt nicht weit vom Stamm«, konnte Mrs. Blessing ihren Vater sagen hören. Sie bekam es allmählich satt, dass all diese Menschen gleichzeitig sprachen, die Vergangenheit, die Gegenwart, vielleicht sogar die Zukunft in dem langsamen Atmen des Babys. Aus dem Babyfon hörte sie eine Stimme wispern: »Hallo, süße Maus. Hey, Faith. Ich bin zu Hause. Ich bin zu Hause.« Leise begann Skip, »Twinkle Twinkle Little Star« zu singen. Er kannte den Text nicht vollständig und sang ziemlich unmelodisch. Mrs. Blessing konnte sich beim besten Willen nicht erklären, wieso ihr Tränen in die Augen stiegen.

»Hoffentlich habe ich keinen Fehler gemacht«, sagte sie, Meredith unterbrechend, die gerade über einen Hengst in Middleburg redete, der zum Decken zur Verfügung stand.

»Wie bitte?«, fragte Meredith.

»Mit dem neuen Mann«, sagte Mrs. Blessing.

»Ach, Mutter, du bist nie zufrieden.«

»Ich bin völlig zufrieden, wenn die Dinge korrekt erledigt werden.«

»Und erledigt er die Dinge korrekt?«

»Das tut er wohl«, sagte Mrs. Blessing.

Was ihn erstaunte, wenn er ihren altmodischen Redewendungen lauschte, dem *wie bitte* an Stelle von *was*, wenn er sich in ihrem Wohnzimmer umschaute, das in einem der großen neuen Häuser ein Stück weiter den Hügel hinab leicht schäbig und vollkommen lächerlich gewirkt hätte, war, dass man sich nicht aus dem Umfeld lösen konnte, in das man hineingeboren war. Jeder glaubte, man könne es, hier in Amerika, doch es stimmte nicht. Erst war man ein Boatwright-Baby mit verrotzter Nase und einer Windel, die schon vor zwei Game-Shows hätte gewechselt werden müssen, und dann war man ein Boatwright-Mädchen, das den Jungs in Pickups einen runterholte und ein eigenes Baby rumschleppte. Man war nie Cheerleader oder College-Studentin oder eine der Frauen, die in der First National Bank hinter einem Schreibtisch saßen und sagten: »Kann ich Ihnen behilflich sein?« und »Die Bewilligung Ihrer Hypothek wird ungefähr zehn bis vierzehn Tage in Anspruch nehmen.« Wenn man zum Beispiel Robert Bentemenn war und mit seinem Corolla in einen Baum krachte und mit Haschisch in der Tasche geschnappt wurde, landete man, statt im Knast, wie es bei Skip oder Joe der Fall gewesen wäre, in einer Reha-Klinik in Arizona, dann an der Arizona State, was in ein Jurastudium mündete, und das hatte sein Anwalts-Papi von vornherein geplant. Robert Bentemenn war ein Idiot, der einmal aus lauter Jux ein Mädchen mit einer Zigarette verbrannte, und trotzdem saßen dünne Blondinen mit um die Schultern geschlungenen Pullovern, die Skip nicht einmal hätte anlächeln dürfen, in der High School an ihren Pulten und schrieben »Mrs. Robert Bentemenn« auf die Deckel ihrer Spiralhefte.

Vielleicht lag es daran, dachte er, im Laster unterwegs zum Mount Mason Medical Center, dass er Faith behalten wollte und dass er zugleich fand, er sollte sie aufgeben. Ihre Eltern würden den Unterschied ausmachen zwischen jenem um die Schultern geschlungenen Pullover und einem fadenscheinigen Schwangeren-T-Shirt mit einem Pfeil, der auf ihren Bauch zeigte, wenn sie sechzehn war. Vielleicht würde sie, wenn er sie einer netten Kekse-und-Milch-Frau und einem Anzug-und-Krawatte-Mann überließ, in einem jener Pseudo-Tudor-Häuser, die sauberen Menschen mit neuem Geld so gut zu gefallen schienen, in einem Himmelbett landen.

Vielleicht könnte er aber auch etwas aus sich selbst und damit etwas aus ihr machen. Er wusste nur nicht genau, wie er das anstellen sollte. »Kein College-Material«, hatte der Berater in der High School gesagt, nachdem er einen Blick auf seine Zensuren und auf seine Adresse geworfen hatte. Aber Craig Foster hatte es geschafft, mit seiner Autoreparaturwerkstatt in die Mittelschicht von Mount Mason aufzusteigen, im Elks-Club mit den Installationsunternehmern und Restaurantbesitzern zu verkehren. Vielleicht könnte Skip es ähnlich machen, versuchen, in einer Branche, in der er mit den Händen arbeiten konnte, nach oben zu kommen. Er würde einer jener Leute werden, die mit ihrer Tochter in die Ferien fahren konnten, nicht nach Europa, wie es die Rechtsanwälte und Ärzte taten, aber zumindest nach Florida. Er malte sich aus, wie er am neuen Wohnort seines Vaters aufkreuzte, in Polohemd und Hosen mit Bügelfalten, und seinem Alten eine Karte überreichte: Cuddy Stuckaturen oder Cuddy Anstricharbeiten. Er würde seine Kleine vorzeigen und über ihren neuen Bungalow, ein paar Meilen außerhalb der Stadt, reden. »Teppichboden im ganzen Haus und ein Whirlpool auf der Terrasse«, würde er sagen. Er hatte diese Art Typen immer ein bisschen verachtet mit ihren sauberen Klamotten und Aktentaschen und dem hohen Blutdruck, rot im Gesicht und nach Zitronenrasierwasser riechend. Aber er würde sich unter ihnen einreihen, wenn er dadurch für Faith eine Übernachtung in einem der rosa Rüschenzimmer ihrer Töchter ergatterte.

Wenigstens hatte sie jetzt eine Wiege, eine Wiege aus geschnitztem Kirschholz mit flachen Kufen, die er auf Mrs. Blessings Angebot hin aus einem verstaubten hinteren Schlafzimmer im großen Haus geholt hatte. Er hatte mit dem Gedanken gespielt, sich eine Schnur an den Zeh und das andere Ende um die verschnörkelten Krümmungen am Kopf des kleinen Bettes zu binden, sodass er sie nachts schaukeln konnte, ohne aufzustehen. Aber sie war mittlerweile so ein braves Baby, so ordentlich und kooperativ in ihren Gewohnheiten, dass die Vorstellung eher ein Comic-Konstrukt war als etwas, das er in Erwägung ziehen musste. Manchmal kam er sich albern dabei vor, wie gern er sie beobachtete, wie er immer noch zusammenzuckte, wenn sie sich mit ihrer spastischen Faust auf die Nase boxte, wie ihr Gesicht ganz reglos wurde und ihr Mund sich öffnete, wenn sie das Sonnenlicht auf den Fußboden neben ihrer Decke schießen sah, wenn sie wie im Krampf lächelte und ihr Lächeln ihm geradewegs ins Herz fuhr. Auf seinem kleinen Fernseher hatte er einem Arzt zugeschaut, der Babys, kleine Babys, ebenso klein, wie Faith es war, dazu brachte, nachzumachen, was er tat, und obwohl es Albernheiten waren, führte Skip sie jeden Tag vor, streckte langsam die Zunge heraus und beobachtete, wie sie es auch tat, wieder und wieder. Wenn sie ein halbes Jahr alt wäre, würde er wohl anfangen, ihr Bücher vorzulesen, und wenn sie stehen konnte, würde er ihr Schuhe kaufen. Schuhe waren allerdings auch ein Problem, wie die Schlafpositionen; in manchen Büchern stand, sie böten den Füßen Halt, in anderen, sie seien unnötig und womöglich unbequem. Er würde noch ein bisschen darüber nachdenken müssen.

Wenn sie um neun einnickte, um zwei kurz aufwachte, bis um sieben weiterschlief, ein Fläschchen austrank und für zwei weitere Stunden schlummerte, konnte er sich einreden, dass die Zukunft genauso geregelt verlaufen würde. Erste Klasse, High School, ein Leben mit Platz für alles und allem an seinem Platz. Wenn sie die halbe Nacht wach war und sich über den Rücken seines einzigen noch sauberen T-Shirts erbrach, wusste er nicht, ob er es schaffen würde, und vermutete, dass es irgendwie seine Schuld war. Er war immer ziemlich ordentlich gewesen, für einen Typen, doch jetzt waren in der Wohnung überall auf Tischen und Ablageflächen Kleidungsstücke und Handtücher und Gläschen und Fläschchen verstreut, und wenn er gerade aufräumen wollte, explodierte eine Windel in die Beine eines der kleinen Anzüge mit den Schnappverschlüssen, die er gekauft hatte, und die Folge waren schmutzige Laken und Hemden, die in einem zugebundenen Kissenbezug neben dem Küchenfenster standen, um den Geruch zu isolieren.

»Charles«, hatte Mrs. Blessing eines Abends gerufen. »Wohin bringen Sie diese Sachen?«

»Ich muss in den Waschsalon«, sagte er. »Das Babyfon ist an, und sie schläft.«

»Unsinn«, sagte Mrs. Blessing mit gerunzelter Stirn. »Im Keller steht eine gut funktionierende Waschmaschine. Benutzen Sie einfach die Kellertür.«

Gelegentlich, wenn alles, was sie brauchte, ihm zu viel für einen einzelnen Mann erschien, versuchte er, Faith in die Augen zu schauen und sich auf ihr Gesicht zu konzentrieren statt nur auf die endlosen Aufgaben, die sie mit sich brachte. »Dir das Fahrradfahren beizubringen, das wird total cool«, sagte er einmal. Er dachte daran, wie er es gelernt hatte. Er war neun Jahre alt gewesen, und seine Freunde hatten herausgefunden, dass er nicht Rad fahren konnte. Chris hatte es ihm gezeigt. Chris war neben ihm hergerannt, mit Armen, die vom Gewicht des Fahrrads und Skip darauf zitterten. Es war nicht leicht gewesen, es ihm beizubringen, doch Chris war ein ganzes Wochenende dabeigeblieben, und am Sonntagnachmittag konnte er es endlich.

»Ich habe Radfahren gelernt«, sagte er am selben Abend zu seinem Vater, der sich im Fernsehen Football ansah.

»Das ist gut.« Es schien seinem Dad nicht aufzufallen, dass er ungefähr vier Jahre zu spät dran war. Aber am nächsten Wochenende brachte sein Vater ein recht hübsches gebrauchtes Fahrrad mit, das er einem Typen privat abgekauft hatte. »Weißt du, ich habe selber nie gelernt, auf diesen Dingern zu fahren«, sagte sein Vater, während er zuschaute, wie Skip auf der Einfahrt ruckelige Kreise drehte.

»Ich bringe dir das Schwimmen im Teich bei«, sagte Skip zu Faith. »Und das Angeln.« Als Antwort krähte sie auf, wölbte den Rücken, erschauerte und krähte noch einmal.

»Sprechen Sie mit Ihrem Baby, wann immer Ihnen danach zu Mute ist!«, stand in dem Buch. »Es begreift mehr, als Sie sich vorstellen können.«

»Faith«, sagte er jeden Abend, wenn er sie ins Bett legte, »du bist in Sicherheit.« Manchmal glaubte er tatsächlich, dass das stimmte. Von den Arbeiten im Freien verrichtete er jetzt eine Menge abends, nachdem Nadine gegangen war. Dann konnte er das Baby mitnehmen, während er den Teich entschlammte, das Vogelfutter nachfüllte, das Bootshaus säuberte. Sie lag auf einer Decke, den Kopf hin- und herwendend, und beobachtete das Spiel des Lichts auf einer Fensterscheibe, dem Teich, dem allmählich dunkler werdenden Saum des westlichen Himmels. Manchmal saß Mrs. Blessing in einem der weißen Holzschaukelstühle auf der vorderen Veranda, und er ließ Faith auf einer Decke auf dem Rasen gleich jenseits des Weges zwischen den kleinen Schirmen des Ysanders liegen. »Das Kind wird sich schneller umdrehen, als Sie denken«, sagte Mrs. Blessing einmal und: »Diese Nägel müssen unbedingt geschnitten werden« und: »Sie hat ausnehmend lange Finger.« Aber meistens schaukelte sie nur und sah zu und blickte seitwärts über den Teich, während er arbeitete.

Er schaute auf die alte Frau und das große Haus und den wuchernden Ysander und die Rosen, die an der Terrasse entlangwuchsen, und dachte, dass vielleicht doch alles gut werden würde, dass das kleine Mädchen hier würde aufwachsen können. Wenn die Brise sanft war und die Fische sich in der Luft über dem Teich überschlugen und dann wieder in das grüne Wasser tauchten und Mrs. Blessings verkniffener, missbilligender Mund sich zu so etwas wie einem Lächeln entspannte, konnte er sich einreden, irgendwie würde niemand merken, dass dieses spezielle Kind statt einer Mutter und eines Vaters und einer Geburtsurkunde diesen jungen Mann und diese alte Frau und einen Pappkarton hatte und eine Haarspange, mit der seine Nabelschnur abgeklemmt worden war. Wie Mrs. Blessing sagte, wen kümmert schon ein Baby?

»Faith, du wirst es gut haben«, flüsterte er an solchen Abenden.

Aber an jenem Abend, als er Joe vor seinem Fenster »Hey, Kumpel – Kumpel!«, rufen hörte, wusste er, dass ein kleines Mädchen, das zu ihm gehörte, in dieser Stadt einen schweren Weg vor sich hatte, auch wenn er eine Möglichkeit fand, es den Leuten zu erklären. »Hey«, brüllte Joe, »Hey!«, und Skip ging hinunter, weil er Joe nicht nach oben kommen lassen konnte, wo Faith in der Babyschaukel hockte und ihren blechernen Tönen lauschte, die sich durch das Sesamstraßen-Thema mühten, während sie versuchte, sich den Daumen in den Mund zu stecken. Joe roch nach Terpentin und Tabak. »Arbeitest du wieder als Anstreicher?«, fragte Skip.

125

»Hey, Mann, du brauchst ein Telefon für Notfälle.«

»Was gibt es denn für einen Notfall?«

Auf der Rückseite des großen Hauses, dort, wo Skip Mrs. Blessings Badezimmer vermutete, ging ein Licht an. Sie hatte, was das Baby betraf, zwar eingelenkt, doch Skip nahm nicht an, dass sie Besuch von Leuten wie Joe auf ihrem Anwesen wünschte. Skip wollte ihn übrigens auch nicht hier haben. »Komm in die Garage«, flüsterte er. »Was ist los?«

»Hast du 'n Bier oben?«

»Du bist den ganzen Weg hier rausgefahren, um ein Bier zu trinken?«

»Was redest du da, Mann? Denkst du, ich bin ein Trottel, dass ich wegen einem Bier den ganzen Weg hier rausfahre?«

Skip seufzte. Mit Joe zu reden war, wie einen Traktor durch Schlamm zu fahren. Er entsann sich, dass Joe, als er in seinem Trailer wohnte, auf der einen Seite der Treppe ein großes Schild hatte, auf dem »Vor Sicht, Hund« stand. Er entsann sich, wie er darauf gezeigt und gesagt hatte: »Was soll das denn heißen? Vor was? Sicht?« Er hatte gelacht. »Das sind keine zwei Wörter, Mann«, hatte er gesagt, aber Joes Augen waren ausdruckslos geblieben, weil er den Witz nicht verstand. »Kapier ich nicht«, hatte Joe gesagt.

»Joe, erzähl mir einfach, was los ist«, sagte Skip in der großen Weite der Garage, in der seine Worte schwach widerhallten. »Was gibt's? Brauchst du Hilfe bei irgendwas?«

»Nein, Mann, es geht um Chris, okay? Chris hat einen schlimmen Unfall mit seinem Motorrad gehabt. Ich hab heute Morgen versucht, dich anzurufen, aber ich hatte vergessen, dass deine alte Nummer nicht mehr gilt und hab deine Tante aufgeweckt. Sie war stinksauer, Mann. Sie meinte, ich soll dir sagen, dass du dein Zeug aus ihrer Garage holen sollst. Sie ist immer noch richtig fies, weißt du? Kein bisschen locker drauf.«

Skip packte Joe am Arm, damit er wieder zur Sache kam. »Ist mit Chris alles in Ordnung?«

»Es sah ganz schön übel aus, Mann. Er hat fast 'n Exitus gebaut.« Joe guckte sich eine Menge Krankenhaus-Serien an. Er hatte Rettungssanitäter werden wollen, war aber mit achtzehn wegen Einbruchs verurteilt worden, und das war's dann mit Tatü-Tata und Ambulanz. Auch ein Grund, warum Skip ihn nicht mit in die Quik-Stop-Geschichte reingezogen hatte.

»Aber er schafft es doch?«

Joe zuckte die Achseln. »Das eine Bein ist womöglich auf Dauer geschädigt, Mann. Er hat sich ganz schön viel Scheiß gebrochen. Ganz schön viel Scheiß. Aber die Sache ist die, dass er dich unbedingt sehen will. Ich glaube, er hat letzte Nacht das weiße Licht gesehen.« Joe guckte sich auch jede Menge Sendungen über Wunder und Mysterien an. Im Supermarkt beäugte er ständig die Leute, um festzustellen, ob sie aussahen wie irgendjemand auf den Fahndungsplakaten. »Er will die Sache mit dir unbedingt in Ordnung bringen.«

»Bei mir ist alles in Ordnung«, sagte Skip. Alles in Ordnung bei mir, dachte er. Ich sehe Chris nicht mehr. Genauso ist es in Ordnung.

»Kumpel.« Joe ergriff ihn am Arm. »Geh ihn besuchen. Fahr morgen hin.«

Er fuhr. Er brachte das Baby früh zu Bett, um acht, was ihm eine Stunde für die Fahrt ließ, ehe die Besuchszeit um neun zu Ende war. Mrs. Blessing schaltete das Babyfon ein und legte es neben den Sessel in der Bibliothek, und Skip stellte in der Küche ein Fläschchen in den Kühlschrank, für alle Fälle. Er hatte das Mobile aufgezogen, bevor er herunterkam, aber die Melodie fing bereits an, sich zu verlangsamen. »Sie wird nicht aufwachen«, sagte er, als Mrs. Blessing herausfordernd den Kopf hob. »Ich bin bald zurück.« Nicht viel Zeit für einen Besuch, doch das war ihm ganz recht. Im Foyer des Krankenhauses hing ein Bild von Mrs. Blessings Vater. Er sah aus wie ein Schauspieler in einem historischen Film, ein hoher, steifer Kragen, ein Schnurrbart und ein gemessener Blick unter ei-

127

nem Schopf dichter, heller Haare hervor. In der Hand hielt er
eine Schaufel, wie ein Mann, der niemals eine benutzt hat.
Die Zeit verfliegt, hatte Mrs. Blessing gesagt, habe er in die
Bänke da draußen bei den Apfelbäumen gravieren lassen. Als
er der Krankenstation von Mount Mason 1925 10 000 Dollar
übereignet hatte, war sie in einem alten Kolonialhaus untergebracht gewesen. Dann war daraus das Mount Mason Hospital geworden, eine Ansammlung düsterer Backsteingebäu-
de mit zu kleinen Fenstern, und jetzt hieß es Mount Mason
Medical Center und sah aus wie der Flugplatz einer Kleinstadt. Das Foyer war Blessing Lobby benannt worden in der
Hoffnung, dass der Schmeichelei eine testamentarische Hin-
terlassenschaft folgen würde. Skip hätte sein Geld dagegen
gesetzt. Man konnte einfach nicht entfliehen, egal, wie sehr
man sich bemühte, dachte er, als er in Chris' Zimmer trat. Da
waren Ed und Eds kleiner Bruder Sam und Joe und Debbie in
ihrer Kellnerinnenuniform, da sie vom Krankenhaus direkt
zu McGuire's fahren würde. Wahrscheinlich fuhren sowieso
alle vom Krankenhaus direkt zu McGuire's. Da war Shelly,
mindestens zwanzig Pfund schwerer, in Radlershorts aus
Stretch und einem Riesen-T-Shirt, das die Sache kein bisschen besser machte. Sie hatte ein Baby auf dem Arm, das eine
Windel trug und ein Hemd mit dem Bild eines Kitzes, auf
dem »Kleiner Liebling« stand. Und da war Chris' Mom in einem weißen Polyesterkittel, nach Bleichmittel und Bier riechend, die in die Schulter seines Hemdes schluchzte, während sie sich an seine Brust warf: »... hätte tot sein können ...
ertragen, ihn zu verlieren ... freue mich, dass du hier bist ...
mein Kleiner ... mein Kleiner.« Skip tätschelte ihr leicht den
Rücken, wie bei Faith, wenn sie ihr Bäuerchen machen sollte.

»Was gibt's?«, flüsterte Chris und schielte ihn aus zuge-
schwollenen Augen an.

Skip schämte sich über seinen ersten Gedanken: dass Spen-
cer's Bestattungsunternehmen, wenn Chris einen Schritt wei-

ter gegangen wäre und sich umgebracht hätte, große Mühe gehabt hätte, ihn für seine Mutter präsentabel zu machen. Er hatte zwei vernähte Stiche im Gesicht, lange Schürfwunden auf der Stirn und auf einer Wange. Beide Augen waren blau, und er hatte dicke Fischlippen. Sein Bein war eingegipst. Skip verspürte Überdruss, als er ihn ansah.

»Deshalb ist es Vorschrift, Helme zu tragen, Mann«, sagte er.

Chris nickte und schaute ihn an. »Alle draußen im Flur warten«, sagte er. »Ich hab was mit Skipper zu besprechen.«

»Ich muss bald los, Schätzchen«, sagte Chris' Mom. »Hab die Spätschicht im Pflegeheim.«

»Geh zur Arbeit, Ma. Bis morgen. Bring mir 'n paar glasierte Donuts mit, okay, und einen anständigen Kaffee aus dem Laden an der Main Street. Euch andere seh ich dann morgen oder so. Setz dich, Skip. Mann, hab dich seit Wochen nicht gesehen. Ed hat erzählt, du hast seinen Alten angeheuert, um das Stalldach von der alten Dame zu decken.«

Skip konnte die anderen draußen im Flur reden hören. Chris' Mom schluchzte und sagte etwas über glasierte Donuts.

Skip nickte. »Es ist ein komisches Dach, irgendwie wie ein umgedrehtes Boot oder so. Er hat gesagt, man kann kein Gerüst nehmen, nur Leitern.«

»Ich hab's gesehen«, sagte Chris. »Ich musste da mal Maschendraht hinliefern, ehe ich aus dem Eisenwarengeschäft gefeuert wurde. Nettes Stück Land ist das.«

»Und?«, sagte Skip.

»Und«, sagte Chris und trommelte mit den Fingern auf die Bettdecke. »Ich hab so 'n Gieper auf 'ne Zigarette, dass ich noch irre werde.«

»Guck mich nicht an.«

»Na gut, nächstes Mal. Es geht um Folgendes, Kumpel. Ich glaube, das war ein Weckruf. Dass ich mich am Riemen reißen soll. Du bist der Einzige, der das kapiert. Und dazu gehört, wie sie bei den AA sagen, dass man mit Leuten, die man angeschissen hat, die Dinge in Ordnung bringt.«

»Du gehst zu den AA?«

Chris lachte. »Mann, Weckruf hab ich gesagt, nicht Gehirntransplantation. Nee, weißt du noch, ich war mal mit dieser Kris zusammen, die ging zu den AA. Oder zu 'ner anderen Antialkoholikergruppe, was weiß ich. Sie hat mir erzählt, man muss es wieder gutmachen, wenn man Leute aufs Kreuz gelegt hat. Die ganze Zeit, in der ich im Krankenwagen war – oh Mann, das muss ich dir erzählen, einer von den Ambulanztypen war dieser Shorty, erinnerst du dich, den wir nach der Sportstunde mal ins Klobecken gesteckt haben? Der guckt mich an, wie ich da so auf der Straße liege, und ich schwöre bei Gott, er hatte einen Gesichtsausdruck nach dem Motto, wenn der andere Sanitäter nicht dabei wäre, würde ich dich einfach verbluten lassen.«

»Na ja, irgendwie haben wir uns bei dem ein bisschen vertan. Der war eins zwanzig groß, bis er fünfzehn war. Und dann war er auf einmal eins achtundachtzig.«

»Und er stemmt Gewichte, Mann. Er hat Oberarme wie aus Eisen.« Chris hob seinen eigenen Arm, dann ließ er ihn fallen. »Ich bin bestimmt total aus der Form, wenn sie mich hier rauslassen. Ich werd beschissen aussehen.«

Skip versuchte, auf seine Armbanduhr zu gucken, ohne dass es auffiel. Chris merkte es trotzdem. Er streckte die Hand aus. Skip erkannte vom bloßen Ansehen dessen, was er mit sich angestellt hatte, dass er ins Schleudern geraten und auf die linke Seite gestürzt war.

»Haben die Bullen einen Bluttest bei dir gemacht?«, fragte Skip.

Chris packte seine Hand, fest, und drückte sie, und seine Augen füllten sich mit Tränen. Er nickte und biss sich auf die Lippe. »Das Verrückteste ist, dass ich stocknüchtern war. Ich hatte einen Job, Heu einbringen auf Jensens Farm, und wegen der Wettervorhersage ließen sie uns früh anfangen und den ganzen Tag arbeiten. Wir waren noch am Mähen, als die Sonne unterging. Da kommt Mrs. Jensen und bringt uns dieses Riesen-Picknick, Hähnchen und Kartoffelsalat und große Krüge mit Limonade. Sie sind Mormonen oder Herrnhuter oder was weiß ich, hab ich vergessen, jedenfalls trinken sie nicht, und ein paar von den anderen nölen rum, Mensch, ich will ein Bier. Aber sie hatte auch Kekse gebacken und Kuchen, und ich nahm mir vor, später zu McGuire's zu gehen, denn ich musste ständig denken, so ein Essen wie das hab ich schon ewig nicht mehr gekriegt. Eds Mom hat uns früher ganz nett bekocht, als wir Kinder waren, erinnerst du dich? Aber inzwischen lassen sie mich nicht mehr ins Haus, seine Eltern. Und Joes Mom ist wie meine, du weißt schon, sie meint, es ist 'ne große Sache, wenn sie Tiefkühlpizza in die Mikrowelle stellt. Ich muss bis um zehn dageblieben sein, hab auf der Wiese gesessen, die Katzen mit Hähnchen gefüttert, einfach abgehangen, weißt du, mir die Sterne angeguckt und so'n Scheiß. Auf dem Heimweg hab ich einfach die Kurve zu schnell genommen, und als Nächstes höre ich so ein Geräusch, und es fühlt sich hart an, und ich gucke in den Himmel, und ich kann meine Zähne schmecken, ist das nicht komisch? Das Erste, an das ich mich erinnere, ist, wie ich meine Zähne geschmeckt hab, und dann hab ich Shorty gesehen und gedacht, oh Mann, ich sitz in der Scheiße.«

»Du hast Glück, dass du noch lebst, Mann.«

»Ich weiß, ich weiß. Das ist es ja. Wenn ich abgenibbelt wäre, hätte ich wirklich ein blödes Gefühl gehabt, weil ich das mit dir hab schleifen lassen. Ich hätte ein blödes Gefühl gehabt, weil ich nicht gesagt habe, es tut mir Leid, weißt du, es tut mir wirklich Leid, es war wirklich ein Ding, wie die ganze Sache schief gelaufen ist, wie du für uns alles auf dich genommen hast.« Skip zuckte die Achseln. »Klar, ich weiß, dass du noch sauer bist. Aber ich will bloß, dass du verstehst, dass ich das kapiere, und dass ich Mist gebaut habe und dass es mir Leid tut.«

»Ja, okay.«

»Ja, okay, genug von dem Scheiß. Was ist los mit dir? Du gibst Eds Altem Arbeit nach allem, wie er dich behandelt hat?«

Er zuckte erneut die Achseln. »Er leistet gute Arbeit«, sagte Skip. »Ich muss los.«

»Viel beschäftigter Mann«, sagte Chris. »Also, sind wir wieder Freunde?«

»Klar. Klar. Kein Problem.«

»Gott, ich gäbe sonst was für ein Bier, Mann«, sagte Chris.

»Hol ihm ein Bier«, sagte Skip draußen im Flur zu Joe. Shelly guckte ihn an und versuchte vorzugeben, sie täte es nicht, in der Gewissheit, er würde sie hier im Krankenhausflur gleich anbrüllen. Sie hoffte insgeheim, dass er es tun würde, damit sie den nächsten Monat über bei McGuire's darüber reden konnte, ein kleines Drama in einem langweiligen Leben. Skip ging zu ihr hinüber und schaute sich das Baby an. Es hatte Mitesser auf der Wange und nuckelte an einem Schnuller. Vom Schnuller zur Zigarette zum Budweiser, dachte Skip und seufzte.

»Ungefähr sechs Monate, stimmt's?«, sagte er.

»Nächste Woche«, sagte sie.

»Also, den Schnuller solltest du lieber abschaffen. Die Dinger sind ganz schlecht für den Kiefer«, murmelte er.

»Wer hat dich um deine Meinung gebeten?«, sagte Shelly. Sie roch sauer, oder vielleicht war es auch das Baby oder sie beide. An den Schmierflecken unter ihren Augen erkannte er, dass sie immer noch das Makeup von letzter Nacht trug.

»Wenn er anfängt zu laufen, musst du ihn an sein Hemd heften.«

»Wer zum Teufel hat dich danach gefragt?«, sagte Shelly.

»Ich würde ihn jetzt wegschmeißen«, sagte Skip.

»Komm mit, Mann«, sagte Ed. »Trink ein Bier mit uns.«

»Ich gehe nirgendwohin, wo der hingeht«, sagte Shelly. »Gott. Was glaubt er denn, wer er ist, zum Teufel?«

»Ich fahr nach Hause«, sagte Skip. »Ich muss nach Hause.«

Er hatte den Laster gewendet, sodass die Fahrerkabine ein dickes Schattendreieck auf den Boden warf, und dort hatte er die kleine Faith hingelegt, das Gesicht nach oben, geschützt vor der späten Augustsonne. Ihr Blick schien den gewundenen Zweigen der Apfelbäume zu folgen, wenn sie sich in der gelegentlichen Brise leicht bewegten. Ein- oder zweimal lächelte sie ein schiefes, auf nichts gerichtetes Lächeln.

»Wie alt, sagten Sie, ist sie jetzt?«, fragte Mrs Blessing. Sie stützte sich so vorsichtig, wie sie konnte, auf den alten, knorrigen Stock mit dem silbernen Löwenkopf, der ihrem Vater gehört hatte, als sie sich auf einem Klappstuhl aus Segeltuch niederließ. Der hatte ebenfalls ihrem Vater gehört. Er hatte ihn kurz vor dem Krieg bei Abercrombie's gekauft, kurz bevor sämtliches Segeltuch für die Armee reserviert wurde.

»Zehn Wochen, plus oder minus ein paar Tage«, sagte Skip. »Sie müsste schon geimpft sein. Ich weiß nicht, was ich tun soll. Im Buch steht, dass sie die ersten Spritzen mit sechs Wochen kriegen sollte. Ich glaube nicht, dass ich es mir leisten kann, mit ihr zu einem Arzt zu gehen.«

»Vielleicht kann ich da was bewerkstelligen«, sagte Mrs Blessing. »Ich kenne einen Arzt, der herkommt.«

»Aber dann –«

»Er ist sehr diskret. Das pflegten Ärzte zu meiner Zeit zu sein. Es gab nicht dieses ganze Gerede über die Dinge, Krebs und so weiter. Bei diesen jungen Ärzten weiß ich nicht so recht. Ich habe einen wegen meiner Arthritis aufgesucht, und der gefiel mir kein bisschen. Koreaner war er, glaube ich, und er sprach, als hätte er Brei im Mund.«

»Wie Nadine.«

»Nadine verstehe ich gut. Dieser Mann konnte keinen Konsonanten aussprechen, und wenn es um sein Seelenheil gegangen wäre. Dr. Benjamin wird rauskommen und sie untersuchen. Er spricht klar und deutlich.«

»Ich möchte ihn erst kennen lernen. Im Buch steht, man sollte ein Gespräch mit dem Kinderarzt führen, um sicher zu gehen, dass man ihn mag. Oder sie.«

»In der Not darf man nicht wählerisch sein«, sagte sie scharf.

»Das stimmt wohl.«

Mrs. Blessing selbst hatte eigentlich nie Bücher über Kindererziehung gelesen. Es hatte eines gegeben, das populär gewesen war, als Meredith klein war, und das behauptete, Dresche sei eine Sünde und breche den Willen des Kindes, doch Mrs. Blessing hatte das für Unsinn gehalten. Sie hatte Nanny erlaubt, Meredith den Hintern zu versohlen, wenn sie sich schlecht benahm, ebenso wie ihr der Hintern versohlt worden war. Es war bei beiden nicht oft vorgekommen. Nur Sunny war von einem Elternteil gezüchtigt worden: von ihrem Vater, am Stall, mit einem Gürtel. Dreimal war das geschehen.

»Ich habe mir meine guten Leinenshorts mit Blutflecken ruiniert«, war alles, was Sunny beim zweiten Mal sagte, als er dreizehn war.

Sie war so lange nicht mehr im Obstgarten gewesen. Beim letzten Mal, an das sie sich erinnern konnte, hatte Jess sie überredet, Obst für Pies zu pflücken. Aber die Äpfel waren pockennarbig gewesen, verkümmert, irgendwie deformiert, und sie und Jess waren damals jüngere Frauen gewesen, ihre

Haare dunkel und grau gesprenkelt statt silbern. Es war ihr nie in den Sinn gekommen, dass Jahrzehnte vergehen würden, bevor sie sich auf ihrem eigenen Grundstück wieder so weit vorwagte. Als sie nach Blessings kam, um ihr Baby zur Welt zu bringen, war ihre Welt auf Mount Mason begrenzt gewesen. Dann war sie allmählich nicht mehr so häufig in den Ort gefahren, und ihre Welt beschränkte sich immer mehr auf Blessings, dann zunehmend auf das Haus und im Haus auf ihr Zimmer, das Wohnzimmer, das Arbeitszimmer und das Herrenzimmer. Das Esszimmer hatte das deprimierende Aussehen eines Raums, den keiner mehr benutzt. Beim Anblick des langen Tisches aus poliertem Kirschholz mit den zwölf wartenden Stühlen fühlte sie sich einsam, obwohl sie von sich sagte, dass sie lediglich allein lebte.

Skip legte Faith auf Mrs. Blessings Schoß, und sie drückte die Kleine, ihre Taille mit den Armen umschlingend, fest an sich. Eine Faust schloss sich wie im Reflex um Mrs. Blessings Zeigefinger, und sie begann ebenso reflexhaft, die kleine Hand mit dem Daumen zu streicheln. Das Baby fühlte sich an dem heißen Nachmittag warm an, doch es war eine andere Wärme, die Wärme des Lebens, die Wärme, die dem Körper entwich, wenn kein Leben mehr in ihm war. Mrs. Blessing dachte an Sunny und erschauerte. Sie senkte den Kopf, und ihre Lippen berührten den zarten Flaum auf dem kleinen, runden Kopf, und das Baby streckte eine Hand nach oben und griff nach ihrem Haar.

»Nein nein nein, Faithie«, sagte Skip.

»Ist schon in Ordnung, Charles. Sie ist bloß neugierig.« Ein Eichelhäher flog vorbei, und Mrs. Blessing spürte, wie sich das Kind mit seiner Flugbahn mitbewegte, den Blick auf ihn gerichtet, bis er weg war.

Die Bäume waren genauso gealtert wie sie, langsam, unerbittlich, unzweifelhaft. Sie konnte sich daran erinnern, wie sie gewesen waren, nachdem Papa sie zum ersten Mal hatte blühen und dann Früchte tragen sehen, sechzig Stück, gepflanzt auf fünf Acres neben dem Bach. Das Projekt war holprig vorangegangen wie die meisten, weil ihre Mutter zahlte, dann nicht zahlte, dann wieder zahlte. »Der gibt mein Geld nicht aus, der Mistkerl«, hatte ihre Mutter im Pflegeheim eines Abends gemurmelt, als ihre Demenz schon weit fortgeschritten war. »Nicht, wenn er seine Hände nicht bei sich behalten kann.« Edwin Blessing hatte zu beiden Seiten des Obstgartens eine Bank aufstellen lassen, damit er abends herkommen und dort sitzen konnte. »Ich kann hören, wie die Früchte reifen«, hatte er einmal gesagt. In die hohen Rückenlehnen der Bänke waren die Wörter »Tempus fugit« eingraviert.

»Was meinen Sie?«, fragte Skip Cuddy, auf die unförmigen Äste und abgebrochenen Zweige schauend.

»Ich bin keine Botanikerin«, sagte Mrs. Blessing. In Nadines Augen hatte die Wut gebrannt, als er in die Küche gekommen war und nicht nur verlangt hatte, Mrs. Blessing zu sprechen, sondern auch, sie möge mit ihm in den Apfelgarten fahren, der, wie er glaubte, mehr Aufmerksamkeit erforderte, wo gespritzt, beschnitten werden musste, mehr, als er schaffen konnte. »Mein Laster hat keine Probleme auf der hinteren Zufahrt«, hatte er zu ihr gesagt. »Sie führt mitten zwischen den Bäumen hindurch. Sie brauchen nicht mal auszusteigen, wenn Sie nicht wollen.«

»Fast Mittagszeit«, hatte Nadine gemurmelt.

»Unsinn, Nadine, es ist erst kurz nach zwölf. Ich esse frühestens in einer Stunde.«

»Zu alt!«, rief Nadine plötzlich.

»Ich muss doch sehr bitten«, sagte Mrs. Blessing steif. »Charles, gehen Sie zu dem Schirmständer neben der Eingangstür, und holen Sie mir meinen Spazierstock. Nadine, ich hoffe, er ist kürzlich poliert worden.«

»Verrückt«, murmelte Nadine. »Verrückte Leute.«

Das Schlimmste war gewesen, in die Fahrerkabine des Lasters zu steigen. Sie umklammerte den Rand der Tür, den Fuß erhoben. Es war hoch, höher, als sie meinte, bewältigen zu können. Sie gab sich fast geschlagen, nicht durch ihren Körper, sondern durch ihren Geist und ihre Erinnerung, in der sie sehen – nein, spüren – konnte, wie sie sich mit einer einzigen raschen, mühelosen Bewegung in den Beifahrersitz schwang. Sie konnte das Mädchen und die junge Frau spüren, und sie wünschte sie sich plötzlich zurück, sehnsüchtig wie noch nie. Es war, als ob alle Menschen, die sie einmal gewesen war, in ihrem verfallenden Fleisch enthalten wären, das aufmerksame Kind mit den Schnallenschuhen, die junge Frau, die sich in fremde Kissen lehnt, um sich Frank Askew zu öffnen, die frisch gebackene Mutter, erstaunt und entsetzt über das unauslöschliche Produkt jener heimlichen Begegnungen, die ältere Frau, die darauf wartet, dass in einem Leben, das schon vor so langer Zeit versteinert ist, etwas Unerwartetes passiert. Sunnys Schwester, Jess' Freundin. Bennys Ehefrau. Vielleicht war es die Erinnerung an sie alle, die ihr half, den zögernden Fuß fest aufzustellen und sich mit einem Laut wie ein Seufzer hochzuziehen. Hinter dem Sitz stand ein länglicher Korb, zugedeckt mit einem gestreiften Geschirrtuch, und als sie auf der Straße hinter der Garage waren, langte Skip nach hinten und zog das Tuch weg, sodass sie Faith, blinzelnd, großäugig, sehen konnte.

»Mir scheint, sie hat außergewöhnlich lange Wimpern«, sagte Mrs. Blessing.

Skip lächelte. »Das finde ich auch. Aber vielleicht hören sie auf zu wachsen, und wenn ihr Gesicht dann Erwachsenengröße hat, wirken sie nicht mehr so lang. Ich muss immer an all die Dinge denken, die ich nicht weiß. Es ist komisch, dass ich in der High School Zeit damit verschwendet habe, Algebra zu lernen, und sie uns rein gar nichts über Kinder beibrachten. Und in der Klasse waren ja auch jede Menge Mädchen, und

viele von ihnen haben inzwischen Babys und wissen genauso
wenig wie ich. Sie haben gesagt, sie müsste mehr an die frische
Luft, also versuche ich, sie öfter mit rauszunehmen. Im Buch
steht, dass sie durch die Sonne Vitamin D aufnimmt. Verstehen Sie, das hätten sie uns beibringen sollen. Kein Wunder,
dass so viele Kinder in Mount Mason blass und kränklich aussehen, als würden sie unter einem Stein leben. Ich will wirklich, dass Sie sich die Bäume angucken, aber ich dachte, es
wäre vielleicht auch mal was anderes, mitten am Tag draußen
zu sitzen und einfach zuzugucken, wie sie spielt.«

»Zum Spielen ist sie mit Sicherheit zu klein«, sagte Mrs.
Blessing und schaute in den Korb.

»Sie werden staunen, wie viel Spaß sie daran hat, sich einfach umzugucken. Stimmt's, Faith? Stimmt's, Faithie?«

»Das ist ein hübscher Name«, sagte Mrs. Blessing.

Als sie nach Blessings gekommen war, um auf die Ankunft
ihres eigenen Babys zu warten, hatte sie auf den Bücherbor-
den nahe der Hintertreppe etwas gefunden, das sich *Enzyklopädie für Mütter* nannte. Im bläulichen Licht eines frühen
Schneefalls hatte sie sich in der Bibliothek ans Feuer gesetzt
und versucht, sie zu lesen. Mrs. Foster brachte ihr Tee und
Toast auf einem Tablett. »Ich bete jeden Tag für Ihren jungen
Mann«, sagte sie.

Die Bücher mit den roten Leineneinbänden und den goldenen Buchstaben auf dem Rücken waren ebenso Teil ihrer Zeit
als Mädchen gewesen wie Kinderwagen im Park und Lavendel-Duftkissen in ihrer Unterwäsche-Schublade. W für
Wundsein; G für Gehorsam und Gehörgangsentzündung. Sie
hatte nur einen Abschnitt mit Bleistift unterstrichen vorgefunden; auf Meningitis und Mode folgte ein Kapitel über
»Mutters Aufgaben«, und irgendjemand hatte »Lässt sich Liebe erzwingen?« dick mit Klammern umschlossen und den
Satz unterstrichen: »Denn die Mutter, das arme Mädchen, ist
entsetzt über sich selbst, wenn sie das Baby nicht will; sie hat

139

das Gefühl, sie sei eine Verbrecherin, und keine sei wie sie; vielleicht hat sie sich sogar gewünscht, dass es sterben möge, und hier ist es nun, rosig und süß und strampelnd, und stößt komische, freundliche Laute aus.«

Sie war sich sicher, dass es das Werk ihrer Mutter war. Sie erinnerte sich an die Nacht, in der Sunny und sie sich hinausgeschlichen und im Boot geschlafen hatten. Es hatte immer noch eine kleine Delle im Bug als Zeichen dafür, dass sie im Dunkeln ans gegenüberliegende Ufer geschrammt und durch den Aufprall mit einem Ruck aufgewacht waren, und die Weidenzweige hatten wie Finger über ihre beiden Gesichter gestrichen.

»Sie ist so streng in allem«, hatte sie Sunny zugeflüstert. »Als ich zu Lucy Warrens Geburtstagsfeier meine Bernsteinkette tragen wollte, hat sie gesagt, die Warrens würden uns für vulgär halten. Die Warrens! Bei den meisten Sesseln in ihrer Wohnung kommt die Polsterung raus.«

»Weißt du, warum?«, hatte Sunny gefragt.

»Warum?«

Sunny war mit der Hand durchs Wasser gefahren. Er saß auf dem Boden des Boots, den Kopf auf eine der Bänke gestützt, und Mrs. Blessing entsann sich, dass er vor sich hingelächelt hatte, als ob er das vergnüglich fände, was er ihr gleich erzählen würde.

»Es liegt daran, dass sie Jüdin ist.«

»Wer?«

»Mutter. Ihre Eltern waren Juden.«

»Sei nicht albern. Sie geht jeden Sonntag mit uns in die Kirche. Und fast jeden Sonntag sagt sie, ihr Lieblingskirchenlied sei ›Jerusalem‹. Jerusalem, Jerusalem, Jerusalem.«

»Das ist alles nur, um Eindruck zu machen, Lydie«, hatte Sunny gesagt. »Ehe sie Simpson hieß, hatte sie einen anderen Namen. Deswegen muss immer alles stimmen. Damit es nichts ausmacht, dass sie Jüdin ist. Tut es aber.«

»Woher weißt du das?«

»Ich höre zu«, sagte er. »Bei den Cartons haben Benny und ich eines Tages in der Küche gegessen, und draußen auf der Glasveranda waren Leute, die was tranken, und eine von den Frauen sagte, Mutter hätte Vater wegen seiner Position geheiratet und Vater Mutter wegen ihres Geldes.«

»Ich dachte, Papa sei derjenige, der Geld hat.«

»Das soll ja auch jeder glauben.«

Wie klug Sunny gewesen war; wie gut er gewusst hatte, dass sie nichts wusste. Sie glaubte, dass er deshalb so melancholisch und zugleich so amüsiert wirkte. Er war lange vor ihr auf dem Boot eingeschlafen, eine Hand auf ihrem Bein ruhend, als wollte er sichergehen, dass sie nicht über Bord fiel. Die Luft war blass blau-grau, als sie beide von Schreien aus dem Haus aufwachten.

»Was ist los? Warum schreien sie so?«, hatte sie gerufen. Ihr Haar fiel ins Gesicht, weil sich das Band gelockert hatte.

»Unseretwegen, glaube ich«, sagte Sunny.

Sie musste knapp elf gewesen sein, denn es war ein halbes Jahr, nachdem das Lindbergh-Baby 1932 entführt worden war. Ihre Nanny hatte ihr Bett leer vorgefunden, dann Sunnys, war hysterisch geworden und in der Küche umgekippt. Die Fosters kamen über die Einfahrt gelaufen, Mrs. Foster noch im Nachthemd mit Mr. Fosters Arbeitsjacke darüber, die sie mit einer Hand geschlossen hielt. Papa hatte die Essensglocke geläutet. Er hatte lächerlich ausgesehen.

Mama dagegen kam nicht einmal herunter. »Sie werden schon auftauchen«, sagte sie. »Was für ein Getue.«

Nach jenem Tag hatte Lydia Blessing ihre Mutter nie wieder mit denselben Augen gesehen, und sie wusste nicht genau, ob es daran lag, dass Ethel Blessing, auf ihren Kaffee wartend, im Bett geblieben war, während alle anderen in Panik waren bei dem Gedanken, dass sie verschwunden waren, oder daran, dass sie Jüdin war. Als ihre Mutter den Innenausstatter der Cartons dazu angeheuert hatte, ihr neues Haus mehr oder weniger genauso wie das der Cartons zu gestalten, als sie Lydia verboten hatte, auf Partys Rot zu tragen oder ihr Haar mit Zitrone aufzuhellen, als sie sie nach Blessings geschickt und es ihr unmöglich gemacht hatte, je wieder zurückzukehren, fragte sich Lydia immer, ob sich eine episkopalische Mutter anders verhalten hätte. Vielleicht hätte sie ebenso gehandelt. Was tat Ethel Blessing schließlich anderes, als eine episkopalische Mutter zu imitieren? Wie sehr ihre Kinder durchkreuzt hatten, was die Krönung ihres schwierigen Übertritts zum gesellschaftlichen Protestantismus hätte sein sollen! Zwei vorteilhafte Ehen: das war alles, was nötig gewesen wäre, um Ethel Blessings Herkunft für immer zu läutern.

Stattdessen gab es Sunny, der im obersten Geschoss eines Hauses im Village wohnte, Reklameliedchen schrieb und schwarze Zigarillos rauchte. Stattdessen gab es Lydia, die zwischen den Opossums und dem schwerfälligen schwarzen Bären im Purdah lebte, ausgegrenzt mit einem rotschöpfigen Kind mit einem spitz zulaufenden Haaransatz wie ein Brandmal auf der breiten, weißen Stirn. Wie sehr sie, Ethel Blessing, sich in Merediths Namen an Benny Carton geklammert hatte, an das höfliche Märchen, höflich akzeptiert, von der Liebesheirat, dem Soldaten, dem schmerzlichen Verlust, dem frühen Einsetzen der Wehen, der Landluft. »Du bist ein unbekümmertes Mädchen«, hatte sie bei zahlreichen Gelegenheiten zu Lydia gesagt. »Du nimmst deine Privilegien als selbstverständlich hin. Du kennst den Wert eines Dollars nicht. Die Welt schuldet dir keinen Lebensunterhalt.« Die alten Binsenweisheiten klangen nach mechanischen Wiederholungen, fast wie ein Nachäffen, und es kam Lydia lange nach dem Tod ihrer Mutter in den Sinn, dass sie vielleicht ursprünglich gegenüber der jungen Ethel Simpson – oder Sietz oder Simpkis, oder wie sie auch geheißen haben mochte – von deren eigenem Vater geäußert worden waren, dessen Vermögen, er-

142

worben mit Rollen von Brokat, seiner einzigen Tochter erlaubt hatten, ihre Vergangenheit zu leugnen.

Sie beugte sich weiter vor, um sich das Baby anzuschauen, das auf einer Decke im Gras lag. Sie wussten nichts über die Kleine, nicht, ob ihre Mutter jung oder alt, reich oder arm war. Aber Mrs. Blessing konnte sehen, dass dieses Kind geliebt wurde, und in dem weichen Gras und der Brise, die die verkrüppelten Äste der alten Apfelbäume umfächelte, schien das alles zu sein, was zählte. Skip kniete sich vor Faith hin, wechselte ihr die Windel und säuberte sie und wiegte sie dann in seinem Arm. Er hatte immer noch ein bisschen von der zögernden Pate-am-Taufbecken-Art an sich, die Männern eigen ist, obwohl Mrs. Blessing gehört hatte, dass heutzutage viel mehr von ihnen ihre Kinder versorgten. Sie musste zugeben, dass sie überrascht war von dem Namen, den er gewählt hatte. Sie war ein wenig verstimmt gewesen, weil sie nicht konsultiert worden war, doch was er ausgesucht hatte, zeugte von tadellosem Geschmack. Sie hätte keine Einwände gegen eine Enkelin mit diesem Namen gehabt. Das Baby hielt jetzt den Kopf hoch, seine Augen riesig, der Blick über die Bäume und den Himmel und ihrer beider Gesichter schweifend wie ein Suchscheinwerfer. Sie gab kleine, vogelähnliche Laute des Vergnügens von sich, dann breitete sie weit die Arme aus und wippte leicht in Skips Armen, als wäre sie bereit loszufliegen, schien es sich dann jedoch anders zu überlegen und klammerte sich mit ihren Seesternhändchen an seine Schulter. Sie war ein neugieriges, verspieltes kleines Ding mit einem unentwegten Leuchten in den Augen. Mrs. Blessing war sich sicher, dass nicht alle Babys so waren. Selbst Jess hatte eines gehabt, Henry, das träge und trübselig gewesen war.

»Denken Sie jemals an die Frau, die sie hier gelassen hat?«, fragte sie.

»Dauernd. Ich versuche, es nicht zu tun, aber ich beschäftige mich dauernd mit ihr.«

»Immerhin ist sie ihre Mutter.«

»Nein, ich glaube, da irren Sie sich. Ich glaube nämlich nicht, dass man auf diese Weise Mutter wird. Mutter wird man so wie ich. Man wird Mutter, indem man ihr die Windeln wechselt und sie badet und mitten in der Nacht mit ihr rumläuft und sie lieb hat und ihr das Gefühl gibt, dass alles in Ordnung ist. So wird man Mutter. Das bedeutet es, Mutter zu sein. Das heißt, ich bin die Mutter, mehr oder weniger.«

»Nun, und haben Sie sich mal überlegt, dass sie mit einem Mann und einer Frau, die ein Kind adoptieren möchten, die ein richtiges Heim haben und so weiter, vielleicht besser dran wäre?«

»Sie gehört zu mir«, sagte er. »Sie spüren das doch auch, oder? Sie gehört mir.« Faith schwang sich nach hinten und schaute Skip in die Augen und krähte und griff nach seinem Gesicht. »Wollen Sie sie noch mal nehmen?«

»Gleich«, sagte Mrs. Blessing. »Sie sieht gerade so zufrieden mit sich aus.«

»Oh ja, das ist sie«, sagte Skip, sich an die Kleine wendend, und rieb seine Nase an ihrer. »Sie ist zufrieden mit sich. Ich bin zufrieden mit ihr. Wir sind miteinander zufrieden. Und darum geht es. Darum geht es. Darum geht es.«

»Die Leute reden solchen Unsinn mit Babys«, sagte Mrs. Blessing. »Ich frage mich, wieso.«

»Vielleicht sollten wir alle öfter mehr Unsinn reden.« Er hob Faith über seinen Kopf, schwenkte sie hin und her, auf und ab, und sie sog den Atem ein.

Mrs. Blessing blickte über die Reihen der knorrigen grauen Baumstämme. Von diesen Bäumen hatten sie und Sunny Äpfel gegessen, Rome-Äpfel so voller Saft, dass er ihnen das Kinn hinab und auf die irischen Pullover getropft war, die Nanny sie im Herbst anziehen ließ. »Wenn sich jemand richtig um die Bäume kümmert, werden sie dann wieder Früchte tragen?«, fragte sie.

»Da bin ich ziemlich sicher.«

»Wie viel würde das kosten?«

»Ein paar tausend. Billig wird es nicht.«

»Und haben Sie einen tüchtigen Gärtner gefunden?«

Er schwang Faith über seine Schulter. Sie hob ruckartig den Kopf, einmal, zweimal, dreimal, dann ließ sie ihn auf eine Seite fallen und steckte sich die Faust in den Mund.

»Barton's Nursery. Er sagt, sein Großvater hat diese Bäume gepflanzt. Er sagt, sein Großvater hat immer davon erzählt, wie Ihr Vater sich die Blätter und die Rinde und die Blüten eingeprägt hat, damit er von Baum zu Baum wandern und erkennen konnte, ob es ein Winesap oder Yellow Delicious oder Rome war.«

»Dasselbe hat er von uns verlangt«, sagte Mrs. Blessing. »Er meinte, die Bäume würden hier sein und Früchte tragen, wenn er selbst nur noch eine Erinnerung im Gedächtnis derer wäre, die ihn liebten. Darum ließ er auch ›Tempus fugit‹ in die Bänke gravieren. Die Zeit verfliegt. Mein Vater hatte eine sehr extravagante Ausdrucksweise.«

»Aber er hatte Recht.«

Mrs. Blessing schüttelte den Kopf. »Seit Sie für mich arbeiten, habe ich so viele Dinge zu Stande gebracht, die ich nie erwartet hätte.« Das Baby gab ein grunzendes Geräusch von sich, dann ein komisches Pfeifen, dann wieder ein Grunzen. »Werden Sie das Obst ernten?«, fragte sie.

»Ja, Ma'am. Besorgen Sie ihr einen Arzt?«

»Das mache ich. Aber ich glaube, Sie müssen sich auf die Zukunft konzentrieren, Charles, und darauf, wie Sie in den kommenden Jahren alles bewerkstelligen wollen. Es muss doch etwas geben, das man tun kann. Vielleicht sollte ich mal meinen Anwalt konsultieren.«

»Vielleicht«, sagte er. »Vielleicht. Lassen Sie mich darüber nachdenken. Es ist ja noch Zeit, oder? Ich meine, sie kann noch nicht mal sitzen.«

Eines Nachmittags, als die Luft heiß und dick war wie Suppe, hörte Skip Musik von der Vorderseite des Hauses. Er war gerade auf der Rückfahrt vom Obstgarten, unterwegs durch schmutzige Mückenwolken, und die Baumschere mit dem langen Griff und das tragbare Bettchen wippten auf der Ladefläche des Lasters auf und ab. Kurz nach Sonnenaufgang war er beinahe zwanzig Meilen zu einem rund um die Uhr geöffneten Price Club in Bessemer gefahren, um Windeln und Milchpulver einzukaufen. Frauen lächelten ihn im grell weißen Licht der Gänge an, weil er das Baby in einem Tuch an der Brust trug. Es erinnerte ihn an das Bild vom Heiligen Herzen Jesu, das Chris' Mom in ihrem Schlafzimmer hängen hatte, seine Brust ein leuchtendes Symbol für seine absolute Güte. Er stellte sich vor, dass all diese Frauen nichtsnutzige Ehemänner hatten, die sich in die Bar verzogen, wenn das Kind Fieber hatte, oder Freunde, die einen Zehner für Windeln auf den Küchentisch warfen. Letzte Woche war in der Zeitung ein Artikel über allein erziehende Väter gewesen, den er fast übersprungen hätte, und dann fiel ihm auf, dass er ja auch ein allein erziehender Vater war. Seiner Arbeit nachgehen, hieß es da, Verabredungen zum Spielen arrangieren. Er nickte. Das mit den Verabredungen war zwar ein bisschen übertrieben, doch er versuchte, sich auszumalen, wie Faith ein anderes Kind besuchte, um dort mit Bauklötzen zu spielen und in dem aufblasbaren Plantschbecken zu sitzen. Er wollte nicht, dass sie mit Shellys schmuddeligem Sohn spielte oder mit den Kindern, die seine anderen alten Freunde womöglich hatten, die von oben bis unten mit Cherry-Cola bekleckert nach Hause kamen und fragten: »Was heißt *ficken*, Daddy?«

Die Typen von der Forellen-Zuchtfarm hatten ihren Laster am Fuße der Einfahrt geparkt und schleuderten aus Plastikeimern Fische in den Teich. Die Sonne ließ die Regenbogenforellen rosa aufblitzen, wenn sie sich in der Luft drehten und auf die Wasseroberfläche trafen. Diejenigen, die bereits drin waren, sprangen, als ob sie versuchten, dorthin zurückzukehren, woher sie gekommen waren, in Spiralen aus dem Wasser. Skip parkte an der Treppe zur vorderen Veranda. Das Baby schlief hinten auf dem Laster unter dem kleinen Baldachin aus Moskitonetz, das er gekauft hatte. Die Taylor-Brüder, die die Zuchtfarm leiteten, waren keine Gefahr. Sie waren so hirntot, dass sie auf ein Baby keinen zweiten Blick verschwenden würden. Eine Hacke, eine Schaufel, eine Kettensäge, ein Baby in einem Korb. Für sie war das alles ein und dasselbe. Wenn Skip eine Leiche auf der Ladefläche gehabt hätte, hätten sie kaum Notiz davon genommen, wäre es allerdings ein neuer Laster gewesen, hätten sie sich darauf gestürzt. Die meiste Zeit verbrachten sie damit, an den Abflusskanälen zu sitzen und Bisamratten zu schießen und Schildkröten zu fangen, ehe sie zu den Fischen gelangten. Außerdem rauchten sie Dope.

»Hey«, sagte Skip zu ihnen.

»Hol deine Angel raus, Mann«, sagte der Ältere, der mit dem Bart. »Die Scheißer würden Mortadella fressen, wenn sie da auf dem Wasser wäre, so verrückt sind die.«

Der andere schloss gerade die hintere Tür des Lieferwagens ab. Er langte nach der Rechnung in seiner Tasche. »Gibst du die der Chefin?«, sagte er. »Sag ihr, die Reiher müssen jetzt nicht mehr hungern.«

»Ganz bestimmt nicht«, sagte sein Bruder. »Findest du manchmal Fische, die aussehen wie mit dem Speer abgestochen?«

Skip nickte. Er fand vier oder fünf pro Woche. Wenn er morgens auf dem Stuhl am Wohnzimmerfenster saß und Faith ihr erstes Fläschchen gab und zuhörte, wie sie mit einem keuchenden Geräusch nuckelte, als ob sie noch nie gefüttert worden wäre, konnte er die großen grauen Vögel beobachten, hoch gewachsen und reglos am Rande des Wassers, bis plötzlich der geschwungene Schnabel in die Untiefe schnellte und der Reiher mit einer Bewegung der Kehle, nicht unähnlich der eines Säuglings, den Fisch hinunterschluckte. Gelegentlich traf einer daneben, und Skip zog dann später eine Forelle mit trüben Augen zwischen den modernden Blättern im Abflusskanal hervor.

Im Teich der Blessings gab es Forellen, seit Ed Blessing ihn von der Zuchtfarm hatte besetzen lassen in der Hoffnung, sein Sohn würde sich aufs Fliegenfischen verlegen. Das hatte der Junge nicht getan; trotzdem wanderten jeden Sommer einhundert Forellen in den Teich, ebenso wie jeden Herbst der Landschaftsgärtner aus der Stadt kam und die Begonienknollen ausgrub, sie in Mull einwickelte und in den Keller brachte.

»Mit diesem Job hast du so richtig in den Glückstopf gegriffen«, sagte der jüngere Taylor-Bruder, zündete sich eine Newport an und schaute hinaus über den Teich, wo die Stare kreisten und auf die aus dem Wasser springenden Fische trafen, alle auf der Jagd nach Insekten.

»Ja, das hör ich immer wieder.«

»Weiß aber nicht, ob ich gern für sie arbeiten würde«, sagte der andere, in Richtung Haus blickend und seine Zigarette mit der Hand umschließend.

»Sie ist in Ordnung«, sagte Skip. »Gerecht und so.«

»Hol deine Angel raus«, sagte einer der Taylors noch einmal, während beide in ihren Laster hüpften.

Wieder setzte die Musik ein. Sie hörte sich ein bisschen an wie das, was aus den Lautsprechern auf dem Footballplatz gedrungen war, als sie ihren High School-Abschluss feierten. Nadine fuhr ihr Auto rückwärts aus der Einfahrt. Sie kurbelte das Fenster herunter und neigte sich zu ihm.

»Sie zählen Fisch?«, fragte sie. Beim ersten Mal verstand er nie, was sie sagte. »Sie zählen Fisch!«, schrie sie.

»Ja«, sagte er. »Jeden einzelnen. Genau einhundert.«

»Sie lügen«, sagte sie und gab Gas. Nadine fuhr genauso, wie sie alles andere tat. Skip war froh, dass sein Laster nicht in der Nähe war. Immer wenn er tote Tiere von der Einfahrt räumte, platt gedrückte Frösche, Schildkröten, deren Panzer zerbrochene Mosaike waren, Opossums mit halb offenem Maul, sodass man ihre nadelspitzen Zähne sah, fragte er sich, ob Nadine sie überfahren hatte. Freitags nahm Nadine sich zwei Stunden frei, um die presbyterianische Kirche zu putzen. Sie hatte speziell angefertigte Nummernschilder für ihr Auto, die Craig ihr besorgt hatte, auf denen 4GSUS stand. Skip fuhr zur Frontseite des Hauses, um Mrs. Blessing von den Apfelbäumen zu berichten, davon, dass aus den frisch beschnittenen Ästen schon Schösslinge zu wachsen anfingen und sogar ein, zwei Blätter zum Vorschein gekommen waren, weich und faltenlos wie eins ihrer Leinentaschentücher. Faith bewegte sich in dem tragbaren Bettchen, warf einen Arm über den Kopf und schmatzte träge. Skip legte sie jetzt immer auf den Rücken. Er wünschte, die Ärzte würden endlich zu einem Schluss kommen, welche Position mit geringster Wahrscheinlichkeit zum plötzlichen Kindstod führte. Er fragte sich, ob es normal war bei Eltern, so besessen von ihrem Kind zu sein wie er. Wenn er zum Beispiel die Straße entlangfuhr und eins dieser kleinen rosa lackierten Fahrräder mit silbernen Wimpeln am Lenker sah, speicherte er es für die Zukunft: rosa Fahrrad, Weihnachten in vier Jahren. Oder er sah ein kleines Mädchen mit Spitzentop und heraushängendem

Bauch und Ohrringen und dachte: auf keinen Fall. Vielleicht konnten Leute mit Geburtsurkunden in der Schublade solche Dinge ja gleichgültiger betrachten.

Durch das Fenster sah er Jennifer Foster am Klavier sitzen und spielen, das Gesicht über die Tasten gebeugt. Ihre Hände hoben und senkten sich wie blasse Vögel, die im Halbdunkel, das im Innern des Hauses wegen der Bäume und der tief reichenden gestreiften Markisen ständig herrschte, auf einem Zweig balancieren. An den leichten Signalen ihrer Arme und Hände kurz zuvor erkannte er, was in der Musik als Nächstes folgen, wie das Tempo oder die Stimmung sich ändern würde. Er stand mehrere Minuten lang lauschend und beobachtend da und klopfte dann, als sie aufhörte zu spielen, leise an die Fliegengittertür.

»Ja?«, rief Mrs. Blessing.

»Ich bin es.«

»Kommen Sie herein, Charles«, erwiderte sie.

»Ich kann mich nicht an diesen Charles gewöhnen«, sagte Jennifer und lächelte.

»Spitznamen sind ein Übel«, sagte Mrs. Blessing. »Ich war immer dankbar, dass deine Eltern dich nicht Jenny oder Jen genannt oder sonst eine der Abkürzungen von Jennifer benutzt haben, denn das ist ein reizender Name.«

»Ich habe dich eigentlich nie Klavier spielen hören«, sagte Skip.

»Ich bin aus der Übung. Ich spiele nur hier. Es treibt meine Mutter auf die Palme nach den jahrelangen Klavierstunden. Klavierstunden, Tanzstunden, Stepptanz, Jazz Dance. Nimm, was du willst, ich hab's gemacht.«

»Meine Tochter Meredith hat auch Klavier spielen gelernt«, sagte Mrs. Blessing. »Sie hasste den Unterricht. Zum Glück fiel sie einen Sommer, in dem sie bei ihren Großeltern in Newport war, vom Pferd und brach sich zwei Finger, und das war's dann. Sie verletzte sich ständig, weil sie so viel ritt. In

150

der Hinsicht war sie wie mein Bruder. Beide neigten zu Unfällen.« Sie schaute Jennifer an. »Vielleicht ist es erblich. Obgleich ich mich nie verletzt habe.«

Skip wusste nicht genau, wieso, aber sie sah heute Morgen anders aus, älter, grauer und zugleich weniger angespannt. Ihre Hände lagen offen in ihrem Schoß statt fest gefaltet, und auch ihr Mund wirkte lockerer. Ob es wohl an der Musik lag? Als er ihr von den Bäumen erzählte, glaubte er einen Moment lang, sie würde gleich lächeln. Er hatte von Anfang an gedacht, sie hätte etwas Jungfräuliches an sich, als ob ihr nie etwas widerfahren wäre, als ob sie ihr Leben lang im Wohnzimmer Klaviermusik gehört und dafür gesorgt hatte, dass die Kapuzinerkresse am Wegrand nicht von Schädlingen befallen wurde. Alle Frauen, die er in seiner Jugend gekannt hatte, diejenigen mit der Andeutung weicher wogender Haut unter ihren Kleidern oder die wie seine Tante, die zäh und drahtig und faltig waren, sie alle hatten Gesichter und Körper, die von schwerer Arbeit, Geburt, Altern, Enttäuschungen gezeichnet waren. Vielleicht war es die Art und Weise, wie Mrs. Blessings Kleider gebügelt oder ihre Haare stets in demselben Knoten zurückgenommen waren, die sie so sehr von den anderen unterschied. Heute wirkte sie seltsam jugendlich.

»Ich bin froh, dass ihr beide hier seid und dass Nadine woanders zu tun hat«, sagte sie schließlich. »Charles, ich glaube, Sie sollten Jennifer erzählen, was hier vor sich geht.«

»Was?«

»Ich verabscheue dieses Wort. ›Wie bitte?‹, muss es heißen. Sie wissen genau, was ich meine. Ich denke, wir sollten auf jede Eventualität gefasst sein, einschließlich Krankheit zum Beispiel oder Entdeckung. Da Sie bei mir angestellt sind, ist das jetzt auch meine Angelegenheit, und ich glaube, Sie brauchen Unterstützung dabei.«

Jennifer guckte Mrs. Blessing mit einer Falte zwischen ihren Augenbrauen an. Es war dieselbe Falte, die Nadine hatte, dauerhaft, eine Art Tätowierung der schlechten Laune.

»Jennifer ist absolut vertrauenswürdig«, fügte Mrs. Blessing hinzu. »Das kann ich Ihnen aus langer Erfahrung versichern. Was wollen Sie tun, wenn das Kind krank wird? Was ist mit den Impfzeugnissen für die Schule? Sie weiß vielleicht eher als wir beide, wie man da vorgeht.«

»Was für ein Kind?«, fragte Jennifer.

»Er hat ein Kind«, sagte Mrs. Blessing, und die Weichheit ihres Mundes war jetzt verschwunden, der schmale Strich der Rechtschaffenheit wieder an Ort und Stelle.

»Hey, hey«, rief Skip. »Einen Moment mal.«

»Oh Gott«, sagte Jennifer Foster, angeekelt beiseite blickend. »Nicht du auch noch. Ich habe es so satt. Nimmt denn keiner mehr das Kinderkriegen ernst? Ich weiß noch, wie wütend die Frauen zu Hause auf die amerikanischen Soldaten waren, die sie schwängerten und dann einfach abdampften, aber hier ist es genau dasselbe. Väter, die glauben, dass es schon großartig von ihnen ist, wenn sie jemanden ihren Nachnamen auf einer Geburtsurkunde benutzen lassen.« Die Falte zwischen ihren Brauen vertiefte sich. »Ach, ich weiß, wer es ist. Du hast diesem Mädchen ein Kind gemacht, das früher im Red Lobster draußen an der Schnellstraße gearbeitet hat. Als Freshman hatte ich zusammen Sport mit ihr. Und du lässt sie nicht mal hier bei dir wohnen, damit du dein eigenes Kind sehen kannst?«

Skip spürte, wie ihm die Hitze ins Gesicht stieg, als Scham und Wut ihn überkamen. Er marschierte zur Fliegengittertür hinaus und zur Ladefläche des Lasters. Faith war wach und starrte die Blätter der Rotbuche über ihrem Kopf mit einem schläfrigen Lächeln an. Ihre Augenbrauen waren immer noch hell wie der Blütenstaub von Narzissen, und ihre Augen waren von Marineblau zu einem helleren Blau, mehr wie der Himmel, verblasst. Irgendetwas an ihrem pfirsichrosa Gesicht und dem Lächeln und an dem, wie sie war, dass sie so ein braves Baby war und selten schrie und weder Kopfschorf noch Mitesser oder Windeldermatitis bekam oder all die anderen abscheulichen Sachen, die in seiner Vorstellung Shellys Baby kriegte, bewirkte, dass sich die Scham verflüchtigte und zusammen mit der Wut Stolz und Liebe in ihm aufstiegen. Er hob sie aus ihrem Bettchen und trug sie, zu sich gewendet, ins Haus, eine Hand um ihre Brust, die andere unter ihrem Hintern, mit der beiläufigen Grobheit, die er mit einer Aufgabe assoziierte, mit der ein Mensch sich gut auskennt.

»Das ist Faith«, sagte er. »Sie gehört mir nicht. Oder irgendwie doch. Was soll's. Ich bin ihr Vater. Ich habe sie im Juni bei der Garage gefunden, und seither sorge ich für sie. Du magst ja vertrauenswürdig sein, aber für meinen Geschmack beurteilst du die Leute zu schnell.«

»Oh mein Gott«, sagte Jennifer und streckte die Hände aus, als ob es ein kalter Abend und Faith ein Feuer wäre. »Oh mein Gott. Du bist ja so allerliebst. Guck dich nur an. Guckt mal, sie lächelt mich an. Seht doch ihre Augen, wie blau ihre Augen sind. Komm her zu mir. Komm her und sieh mich an, Schätzchen.« Die Kleine stieß einen Laut aus, halb Schnurren, halb Knurren, als Jennifer sich von der Klavierbank abstieß und sie der Länge nach auf ihre langen Beine legte. Faith hielt sich mit den Fäusten an Jennifers Fingern fest.

»Dir ist also klar, wie schwierig es ist«, sagte Mrs. Blessing. »Sie braucht ihre Impfungen, und zwar bald, wenn ich mich recht erinnere. Ich bin sicher, ich werde Dr. Benjamin überzeugen können, dass sie eine Verwandte ist und dass er es tun muss.«

»Dr. Benjamin praktiziert nicht mehr.« Jennifer schaute nach unten und schraubte ihre Stimme höher. »Nein, das tut er nicht, stimmt's, Süße? Er kümmert sich nicht mehr um Babys.«

»Für mich wird er es tun. Aber was ist mit der Mutter?

Wenn nun ein junges Mädchen plötzlich zu dem Schluss kommt, dass es einen Fehler gemacht hat? Obgleich das, was heutzutage als Fehler gilt, über meinen Horizont geht. Mir scheint, es gibt nichts mehr, was für euch junge Leute zählt. Keiner schert sich anscheinend mehr um die alten Regeln.«

»Sie tun nur so, als ob sie sich nicht darum scheren«, sagte Skip und langte nach Faith.

»Ach, lass mich sie noch ein bisschen halten«, sagte Jennifer. »Wer ist deine Mommy, Süße?« Sie legte den Kopf schief, und das Baby packte sie an den Haaren und zog, bis Jennifers Kinn tief nach unten geneigt war. Skip fiel auf, dass Babys es an sich hatten, die Menschen genau so zu machen, wie sie waren, nur in verstärkter Form. Faith hatte bei Mrs. Blessing die Redlichkeit und das Verantwortungsbewusstsein zu Tage treten lassen, bei Jennifer Foster die Wärme und bei ihm selbst seine Fähigkeiten, sodass er jetzt eine bessere Meinung von sich hatte. Und das Kinderkriegen machte all diejenigen, die bettelarm waren, ärmer denn je. »Ich kann mich in der Notaufnahme erkundigen«, sagte Jennifer, »aber ich glaube, ich hätte davon gehört, wenn jemand postpartum ohne Kind eingeliefert worden wäre. Auf einer der großen Farmen an der Bezirksgrenze gibt es ein Mädchen, die erst vierzehn ist und schwanger wurde, aber sie hat ihr Baby vor ungefähr drei Wochen zur Welt gebracht, und soweit mir zu Ohren gekommen ist, führen sich ihre Mutter und Großmutter, die sie zuerst eine Hure genannt hatten, seit der Entbindung auf, als ob sie das Größte seit der Erfindung des Scheibenbrots wäre. Dann habe ich noch von ein paar Mädchen gehört, die in den letzten Monaten Babys gekriegt haben, ohne verheiratet zu sein, aber das ist ja heutzutage keine große Sache mehr. Ich sollte wohl lieber den Mund halten. Meine Eltern haben auch erst geheiratet, als ich fünf war, als wir hier rüberkamen. Aber das war eine andere Situation.« Ihr Kopf beugte sich tiefer. »Ich brauche mein Haar wieder, Schätzchen«, trällerte sie der Kleinen zu.

»Sie kann richtig fest zupacken, stimmt's?«, sagte Skip. »Sie ist stark.«

»Weiß meine Mutter Bescheid?«, fragte Jennifer.

Skip schnaubte. »Das fehlte noch«, sagte er. »Keiner sollte eingeweiht werden, nicht mal du. Aber jemand hat es rausgefunden, und diese Jemand hat es jetzt übernommen, anderen Leuten davon zu erzählen.«

»Ich habe nicht die Absicht, es irgendjemandem außer Jennifer zu erzählen«, sagte Mrs. Blessing. »Ich nehme an, wir benötigen ihre Hilfe.«

»Sagen Sie es jedenfalls nicht meiner Mutter«, meinte Jennifer. »Sie ist komisch in solchen Dingen. Man weiß nie, was sie tun wird. Das heißt, eigentlich weiß ich, was sie sagen würde. Sie würde sagen, dass es in Wirklichkeit deins ist und du die ganze Geschichte nur erfunden hast.«

»Ich habe den Karton noch, in dem sie lag«, sagte Skip. »Und das Flanellhemd, in das sie eingewickelt war.«

»Du kennst also niemanden, der Anspruch auf sie erheben könnte?«, fragte Mrs. Blessing und legte Jennifer ihre Hand auf den Arm.

»Ich kenne niemanden, dem ein Baby fehlt, ehrlich gesagt. Ich kann aber mal ein bisschen rumschnüffeln.« Jennifer schaute zu Skip auf. »Es tut mir Leid, was ich gesagt habe. All die Typen, die ihre eigenen Kinder sitzen lassen, und du kümmerst dich um ein Baby, das nicht mal deins ist.«

»Sie ist meins.«

»Ja, das sehe ich. Kann ich noch ein Weilchen mit ihr spielen?«

»Sie ist ein sehr braves Baby«, sagte Mrs. Blessing. »Das muss ich zugeben. Sie macht gar keinen Ärger.«

Meredith säbelte an ihrem Lammkotelett herum.

»Nadine hat mir erzählt, dass bei euch der Blitz eingeschlagen hat«, sagte sie. »Und dass ihr einen Stromausfall hattet. Das muss ja beängstigend gewesen sein.«

»Gewitter sind gefährlicher, als die meisten Leute denken«, sagte Merediths Mann Eric.

Lydia hörte ihnen kaum zu. Sie beobachtete, wie Merediths Messer hin- und herfuhr wie der Bogen eines Geigers. »Nadine«, rief sie. »Das Fleisch ist zäh.«

Manchmal, oft, neuerdings fast ständig, fühlte sie sich, als ob sie ihr eigenes Leben überlebt hätte. Madame Guernaire nähte die Baumwollblusen nicht mehr, die sie so gern hatte. Die *Times* brachte keine Verlobungsanzeigen mehr, und in den Hochzeitsanzeigen wurden Scheidungen erwähnt, als ob jemand an seinem Hochzeitstag daran erinnert werden wollte, dass seine früheren Ehen mit Scheidung geendet hatten. Und vor vier Jahren hatte sie eine Benachrichtigung von dem Schlachter auf der Third Avenue erhalten, der ihr fünfzig Jahre lang Fleisch geliefert hatte, dass er in den Ruhestand gehe und sein Geschäft schließe. Selbst der Schlachter in Mount Mason, der sich öffentlich schwer empört hatte über das Fleisch, das von New York nach Blessings geschickt wurde – »Kein Unterschied zu dem, was ich habe, aber sie zahlt einen Aufschlag, das kann ich Ihnen sagen!« –, hatte inzwischen

Pleite gemacht. Nadine musste das Fleisch jetzt im Supermarkt von Mount Mason kaufen. Das Hähnchen schmeckte wie Schwamm. Und nicht einmal wie echter Schwamm, die gelbe, unförmige Sorte, die tatsächlich einst auf dem Boden des Meeres gelegen hatte, und die man ihr, Gott sei Dank, aus der Apotheke an der Ecke Seventy-Second Street und Lexington Avenue immer noch lieferte. Das Supermarkt-Hähnchen schmeckte nach dem grässlichen Fabrikschwamm, den Nadine zum Geschirrspülen benutzte.

»So spät im Sommer bekommt man keinen guten Spargel«, sagte sie, hob eine Stange mit den Fingern an und legte sie angeekelt wieder hin.

»Mutter, man bekommt heute jederzeit alles. Man kriegt das ganze Jahr über Mais. Und Tomaten. Alles wird über Nacht von Kalifornien oder Florida hierher geschafft.«

»Ich nenne diese Dinger, die man im Supermarkt kriegt, nicht Tomaten. Und ich wundere mich, dass du das kannst, bei den Tomaten, die wir hier im Sommer immer hatten. Charles kümmert sich sehr gut um den Gemüsegarten. Dies sind unsere eigenen Tomaten und unsere eigenen Zucchinis. Ich weiß wirklich nicht, warum Nadine meint, wir müssten im September Spargel essen.«

Manchmal dachte sie, die Welt habe ihren Kompass verloren. Pfirsiche sollten im Sommer gegessen werden, Äpfel im Herbst. Ihre Mutter hatte bei einer Gartenparty im Juni in Connecticut einmal ein Mädchen in dunklen Schuhen gesehen und sich abgewendet, ehe sie vorgestellt werden konnte. Miss Bertram hatte eine der älteren Schülerinnen nach Hause geschickt, weil sie Nagellack trug. Es war durchsichtiger Nagellack, aber dennoch Nagellack. Nagelfirnis nannten sie ihn damals.

Und manchmal fragte sie sich jetzt untypischerweise, ob der Kompass nicht von vornherein falsch eingestellt worden war. Wenn sie Faith anschaute, die mit einem Moskitonetz-

157

Zelt um sich und ihrer Humpty-Dumpty-Rassel in der Hand in der zunehmenden Dämmerung auf dem Rasen lag, fragte sie sich, was der alte Sittenkodex eigentlich bedeutete. Lydia Blessing, die gelernt hatte, dass Unehelichkeit ein Fluch ist und heimliches Horchen hinterlistig, lag manchmal im Bett, das angeschaltete Babyfon neben sich auf dem Nachttisch, und lauschte den leisen Geräuschen des jungen Mannes und des Säuglings, die glücklich zusammenlebten, wie Kammermusik. Manchmal vergaß sie, es auszustellen, ehe sie einschlief, und wenn das Baby dann um drei aufwachte, wachte sie ebenfalls auf und hörte das kurze ärgerliche Gejammer und dann die Schritte von Skip, der ins Zimmer kam. »Wieder Hunger, was?«, summte er. »Ist ja gut, Essen kommt schon. Immer mit der Ruhe. Immer langsam, du kleiner Schatz. Du kleiner Schatz, du.« Es war die Sprache der Liebe, und die hatte ihre ein Leben lang feste Einstellung auf ihrer Achse verrücken lassen. Was machte es denn aus, wie man diesen Augenblick erreichte, solange es nur rechtzeitig war?

»Du siehst gut aus, Meredith«, sagte sie nun, sich ihrer Tochter zuwendend, und empfand einen leichten Schmerz ob Merediths überraschtem Gesichtsausdruck. Was machte es denn aus, was zu diesem Moment geführt hatte? Meredith sah plötzlich erfreut aus. »Danke, Mutter«, sagte sie und hob eine Hand an ihr Haar. »Du auch.«

»Ach, Unsinn«, sagte Lydia. »Du hast dich doch nicht operieren lassen, oder?«

Merediths Lächeln fiel ein wenig in sich zusammen. »Nein, Mutter.«

»Gut. Ich halte das alles für Unsinn. Werde alt und lerne, Gefallen daran zu finden. Oder zumindest damit zu leben.« Alle drei beugten sich schweigend über ihre Teller. Die Lichter im Esszimmer flackerten.

»Ich bin froh, dass du dich entschlossen hast, den Obstgarten in Angriff nehmen zu lassen«, sagte Meredith. »Als Kind habe ich ihn immer geliebt.«

»Wer sagt, dass ich den Obstgarten in Angriff nehmen lasse?«

»Nadine.«

»Nadine soll sich um ihre Angelegenheiten kümmern.«

Lydia mochte es nicht, wenn Meredith sich benahm, als ob das Anwesen bereits ihr gehörte. Lydias Vater hatte das ebenfalls verabscheut, hatte es ungern gesehen, dass ihre Mutter Blessings vier Jahre nach Merediths Geburt Lydia überschrieb. Das war, nachdem sich Lydia von Mr. Foster, dem zweiten Mr. Foster, in dem großen Buick in die Stadt zu Lucy Warrens Hochzeit hatte fahren lassen. Es war die erste große Hochzeit nach dem Krieg. »Oh Lydia«, hatte Lucy gesagt, als sie sie vor der Kirche gesehen hatte. »Ich hätte nie gedacht, dass du kommst.«

»Aber ich habe dir doch brieflich zugesagt«, hatte sie erwidert.

»Nun, meine Mutter meinte, du würdest nicht kommen«, hatte Lucy, ihren Schleier beiseite schiebend, gesagt. Vielleicht hatte sie es sich eingebildet, aber Lydia fand, dass viele ihrer alten Freundinnen überrascht wirkten, als sie sie hinterher bei den Warrens sahen, und ein Mädchen, das sie kaum kannte, ergriff ihre Hände und sagte ihr, wie schrecklich Leid ihr das mit Benny getan habe, und was für ein wunderbarer Mensch er gewesen sei, und was mit dem Baby sei, ob es ihm gut gehe?

»Sie ist ja wohl kaum mehr ein Baby«, hatte Lydia gesagt. »Sie ist fast fünf.«

Danach hatte sie bei ihren Eltern vorbeigeschaut, doch beide waren aus, und sie konnte nicht bleiben, denn Mr. Foster wartete im Wagen, seinen Kopf hin- und herschwenkend, als ob New York ihn von allen Seiten umringte und verstohlen angeschlichen käme, um ihn zu packen und zu verschlingen.

Als sie durch den Park fuhren, erkannte sie, dass die Stadt wie der Teich in Blessings war, dass ihr Leben hier ein kleiner Platscher gewesen war, eine Reihe konzentrischer Kreise, und jetzt war das Wasser wieder glatt. Sie hatte ihre goldene Puderdose aus der Tasche geholt, die Puderdose mit dem Monogramm, die Mrs. Carton ihr zur Hochzeit geschenkt hatte, und in dem im Deckel befindlichen Spiegel in ihr eigenes Gesicht geschaut, ihre Stirn, ihre Oberlippe berührt, um sich zu vergewissern, dass sie wirklich existierte.

Bei ihrer Rückkehr nach Blessings an jenem Tag war sie sehr müde gewesen. Ihre Strumpfbänder hatten sich in die Oberschenkel geschnitten und rote Striemen hinterlassen, und Meredith war hereingekommen, während sie sich umzog, und versuchte, sie anzufassen, und sie hatte ihr erklären müssen, dass die Leute ihre Privatsphäre brauchen, wenn sie sich an- oder auskleiden. Heute wechselte man am Strand vor Fremden seine Kleider und dachte sich nichts dabei. Man stellte Männer ein, die sich um das Grundstück kümmern sollten, und irgendwie tauchten aus heiterem Himmel Säuglinge in deren Unterkunft auf, die auf den Arm genommen und gefüttert werden mussten und irgendwie von diesen Männern versorgt wurden, die eigentlich die Bäume beschneiden und die Wucherblumen am Wuchern hindern sollten.

Allerdings war Faith erstaunlich leicht zu füttern. Mrs. Blessing hatte es bisher zweimal getan, einmal, als Skip unterwegs war, einmal, als er ihr das Baby und die Flasche gereicht hatte. Sie musste sie im rechten Arm halten, weil ihr der linke nach einer gewissen Zeit wehtat; sie fürchtete, dass das Gewicht ihr irgendwann zu viel würde. Aber das war nicht der Fall gewesen. Die Kleine nuckelte mit einer Begeisterung und Gier an dem Sauger, die irgendwie rührend waren. Mrs. Blessing konnte sich nicht erinnern, wie es gewesen war, Meredith zu füttern. Die Kinderschwester hatte gesagt, sie sei unerfahren. Die Frau hatte das R gerollt, sodass *Unerfahrenheit* viel ernster klang als sonst. Sie war eine Deutsche. Ethel Blessing bekam immer die Dienstboten, die sonst niemand wollte, die schwarzen Köchinnen, die irischen Mädchen mit den lückenhaften Schneidezähnen, und im Krieg die deutschen Kinderschwestern. Während sie das Fläschchen hielt, an dem Faith geräuschvoll lutschte, kam Mrs. Blessing der Gedanke, dass sie Meredith womöglich nie die Flasche gegeben hatte.

Sie war bei Merediths Geburt so jung gewesen. Sie war erst neunzehn gewesen, als sie zu jener Cocktailparty ging, von der sie als alte Frau im Krankenhaus geträumt hatte. Frank Askew hatte ihr von der anderen Seite des Raums her zugeprostet und ihr jenen eindringlichen Blick zugeworfen, der ihre Lenden schwimmen und ihr Gesicht erröten ließ. Sie dachte, keiner hätte es bemerkt. Wie dumm sie gewesen war. Wie überrascht sie alle gewesen waren, sie nur fünf Jahre später auf Lucy Warrens Hochzeit zu sehen, als wäre vereinbart worden, dass die Erde sie verschlucken möge. Ihre Mutter hatte natürlich gewollt, dass sie sich in Blessings versteckt hielt.

Sechs Monate nach jenem ersten Mal hatte Frank in den Ausschnitt ihres gelben Voile-Kleides gegriffen und ihre Brust hervorgeholt, um ihre Rundung zu küssen, und sie hatte gespürt, wie ihre Knie nachgaben und sich spreizten. Sein Schnurrbart kratzte leicht über ihre Haut, und dann wich er zurück und starrte die dunkle Brustwarze an, die Schwellung der Haut, und hörte auf, sein Becken gegen ihres zu stoßen, als wäre er vom Blitz getroffen.

»Du musst dich angucken lassen«, hatte er gesagt und das Oberteil ihres Kleides viel höher gezogen, als es gedacht war.

»Angucken lassen?«

»Von einem Arzt.«

Sie war damals so unbedarft gewesen, dass sie einen Mann

brauchte, der die Schwellung ihrer Brüste sah und die leichte Rundung ihres Bauches ertastete und ihr sagte, dass sie schwanger sei. »Elf Wochen«, meinte der Arzt in Westchester, den Frank sie am nächsten Tag aufsuchen ließ. Am selben Abend ging sie ins Chez Nous, einen jener Clubs, die aus dem Boden geschossen waren, in die Mädchen, die auf dem College gewesen und jetzt wieder zu Hause waren, und Männer, die darauf warteten, nach Übersee verschifft zu werden, gingen, um sich zu amüsieren, bevor sie heirateten oder Kinder kriegten oder sich dem Erwachsensein unterwarfen. Sie hatte zu viel getrunken und dann darauf bestanden, dass alle an ihrem Tisch mit der U-Bahn zu einem Laden fuhren, von dem sie gehört hatte, um dort zu frühstücken. Sie redete schnell und hektisch in dieser Nacht, was ihr gar nicht ähnlich sah, und das New York, auf das sie traf, war nicht ihr New York. Es war eine unterirdische Stadt, in der Fremde mit ausdruckslosem Blick, Schulter an Schulter, einander im Zug anonym gegenübersaßen. Das New York, das ihr vertraut war, in dem sie alle dieselben wenigen Schulen besuchten und die Eltern der anderen kannten und die Dienstboten die Dienstboten aller anderen kannten und jeder denselben Apotheker hatte und alle als Kinder denselben Mantel aus feinem Wollstoff mit Samtkragen und passenden Strumpfhosen aus The Childe's Shoppe trugen, war das Gegenteil von anonym. Es war, wie sie entdeckte, eine Kleinstadt, in der die Dinge geheim waren, nicht, weil sie nicht bekannt wären, sondern weil man nicht offen über sie sprach.

Der Laden, von dem sie gehört hatte, erwies sich als eine durchgängig geöffnete Imbissstube, doch sie kannten fast jeden hier, bis auf einen angewiderten Taxifahrer am Tresen, der Würstchen aß und mit der Kellnerin über Millionärserben und reiche Gören und verwöhnte Bälger lästerte. Lydia übergab sich in der Damentoilette, die nach Desinfektionsmittel roch und in der ein Schild war, auf dem KEINE PAPIER-

VERSCHWENDUNG – WIR HABEN KRIEG stand. Als sie herauskam, saß Benny in seiner neuen Uniform allein an einem Tisch am Fenster. Die Jackenärmel waren zu lang, die Hosenbeine zu kurz.

»Leiste mir Gesellschaft«, hatte er gesagt. »Dein Bruder hat mich versetzt.«

Er war ebenfalls betrunken gewesen, und als er Spiegeleier bestellte, dachte sie, ihr würde gleich wieder übel werden. Sie ließ sich Toast mit Butter bringen und Tee, den sie in kleinen Schlucken trank. Keiner von beiden sagte viel, bis Benny nach ihrer Hand griff. »Was ist los, Lydie?«, fragte er, und sie fing an zu weinen. Die einzigen Worte, die sie herausbrachte, waren »ich brauche«. »Ich brauche ich brauche« zwischen nassen Schluchzern und Gekeuche und einem weiteren Ausflug auf die Toilette.

»Was brauchst du, Lydie?«, fragte er, als sie zurückkehrte.

»Ich brauche Hilfe«, sagte sie leise.

»Welche Art von Hilfe?«

»Ich brauche jemanden, der mich heiratet.«

Es herrschte Schweigen. Benny strich Butter auf seinen Toast. Der Taxifahrer sagte: »Man kann keinen Menschen respektieren, der nicht für seinen Lebensunterhalt arbeitet.« Die Kellnerin sagte. »Seien Sie nicht so streng mit den Leuten.«

Benny sagte: »Ich würde dich heiraten. Ich würde dich gern heiraten.«

Jetzt sagte Meredith: »Der Garten sieht reizend aus, Mutter.«

Lydia hob langsam den Kopf, wie einer von den Wasservögeln, die am Rande des Teichs fischten und versuchten, so zu tun, als wären sie nicht vorhanden, als wären sie in Wirklichkeit ein Stein oder ein Stock oder ein Teil des Stegs. Sie war dem Gespräch nicht gefolgt. Ihr tat der Kopf weh. »Ich brauche Aspirin«, sagte sie.

»Ich besorge welches«, sagte Meredith. »Nadine? Können Sie zwei Aspirin und etwas frisches Wasser bringen? Ist alles in Ordnung, Mutter?«

»Mach kein Getue, Meredith. Es sind nur Kopfschmerzen.«

»Du hast den gesündesten rosa Hartriegel, den ich je gesehen habe, Lydia«, sagte Eric, an dem sie nie richtigen Gefallen gefunden hatte, obwohl er immer respektvoll und nie besonders schleimig war, anders als Jess' ältester Schwiegersohn, derjenige, der Jess »Mama« genannt hatte. Nicht Ed, der mit Jeanne verheiratet war, sondern Brian, der Ehemann von Marian, die an Bauchspeicheldrüsenkrebs gestorben war. So erinnerte sie sich der Menschen mittlerweile: Herz, Gehirnschlag, Bauchspeicheldrüsenkrebs. Bedächtig schluckte sie das Aspirin.

Meredith glich ihrem Vater so sehr, dass jeder, der die beiden zusammen gesehen hätte, erstaunt über die Ähnlichkeit gewesen wäre. Niemand hatte die beiden je zusammen gesehen. Wenn Meredith als Kind in die Stadt fuhr, dann zur Weihnachtsvorstellung in der Radio City Music Hall oder ins Plaza zum Tee mit ihren Großeltern, und danach kehrte sie gleich wieder nach Mount Mason heim. Nach Lucy Warrens Hochzeit war Mrs. Blessing selbst nur noch dreimal in New York gewesen. Während ihrer Schwangerschaft, und als das Kind noch klein war, hatte sie sich mit dem Wissen aufrecht gehalten, dass der Krieg bald vorbei sein und sie Mount Mason verlassen und in die Stadt zurückkehren würde. Nicht für immer verlassen natürlich: Blessings würde stets ihr zweites Zuhause sein, für Wochenenden und Ferien. Doch die Stadt war der Ort, wo sie hingehörte. Als Bennys Mutter zum ersten Mal jene längst verstorbene Tante mit den roten Haaren erwähnte und Mr. Carton sein Testament verfasste, in dem er Meredith alles hinterließ, hatte sie gehofft, dass alle so öffentlich gutgläubig wären wie Bennys Eltern, sogar die Leute, die in den Fluren gestanden hatten, wenn sie und Frank Askew, nie gemeinsam, immer einer zur Zeit, in bestimmten Apartments und Clubs aus bestimmten ungenutzten Räumen auftauchten.

Sie hatte nicht mit ihrer Mutter gerechnet. In der Woche nach Lucy Warrens Hochzeit waren ihre Eltern zum Wochenende aufs Land gekommen. Während ihr Vater Meredith im Wohnzimmer herumschwenkte und »Let me call you sweetheart« sang, hatte ihre Mutter sie auf die Veranda geführt und ihr die Urkunde über die Schenkung des Anwesens überreicht. »Von Ethel Simpson Blessing an Lydia Blessing Carton.« Das stand darauf. Ihr Vater hatte den Stall bauen, die Veranda hinzufügen, die Bäume am Teich pflanzen, die Zäune errichten, die Gartenterrassen anlegen lassen. Alles gehörte seiner Frau.

»Ach Lyds, meine Liebste«, hatte er beim Abendessen geseufzt, die Hände zitternd, als er seine Kaffeetasse hob, das Weiß in seinen Augen vergilbt, »ich vermisse das alles hier furchtbar.«

Wieder tanzte in ihrem Geiste die Vergangenheit mit der Gegenwart. Meredith redete und glättete dabei mit dem Handteller ihr Haar. Lydia hatte sie nach Bennys Großmutter benannt. Das hatte den Cartons gefallen. Sie hatten ein Medaillon mit Monogramm von Tiffany geschickt. Ihre Mutter hatte ihr die Schenkungsurkunde überreicht und gesagt: »Jetzt hast du immer einen Ort, wo du leben kannst.«

Zwei Monate später zogen ihre Eltern in eine kleine Wohnung in einem Apartment-Hotel an der Fifth Avenue. Danach gab es keinen Platz mehr für Lydia in New York und kein Geld, mit dem sie sich eine eigene Wohnung hätte kaufen können. Ihre Mutter zahlte ihr regelmäßige Beträge, um Blessings zu unterhalten, und ihre Eltern hielten sich ein Wochenende pro Monat in Blessings auf und während des Monats im Sommer, wenn Meredith in Newport war. »Ich wäre lieber hier, wenn die Kleine auch da ist«, beschwerte sich ihr Vater, doch so war eben Ethel Blessings Arrangement.

Es hatte so ausgesehen, als wäre ihr Vater kleiner und grauer geworden, und hinterher überlegte Lydia, ob er wohl schon Jahre vor seinem Tod krank gewesen war. Vielleicht hatte ihn auch das uneingestandene Drama seines Lebens erschöpft. Sunny hatte ihn verraten. Er war in die Werbung gegangen und hatte einen Riesenerfolg mit einem Slogan gehabt, der »Er hat die hübscheste Handschrift von Princeton – und er benutzt einen Papermate!« lautete. Wenn Sunny von ihrem Vater sprach, wenn er zum Wochenende allein nach Blessings herauskam, den Teich mit gesenktem Kopf umkreiste und seine Zigarette wie eine Feder aus grauem Rauch hinter sich herzog, dann mit amüsierter Verachtung. Eines Abends hatte er auf der Terrasse gesagt: »Ist dir je aufgefallen, dass Vater in seinem ganzen Leben nie etwas von Bedeutung gesagt hat?«

»Du bist so streng mit ihm, Sunny«, hatte sie gesagt.

»Ach Lyds, meine Liebste«, hatte er erwidert, ihren Vater imitierend. »Wenn ich das nur wäre.«

Ihre Mutter hatte Sunny ebenfalls finanziell unterstützt. Vielleicht, hatte Lydia gedacht, zahlte sie sogar ihrem Vater Unterhalt. Das erklärte womöglich auch die Pakete. Ab und zu hatte ihr Vater Lydia mit der Post ein Paket nach Blessings geschickt, das der Postbote von einem Lieferjungen hatte hinausfahren lassen müssen. »Simpson's Fine Textiles« stand darauf, und als sie den ersten Karton öffnete, war ein Ballen schweren grünen Brokats darin in der Farbe junger Blätter und eine Notiz von ihrem Vater auf seinem privaten Briefpapier. »Leg es beiseite für schlechte Zeiten«, stand da. »Alles Liebe und viele Küsse, Papa.« Die Pakete kamen zwei- oder dreimal im Jahr, immer mit derselben Botschaft, immer mit einem Ballen Stoff.

Unter dem Stoff war Geld, eine Menge Geld in großen Bündeln, zusammengehalten von Papierbanderolen, wie das Geld in Kidnapping-Szenen im Film. Sie schätzte, dass der erste Karton viertausend Dollar enthielt, und dann traf ein zweiter ein und ein dritter, und als ihr Vater starb, standen Stapel von Paketen auf dem Dachboden, die meisten ungeöffnet. Es schien schmutzig, dieses Geld, dessen Grün zu Grau verblichen, dessen Papier weich war von den Händen, die es angefasst hatten. Geld zu haben hieß in ihrer Welt, auf die richtigen Schulen zu gehen, in einem anständigen Apartment zu wohnen, es im alten Stil einzurichten. Es hieß nicht, Kartons voller Scheine zu haben wie ein alter Geizhals mit voll gestopfter Matratze. Sie sprachen nie darüber, sie und ihr Vater oder ihre Mutter oder auch nur Sunny. Manchmal vergaß sie fast, dass es da war; manchmal fragte sie sich, ob die Mäuse wohl drangegangen waren. Als Meredith mit der Schule anfing, lag so viel Geld über der Garage, dass sie sich eine Wohnung in der Stadt hätte kaufen können. Aber aus irgendeinem Grund ließ sie stattdessen die Gästezimmer streichen und blieb, wo sie war.

»Möchtest du Tee zu deinem Reispudding?«, fragte Meredith.

»Wir trinken den Tee auf der Veranda«, sagte Lydia.

»Wie du willst, Mutter.«

»Der Rittersporn ist wunderschön«, sagte Eric jovial, während er den Stuhl hinter ihr wegzog, als sie sich langsam erhob.

»Stützen«, sagte sie. »Wenn man Rittersporn will, muss man ihn abstützen.« Es gab immer noch einige Dinge, derer sie sich absolut gewiss war.

Noch vor den Dachdeckern oder Nadine hörte Skip Jennifer Foster kommen, während Mrs. Blessings Tochter und ihr Schwiegersohn im Club waren und Golf spielten. Das Standgas ihres Autos war neu eingestellt worden; Skip konnte es hören, als sie in einen der Stellplätze der Garage einbog. Als er ihr Faith in die Arme legte, stieß sich das Baby nach hinten ab und starrte ihr ins Gesicht. Im Buch stand, Faith würde erst mit zehn Monaten fremdeln. Vielleicht würde sie Jennifer oder Mrs. Blessing bis dahin nicht mehr als Fremde betrachten.

»Guten Morgen, meine Hübsche«, sagte Jennifer mit jener hohen Stimme, mit der die Leute immer mit Babys sprechen. »Wie geht's dir? Hast du letzte Nacht gut geschlafen?«

»Hat sie«, sagte Skip. »Wenn ich sie jetzt um Mitternacht hinlege, schläft sie durch bis sechs. Ich habe sie auf der Futtermittelwaage hinten in der Garage gewogen, und sie liegt bei dreizehn Pfund, was ich ganz schön schwer finde.«

»Bist du ganz schön schwer? Bist du das? Du kommst mir gar nicht so schwer vor.« Jennifer schaute zu ihm auf und lächelte. »Mr. Mom«, sagte sie.

»Das bin ich.«

»Hast du die Sachen für mich?«

Er schloss die Garagentür über ihrem kleinen Wagen und drehte sich um, um zu beobachten, wie sie mit dem Tragetuch

168

um die Brust und einem Rucksack voller Fläschchen und Windeln auf dem Rücken über den Rasen schritt. Jennifer war am Tag zuvor gekommen, um Mrs. Blessings Tochter zu begrüßen, deren Name Mrs. Fox war. »Charles«, hatte Mrs. Blessing gerufen, als Jennifer gerade gehen wollte, und sie war langsam und vorsichtig die Hintertreppe hinabgestiegen, um sich zu den beiden zu gesellen. »Ich habe Jennifer gesagt, dass hier in den nächsten ein, zwei Tagen zu viel los ist«, sagte sie leise. »Es ist vielleicht sinnvoll, wenn Faith ein bisschen weiter weg und bei ihr ist.«

»Ich höre schon die Leute tratschen«, sagte Skip.

»Ich verlasse das Grundstück nicht«, sagte Jennifer. »Ich weiß ja, wie du dich fühlst. Ich kann mit ihr an den Bach gehen, wo keiner hinkommt. Ansonsten werden entweder Mr. oder Mrs. Fox oder einer von den Dachdeckern mitkriegen, dass sie hier ist. Apropos Tratsch, es gibt keinen. Vor ungefähr sechs Monaten war ein Mädchen im Krankenhaus, das ein Baby kriegte und zur Adoption freigab, und es sind Leute aus Chicago gekommen und haben es abgeholt. Tracy aus der Apotheke an der Main Street sagt, das Mädchen hat seither sogar Fotos von ihnen gekriegt. Eins von den Boatwright-Mädchen hat im Juni Zwillinge gekriegt, aber das waren beides Jungs, und sie hat sie bei sich zu Hause im Trailer und beklagt sich bei jedem, der zuhört, darüber, wie schwer es ist, zwei zu haben. Und so ein Paar, das in der Foxwoods-Siedlung wohnt, hat gegen Ende Juni eine Tochter gekriegt, aber die kam mit irgendwelchen schrecklichen Schädigungen zur Welt und ist am nächsten Tag gestorben.«

»Oh Mann«, sagte Skip.

»Also ist Faith wohl vom Himmel gefallen, direkt in Mr. Moms Arme.«

»Mr. Mom.« So nannte sie ihn neuerdings. Er machte sich nicht vor, dass es mehr bedeutete, als dass eine nette Person nett war. Als er sie hinter der Reihe hoher Zedern verschwinden sah, ihr Schritt federnd und sicher, dachte Skip, dass Faith einen schönen, langen Tag vor sich hatte und er lediglich einen langen, an dem er Schindeln von einem alten Dach reißen würde, während aus einem klaren blauen Himmel die Sonne herunterknallte.

Es gab einen ehrlichen Dachdecker in Mount Mason; die übrigen waren Bier trinkende Diebe, die für ein paar tausend Dollar aufs Geratewohl Schindeln ans Gebälk klatschten. Zum Glück war der eine ehrliche Dachdecker Eds Vater Jim. »Mr. Salzano« hatte Skip ihn genannt, als er ihn angeheuert hatte, was vielleicht nicht die beste Basis war, eine geschäftliche Beziehung zu beginnen, in der er der Chef sein sollte. Aber das Dach musste dringend neu gedeckt werden. Der Blitz hatte den Blitzableiter getroffen, war von da aus jedoch auf die Asphaltschindeln und die Balken darunter geprallt und hatte sich voller Entzücken mindestens ein paar Minuten lang an dem trockenen Holz und dem klebrigen Dachkitt gütlich getan, ehe der Regen ihn gelöscht hatte. Der Regen, der seither im Laufe der Wochen eingedrungen war, ließ allmählich die Balken und die Dielen des Heubodens verrotten.

»Im Grunde müsste man das Ganze abreißen«, hatte Jim Salzano gesagt, als er zum ersten Mal herausgekommen war, um sich die Sache anzusehen. »Im Bereich der Dachrinnen ist schon eine Menge verfault. An diesem Dach ist bestimmt seit dreißig Jahren nichts mehr gemacht worden.«

»Dann mal los«, sagte Skip.

»Viel Arbeit.«

»Ich steige mit Ihnen da rauf. Was soll's.«

»Das wäre mir eine große Hilfe.«

Mrs. Blessings Tochter kam herunter, um ihnen während ihres Besuchs bei der Arbeit zuzuschauen. Sie war ebenfalls eine hoch gewachsene Frau mit einem großen Hut, der ihr Gesicht gegen die Sonne abschirmte. Er hatte Mrs. Blessing vom Haus her rufen und sie auffordern hören, sie solle wieder

170

hereinkommen und sich etwas auf den Kopf setzen, damit sie keine Sommersprossen bekäme. Als sie und ihr Mann vom Golfspielen und Mittagessen zurück waren, lagen die alten Schindeln schon haufenweise verstreut im Gras, und ein Stapel war bereits auf einem großen Tieflader, um weggefahren zu werden. Die beiden Blitzableiter lagen auf der Seite. Sie stupste einen mit der Schuhspitze an und streckte dann Skip ihre Hand entgegen. Er konnte die Schwielen spüren, als er sie schüttelte.

»Es ist ein Verbrechen, dass man das Gebäude hat so verfallen lassen«, sagte sie.

»Es wird nicht mehr benutzt.«

»Ich weiß. Wenn ich es bei uns auf der Farm hätte, würde ich es benutzen. Es ist wirklich ein wunderbarer Stall, so wie man heute gar keine Ställe mehr baut.« Sie lachte, ein tiefes, wenig belustigtes Grummeln. »Ich klinge wie meine Mutter. Nichts ist mehr so, wie es war. Arbeiten Sie gern für sie?«

»Sie zahlt anständig.«

»Das bezweifle ich sehr. Anständig vielleicht nach den Maßstäben von 1955. Wie kommt sie Ihnen vor?«

»Kann ich eigentlich nicht sagen. Ich kenne sie noch nicht so lange. Haben Sie mal Nadine gefragt?«

Mrs. Blessings Tochter lachte erneut. Meredith Fox, so hieß sie. Das hatte Jennifer ihm erzählt. »Nadine sagt mir eine ganze Menge, aber nur, wenn ich keine direkte Frage stelle. Als ich sie gefragt habe, wie es Mutter ginge, sagte Nadine, glaube ich: ›Ha!‹« Sie schaute hinauf zum Stall. »Kanthölzer in doppelter Stärke.«

»Die sieht man heute nicht mehr«, sagte Mr. Salzano von einer Leiter herunter.

Sie nickte. »Wir haben hier meine ganze Kindheit hindurch Pferde gehabt. Sie hätten meine Mutter reiten sehen sollen. Was für eine Haltung sie hatte! Sie hätten sie schwimmen sehen sollen, was das betrifft. Sie sprang vom Steg und schwamm im Bruststil von einem Ende zum anderen und zurück. Sie schwamm eine halbe Stunde wie ein Fisch. Golf spielte sie auch. Und Tennis, Doppel meistens. Sie hat vor fast zwanzig Jahren aufgehört. Ihre beste Freundin starb, und sie war nicht mehr die Alte.«

»Mir scheint, es geht ihr ganz gut«, sagte Skip und dachte daran, wie Mrs. Blessing Nadines Namen bellte, wenn sie etwas von ihr wollte, wie sie mit ihrem Fernglas Ausschau hielt, als ob sie mit einem feindlichen Einfall auf der Zufahrt rechnete, wie sie das Baby auf dem Arm hatte und mit ihren langen Fingern über Faiths Gesicht strich. Er wünschte, er könnte Mrs. Fox, die einen so netten Eindruck machte, all dies erzählen; wie ihre Mutter abends auf der Veranda saß und ihm manchmal befahl, ihr Faith in die Arme zu legen, sodass sie in einem der alten Verandaschaukelstühle hin- und herschaukeln konnte, bis Faiths Augenlider zufielen, ihr Mund sich öffnete und sie den langsamen, zischenden Babyatem des Schlafs atmete.

»Sie sollte mehr raus, reisen«, sagte Mrs. Fox. »Sie kann es sich leisten. Sie lebt zu sehr in der Vergangenheit. Das ist nicht gesund.«

»Es hängt wohl davon ab, wie gut die Vergangenheit war«, sagte Skip und dachte an sein altes Zimmer mit dem bockenden Mustang auf der Bettdecke.

Sie legte den Kopf ein wenig schief, und Skip wurde rot, denn er bemerkte, dass sie für eine ältere Dame eigentlich recht gut aussah. Ihre Augen hatten dieselbe Farbe wie der Teich, und sie standen noch schräger als Jennifer Fosters.

»Darf ich Ihnen eine persönliche Frage stellen?«, sagte sie.

»Schießen Sie los.«

»Waren Sie wirklich wegen bewaffneten Raubüberfalls im Gefängnis?«

»Nein, Ma'am. Ich habe auf Einbruch plädiert und weniger als ein Jahr Knast gekriegt. Gefängnis, meine ich.«

»Sonst noch was?«

»Nein, Ma'am. Ich war nur zufällig zur falschen Zeit am falschen Ort.«

»Da muss ich ihm Recht geben«, rief Mr. Salzano vom obersten Tritt der Leiter herab. »Absolut. Und dazu noch mit den falschen Typen unterwegs.« Er guckte Skip an. »Ich mag ja dumm sein, Skipper, aber ich bin nicht blöd.«

»Dann ist Ihr Ruf also viel schlimmer als die Wirklichkeit«, sagte Meredith Fox ernst.

»So kann man es wohl sagen«, erwiderte Skip.

Mrs. Blessings Tochter machte sich daraufhin auf dem rückwärtigen Weg zum Teich auf, ein Murmeltier und seine plumpen Jungen im Gefolge. Als Skip zur Garage ging, um ein Brecheisen zu holen, sah er sie draußen in dem kleinen Boot schnell von einem Ende des Teichs zum anderen rudern. Er vermutete, dass sie dank der Pferde besser in Form war als die meisten Frauen ihres Alters, und er war froh, dass er das Boot mit dem Schlauch abgespritzt hatte, sodass sie es nicht verstaubt und voller Spinnwebfetzen und toter Fliegen vorgefunden hatte. Er blieb einen Moment stehen, um einen Blick auf sie zu werfen, auf den Anstieg der Berge um das Tal, auf das kleine Holzboot in der Mitte. Wahrscheinlich war es schwierig, heutzutage ein Holzboot zu bekommen. Fiberglas, Aluminium, daraus bestanden sie jetzt. Ihm gefiel das Holz.

»Mann«, sagte er leise und dachte, es könnte kein größeres Glück geben, als ein Anwesen wie dieses zu besitzen.

Mrs. Fox zog das Boot auf die kahle Stelle des Rasens neben dem Steg und ging zur Garage und nahm sich eine der alten Fliegenruten. Ihr Arm bewegte sich vor und zurück, als ob sie mit der Angel die Luft einholte. Ein haariger gelber Köder flog hoch und über das Wasser und ließ sich dann auf der Oberfläche nieder. Skip meinte zu sehen, dass sich darunter der dunkle Schatten einer Forelle auf ihn zubewegte. Sie schaute in seine Richtung und lächelte.

»Ich könnte Ihnen ein paar Regenwürmer ausgraben, wenn Sie es lieber leichter hätten«, rief Skip, auf sie zugehend.

Sie schüttelte den Kopf. »Ich angle gern mit Fliegen. Ich bin nicht besonders darauf aus, Fische zu fangen. Und Nadine will sie nicht ausnehmen. Anscheinend hat sie sich gegen zwei Dinge entschieden gewehrt: eine Uniform zu tragen und Fische auszunehmen. Die Sache mit der Uniform hätte das Fass fast zum Überlaufen gebracht, was meine Mutter betraf.«

»Ich nehme die Fische für Sie aus, wenn Sie wollen.«

»Wenn ich was fange, komme ich auf Ihr Angebot zurück. Aber das halte ich für unwahrscheinlich.«

Skip schaute blinzelnd auf die Oberfläche des Teichs. Am gegenüberliegenden Ende kauerten zwei grüne Reiher über dem Wasser, die Köpfe tief zwischen ihre gefalteten Flügel gesenkt, und warteten darauf, dass sich langsame Sonnenfische in das warme Wasser nahe am Ufer drängten. Ein Reiher stieß plötzlich zu, hievte ein zappelndes silbernes Etwas empor, ließ es seinen hektisch arbeitenden Kropf hinuntergleiten und begab sich wieder in seine alte Position. Mrs. Blessings Tochter warf erneut aus.

»Der Köder da ist eigentlich für große Fische. Alsen vielleicht oder Hechte.«

Sie lachte wieder. Skip fragte sich, wo sie gelernt hatte, so mühelos zu lachen. Mrs. Blessing hatte er bisher noch nie lachen hören.

»Na, ich hab ja gesagt, ich würde nichts fangen.«

»Meredith«, rief eine Männerstimme vom Haus her. »Möchtest du vor dem Abendessen auf einen Drink in den Club fahren?«

»Eigentlich nicht«, rief sie zurück, während eine kleine Forelle aus dem Wasser schoss und keinen halben Meter von ihrem flatternden Köder entfernt in die Luft sprang. »Ich bin im Moment rundum zufrieden.«

Das hörte Skip gern. »Ich mach mich lieber mal an die Arbeit«, sagte er. »Ich will den Stall von innen abspritzen, bevor wir weitermachen. Aber ich kann jederzeit Ihre Fische ausnehmen. Oder Ihnen Köder besorgen, wenn Sie wollen.«

»Als ich klein war, habe ich immer zugeguckt, wie die Fische aus dem Wasser sprangen, und ich dachte, sie springen vor Freude«, sagte Meredith. »Und dann lief ich eines Tages, als ich älter war, um den Teich, und mir fiel auf, dass sie hin- und herschwammen, hin und her. Da merkte ich wohl endlich, wie klein der Teich war. Und einer von ihnen sprang hoch, und mein erster Gedanke war, dass er versuchte zu fliehen. Nur, dass er draußen sterben würde.«

»Sie haben einen Fisch dran«, sagte Skip und beobachtete, wie ihr Köder verschwand.

Am nächsten Abend fuhren sie und ihr Mann wieder ab; der Chevy Suburban mit der Pferdeanhänger-Kupplung verschwand entlang der Zufahrt, während von der Schlafzimmerveranda im Obergeschoss in dem schwächer werdenden Licht die Gläser des Fernglases aufblitzten. Das alte Dach des Stalles war abgerissen, und die neuen Schindeln, zu Blöcken verpackt, lagen, für den nächsten Tag bereit, um ihn herum. Jennifer hatte zwei Tage mit Faith verbracht und war, etwas schmuddelig, nur Minuten, nachdem der Wagen der Fox', der Laster der Dachdecker und Nadines kleines Kompaktauto sich entfernt hatten, zum Haus zurückgekehrt. Es begann zu regnen, und blasser grauer Dunst stieg über dem Teich empor. »Ich bin verliebt«, sagte Jennifer, als sie Faiths schlaffen kleinen Körper auf der Hintertreppe aus dem Tragetuch hob.

»Komm rein«, rief Mrs. Blessing. »Sie auch, Charles.«

Die Küche lag auf der Ostseite des Hauses und war, wie Skip bemerkt hatte, nachmittags in eine Art ständiges Zwielicht getaucht, obgleich der alte weiße Herd und die gelben Küchenschränke morgens, wenn er Kaffee machte, von der Morgensonne erwärmt wurden. Er schaute um sich auf die

175

sauberen, glatten Flächen, die glänzende Spüle aus rostfreiem Stahl. Eine mit einem gestreiften Tuch zugedeckte Platte war das einzige Geschirrstück in Sichtweite. Nadine war der reinlichste Mensch, den er je gekannt hatte. Sie bestätigte einen Verdacht, den er immer schon gehegt hatte, dass es nämlich irgendeinen Zusammenhang zwischen Reinlichkeit und Bösartigkeit gab. Er wäre jede Wette eingegangen, dass Jennifer Foster nicht halb so reinlich war wie ihre Mutter. Aus ihrem Pferdeschwanz hatten sich kleine Haarsträhnen gelockert, und auf der Sitzfläche ihrer Hose war ein großer Schmutzfleck.

»Ob ihr wohl Lust hättet, mit mir zusammen etwas zu essen?«, fragte Mrs. Blessing.

»Ich will nicht, dass Sie sich Umstände machen«, sagte Jennifer.

»Ich glaube, ich muss das Baby baden«, sagte Skip und strich über die Rundung von Faiths Rücken, warm und fest unter seiner Hand.

»Ich habe sie in den Bach gehalten«, sagte Jennifer.

»Den Bach? Der ist eiskalt!«

»Nur mit den Füßen. Es hat ihr gefallen. Erst hat sie so den Atem eingesogen und dann gepaddelt.«

»Oh Mann. Du hättest mich vorher fragen sollen.«

»Verzeihung«, sagte Mrs. Blessing, stützte sich auf die Theke neben der Platte und schlug das Tuch hoch. »Ich dachte, wir könnten vielleicht am Teich picknicken. Es sind Schinkensandwiches da und etwas Kohlsalat. Ich habe Nadine eine Steppdecke und einen Korb auf den Flurtisch legen lassen. Vermutlich glaubt sie, ich werde allmählich senil.«

Skip konnte den Regen auf dem Dach hören, ein sanftes Stakkato, aber beharrlich. »Es regnet«, sagte Jennifer.

»Ach so«, sagte Mrs. Blessing und legte den Kopf schief. »Das habe ich gar nicht bemerkt.«

»Was ist mit der seitlichen Veranda?«, fragte Jennifer.

Skip hätte zu gern gewusst, was zum Teufel die Leute in Mount Mason sagen würden, wenn sie hätten sehen können, wie sie die Steppdecke auf dem gebohnerten Holzfußboden ausbreiteten, Faith in einer Ecke auf eine kleine rosa Decke legten, die Mrs. Blessing bereithielt, und sich mit einer Platte Sandwiches und einem Krug Limonade und einem Stapel geblümter Teller mit Goldrand hinsetzten, so dünn und fein, dass, wenn einer den anderen auch nur ganz leicht berührte, er wie eine Türglocke klingelte. Mrs. Blessing blieb auf einem alten, weißen Korbstuhl sitzen, aber er und Jennifer saßen praktisch Knie an Knie auf der Steppdecke. Faith lag auf dem Bauch und schmatzte von Zeit zu Zeit.

»Ich hab noch ein Fläschchen im Rucksack«, sagte Jennifer mit vollem Mund. »Die anderen drei hat sie einfach so runtergenuckelt. Glaubst du nicht, dass sie schon richtiges Essen kriegen könnte?«

»Weißt du, das ist auch so was, wo ich mir nicht sicher bin. In manchen Büchern steht, mit vier Monaten, in manchen, mit sechs. Sie äußern sich nicht eindeutig über feste Nahrung. Dafür steht eine Menge übers Stillen drin.«

»Ich hab's versucht, aber es hat nicht geklappt«, sagte Jennifer und lachte. »Oh, ich habe Mrs. Blessing schockiert. Schau sie dir an.«

»Ich weiß nicht, ob man mich in meinem Alter noch schockieren kann«, sagte Mrs. Blessing.

»Sie waren schockiert, als Sie Faith zum ersten Mal sahen«, sagte Skip.

»Ja, das stimmt. Das ist wirklich wahr. Ich war schockiert.«

»Und entzückt«, sagte Jennifer. »Das ist das richtige Wort. Ich habe es als kleines Kind im Fernsehen oder so aufgeschnappt, und dann habe ich es ständig benutzt. Kannst du dir vorstellen, wie es war, wenn ich in der ersten Klasse sagte, etwas sei entzückend? Es gab noch so ein Wort, glaube ich. *Herzhaft*, das war's. Das hatte ich aus der Werbung. ›Das

Sandwich ist sehr herzhaft‹, sagte ich immer. Meine Mutter hat von amerikanischen Soldaten Englisch gelernt. Als wir hierher kamen, war es ihr großes Anliegen rauszufinden, welche Wörter, die sie gelernt hatte, Wörter waren, die man in guter Gesellschaft nicht verwenden darf. Und sich das ›ihr da‹ abzugewöhnen. Ich nehme an, viele von den Typen, die sie kannte, waren Südstaatler. Ich habe auch immer ›ihr da‹ gesagt. Ich erinnere mich, wie einer der Cousins meines Vaters einen großen Lacherfolg hatte, als er meinte, wir kämen wohl aus Südkorea.«

»Das muss echt schlimm gewesen sein, hierher zu kommen«, sagte Skip. »Besonders nach Mount Mason. In der Großstadt wäre es bestimmt anders gewesen.«

»Die Vorurteile in Großstädten sind dieselben wie in kleinen Orten, Charles«, sagte Mrs. Blessing. »Sie sind bloß ein bisschen besser versteckt.«

»Es war komisch, hierher zu kommen«, sagte Jennifer. »All die Jahre hatte ich davon geträumt, nach Amerika zu kommen und meinen Vater zu sehen, und wie perfekt alles sein würde. Und dann war ich innerhalb eines Tages hier.«

»Und es war völlig anders, als du erwartet hattest.«

Jennifer schüttelte den Kopf. »Nein. Es war fantastisch. Ich stieg aus dem Flugzeug, und dann war da so ein großer Mann, größer als alle, die ich je im Leben gesehen hatte, und er hob mich hoch, und er umarmte mich und umarmte mich, und ich fühlte seine Tränen auf meinem Gesicht und meinen Haaren. Ich hatte auch noch nie zuvor einen Mann weinen sehen. Und er sagte: ›Ich geb dich nie wieder her.‹ Am Abend wiegte er mich in den Schlaf und sang mir das Lied mit der Nachtigall vor, du weißt schon, ›Hush, little Baby, don't say a word.‹ Ich habe es Faith heute vorgesungen, und ich kannte noch den ganzen Text, zumindest so weit mein Vater ihn kannte. Er sang mir vor, und als ich morgens aufwachte, schlief er auf dem Fußboden neben meinem Bett.«

»Wow«, sagte Skip. Er schaute zu Faith hinüber und sah, dass sie sich auf ihren kleinen Armen hochgestemmt hatte, was er für einen Baby-Pushup hielt, und sie alle anstarrte.

»Sie ist wach«, sagte er, nur um etwas zu sagen, um eine Stille auszufüllen, die sein Herz auszufüllen schien.

»Sie gibt einem dasselbe Gefühl, nicht?«, sagte Jennifer. »Das Gefühl absoluter Sicherheit, dass alles gut werden wird.« Faiths Kopf sank herab, kam dann wieder hoch.

»Sie sieht aus wie eine Schildkröte«, sagte Skip.

»Charles, wie furchtbar, so etwas zu sagen«, sagte Mrs. Blessing. »Das tut sie ganz und gar nicht.«

»Sie gibt mir eigentlich überhaupt kein Gefühl der Sicherheit«, sagte Skip. »Sie macht mir Angst. Sie macht mir Angst, dass irgendwas schief gehen wird, dass sie aus der Wiege fällt oder eine richtig schlimme Krankheit kriegt oder aufhört zu atmen oder sonst was.«

»Du bist ein Pessimist.«

»Wahrscheinlich. Vielleicht muss ich einer sein.«

»Ich weiß nicht, warum«, sagte Jennifer und räumte die Teller ab. »Sie gehört dir. Es ist drei Monate her. Sie gehört dir.«

»Sie muss wirklich bald geimpft werden«, sagte Skip.

»Der Arzt kommt nächste Woche her«, sagte Mrs. Blessing.

»Es wird schon nichts Schlimmes passieren«, sagte Jennifer. »Sie wird laufen lernen und sprechen, und wir denken uns eine Geschichte aus, wie wir sie in die Schule kriegen, und sie hat diesen großartigen Ort hier zum Leben und diese großartigen Menschen, mit denen sie zusammenlebt. Was könnte daran schlimm sein? Stimmt's, Schätzchen?« Jennifer Foster drehte sich um, die Hände voller Geschirr, und da lag Faith auf dem Rücken und hielt ihre Füße in den Händen. Wie als Antwort auf ihre Frage machte sie einen Buckel und rollte sich auf den Bauch.

»Faith Cuddy!«, rief Jennifer. »Du hast dich umgedreht! Du

hast dich zweimal umgedreht, vom Bauch auf den Rücken und vom Rücken auf den Bauch.« Sie stellte die Teller ab und klatschte in die Hände. »Du hast dich umgedreht!«

»Hat sie das schon mal getan, Charles?«, fragte Mrs. Blessing.

»Nicht dass ich wüsste«, sagte Skip. »Vielleicht hinter meinem Rücken.« Und Jennifer lachte, und Mrs. Blessing lachte auch, ein trockenes Lachen, aus der Übung. Doch Skip dachte immer noch daran, wie Jennifer »Faith Cuddy« gesagt hatte. Es war das erste Mal, dass er diesen Namen vor sich sah. In Krakelschrift auf liniertem Papier. Mit der Schreibmaschine oben aufs Zeugnis getippt. Unter einem Jahrbuch-Foto. Faith Cuddy. Vielleicht wusste Jennifer besser Bescheid als er. Vielleicht würde alles gut werden.

»Da legt sie wieder los«, sagte Jennifer.

An regnerischen Tagen war Nadine noch reizbarer als sonst. »Ich glaube, es erinnert sie an zu Hause«, sagte Jennifer, die am Küchentisch saß und Tee aus einem der schweren Becher schlürfte, die dem Personal vorbehalten waren, und mit dem leise eingestellten Babyfon in der Tasche darauf wartete, dass Faith aus ihrem Nickerchen aufwachte, damit sie ihr ein Fläschchen geben konnte. »In der siebten Klasse habe ich einen Aufsatz geschrieben, in dem stand, dass Korea drei Monate im Jahr hat, glaube ich, in denen es nur regnet. Mein Dad hat sie mal gefragt, ob sie gern auf Besuch hinfahren würde. Sie meinte, er sei wohl verrückt.«

Jennifer hatte eine schöne, kräftige Stimme, was nützlich war, da Nadine den alten Trockner laufen ließ sowie den Staubsauger in Betrieb hatte und außerdem die Wasserpumpe vor sich hinbollerte. Obgleich die Wände zu vibrieren schienen, konnte Mrs. Blessing Nadine in den oberen Räumen mit den Türen knallen und lautstark mit dem alten Hoover herumfuhrwerken hören. Seit vier Tagen regnete es ununterbrochen, seit dem Abend, an dem sie auf der Veranda gepicknickt hatten.

»Ich kann mir nicht vorstellen, dass sie wieder zurückwill«, sagte Mrs. Blessing. »Es wäre wahrscheinlich vollkommen anders als in ihrer Erinnerung.« Als Mrs. Blessing das letzte Mal in New York gewesen war, zur Beerdigung von Bennys

Mutter, hatte sie die Stadt nicht wiedererkannt. Ein Mann in Lumpen war gegen den Wagen getaumelt, den die Cartons ihr geschickt hatten, und hatte einen Pappbecher voller Münzen ans Fenster gehalten, und das Haus, wo sie als kleines Mädchen gewohnt hatte, war abgerissen und durch ein Gebäude ersetzt worden, das aussah wie ein Kastenteufel aus Aluminium. An die Bertram's School war eine riesige Turnhalle angebaut, die neben der alten Fassade wie ein grässliches Backsteingeschwür wirkte, und im Park daneben rauchten drei Mädchen im grauen Rock und blauen Blazer mit dem vertrauten Wappen Zigaretten. »Wenigstens rauchen sie Tabak«, hatte Meredith müde gesagt, als sie sich beschwerte.

Draußen blies plötzlich der Wind, und die Fliegengitter klapperten in ihren Rahmen. Der Überlauf des Teiches war mit Blättern und Zweigen verstopft, und Skip war in einem Paar alter Gummistiefel ihres Vaters und einer Barbour-Jacke, die Sunny vor Jahren in London gekauft hatte, dabei, ihn zu säubern. Durch das Küchenfenster konnte sie gerade noch die rote John-Deere-Kappe sehen, die er trug, und das Aufblitzen eines gelben Eimers. Er hatte den Großteil des Vormittags, zwischen Rasen und Teich hin- und herplatschend, dort draußen gearbeitet.

»Charles«, rief sie von der Küchentür her, als er auf die Garage zutrottete. »Kommen Sie rein!«

»Das Baby hat wirklich einen gesunden Schlaf«, sagte Jennifer.

»Sie hält jetzt ihr langes Nickerchen«, sagte Mrs. Blessing, als ob es das Normalste auf der Welt wäre, dass sie beide über den Tagesablauf eines Babys diskutierten. »Hoffentlich hat er sie warm eingepackt. Es ist sehr kühl und feucht.«

»Sie wissen doch, dass er das tut.«

Die Handwerker, die von Zeit zu Zeit angeheuert wurden, um Sachen zu reparieren, grollten, Blessings sei, so prachtvoll es auch sein mochte, schlecht gelegen. Vielleicht war es

182

aber auch so, dass der Platz so gut wie jeder andere gewesen war, als hier vor 150 Jahren ein kleines Bauernhaus, zwei Zimmer oben, zwei unten, Abort auf der anderen Seite des Hügels, gestanden hatte. Nachdem Edwin Blessing jedoch den Bibliotheksflügel und die lange Terrasse hatte anbauen lassen, die Gäste-Suiten und das neue Esszimmer mit dem gemauerten Kamin aus Steinen, die ausgegraben worden waren, um Platz für das Fundament zu schaffen, die große Garage auf der hohen Seite errichtet und den Teich in dem tiefer gelegenen Rasen angelegt hatte, stand das Haus genau im Zentrum des Wasserabflusses bei starkem Regen. Es war der verregnetste September seit Jahrzehnten; perlgraue Wasserwände verschleierten Haus und Hügel, und der Keller war überschwemmt.

Einer von Jess' Söhnen hatte Mrs. Blessing vor dreißig Jahren überredet, eine Absaugpumpe installieren zu lassen, und sobald das Wasser auf einer Ebene mit dem Podest für Waschmaschine und Trockner war, sprang die Pumpe klickend an und begann, mit einem Lärm zu arbeiten wie jemand, der direkt unter dem Küchenfußboden mit einem Presslufthammer den Beton aufbohrt. Mrs. Blessing hatte das Getöse immer beruhigend gefunden, wie eine Vergewisserung, dass sie für ihr Geld etwas bekam; einer der Gründe, warum sie in der Nacht des Blitzeinschlags so aus der Fassung war, war der, dass die Pumpe wegen des Stromausfalls nicht angesprungen war. Sie erinnerte sich, wie sie vor einigen Jahren um Weihnachten herum eine kleine Party gegeben hatte und es für die Jahreszeit untypisch warm gewesen war. Statt Schneewehen waren riesige Wassermassen über die Einfahrt getrieben, und die Pumpe war angesprungen, und die Gäste hatten sich über ihre Kristallgläser mit Eierpunsch hinweg angeschrien.

Nadine schaltete oben den Staubsauger aus und kam herunter, ihr glänzend schwarzes Haar noch feucht auf der Stirn und im Nacken. »Du noch hier?«, sagte sie zu Jennifer, die bei der Post vorbeigefahren war und ein Paket abgeholt hatte, zwei Nachthemden von Pettifleur in der Seventy-Ninth Street.

»Ich gehe gleich, Mommy.«

»Du hier zu viel. Du jetzt zu Schule gehen. Arbeiten.«

»Ich habe in diesem Semester nur an zwei Tagen in der Woche nachmittags Unterricht. Und arbeiten tue ich jetzt einen Monat lang nachts. Ich gehe gleich.«

»Unsinn. Du isst mit mir zu Mittag«, sagte Mrs. Blessing. »Tunfisch auf Toast.«

»*Ay yi yi!*«, schrie Nadine. Die Absaugpumpe hatte mit ihrem Gedonner Skips Hämmern an die Hintertür übertönt. Er trat ein, wobei Wasser von seiner geborgten Jacke auf das karierte Linoleum tropfte. »Raus«, kreischte Nadine. »Raus.«

»Unsinn. Kommen Sie rein, Charles. Hängen Sie Ihre Sachen auf und setzen Sie sich.«

»Ay«, murmelte Nadine und holte den Mopp aus dem Besenschrank.

»So ist es recht, Nadine. Ein bisschen Wasser hat noch nie jemandem geschadet. Nur ihren Hosen, Charles, die sind bis zum Knöchel durchweicht, trotz der Gummistiefel.«

»Es ist schlimm da draußen«, sagte er.

»Mein Vater ließ den Abflusskanal anlegen, als ich noch ein Kind war. Er meinte, damit könne nichts mehr passieren.«

»Er ist völlig verstopft.«

»Ihn mit dem Eimer auszuschöpfen, scheint mir kaum die beste Möglichkeit, mit dem Problem fertig zu werden.«

»Der Eimer war für die Fische. Die Fische und die Frösche. Der Teich ist so weit über die Ufer getreten, dass der Rasen vollkommen übersät war mit zappelnden Forellen und Barschen. Und mit zirka hundert Fröschen. Schlangen auch, aber Schlangen rette ich nicht. Ich habe sie gerade alle mit dem Eimer wieder in den Teich gebracht. Ein paar sind noch da draußen, die nicht so aussehen, als ob sie es schaffen würden. Nadine, wollen Sie zwei oder drei Forellen zum Mittagessen?«

»Kein Fisch ausnehmen!«

Jennifer lachte.

»Miss Smarty«, sagte Nadine.

»Das ist eine gute Idee, Nadine. Jennifer und Charles essen mit mir. Charles kann ein paar Fische reinholen, und Sie können sie braten. Im Kühlschrank sind Weintrauben und Kartoffelsalat. Dann können Sie sich den Rest des Tages frei nehmen.«

»Ay yi yi.«

»Tut mir Leid, Mrs. Blessing«, sagte Jennifer, stand auf und stellte ihre Tasse in den Ausguss. »Meine Mutter hat Recht. Ich muss in den Unterricht. Ich wäre wirklich gern länger geblieben, aber bei diesem Wetter werde ich ein bisschen länger für die Fahrt brauchen.« Sie schaute Skip an. »Ich wollte dir noch erzählen, dass ich deinen Freund neulich im Krankenhaus gesehen habe. Der hat sich ja übel zugerichtet.«

»Ja?«

»Ich arbeite ab und zu auch mal in der Physiotherapie. Er wird ganz schön Mühe haben, gehen zu lernen, ohne dass er dabei humpelt.«

»Und die Narben, stimmt's?«

»Und die Narben. Obwohl er so ein Typ ist, der anscheinend ganz gern ein, zwei Narben hätte.« Sie errötete. »Entschuldige. Das klingt grausam.«

»Du hast Recht. Nicht damit, wie es klingt. Du hast Recht damit, dass sie ihm wahrscheinlich gefallen. Von wegen zäher Typ und so.« Skip fuhr sich mit den Fingern durch die Haare und versprühte damit einen Nieselregen. »Ich muss auch gehen. Ich hab da so Zeugs drüben in der Garage. Sachen zu erledigen.«

Als sie beide weg waren, setzte sich Mrs. Blessing an den

Tisch auf der langen Terrasse und stellte das Babyfon an. Badestunde, dachte sie, als sie das leise Plätschern des Wassers aus dem alten Wasserhahn hörte und das unmelodische Singen, das es übertönte. Durch die Gardinen an den Fenstern waren heruntergebeugte und platt gedrückte Blumen als fusselige Kleckse schwach sichtbar. Als sie nach Blessings gezogen war, hatte sie als Erstes die Gardinen abgenommen, alle, um das Licht einzulassen und den Blick ins Freie zu ermöglichen. »Ist das irgendeine neumodische Erfindung?«, hatte ihre Mutter gefragt. Und dann, langsam, im Laufe der Jahre, hatte sie andere bestellt und aufhängen lassen, bis das Haus wieder verschleiert war.

Jennifer war in einem Klassenzimmer, das nach Kreide roch und dessen Linoleumbelag abgewetzt und rissig war, und Skip war in dem kahlen Apartment über der Garage, das sie fast mit Scham erfüllt hatte, als sie es in jener Nacht betrat, um ihn um Hilfe zu bitten. Und hier saß sie in einsamer Herrlichkeit mit einem Tunfisch-Sandwich und zwei Oliven, wie sie es jahrelang getan hatte, glücklich oder doch wenigstens zufrieden. Damit war es jetzt vorbei, mit dem Glück oder der Zufriedenheit oder der Resignation oder was auch immer ein Mensch empfindet, wenn aus Gewohnheiten das Leben selbst geworden war. Denn um sie her war eine Schatten-Situation, ein imaginäres Mittagessen, bei dem der Duft von Butter und frischem Fisch die Luft erfüllte, der sich ein, zwei Tage lang in den Brokatvorhängen festsetzen würde; bei dem sie den beiden jungen Leuten zuhörte, die von Menschen sprachen, die sie nicht kannte, von Dingen, die sie nicht interessierten, der Geruch nach Karbolseife von dem Mann, der Geruch eines Zitronenshampoos von dem Mädchen, die Atmosphäre unbedeutender, alltäglicher Geselligkeit bei einer Mahlzeit. Und das Kind im Mittelpunkt, juchzend und lächelnd und die Arme schwenkend. Sie alle hatten sie dazu gebracht, sich mehr zu wünschen, als sie hatte. Das Schlimme daran, junge Leute im Haus zu haben, war, dass sie immer so sehr an das Mögliche erinnerten. Sie stellte das kleine Gerät ab, das ihr die Geräusche des Lebens von gegenüber lieferte.

Nadine kam herein, um, vor sich hinmurmelnd, den Teller abzuräumen, und wischte den Tisch mit einer Reihe von Grunzern und Ächzern ab, und Lydia Blessing blieb reglos sitzen, während das graue Licht des regnerischen Tages mit der Dämmerung noch grauer wurde. Sie hatte seit ein paar Tagen Schmerzen hinter einem Auge und Schmerzen in einem Arm, und sie rieb den Arm und presste die Finger auf die Stelle über ihrer Augenbraue, und statt bloß dieses einen Mittagessens, das eine Wichtigkeit angenommen zu haben schien, die in keinem Verhältnis zu seiner Realität stand, beschwor sie ein ganzes Leben herauf, das hätte gewesen sein können. Wieder malte sie sich die Wohnung in dem Gebäude an der Park Avenue aus, die antiken orientalischen blau-weißen Teller auf Gestellen auf der Anrichte, die Blumendrucke auf den Vorhängen, den Türsteher, der ihr ein Taxi rufen würde, wenn sie in den Club oder sich mit Meredith in der Philharmonie treffen wollte, die Gin-Tonics auf einem Silbertablett, wenn die Sonne hinter dem Gebäude gegenüber unterging.

Und plötzlich war sie sich ganz sicher, so sicher, wie sie sich des Alphabets oder des Vaterunsers oder des Fingersatzes zu »Clair de lune« war, dass so ein Leben nicht besser war als das Leben, das sie gehabt hatte. Der große Kummer, den sie so lange verspürt hatte, das Gefühl, um etwas betrogen worden zu sein, von ihrer Mutter, von ihrer Tochter, von der Gesellschaft, durch Zufall, durch Schicksal: es war ein potemkinsches Dorf, eine Bühnenkulisse, ein Ding aus Pappmaché, das seine Macht verloren hatte. Sie hatte ihre Tage damit ausgefüllt, um jenes Schattenleben zu trauern, und es hatte nicht mehr Bedeutung als das Schnattern von Affen. Stattdessen hatte sie in den letzten Wochen gesehen, was hätte sein können, wenn sie sich nicht ständig um etwas Besseres betrogen

187

gefühlt hätte. Durch das Fenster war Blessings in dem heftigen Regen fast unsichtbar, aber sie wusste, dass es selbst in diesem schrecklich kühlen, strömenden Gießen nicht mehr das von Klaustrophobie besetzte Gefängnis war, als das sie es so lange stilisiert hatte. Es war, was es immer gewesen war, eine Zuflucht. Und aus irgendeinem Grund fiel ihr ein Streit ein, den sie einst mit Jessie gehabt hatte, als sie Meredith aufs Internat schickte. »Das ist das Richtige für ein Mädchen in ihrer Situation«, hatte sie gesagt, während sie eine Schachtel mit weißen Uniformblusen durchsah.

»Um Gottes willen, Lydia«, hatte Jess mit finsterem Blick gesagt. »Kannst du nicht einmal im Leben aufhören, daran zu denken, was richtig ist, und anfangen zu überlegen, was gut sein könnte?«

Sie fuhr mit einem Ruck im Stuhl auf, die Hand immer noch an den Kopf gepresst, und meinte, sie sei womöglich eingeschlafen. Der Regen hatte aufgehört und so, wie es sommerliche Unwetter tun, einen Abend voll delikat duftender und bunter Schönheit hinterlassen. Die geknickten Stängel der Margeriten und des Sonnenhuts schienen sich langsam wieder dem Himmel entgegenzurecken, sich darauf einzustellen, von der Sonne gewärmt zu werden, die so viele Tage ertränkt gewesen war. Das Stampfen der Wasserpumpe hatte aufgehört, und die Luft war jetzt nur noch vom Klicken krummbeiniger Insekten erfüllt, Zikaden und Grillen.

Auf der anderen Seite des Raums war das Telefon, ein alter Apparat mit Wählscheibe, den sie nie durch einen neuen hatte ersetzen wollen, und mit zitternden Händen wählte sie und wartete. »Meredith«, sagte sie, als sie die Stimme ihrer Tochter vernahm, »Meredith«, und in ihrer eigenen Stimme lag etwas Unnatürliches, sodass sie im ersten Moment keine Ahnung hatte, was sie sagen sollte, und fürchtete, dass es ihr wie dem Mädchen in einem ihrer Kindheitsmärchen ergehen könnte, das den Mund aufmacht und einen Frosch ausspuckt.

188

»Mutter«, erwiderte Meredith. »Geht es dir gut? Mutter? Ist alles in Ordnung?«

»Hier hat es furchtbar geregnet. Der Teich ist über die Ufer getreten und das Boot weggetrieben. Wie war eure Heimfahrt? Wie ist es in Virginia? Wie geht es deinen Stockrosen?«

»Meinen Stockrosen?«

»Hat der Regen ihnen geschadet?«

»Hier ist wunderschönes Wetter, Mutter. Wir hatten keinen Regen. Den Blumen geht es gut. Diese rosa Stockrosen, die ich aus dem Katalog habe, den du mir geschickt hast, hatten eine wunderbare Farbe. So ein echtes, sattes Rosa, nicht zu blass und nicht zu violett. Wolltest du das wissen? Bist du sicher, dass es dir gut geht?«

Es herrschte Schweigen, und dann sagte sie: »Meredith. Schick mir Samen. Wenn die Saison vorbei ist, wenn alles verblüht ist, schick mir Samen.«

Was hatte sie eigentlich sagen wollen? Sie meinte, dass sie etwas sagen müsste, um die Last jener Jahre abzuschütteln, in denen sie sich über ihr selbst auferlegtes Exil geärgert hatte. Denn das war es gewesen. Sie hätte jederzeit gehen können. Aber das hatte sie nicht getan. Einmal, so entsann sie sich, hatte sie eine Woche in Paris verbracht und es nicht abwarten können heimzukehren. Die »Mona Lisa« war so viel kleiner gewesen, als sie angenommen hatte. »Komm mich besuchen«, war alles, was sie zu Meredith sagte. »Komm mich bald besuchen.«

Die Außenbeleuchtung ging an, und sie erhob sich langsam, mit ein wenig steifem Rücken, aus dem Stuhl. Nadine hatte ein halbes Hähnchen auf einem Teller in den Ofen gestellt und ein paar aufgeschnittene Tomaten und Kartoffelsalat unter Plastikfolie auf die Küchentheke. Sie schob mit ihrer Gabel alles in den Müllschlucker. Es war Verschwendung, aber das ging nur sie etwas an. Bedächtig trat sie ans Fenster,

189

das nach Westen hinausging. Die lavendelfarbigen, grauen und rosa Streifen des Sonnenuntergangs spiegelten sich in der Krakelee-Oberfläche des Teichs, und die Wiesen mit dem Glatthafer waren in der Hitze goldgelb und durch den Regen glänzend geworden. Während sie schaute, wurde um den Teich herum eine Lichterkette sichtbar. Ihr Vater hatte sie ins Ufer versenken lassen, etwa jeden halben Meter eines, und als er zum ersten Mal den Schalter anknipste, hatte er gestrahlt wie ein Junge, obgleich seine Haut am Hals schon schlaff war, grau und schlaff. Meredith war damals ein Kind gewesen. Lyds, meine Liebste, war von Merry-Liebling abgelöst worden. Lydia hatte die Lichter von einem hölzernen Gartenstuhl aus angehen sehen, wobei ihr der lange karierte Rock um die Fesseln wogte. »Es sieht aus wie ein Karussell«, hatte sie gesagt. »Genau«, hatte ihr Vater gesagt. »Es ist prächtig, oder, Merry-Liebling? Uns gefällt es, stimmt's?« Er hatte das kleine Mädchen in das Boot gesetzt, und beide waren von Licht zu Licht gerudert – besser gesagt, er war gerudert und hatte so getan, als rudere sie auch, als sie das kleine Ruder, das er ihr gemacht hatte, durchs Wasser zog. Bei jedem Licht durfte sie sich etwas wünschen. Ein Pony. Ein rosa Fahrrad. Einen kleinen Spaniel. »Das sind zu viele Wünsche«, hatte Lydia dem dunkler werdenden Oval in der Mitte des Lichterkreises zugerufen, und ihr Vater rief zurück: »Ach Lyds, meine Liebste, sag doch so etwas nicht.«

Im Laufe der Jahre waren die Lichter eins nach dem anderen ausgebrannt. Ihr Vater war ein Jahr, nachdem er den Teich hatte beleuchten lassen, gestorben. Ihre Mutter hatte ihre letzten Jahre in dem teuren Pflegeheim verdämmert, das in einem dicht mit wildem Rhododendron bewachsenen Tal zehn Meilen von Mount Mason entfernt lag. »Ich kenne dich«, sagte sie, wenn Lydia sie besuchen kam: »Ich weiß, wer du bist.« In der Nacht vor ihrem Tod hatte sie den Schwestern mitgeteilt, sie müsse gehen. »Ich gehöre nicht hierher«, hatte sie gesagt. Das waren ihre letzten Worte, berichteten sie Lydia. Die alte Schlafzimmergarnitur aus Kirschholz, die von der Wohnung in der Stadt ins Pflegeheim verfrachtet worden war, stand jetzt in einem der hinteren Schlafzimmer. In der schmalen obersten Schublade der Kommode hatte sie verblasste Fotos von einem jungen Mann gefunden, den sie nicht erkannte, einen gelben Babypullover mit Knöpfen in Entenform und ein dünnes Buch mit Gedichten von Sara Teasdale. »Für Edy, Auf ewig Dein, Eddie«, stand in verblichener Tinte in der wunderschönen Handschrift ihres Vaters darin.

Als Sunny starb, über den Hang und den Hügel hinab und im Stall, ertrug sie es nicht, seine Sachen durchzusehen. Die Fosters hatten zusammengepackt, was in seinem Zimmer in Blessings war, und sie hatte seinem Vermieter gestattet, der Heilsarmee den Inhalt seines Apartments zu spenden. Jess hatte ihr eine Sternenbrosche und ihre in Leder gebundene Edith-Wharton-Ausgabe und ein besticktes Sitzkissen mit Blumenmuster hinterlassen, das sie am Klavier benutzte. Um sie herum waren überall die Besitztümer von Toten. Das Boot war von der Mitte des Teichs abgetrieben und lag am Fuße einer der Weiden, verkeilt in ihre Wurzeln, sodass es am Morgen leicht sein würde, ans Ufer zu gelangen. Wie war es gekommen, dass nur es allein und nur sie allein hier übrig geblieben waren? Wie war es gekommen, dass Blessings allmählich wieder auflebte und sie mit dazu? Charles hatte die Lichter um den Teich erneuert, ohne zu fragen, und als sie sie zum ersten Mal brennen sah, hatte sie eine Liebe zu ihrem Vater empfunden, von der sie geglaubt hatte, dass sie längst erloschen war.

Sie weinte einmal, kurz, zwei Schluchzer, die ihr die dünne Brust zerrissen. Dann ging sie nach oben und schlief tief, ohne Träume.

Lydia Blessing hatte Paul Benjamin seit Jahren nicht mehr gesehen, seit er sie im Krankenhaus besucht hatte, als sie ihren Schlaganfall hatte, und sie war erstaunt darüber, wie alt er aussah. Seine Brust war eingefallen, sodass seine alte Ripskrawatte, die an den Rändern ausgefranst war, zwischen Kinn und Gürtel einen Angelhaken bildete. Sie hatte ihn immer für einen tüchtigen Arzt gehalten, einen Anhänger der alten Heilmittel, von denen sie nie abgelassen hatte: Kampfer auf die Brust, Tee mit Zitrone und Honig, Abführsalze und Klistiere, heißen Whiskey, wenn es unbedingt sein musste. Sie hatten sich einmal gut gekannt, und als er mit vierzig eine jüngere Frau heiratete, eine Krankenschwester, die er im Krankenhaus kennen gelernt hatte, lud Lydia die beiden hin und wieder zum Abendessen ein, wenn sie am Wochenende Gäste hatte. Eines Maiabends, so erinnerte sie sich, hatte er zu viel getrunken und auf dem Sprungbrett »Casey at the Bat« rezitiert und war in den Teich gefallen. Er war Wasser spritzend wie ein Wal aufgetaucht, und alle hatten gejubelt, bis auf seine junge Frau, die rot wurde und ihn tropfnass ins Auto schubste, um nach Hause zu fahren. Sie war zu schick gekleidet gewesen für die Party und hatte sich deswegen schon den ganzen Abend geärgert.

»Hallo, Lydia«, sagte er, während er sich langsam aus seinem Wagen schob, dieselbe Marke, die sie hatte, ein Cadillac, der aussah, als wäre er seit dem Tag, an dem er vor einigen Jahren hergestellt worden war, in Bernstein eingeschlossen gewesen. »Sie scheinen in guter Verfassung zu sein.«

»Ich bin achtzig, Paul. Das heißt, glaube ich, dass Sie neunzig sind.«

»Einundneunzig im letzten Monat. Ich habe Gicht. Es ist eine lächerliche Sache. Heinrich der Achte hatte sie auch. Kein Wunder, dass er seine Frauen ermordete.«

»Mein Vater hatte einen Kommilitonen in Princeton, der ebenfalls Gicht hatte. Man sagte mir, es lag daran, dass er zu viel trank.«

»Das ist ein Ammenmärchen«, sagte Paul Benjamin und langte nach der alten schwarzen Tasche, die ihm, wie er ihr einmal erzählt hatte, seine Eltern zum Medizin-Examen geschenkt hatten. »Das sagen die Ärzte heute über alles. Alles, was man gern tut, ist schlecht für einen. Nach ihren Erkenntnissen ist es ein Wunder, dass wir so alt geworden sind. Obwohl der junge Mann, der meine Praxis übernommen hat, nicht übel ist. Sie hätten ihn hierfür hinzuziehen sollen, Lydia. Ich habe mir Gott weiß wie lange kein Baby mehr angeguckt.«

Faith lag im Wohnzimmer auf einer Wickelunterlage auf der Brokatcouch. Jennifer Foster war über sie gebeugt, während Skip in dem Ohrensessel in der Ecke saß, die von der Markise und dem Überhang der Veranda verdunkelt wurde. Paul Benjamin spähte hinab auf das Mondgesicht mit seinem Flaum blonder Haare. Die Kleine tat das, wobei Skip sie besonders gern beobachtete: sie erwachte Stück für Stück zum Leben, nahm die Welt zentimeterweise in sich auf, griff mit den Zehen nach der Luft, rieb die Finger aneinander und dann an ihrem Gesicht, starrte ins Licht, streckte bedächtig die Zunge heraus und kostete die Luft. Sie pustete nachdenklich. Eine Blase formte sich, zerplatzte dann, und sie nieste plötzlich und wurde still.

»Ist das Ihr Baby, junge Dame?«, fragte der Arzt und kniff die Augen zusammen.

»Natürlich ist es nicht ihr Baby, Paul. Schauen Sie sie doch an. Sie ist die Tochter der Fosters. Das Kind ist die Enkelin einer alten Freundin von mir, die von Martha's Vineyard zu Besuch ist. Es ist für einige Wochen bei ihr, weil ihre Tochter und ihr Schwiegersohn in Europa sind, und ihr ist klar geworden, dass die Kleine geimpft werden muss.« Mrs. Blessing staunte darüber, wie gewandt sie log, viel besser als vor Jahren, als es wesentlich wichtiger gewesen war, zumindest ihr. Sie erkannte, dass Lügen einfacher war, als die Wahrheit zu sagen, weil es so schön glatt war und nicht voller Zacken von Unmöglichem und Unannehmlichkeiten, wie es die Wahrheit so oft ist. Wenn sie Paul Benjamin die Wahrheit über Faith erzählte, würde er mit tiefer und inbrünstiger Ungläubigkeit »Was?« sagen. Die Lüge dagegen schluckte er ohne weiteres.

»Sie sieht ganz gesund aus. Ist doch eine Sie, oder? Hübsches kleines Mädchen, aber ihre Mutter wird wegen der Sonne aufpassen müssen. Sie ist hellhäutig wie eine Schwedin. Ziehen Sie sie aus, junge Dame.«

Aus der Tasche kamen all die alten, vertrauten Instrumente zum Vorschein, all die Sachen, die ihr als Kind so bedrohlich erschienen waren. Die spitzen Dinger für Augen und Nase. Das kalte und glitzernde Stethoskop. Der Arzt, dem Paul Benjamin seine Praxis abgekauft hatte, hatte Lydia, als sie acht oder neun war, einmal ihr eigenes Herz abhorchen lassen, und sie war überrascht gewesen darüber, wie unerbittlich es klang, wie der Motor einer ansehnlichen Maschine. Ohne es zu merken, legte sie die Hand auf ihr Herz: auch Jahre später arbeitete es immer noch.

Dieser andere Arzt hatte Brown geheißen, entsann sie sich, und ihr Vater hatte ihn zu gern mit einem Patentmittel gegen Verstopfung namens Dr. Brown's aufgezogen. Das hatte Ed

Blessing an Mount Mason geliebt: den schlichten Landarzt, den schlichten Landanwalt. Es interessierte ihn nicht, dass Dr. Brown in Exeter und Yale gewesen war; schlicht und ländlich war das, was er wollte und was er mit Sicherheit meinte, bekommen zu haben.

»Ein sehr gesundes Kind«, sagte Paul Benjamin und faltete sein Stethoskop zusammen. »Ich kann mir nicht vorstellen, was ihr Ihrer Ansicht nach fehlen soll.«

»Nichts fehlt ihr. Sie musste nur mal untersucht werden. Und die Impfungen gegen Masern und die übrigen Krankheiten. Ich erinnere mich nicht genau. Die Spritzen, die sie heute alle kriegen.«

»Gegen Röteln auch. Früher mussten sie die Kinder fortschicken, wenn die Mutter schwanger war, weil die Röteln schreckliche Folgen für das ungeborene Baby hatten. Grässliche Sachen haben wir da gesehen – taube, blinde, behinderte Kinder, die gleich ins Krankenhaus mussten.« Er nickte. »Damit ist es jetzt natürlich vorbei. Ich brauche die Einwilligung der Großmutter. Der Staat macht heutzutage Märtyrer aus uns Medizinern mit all den Formularen und so weiter.«

»Ich schicke sie Ihnen zu«, sagte Mrs. Blessing. »Sie ist gerade zu Besuch bei Freunden in New York. Ich kann auch gern für sie unterschreiben. Ich habe noch ein paar Fragen, die sie beantwortet haben wollte.« Mrs. Blessing setzte ihre Brille auf und nahm einen Zettel vom Klavier. »Wann sollte sie mit fester Nahrung anfangen?«

»Mit vier Monaten ungefähr. Bleibt sie denn so lange bei der Oma?«

»Weiß ich nicht genau. Welches Essen am Anfang?«

»Irgendwelche Getreideflocken, gemischt mit Milchpulver. Keinen Reis. Davon kriegt sie Verstopfung. Wie ist ihr Stuhlgang?«

»Ach, um Himmels willen, der ist gut. Wie sollte er denn sein? Müsste sie schon sitzen können?«

Dr. Benjamin streckte seine Hände aus, und Faith schlang ihre Finger um seine. Er zog sacht, und sie erhob sich in eine sitzende Position. »Voilà«, sagte er.

»Oh«, sagte Mrs. Blessing. Mit dem Finger suchte sie nach der nächsten Frage auf der Liste, die Skip geschrieben hatte. »Vitamine?«

»Noch nicht. Da kann ihre Mutter sich erkundigen, wenn sie ein Jahr alt ist.«

»In Ordnung.« Mrs. Blessing ging noch einmal die Liste durch und verdrehte die Augen. »Wie wirkt sie insgesamt auf Sie?«

»Prachtvoll. Ein sehr hübsches Baby, gesund und gepflegt. Also, darf ich sie jetzt impfen, damit das auch so bleibt?«

»Soll sie ausgezogen bleiben?«, fragte Jennifer leise.

»Ich brauche nur ein Bein. Aber ich bin mir nicht sicher, ob das hier richtig ist, Lydia. Ich könnte doch vorbeischauen, wenn die Oma da ist. Ich muss dieses Formular ausfüllen mit dem Namen und so weiter, Geburtsdatum, alle wichtigen Punkte.«

»Ich schicke es Ihnen zu.«

Paul Benjamin seufzte tief, wobei sich seine eingefallene Brust hob und senkte. Seine Hände waren ein Durcheinander aus Leberflecken und zitterten leicht, als er die Spritze aufzog. Lydia wusste, dass sie an dasselbe dachten, an den Abend, an dem sie ihn anrief, nachdem sie Sunny im Stall gefunden hatte.

»Ich kann keinen Totenschein ausstellen, auf dem ›natürliche Ursachen‹ steht, Lydia. Ich kann es nicht, und ich will es nicht.«

»Dann eben Unfall. Tod durch Unfall.«

Damals hatte er auch geseufzt, erinnerte sie sich, und seine Hände hatten gezittert, gezittert allerdings wegen des Anblicks von Sunny, seinem leuchtend goldenen Haar über dem

Loch, wo sein Gesicht gewesen war, der Schrotflinte, die auf seiner Brust glänzte.

Paul Benjamin nahm einen Wulst gesprenkelten Babyspecks zwischen Daumen und Zeigefinger und stach die Nadel hinein. Faith hatte ausdruckslos an die Decke gestarrt, und einen kurzen Moment lang guckte sie verwirrt, und ihre Augenbrauen zogen sich zusammen. Dann wurde ihr Gesicht rot, und sie schrie los, rang um Atem, schrie wieder. Ohne ein Wort stand Skip von seinem Sessel auf, hob die halb nackte Kleine von der Couch und trug sie fort.

»Wer war der Junge, Lydia? Weiß er denn, was er tut? Geben Sie dem Baby jetzt ein Fläschchen, junge Dame, und sagen Sie ihrer Großmutter, dass sie in ein, zwei Tagen eventuell Fieber bekommt. Kümmern Sie sich um sie, bis ihre Oma zurück ist. Es wird keine Probleme geben. Die Dame hier ist zu sehr in die Jahre gekommen, als dass man ihr einen Säugling aufhalsen dürfte.«

»Ich muss doch sehr bitten«, sagte Lydia.

»Damit will ich sie nicht verunglimpfen. Sie ist die gesündeste Person, die man sich denken kann. Wann sind Sie zum letzten Mal im Teich geschwommen, Lydia?«

»Ich schwimme seit Jahren nicht mehr.«

»Ist der Teich immer noch voller Schnappschildkröten? Früher war es so. Was glauben Sie, was sie sagte, wenn ich sie daran erinnerte?«

»Ich habe keine Ahnung«, sagte Jennifer Foster und lachte.

»Sie sagte: ›Mir kommt keine Schnappschildkröte zu nahe.‹ Und sie hatte Recht. Natürlich gab es da diesen Mann aus, woher kam er, Boston, als wir jünger waren.«

»Das war ganz allein seine Schuld«, sagte Mrs. Blessing. »Ein Teich mit schlammigem Boden ist nicht zum Hinstellen gedacht.«

»Mein Vorgänger hat sich seiner angenommen«, sagte Dr. Benjamin, während er seine Tasche packte. »Viel konnte er damals nicht tun. Heute würden sie den Zeh vielleicht auf Eis legen und ihn ins Krankenhaus nach Bessemer schicken. So was gab es früher nicht.«

»Eine Schnappschildkröte hat ihm den Zeh abgebissen?«, fragte Jennifer.

»Das war ganz allein seine Schuld«, sagte Mrs. Blessing.

»Aber hier ist mal was, an dem Lydia schuld war. Eines Tages kommt sie vom Club nach Hause, und sie ist wütend, weil sie in einem Doppel verloren hat.«

»Ach, um Himmels willen, Paul, diese alte Geschichte.«

»Die hören Sie nicht gerne, stimmt's? Mit wem haben Sie gespielt, Jessie?«

»Ich habe die Doppel immer mit Jess gespielt, und sie spielte immer erbärmlich. Und lachte darüber.«

»Das war mal ein Mädel, diese Jessie. Also, Lydia kommt jedenfalls wütend nach Hause, hüpft aus dem Auto, zieht ihre Kleider aus und springt in den Teich. Und was wartet wohl im Wasser neben dem Steg auf sie, als sie zurückschwimmt?«

»Ach, um Himmels willen.«

»Ihr Cadillac! In über einem Meter hohem Wasser! Sie war so aufgebracht gewesen, dass sie den Motor hatte laufen lassen und die Handbremse nicht angezogen hatte. Na, das war mal ein hübsches Stück Arbeit, bis Foster den Wagen wieder fahrtüchtig hatte. Und die Polster haben noch ein Jahr lang nach Fisch gerochen.«

»Unsinn«, sagte Mrs. Blessing.

»Legen Sie die Kleine nach ihrem Fläschchen hin«, fügte der Arzt hinzu. »Sie wird eine Weile schlafen. Ich habe ihr eigentlich gar nicht wehgetan. Sie war nur verärgert über den Stich. Aber es könnte sein, dass sie in ein, zwei Tagen Fieber bekommt.« Er sah Jennifer an. »Sagen Sie das dem jungen Mann. Sie kriegt vielleicht Fieber und ist ein bisschen reizbar. Das ist völlig normal.«

Mrs. Blessing geleitete ihn hinaus zu seinem Wagen und

griff nach seinem Arm, als sie beide die Treppe hinunterstiegen. »Wer stützt jetzt wen?«, fragte er.

»Vielen Dank, Paul. Ich schicke Ihnen das Formular gleich zurück, wenn es eingetroffen ist. Es wäre mir lieb, wenn Sie diesen Besuch niemandem gegenüber erwähnen würden.« Er zuckte die Achseln und seufzte, und sie fragte sich, ob er ihr wirklich glaubte, was sie ihm erzählt hatte.

»Sie sind schon immer eine Landplage gewesen, das ist wahr«, sagte er. »Und ich bin inzwischen zu alt, um meine Zulassung zu verlieren, was immer Sie auch im Schilde führen.« Sie standen zusammen am Auto, und er schaute hinaus über den Teich auf die Reihe der Zedern am Bach, und seine großen, traurigen Augen, die sie stets an die Augen eines ihrer Jagdhunde erinnert hatten, füllten sich leicht mit Tränen.

»Es ist wunderschön hier, Lydia. Ich entsinne mich an das erste Mal, dass ich hier rauskam. Ich war ein Teenager, und Dr. Brown hatte mich mitgenommen. Erinnern Sie sich? Das hat mich beinahe für immer vom Arztwerden abgebracht.« Und plötzlich fiel es ihr ein. Es war der Tag, an dem sie und Sunny und Benny am Bach picknicken gegangen waren. Mrs. Foster hatte ihnen Schinkensandwiches und Erdnussbutterkekse gemacht und das Essen mit einem großen Einmachglas voll Limonade in einen Korb gepackt. Die beiden Jungen waren, den Korb schwenkend, über die Wiesen gelaufen und sie hinterher. Sie trugen alle Wellington-Gummistiefel an den nackten Füßen, und Lydia hatte sich in einem Paar alter Shorts von Sunny aus dem Haus gestohlen. Alle drei hatten ausgemusterte Hemden mit Ed Blessings Monogramm auf den Manschetten an, Hemden, die schäbig oder fleckig oder am Ellbogen oder Kragen zerrissen waren. Sunnys Haar glänzte im Licht, und Bennys Nacken war von der Sonne verbrannt. Sie hatten auf einem kleinen, grasbewachsenen Hügel oberhalb des Baches gleich um die Biegung eines großen, natürlichen Teichs gegessen, in dem gelegentlich braune Forellen unter den dunklen Ufern hervor ins glitzernde Zentrum schossen. Es kam ihr komisch vor, dass solche Erinnerungen so real und detailliert waren, während Geschehnisse aus dem Erwachsenenleben auf wenige Gesten reduziert waren, das Hinlegen einer Gabel hier, ein gutes Blatt beim Bridge da.

Sie waren alle drei auf der alten Steppdecke eingenickt, Lydia mit dem Sirren der Mücken und Bennys heiserem Atem im Ohr. Und dann wachte sie auf und stellte fest, dass sie steif und verschwitzt und allein und einer ihrer Stiefel über die Böschung ins Wasser gefallen war. Sie kletterte hinunter, um ihn zu holen, und konnte dabei die zwei Jungen von hinten im Teich sehen. Beide waren nackt. Sie sahen aus wie die Regenbogenforellen, die im Teich nur einen Sommer überdauert hatten, weil ihr enormer Glanz ein so einfaches Ziel für Raubvögel gewesen war. Lydia starrte das hell schimmernde Fleisch an, wackelig auf den Beinen wegen der Kieselsteine auf dem Grund des Wassers, und dann krabbelte sie wieder die Böschung hoch auf die Steppdecke zu und schrammte sich den Oberschenkel dabei an einem Stück Schiefer auf, so scharf, dass sie zunächst nichts spürte, nur die gedunsenen Lippen ihrer aufgerissenen Haut sah, die Rot- und Rosatöne des Muskels in jenem Moment, in dem die Zeit stehen blieb, ehe sich Blut in die Wunde ergoss.

»Wie um alles in der Welt haben Sie denn das angestellt, Miss Lydia?«, fragte Mrs. Foster, als die Jungen sie auf einer Schaukel nach Hause brachten, die sie mit ihren dünnen Armen formten. Sie konnte sich jedoch kaum daran erinnern, wie es sich angefühlt hatte, als der Stein sie aufschlitzte, erinnerte sich nur daran, dass Sunny, kurz bevor sie das Ufer hochkletterte, in der spätnachmittäglichen Sonne, die wie ein Spitzengewebe zwischen den Bäumen hindurchfiel, den Kopf gewandt und sie aus halb geschlossenen Augen angelächelt hatte, ein Lächeln, das ihr noch Jahre später in ihren Träumen erschien, wunderbar glücklich.

»Es war nicht mal die Größe der Wunde, die mich so erschreckte«, sagte Paul Benjamin. »Es war die Art und Weise, wie Sie auf der Kante des Küchentischs saßen und keinen Ton von sich gaben. Und das, ohne betäubt zu werden. Der Doktor kippte ein kleines Glas Gin in die Wunde, das war alles.«

»Die Narbe habe ich noch«, sagte Lydia.

»Das kann ich mir denken.«

Lydia Blessing war nie in Versuchung gewesen, wieder zu heiraten. Es lag nicht so sehr daran, dass sie die physische Seite der Dinge insgeheim als Zuständigkeitsbereich der Jungen ansah, obgleich das der Fall war und sie das Gefummel ihrer älteren Freunde in Gedanken lächerlich und entwürdigend fand. Es war einfach so, dass sie sich nicht vorstellen konnte, wie es sein würde, ihr Leben mit jemandem zu teilen. Sie mochte gar nicht daran denken, dass sie die Leselampe an ihrem Bett nicht auch um Mitternacht einschalten durfte, wenn sie nicht einschlafen konnte, oder jemanden um seine Meinung zu Essensplänen oder Wochenendgästen bitten musste. Sie hatte ihre Gewohnheiten, seit sie jung war, und sie hatte sie nie ändern müssen.

Am nächsten kam sie einer Affäre mit Bill Stapleton, der ebenso lange auf einer alten Pferdefarm außerhalb von Mount Mason lebte, wie sie Blessings bewohnte. Er war ein Jugendfreund von Jessie, und sie hatte bei einem Oster-Dinner kurz nach Kriegsende neben ihm gesessen. Er war still und nachdenklich und überließ ihr das Reden, bis sie mit ihren spitzen Bemerkungen den Höhepunkt erreichte und er »Das meinen Sie doch nicht im Ernst« murmelte. Aber es schien ihn nie abzustoßen. Einmal hatte er Meredith ein Rutschen-und-Leitern-Spiel mitgebracht und von einer Reise nach London einen kleinen Hut mit einer Feder. »Das ist ein lächerliches Geschenk für ein kleines Mädchen«, hatte sie gesagt, sich aber insgeheim gefreut, obwohl sie sich noch mehr gefreut hätte, wenn der Hut für sie gewesen wäre.

»Eine traurige Nachricht«, sagte Jess' Tochter Jeanne, die anrief, als der Regen eben nachließ, und ihr dann erzählte, dass Bill tot sei.

Dergestalt waren die Todesfälle mittlerweile: traurige Nachrichten. Früher waren es die undenkbaren Tode gewesen, wie Bennys und Sunnys, Tode, die vom Schlaf gnädig ausgelöscht wurden, sodass sie sie jeden Morgen, wenn ihr Geist aus dem Traum auftauchte, neu akzeptieren musste. Dann gab es die Todesfälle, die die Welt veränderten, sie entzweibrachen: ihre Mutter, ihr Vater. Jess' Tod hatte in ihr das Gefühl hinterlassen, dass sie für die Beerdigung Rückgrat und Schultern versteift und nie mehr gelockert hatte. Die ersten waren die unvorstellbaren Todesfälle der Jugend gewesen, die zweiten die herzzerreißenden Verluste des mittleren Alters. Jetzt kamen die unvermeidlichen Tode des hohen Alters, die einer nach dem anderen an ihren eigenen gemahnten. Eine traurige Nachricht.

»Bis heute Abend bin ich da«, sagte Meredith am Telefon. »Eric kann nicht weg. Aber ich steige gleich nach dem Mittagessen ins Auto.«

»Das ist nicht nötig«, sagte Lydia.

Und doch war es ihr jetzt ein Trost, ihre Tochter auf der einen Seite neben sich in der Kirchenbank zu haben und Jeanne auf der anderen, als ob Jessie irgendwie auch bei ihr wäre. »Du vertreibst die Leute, Lulu«, hatte Jess zu ihr gesagt, als Bill die nette Frau aus Philadelphia heiratete, die mit einer von Frank Askews Töchtern in Vassar gewesen war. »Wie heißt es gleich – kein Mensch ist eine Insel. Du hast eine Insel aus dir gemacht. Benny hätte das nicht gewollt.«

Zum Glück hatte sie das Foto von Benny auf dem Klapptisch stehen. Manchmal konnte sie sich nicht mehr an sein

Gesicht erinnern. Jess hatte ihn immer gern gehabt. Als sie jünger waren, hatte es Zeiten gegeben, in denen sie dachte, er würde Jess heiraten, wenn sie zuschaute, wie die beiden am Teich aus Klee Kränze flochten. Sie hatte geglaubt, Sunny dächte das ebenfalls, aber Jessie hatte ein Gesicht gemacht, als sie einmal gefragt hatte. »Benny ist so was wie ein Bruder«, hatte sie gesagt. Und natürlich war er auch für Lydia so was wie ein Bruder gewesen, bis er so was wie ein Ehemann geworden war.

Sunny hatte nicht gewollt, dass sie noch einmal heiratete. Vielleicht gab das bei ihr den Ausschlag. »Was soll das für einen Sinn haben?«, fragte er eines Abends auf der Veranda, als sie ihm von Bill und von Bills Hochzeit erzählte. Oder vielleicht war es auch die Reise nach Paris, als sie in der Hotellobby mit Frank Askew zusammengestoßen war. Seine Frau hatte sie zum Lunch eingeladen, fast herausfordernd, und sie hatte sich geschämt, als sie ihn beim Essen beobachtete, schnell und laut. Natürlich hatte sie nie zuvor mit ihm gegessen; sie hatten höchstens gemeinsam etwas getrunken, während eine Herde komplizenhafter Zuschauer danebenstand. Auf jener Reise nach Paris war sie vierzig gewesen und Frank über sechzig, und sein Gebiss hatte geklappert wie eine Maschine. Seine Frau nannte ihn »alter Knabe« und meinte, er solle langsamer essen, sonst läge er die ganze Nacht mit Sodbrennen wach. Später hatte er sie auf ihrem Zimmer angerufen, und sie hatte eingewilligt, sich in den Tuilerien mit ihm zu treffen, und war dann nicht hingegangen. Das Ganze gab ihr das Gefühl, sie hätte ein schlechtes Urteilsvermögen, was Männer betraf. Es ließ sie glauben, dass seine Frau klüger war, als sie ihr je zugetraut hatte.

Der junge Geistliche, der den Nachruf auf Bill hielt, war mit seinen hellen Koteletten und dem geröteten Gesicht eine Art lebender Vorwurf. Als Textvorlage benutzte er das Gedicht »Tod, sei nicht stolz«, und Lydia fragte sich, ob er das tat, weil er sich in der Literatur besser auskannte als in der Heiligen Schrift.

Bills zwei Söhne saßen, umringt von ihren eigenen Kindern, in den vordersten Bänken, zusammen mit seiner Witwe, die eine College-Freundin von Bills erster Frau gewesen war. Paul Benjamin nickte ihr im Mittelgang zu. »Zu Hause alles in Ordnung?«, murmelte er, und Lydia nickte. Frank Askews Tochter saß auf der anderen Seite der Kirche, und draußen auf dem Vorplatz kam sie auf Lydia zu und umarmte sie, was genau die Art von Verhalten war, die sie hasste. »Ich kannte Ihren Vater«, sagte sie zu Meredith, und Lydia merkte mit einer gewissen Leichtfertigkeit, dass es sie nicht mehr interessierte, was Harriet Askew damit meinte. Ich habe meine Sünden überlebt, dachte sie ausgelassen.

»Für mein Begräbnis musst du einen Priester angemesseneren Alters finden, Meredith«, sagte sie im Auto auf dem Weg zum Friedhof.

»Es wäre wahrscheinlich schwierig gewesen, einen in Bills Alter aufzutreiben, Mutter. Er war immerhin neunzig.«

»Zweiundneunzig im September«, sagte Lydia, ihren schwarzen Filzhut zurechtrückend. »Und ich vermute, es gibt zumindest einen Geistlichen an der St. Anselm's, der nicht so jung ist, dass er mein Urenkel sein könnte, und nicht so aussieht, als ob er seine gesamte Freizeit mit Golfspielen verbrächte.«

Der Friedhof brachte sie mehr aus der Fassung, als sie erwartet hatte. Auf den Grabmälern standen all die bekannten Namen all der Frauen und Männer, die zum Cocktail in ihr Haus und zum gemischten Doppel in den Club gekommen waren.

Auf einer Anhöhe in einer Ecke konnte sie den Rand des quadratischen Steins sehen, der den Platz markierte, wo Jess zwischen ihrem ersten und ihrem zweiten Mann begraben war, und als der Wagen um eine Kurve fuhr, war vor ihr der

Obelisk, auf dem ihre Mutter bestanden hatte, mit dem einen Wort im Sockel:

BLESSING

Die Parzelle darunter war wie ihr Haus, groß und leer. Ihr Vater hatte sie im selben Jahr gekauft wie Blessings, als wollte er seine Zuversicht in eine Zukunft in Mount Mason demonstrieren, die sogar die Sterblichkeit transzendierte. Es waren acht Gräber.

Vielleicht hatte er gedacht, er und seine Frau bekämen noch weitere Kinder. Bestimmt hatte er geglaubt, dass Lydia mehr als eines haben würde. Sicherlich hatte er nicht damit gerechnet, dass seine eigenen beiden Kinder sich ihren Eltern nicht in der ewigen Ruhe zugesellen wollten. Doch an einem Wochenende, als Sunny zu Besuch war, waren sie beide um den Teich spaziert, und er hatte seine Zigarette ins Wasser geschnippt und langsam gesagt: »Wage es nicht, mich einzubuddeln, wenn ich tot bin, Lyds. Keine Kiste für diesen Jungen.« Sie hatten beim Abendessen ziemlich viel Wein getrunken, und sie hatte eine Grimasse gezogen und gesagt: »Sei nicht morbide«, aber er ließ sich nicht abwimmeln. »Ich meine es ernst«, sagte er. »Ich kann die Dunkelheit nicht ausstehen. Verbrenne mich zu Asche, und dann lass mich frei wie einen Vogel. Versprich es.«

»Sunny, bist du krank? Sag mir, ob du krank bist!«

»Mir geht's wie immer, liebes Herz«, hatte er gesagt und sie auf die Stirn geküsst und fast sechs Monate abgewartet, bis er auf dem Lehmfußboden des Stalls starb.

»Ich habe gerade an deinen Onkel gedacht, Meredith«, sagte sie, während der Wagen sich über die schattigen Friedhofswege schlängelte.

»Wirklich? Ich auch. Nach Omas Beisetzung hat er zu mir gesagt, er hätte lieber einen knienden Engel mit einem Arm voller Rosen als Grabmal gehabt. Ich dachte, er meinte es ernst.«

»Wie furchtbar, so was zu einem Kind zu sagen. Du warst – wie alt? Zehn? Elf?«

»Ich war sechzehn, als Oma starb, knapp zwanzig bei seinem Tod. Er hat mir immer das Gefühl vermittelt, erwachsen zu sein. Und geliebt zu werden. Es gab niemanden, der einem so sehr das Gefühl geben konnte, geliebt zu werden.«

Das war seine Begabung, dachte Lydia. Wenn er einen liebte, dann fühlte man sich ganz darin eingehüllt, wie in Bänder oder eine Decke. Wenn nicht, dann nicht. Der Geistliche hatte bei Sunnys Beisetzung eine griesgrämige, kurze Predigt über Lazarus gehalten, und sie hatte nie erfahren, warum. Jess hatte gesagt, sie glaube, dass Sunny sich früher mal über den Schnitt seiner Soutane lustig gemacht hatte, und Lydia meinte, es sei vielleicht die Einäscherung, die es bewirkt hatte. Ein ganzer Wagen voll mit Sunnys Freunden war aus New York gekommen, mehrere von ihnen in hellen Anzügen, und sie hatten sich dann im Haus ziemlich betrunken. »Er war der Pate unserer Tochter«, erzählte ihr eine Frau im Laufe des Nachmittags etliche Male. »Wir haben nie jemand anderen in Betracht gezogen. Nicht mal meinen Bruder. Niemanden.« Einen der Männer hatte sie zusammengerollt in Sunnys schmalem Bett vorgefunden, weinend und mit dem Kopfkissen vor seinem Gesicht. Alles, was ihr dazu einfiel, war, dass ihre Mutter Zustände gekriegt hätte.

»Was, glaubst du, war der größte Fehler in deinem Leben?«, fragte sie Meredith im Auto.

»Das ist eine seltsame Frage«, erwiderte ihre Tochter. »Denkst du an Bill? Daran, dass du ihn nicht geheiratet hast?«

»Du liebe Güte, nein. Das wäre katastrophal gewesen. Für ihn wahrscheinlich. Nein, ich war bloß neugierig.«

Meredith schwieg. Schließlich sagte sie: »Ich hätte mich in

der Schule nie mit Betsy Milstone anfreunden sollen. Sie hat den anderen Mädchen alle meine Geheimnisse erzählt. Besonders die schrecklichen, dass ich Schmuck gestohlen und in Mathe gemogelt hatte.«

»Du hast Schmuck gestohlen?«

»Mutter, das ist fast fünfzig Jahre her. Es ist ein bisschen spät dafür, dass du dich darüber aufregst.«

Natürlich hatte sie Recht. Was für eine weiche Patina das Verstreichen der Zeit allem verlieh, zumindest, wenn man gelernt hatte, in der Gegenwart zu leben. »Das ist kein großer Fehler«, sagte Lydia.

»Das ist mir klar. Ich freue mich, sagen zu können, dass ich in meinem Leben nicht allzu viele schlimme Fehler gemacht habe. Ganz im Gegenteil. Ich habe Glück gehabt.«

»Jess meinte immer, jeder sei seines Glückes Schmied«, sagte Lydia.

»Da ist wohl was Wahres dran. Jess hatte die Gabe, das Wesentliche an einer Sache zu erfassen. Jedenfalls glaube ich, dass ich einen Schutzengel habe.«

»Es freut mich, dass du das sagst«, sagte Lydia.

Schweigen breitete sich zwischen ihnen aus. Lydia rieb ihren linken Arm, der sich steif und wund anfühlte. Meredith ging um den Wagen herum, um ihr herauszuhelfen. »Alles in Ordnung mit dir?«, sagte sie, die Hände ausstreckend, wie es Paul Benjamin bei dem Baby getan hatte, und Lydia wedelte sie ungeduldig beiseite und benutzte die Autotür, um sich aufzurichten.

»Herrgott noch mal, Meredith«, sagte sie. »Mach doch nicht so ein Getue.«

»Denn Staub bist du«, sagte der junge Geistliche an Bills Grab. Erden, dachte Lydia. Denn du bist Erden. Warum musste das Moderne alle Dinge des Zeremoniellen entkleiden? Und sollst zu Erden werden. Eines Morgens gleich nach Sonnenaufgang hatte sie das Boot und den Behälter mit Sunnys Asche in die Mitte des Teichs gerudert. Seine Oberfläche war spiegelglatt. Die Asche war unerwartet schwer und ergoss sich wie Wasser, nicht wie Staub, und sank schwerfällig hinab, bis auf einen leichten Halbschatten, der aufstieg und in der Luft schwebte. Als sie zurückgerudert war, hatte sie Meredith auf dem Steg gesehen, einen Strohhut auf dem Kopf, die Hände über dem Herzen gekreuzt.

»In der Luft sah die Asche wie Goldgeglitzer aus«, hatte Meredith gesagt, und ihre Mutter hatte sie so innig geliebt wie nie zuvor.

Lydia schaute sie von der Seite an, während sie zum Beerdigungs-Lunch in den Club fuhren. Ihre Haut war inzwischen faltig von der Sonne, ihr Mund aber entspannt auf jene Weise, die nur wenige Frauen im Alter ihrer Tochter zu Stande brachten. Meredith war am Tag zuvor früher aus Virginia eingetroffen, als sie erwartet hatte. Sie und Charles und Jennifer und Faith waren draußen auf dem langen Rasenstück am Teich gewesen, wo sie im Schatten des alten, blühenden Holzapfelbaums saßen. Nadine hatte sich krank gemeldet, und sie hatte das Gefühl, befreit zu sein von der finsteren Lehrerin, mit Keksen aus der Dose und einer Thermoskanne süßen Eistees. Die Wiese gegenüber war dicht übersät mit den letzten Seidenpflanzen, und ihre Hülsen waren geplatzt, und in der Brise schwebten die weißen, Samen tragenden Federn in Wolken über ihnen wie ein sommerliches Schneetreiben. Die Blicke der Kleinen, die an Jennifers ausgestreckte Beine gelehnt dasaß, schienen ihnen zu folgen.

»Ich wette, in ein paar Wochen kann sie sich allein aufsetzen«, hatte Charles gesagt. »Sie wäre wirklich früh dran damit, aber guck mal, wie kräftig sie ist.«

»Ich komme immer noch nicht darüber hinweg, wie viel du über Babys gelernt hast«, meinte Jennifer und reichte die Pappbecher herum, die Mrs. Blessing immer verabscheut hatte.

»Ich lese. Bücher. Zeitschriften. Alles Mögliche.«

»Meine Mutter hatte eine riesige Sammlung von Büchern über Kindererziehung, die irgendwo im Haus sein muss«, sagte Mrs. Blessing. »Vielleicht im Hinterzimmer. Ich gucke mal, ob ich sie finde. Unsere Nanny hielt sie für Unsinn. Sie glaubte, es seien nur drei Dinge notwendig, um ein gesundes Kind großzuziehen: frische Luft, einfaches Essen und Chinin. Ich weiß nicht mehr, wozu das Chinin gut sein sollte, aber es wurde uns regelmäßig verabreicht.«

»Mein Vater meint, sein Onkel hätte gesagt, dass Ihre Nanny eine Landplage war«, sagte Jennifer.

»Sie war grässlich. Doch das waren die Foster-Jungs auch. Sie sah öfter, wie sie versuchten, Holzäpfel mit dem Besen abzuschlagen, oder Tomaten aus dem Garten aßen. Dann kam sie heraus und sagte ihnen die Meinung. Einmal riss sie einem von ihnen den Besen weg und versohlte ihm damit den Hintern. Aber sie handelte nur auf Geheiß meiner Mutter. Die saß auf ihrer Schlafzimmerveranda, und wenn sie Lärm hörte, sagte sie: ›Nanny, kümmern Sie sich darum.‹ Meine Mutter war schwierig.«

»Sind sie das nicht alle?«, sagte Jennifer.

»Benutzte sie ein Fernglas?«, fragte Charles, von der Decke zu ihr hochblinzelnd.

»Ich kann mich nicht entsinnen«, sagte Mrs. Blessing.

»Ihre Mutter hat sie Nanny genannt statt bei ihrem richtigen Namen?«

»Es waren andere Zeiten damals«, sagte Mrs. Blessing.

Sie wusste nicht genau, wann sich die Zeiten geändert hatten. Sie wusste nur, dass Charles sich, als Meredith in der Einfahrt erschienen und auf sie zugegangen war, erhoben und zu ihr gesagt hatte: »Das ist meine Tochter. Sie heißt Faith.« Und Meredith hatte das Baby in seinen Armen angeschaut, und es hatte den Blick mit flatternden Lidern erwidert und ein lautes, klares »Ah!« ausgestoßen. Meredith hatte gelächelt und Faith ebenfalls, dann mit Armen und Beinen wild gezappelt.

210

Ein Strickschühchen fiel hinunter, und Meredith bückte sich, um es aufzuheben. Mrs. Blessing guckte auf ihre alte Armbanduhr und sagte: »Du bist bestimmt viel zu schnell gefahren auf der Autobahn.«

»Ich war knapp unter der Höchstgeschwindigkeit.« Meredith zog Faith das Schühchen selbst über den Fuß und tätschelte ihn, als sie fertig war. »Was für ein hübsches Baby!«, hatte sie zu Skip gesagt. »Haben Sie aber ein Glück! Wie alt ist sie?«

»Dein neuer Verwalter ist nicht verheiratet, oder?«, fragte Meredith nach dem Beerdigungs-Lunch auf dem Rückweg nach Blessings.

»Gewiss nicht.«

»Nun, man kann wohl nicht alles haben. Es sieht aus, als sei er ein sehr guter Vater.«

»Es ist eine ungewöhnliche Situation«, sagte Lydia steif, und Meredith grinste.

»Alle Situationen sind ungewöhnlich, Mutter«, sagte sie und war überrascht, als Lydia nicht antwortete.

Er konnte es nicht fassen, dass er kein Baby-Aspirin mehr hatte. Oder Motrin. Oder irgendwas. Der Arzt hatte gesagt, Faith würde womöglich auf die Impfung reagieren, und obwohl sie eine Woche her war, hätte er auf das Fieber und die Ruhelosigkeit vorbereitet sein müssen. Vielleicht war das Problem ja gar nicht die Spritze, sondern eine Ohrenentzündung oder ein Virus oder Meningitis oder Keuchhusten oder eine der anscheinend hundert Krankheiten in dem Babybuch, deren Beschreibung mit dem lakonischen Satz »Kann zum Tode führen« endete. Er hätte vorbereitet sein müssen, doch es war immer so viel zu tun, zu bedenken, zu überlegen, was Faith betraf. Er guckte hinab auf ihr gerötetes Gesicht und legte ihr seine Hand auf die Stirn. Ihre heiße Haut erinnerte ihn an glatte Steine, die von der Sommersonne gebacken werden. Bei dieser Hitze in einer eh schon warmen Nacht hatte sich der Schweiß in den Falten ihres Halses gesammelt, und als er sie zum Wagen trug, lief er ihm aufs Hemd wie Tränen. Er küsste die Falte zwischen ihrem kleinen, runden Oberarm und dem drallen Ellbogen und schmeckte Salz in seinem Mund. Während er mit seiner Wange über ihre strich, die feucht und heiß war, sagte er: »Ich hab dich lieb, kleines Mädchen.« Sie gab ein grunzendes Geräusch von sich.

»Wir werden das Fieber runterkriegen«, sagte er, als er sie im Autositz festschnallte, und seine Worte klangen laut gegen das Grillengezirp der dunklen Nacht. Die Lichter im Haus waren aus bis auf dasjenige unten im Flur, das immer an war. Langsam fuhr er die Einfahrt hinunter.

In Bessemer gab es einen rund um die Uhr offenen Drugstore. Er hatte Schlange stehen müssen hinter einem Jugendlichen mit schlechter Haut, der Kondome und Pfefferminz kaufte. Skip lud vier verschiedene Babymedikamente auf der Theke ab, gegen Fieber, gegen Verstopfung und, für alle Fälle, gegen Husten und Erkältung. Der ältere Mann hinter dem Verkaufstresen tippte sie in die Kasse ein. »Es sind immer die Dads, die bei einem Notfall mitten in der Nacht rausmüssen«, sagte er. »Wahrscheinlich ist es nichts Schlimmes.«

Nichts Schlimmes, sagte Skip zu sich selbst im Wagen, nichts Schlimmes. Er hatte Angst, das Radio anzustellen, weil er nicht wollte, dass das Geräusch Faiths Ohren wehtat, falls es die Ohren waren, die sie plagten. Vielleicht würde der Arzt noch einmal kommen müssen. Vielleicht würde er dann mehr Fragen stellen über die Großmutter und die verreisten Eltern, eine Geschichte, die sogar für Skip ein bisschen lahm geklungen hatte. Während er auf kurvenreichen Straßen über den Berg fuhr, wimmerte Faith leise. Es war Oktober, und die Luft war zwar noch so lau und mild, wie sie es den ganzen Sommer über gewesen war, doch die Blätter der Schwarznuss begannen bereits zu fallen, und das Wasser im Teich war fast unmerklich kühler geworden. Die Forellen waren langsamer, und morgens, wenn er die Kellertreppe hochkam, sah er hinter den Bäumen an der Straße oft das leuchtend gelbe Aufblitzen des Schulbusses. Vielleicht würde er ja eines Tages am Ende der Einfahrt zu Blessings halten. Mrs. Blessing wurde kurz vor Thanksgiving einundachtzig, und mit ein wenig Glück konnte sie wohl noch zehn oder gar fünfzehn Jahre hier leben. Sie war immer noch sehr beweglich, wenn sie auch meinte, die Arthritis in ihrem einen Arm quäle sie, und geistig war sie mit Sicherheit noch ganz auf der Höhe.

Faith schniefte auf dem Rücksitz. Von Verstopfung hatte der Arzt kein Wort gesagt. Fieber in den nächsten Tagen. Das sei alles.

Mrs. Blessings Anwalt war in einem großen, eckigen schwarzen Wagen gekommen. Er hatte eine schwarze Aktentasche bei sich, die so dick und quadratisch war wie ein Werkzeugkasten. »Ich versuche, dem Kind eine Geburtsurkunde zu verschaffen«, hatte Mrs. Blessing gesagt, als sie ihn ins Haus rief, nachdem der Mann weg war. Er gab ihm Hoffnung, der Gedanke an Anwälte, ließ die Zukunft sicherer erscheinen. Einen kurzen Moment lang hatte er Faith vor Augen gehabt, wie sie mit einem rosa Schulranzen auf dem schmalen Rücken Hand in Hand mit ihm die lange Zufahrt hinunterging, mühsam die steilen Stufen des Busses erklomm und sich dem trüben Fenster zuwandte, um zu winken, während sie auf ihrem Sitz Platz nahm. Mrs. Blessing beobachtete sie von ihrer Schlafzimmerveranda aus mit dem Fernglas. »War das Kind denn warm genug angezogen?«, würde sie herunterrufen. »Das Thermometer zeigt nur knapp über Null an.«

»Es ist nicht so einfach, wie ich gehofft hatte«, hatte Mrs. Blessing gesagt, nachdem der Anwalt weg war. »Aber ich habe jemanden, der sich darum kümmert.«

Dann war Nadine hereingekommen und hatte das Gespräch unterbrochen. »So ein verrückter Ort«, sagte sie. »Zu viele Leute kommen und gehen.«

Auf der Rückfahrt vom Drugstore wirbelten Dinge in der Luft, auf der Straße herum, sodass Skip die Welt fremd und irgendwie gefährlich erschien, und er schaute immer wieder auf die Kleine, die eingeschlafen und seitlich in jene knochenlose Haltung weggesackt war, die der Schlaf mit sich brachte, wenn sie saß. Motten flogen an die Windschutzscheibe und wieder weg, und ein Waschbär torkelte über die Straße. Skip erkannte, dass er früher selbst ein Nachttier gewesen und oft mit der Hand über dem Gesicht eingeschlafen war, damit die

Sonne ihn nicht weckte, nachdem er zusammen mit den Kumpels bis Geschäftsschluss bei McGuire's gesessen hatte. Aber immer war da das Gefühl gewesen, dass er fehl am Platze sei, dasselbe Gefühl, das er bei seinem Onkel und seiner Tante und nachts bei Shelly und in Debbies und Joes Trailer gehabt hatte. Dieses Gefühl hatte er jetzt nicht mehr.

Auf seinem Weg hinab ins Tal fuhr er an der Bar vorbei und sah, dass ein Teil der Neonbuchstaben ausgebrannt war, sodass da jetzt MCGU E'S stand. Joes Laster war auf dem Parkplatz und das Auto von Shellys Mutter, und einen Moment lang spürte er ein kaltes Glas in der Faust und das kalte Bier im Mund und sah den Rauch vor sich und die glänzenden Augen, die ihn daraus anspähten und fragten: »Hey, Mann, willst du den Camaro von meinem Bruder kaufen?«, oder »Hey, Mann, willst du richtig gutes hawaiianisches Gras?«, oder »Hey, Mann, willst du mit zu mir?« Er erinnerte sich daran, wie Chris' Mutter mal gesagt hatte, es sei kein Problem, wenn man die Seifenopern ein, zwei Monate lang verpasste, weil die Personen, wenn man sie dann wieder sah, geschieden sein oder Amnesie haben mochten oder sonst was, aber irgendwie wäre trotzdem alles noch dasselbe, und nach ein, zwei Tagen käme man wieder rein. Und ebenso war es mit McGuire's, bis auf die Amnesie. Nachdem er an einem Mittwochmorgen aus dem Bezirksgefängnis entlassen worden war, ging er am Abend hin, und Pat, der Barkeeper, hatte gefragt: »'N Bier, Skipper?«, genauso, wie er »'N Bier, Skipper?« gefragt hatte, als Skip zehn Monate vorher eingebuchtet wurde.

»Ich bin gerade rausgekommen«, hatte er zu Pat gesagt.

»Ja, cool«, hatte der Barkeeper gesagt und den Zapfhahn betätigt.

Es war ein langweiliges Leben, und Skip hatte es mit einem geordneten Leben verwechselt. Es erwies sich nämlich, dass Skip ein geordnetes Leben schätzte, genau wie Mrs. Blessing.

215

Sie hatte sich verändert, seit er in Blessings arbeitete, aber sie hielt sich nach wie vor so sehr an bestimmte Regeln, dass sie sie manchmal aufsagte, wie Sprüche in Glückskeksen für die Wohlerzogenen. Kein Alkohol vor vier Uhr nachmittags. Kein Rasenmähen nach fünf. Frühes Abendessen an Sonntagen, auch wenn es etwas war, das Nadine mit einem gelben Zettel daran ins Gefrierfach gestellt hatte: drei Minuten in die Mikrowelle. Dachrinnen säubern im Frühling und Herbst. Falls er je versucht war zu vergessen, dass immer noch eine Trennungslinie zwischen ihnen existierte, so wurde er jeden Morgen daran erinnert, wenn er der Kleinen ihr Fläschchen gab, sie ihr Bäuerchen machen ließ und ihr Mobile aufzog, damit es »Twinkle Twinkle Little Star« spielte, während er über das Grundstück ging und die Kellertreppe hinunterstieg, um den Kaffee zu machen.

»Menschen ihrer Generation mögen es, wenn alles seinen gewohnten Gang geht«, hatte Jennifer Foster zu ihm gesagt. »Deshalb sind sie im Grunde auch gern im Krankenhaus. Essen und Licht aus immer zur selben Zeit. Sie mögen ein geordnetes Leben.«

Skip war sich nicht sicher, ob Mrs. Blessing es wirklich mochte oder ob es nicht eher notwendig für sie war, ob der Duft des Kaffees und das Mittagessen auf dem Tablett und das Licht im Flur nicht irgendwie ein Schutz für sie waren, so wie die Markisen da waren, damit die Polsterung nicht verblasste. Manchmal fragte er sich, ob sie in ihrem Leben je etwas Wildes getan hatte, und dann fiel ihm ein, was Jennifer zufolge der Arzt über den Cadillac im Teich erzählt hatte. Und vielleicht war die Verschwörung rund um das Baby auch ein Stück Wildheit. Es hatte sie mit Sicherheit lebhafter gemacht, lebhafter, so meinte Jennifer, als sie je zuvor gewesen sei.

Als er in die Zufahrt einbog, sah er im Scheinwerferlicht das Glitzern von Augen. Es war bloß die Stallkatze mit etwas

Kleinem und Schlaffem und Grauem im Maul. Ein Vogel rief vom Teich her, ein bisschen wie der Schrei eines Kindes, ein bisschen selbst wie eine Katze, und das Tier hob plötzlich den Kopf und ließ seine Beute fallen. Das kleine Ding lag erstarrt da, fing dann an, auf die Blumenbeete zuzukrabbeln, und verschwand in einem Polster aus Margeriten und Lavendel am Fuße der Steinmauer. Aber die Katze sprang ihm nach und tauchte wieder auf, das Ding in den Krallen. Ein zweiter Ruf ertönte von jenseits des Wassers, doch diesmal ließ sich die Katze nicht hinters Licht führen, sondern rannte fort, um ihre Beute zu töten und zu fressen. Als Skip in seinen Stellplatz in der Garage einbog, sah er ein dreieckiges Gespenst träge auf sich zu und an sich vorbeifliegen, über dem Wasser in die Kurve gehen und dann in den Wolken verschwinden. Der Reiher war gekommen, um sich frischen Fisch zu holen.

»Nimm einfach eins von ihren alten Gewehren und erschieß die Biester, merkt doch keiner«, hatte einer von den Taylors gesagt. Aber er konnte sich nicht dazu überwinden.

Im Obergeschoss ging ein Licht an, als er die Autotür zuknallte, und einen kurzen Moment lang sah er noch ein Gespenst, das weiße Gesicht, weißes Haar, weißes Nachthemd hinter dem welligen Glas des Flurfensters. Er hob eine Hand, und das Licht erlosch. Faith schlief immer noch fest, und sie saugte an dem Medizintropfer, ohne die Augen aufzumachen, und bewegte nur die Finger, als er sie in ihre Wiege legte. Sie hatte den komischen alten Teddy, den Mrs. Blessing von oben heruntergebracht hatte, und jetzt auch einen Plüschelefanten von Jennifer und eine leichte Sommersteppdecke, weiße Stiche auf weißer Baumwolle, die Mrs. Blessing irgendwo auf dem Dachboden gefunden hatte. »In dem Dachboden über der Garage sind noch mehr Sachen«, sagte sie. »Sie gehen da aber nicht rauf. Ich gehe rauf und suche das Passende heraus.«

Der Ventilator blies warme Luft über ihn, nicht so, dass er

nicht schwitzte, sondern so, dass der Schweiß abkühlte. Das Geräusch, das er machte, lullte ihn in einen leichten Schlaf. Er wachte einmal auf, als das Baby leise quäkte, aber als er aufstand, um ihr die Stirn zu fühlen, fühlte sie sich kühler an als vorher, und er fiel schnell wieder in einen tieferen Schlaf. Er wachte erneut auf, als ein großer Käfer in die Blätter des Ventilators flog und dort so lärmend herumholperte wie ein Kieselstein in einer Fahrradkette. Es war samtschwarz draußen, als er zum dritten Mal aufwachte, tiefste Nacht, und eins der Sternbilder hing tief über dem Teich wie eine Reflexion der Lichterkette, die er um ihn herum in Stand gesetzt hatte. Die Uhr verriet ihm, dass es vier Stunden her war, seit er Faith die Medizin gegeben hatte, und er ließ den Tropfer mit einer weiteren Dosis in ihren Mundwinkel gleiten, und sie schluckte träge, sodass Perlen von rosa Sabber einen dunklen Fleck auf ihrem Laken erzeugten. Auf seinem Weg zurück ins Bett sah er ein V-förmiges Gekräusel im Teich, wo etwas Geschmeidiges schwamm, eine Bisamratte vielleicht oder ein Otter, noch einer, der darauf aus war, sich die Forellen zu schnappen, ehe Mrs. Blessing den Taylors auch nur den Scheck geschickt hatte. Er dachte, dass sie womöglich nach ihm ausschaute, und wandte sich dem Fenster zu, das aufs Haus hinausging, und sah ein schwaches Licht im Erdgeschoss und fragte sich, was sie wohl wach hielt. Er meinte, sie hinter einem der Küchenfenster vorbeigehen zu sehen, und dann sah er noch eine Silhouette und noch eine und dachte, ach, du meine Güte. Und ihn überfiel wieder das Gefühl, dass die Zeit stehen blieb.

»Verdammt, sie hätte hier Telefon legen lassen sollen«, dachte er, und an einer gewissen Bewegtheit der Luft erkannte er, dass er laut gesprochen hatte.

Noch jemand ging an den Küchenfenstern vorbei, und dann hörte er ein leises Klicken, als ein Mann durch die Tür und auf die Hintertreppe trat. Der Mann zog den Kopf ein, während er einen klumpigen Kopfkissenbezug den Pfad entlangtrug, der zum Stall führte, doch es gab Dinge, die Skip so gut kannte wie die Rundungen im Gesicht des Babys, und eins davon war Joes Gang, wenn er versuchte, unauffällig zu sein.

Er sah kurz nach der Kleinen, aber sie schnarchte leicht, und eine Speichelblase erschien und verschwand in ihrem Mundwinkel; ihre Stirn war kühl und trocken. Er zog die schmutzigen Sachen an, die er auf der Fahrt zum Drugstore getragen hatte, und er konnte sich selbst riechen, war sich jedoch nicht sicher, ob es alter Schweiß oder stinkende Angst oder Wut war. Er wusste, wer im Haus war; er war nicht einmal überrascht, als er zur Tür hineinschlüpfte, die Joe unverriegelt gelassen hatte, und Chris auf dem Brokatsofa im Wohnzimmer sitzen sah, das verletzte Bein auf dem Kaffeetisch, den Schuh gegen die alten Kunstbände gestemmt, die dort immer am selben Platz in derselben Reihenfolge angeordnet waren. Die Gesichter auf all den silbergerahmten Fotos blickten stoisch auf sie herab: Meredith in Reitkleidung mit einem blauen Band in der Faust, der alte Mr. Blessing, der in der Hand ein Buch hielt wie ein edles Requisit, Mrs. Blessing in dem weißen, schulterfreien Kleid bei ihrer Einführung in die Gesellschaft, wie Jennifer sagte, Mrs. Blessings Bruder mit zurückgelegtem Kopf und einem strahlenden Lächeln auf dem Gesicht. Alle in Schwarz-Weiß auf den glatten, glänzenden Flächen: sie erinnerten ihn an ein Theaterpublikum. Aus dem Esszimmer konnte er das leise Klappern von Metall hören. Teeservices. Ziertassen. Gabeln und Löffel. Er hatte das Gefühl, der Raum sei irgendwie beschmutzt, und ihm wurde klar, warum er anfänglich hier nicht hereingedurft hatte, weil Mrs. Blessing nämlich dachte, er sei einer von diesen Typen. Er schämte sich.

»Du erbärmliches Arschloch«, flüsterte er Chris zu, der ihn ungerührt anguckte.

»Reg dich ab, Skipper. Du hättest einfach drüben blei- ben und dich um deine eigenen Angelegenheiten kümmern sollen. In fünf Minuten sind wir raus hier. Sie kriegt einen Scheck von der Versicherung. Wir kriegen das Bargeld. Kei- ner kommt zu Schaden. Alles cool.«

Ed kam auf einem Umweg, damit er nicht an der Treppe zum Obergeschoss vorbei musste, leise ins Wohnzimmer. »Oh, Mann«, sagte er, als er Skip sah.

»Hast du geholfen, die Kabel von der Alarmanlage durch- zuschneiden?«, zischte Skip ihm zu. Ed schaute beiseite. Skip drängte sich an ihm vorbei ins Herrenzimmer, öffnete die alte hölzerne Vitrine an der einen Wand, legte den Riegel an der falschen Rückwand um und griff hinein. Im Flur zur Küche stieß er fast mit Joe zusammen, schob sich an ihm vorbei und ging zurück ins Wohnzimmer. Die Waffe, die er auf Chris richtete, war eine alte Beretta, ein doppelläufiges Gewehr, in dessen Lauf Ranken und Vögel geschnitzt waren. Er hatte da- mit ein Murmeltier erledigt, das die Blüten der Taglilien ne- ben der Garage abgefressen hatte. »Ich habe keine Skrupel, Ungeziefer zu vernichten«, hatte Mrs. Blessing gesagt. Er schoss das Vieh mit der Ladung aus der Schrotflinte in zwei Hälften, und am selben Abend noch besorgten Truthahn- Geier den Rest.

»Lasst das ganze Zeug hier und haut ab«, zischte er. »Ihr habt verdammtes Glück, dass ich von meiner Wohnung aus nicht den Sheriff angerufen habe.«

»Deine Wohnung hat gar kein Telefon, du Arsch«, sagte Chris. »Deine Wohnung ist ein jämmerliches kleines Ratten- loch, und du bist eine jämmerliche kleine Ratte, die denkt, sie ist jetzt sonst was, weil sie für ein altes Weib macht und tut, das sich für die Jungfrau Maria hält. Und du hast vergessen, wer du bist und wer deine Freunde sind, aber du solltest lie- ber nicht vergessen, dass sich keiner mit mir anlegt.« Chris kam langsam auf die Füße, das eine Bein steif und gestreckt, und schaute sich im ganzen Raum um, auf das Klavier und die Tische und die Fotos, die im Licht der Außenlaternen zu beiden Seiten der Veranda sämtliche Grauschattierungen zeigten. »Ist doch 'n verdammtes Museum hier«, sagte er. Vor dem Kamin lag ein alter Armee-Matchbeutel, den er aufhob, und Skip sah, dass die Kerzenleuchter und die große Silberschale vom Kaminsims verschwunden waren. Die Teekanne aus dem Esszimmer stand auf dem Fußboden auf dem Rand des orientalischen Teppichs, und Skip ergriff sie mit der linken Hand und wurde von einer so gewaltigen Wut erfüllt, dass er die Kanne mit ihrem geschwungenen Henkel und den eingravierten Schnörkeln am liebsten genommen und jemanden damit geschlagen hätte, bis er blutete. Ed hatte einen weiteren Kissenbezug neben sich, aber er guckte Skip nicht an, und Chris starrte ihn herausfordernd an, sodass Skip der Einzige war, der auf die Einfahrt schaute, der Einzige, der durch die großen Fenster sehen konnte, und der die drei Streifenwagen sah, die schnell auf das Haus zukamen. Skip hörte, wie sie auf dem Wendeplatz der Zufahrt hielten, hörte, wie die Autotüren aufgingen. Dann fingen die Funkgeräte an zu blöken, und Chris ließ den Matchbeutel fallen und setzte sich hin.

»Du erbärmlicher Scheißkerl«, sagte Chris.

Skip drehte sich nicht um, als er die Beamten zur Hintertür hereinkommen hörte. Er guckte auf die Tür zwischen Wohn- und Esszimmer. Dort stand Mrs. Blessing, die eine Art langen, gesteppten Morgenmantel trug, weich und schimmernd, sodass er glänzte. Sie hatte sich die Zeit genommen, ihr Haar zu einem silbernen Pferdeschwanz zurückzubinden, und als Ed sich ihr schließlich zuwandte, zuckte er zusammen und sagte: »Heiliger Strohsack!«, wie ein Aufschrei, nicht wie ein Fluch. Skip konnte ihren Blick erkennen, ausdruckslos und kalt. Sie musterte ihn von oben bis unten, musterte die Teekanne in seiner einen Hand und das Gewehr in der anderen, musterte ihn, als hätte sie ihn noch nie gesehen, wäre nie in seinem Laster mitgefahren oder hätte ihn nie beim Mittagessen auf dem Rasen beobachtet oder sein Baby auf dem Arm gehabt. Es war, als ob alle Hoffnung und alles Glück, die sich so lange in ihm aufgebaut hatten, durch eine Öffnung in seinen Eingeweiden, die vor Angst und Jammer mahlten wie ein alter Motor, aus ihm heraussickerten. Dann waren die Männer des Sheriffs überall, stießen sie an die Wände, führten Mrs. Blessing fort und redeten leise mit ihr im Nebenzimmer, damit sie die Männer, die in ihr Haus eingedrungen waren, nicht zu sehen brauchte. Laut und deutlich hörte er sie sagen: »Derjenige mit der Waffe heißt Charles Cuddy. Er erledigt Arbeiten für mich auf dem Anwesen. Er wohnt über der Garage.«

»Es war alles seine Idee«, murmelte Chris mit trägem Lächeln und funkelnden Augen.

Skip hielt immer noch die silberne Teekanne in der Hand. Einer der Hilfssheriffs, ein Typ namens Collier, der sie alle seit ihrer Kindheit kannte, nahm sie ihm ab und stellte sie vorsichtig auf einen Tisch. Dann schüttelte er den Kopf und sagte, während er ihm Handschellen anlegte: »Na, Charles, das ist aber wirklich 'ne Verletzung der Bewährungsauflagen. Sieht ganz so aus, als ob du wieder in den Knast wanderst.«

Ihr Mittag fertig!«, schrie Nadine zum Fenster hoch. »Steht auf dem Tisch! Genau ein Uhr!« Aus dem Apartment kam keine Antwort. Nadine hatte einen Pullover um sich geschlungen. Aus dem hinteren Schlafzimmer des Apartments hörte Mrs. Blessing, wie sie mit den Füßen stampfte, als stünde sie draußen im Schnee und nicht in der etwas kühlen Brise eines nicht der Jahreszeit gemäßen Herbsttages. Das Geschrei wurde von Gemurmel abgelöst, dann vom Zuknallen der Fliegengittertür und schließlich von Stille, bis auf das *Tapp-Tapp* der alten, metallenen Stabjalousien, die so lange in den Räumen über der Garage hingen, wie die Räume über der Garage existierten. Es war ein blechernes, melancholisches Geräusch, das Geräusch von Räumen, die verlassen worden sind.

Die Decke auf dem Bett war zurückgeschlagen, als ob jemand gerade erst herausgesprungen wäre, und das Mobile über der Wiege schaukelte in der frischen Brise vom nahen Fenster. Auch die Ventilatoren waren noch an, obwohl das Wetter sich über Nacht drastisch verändert hatte, die schwüle, stickige Luft fortgeweht und durch einen jener klaren blauweißen Tage ersetzt worden war, die eher frühlingshaft als spätsommerlich waren, sodass sie wie Nadine eine Strickjacke über ihrer Bluse trug. Über der Kommode neben der Wiege hing eine Zeichnung mit Blumen in leuchtenden Farben, auf die jemand in Schönschrift »Faith: Ein anderes Wort für Liebe« geschrieben hatte. Eine Hand voll Zinnien in Orange- und Rottönen steckten in einer kleinen, engen Glasvase. Langsam, vorsichtig öffnete sie jede einzelne flache Schublade und fand darin Stapel sauberer Strampelanzüge und Hemdchen und Wollschuhe. Dazwischen lagen kleine Lavendel-Duftkissen, die sie als diejenigen wiedererkannte, die vor langer Zeit ihrer eigenen Mutter gehört hatten, und sie fragte sich, ob er sie hier gefunden hatte, ausrangiert, vergessen. All diese Jahre, und dennoch, als sie sich eins an die Nase hielt und mit Daumen und Zeigefinger rieb, war da der schwache, vertraute Geruch, derselbe, der den Strümpfen und Nachthemden in ihren eigenen Kommodenschubladen entströmte.

»Ich habe einen Fehler gemacht«, hatte sie an jenem Morgen gesagt, als der Sheriff herausgefahren kam. Wenn sie jetzt darüber nachdachte, fragte sie sich, ob sie diese Worte je zuvor mit Überzeugung ausgesprochen hatte. Vielleicht an der Bertram's, als ihre Mathematikarbeit mit dem nach links geneigten roten Gekritzel von Mrs. Popper bedeckt gewesen war. Vielleicht zu Sunny auf dem Tennisplatz, oder wenn sie das Ruder in die falsche Richtung zog, während sie sich, als sie klein waren, über den Teich schleppten. An dem Tag, an dem sie Meredith nach ihren Fehlern befragt hatte, hatte sie auch an ihre eigenen gedacht, aber sie hatte sie nie eingestehen müssen. Meredith hatte ihr keine Gegenfrage gestellt, und sie hätte ihr nicht die Wahrheit erzählt.

»Ich habe einen schrecklichen Fehler gemacht«, hatte sie gesagt, sobald sie die Worte herausbrachte.

»Das ist verständlich, Ma'am«, hatte der kleine Dicke mit dem roten Gesicht gesagt, der vorsichtig auf der Kante des Sofas im Wohnzimmer balancierte. »Wahrscheinlich lag es daran, dass Sie ihn mit der Waffe gesehen haben. Und dann der Schock über all diese Männer in Ihrem Haus. Soweit wir es uns zusammenreimen, sah Mr. Cuddy, was sie taten, und kam rüber, um sie zu verscheuchen. Das sagt zumindest der eine, der Salzano-Junge. Sein Vater hat hier anscheinend irgendwelche Arbeiten verrichtet. Er ist kein übler Bursche, eher Mitläufer als Anführer, wenn Sie verstehen, was ich meine. Mit Joe Pratt, dem zweiten, verhält es sich ebenso. Der Rädelsführer, der ist ein anderes Kaliber. Den würde ich gern einbuchten.«

»Haben Sie Mr. Cuddy gehen lassen?«

»Wir haben ihn noch auf dem Revier, Ma'am. Wegen der anderen Sache.«

Die andere Sache. Das war der schlimmste Fehler, den sie begangen hatte. All die Streifenwagen, die sich langsam wegbewegten, bis sie die Hecklichter am Ende der Einfahrt hatte aufblitzen sehen, und dann der eine, der noch auf dem Rondell parkte, und die undeutlichen Silhouetten der Beamten, die im Apartment über der Garage herumliefen. Sie hatte das Babyfon eingeschaltet und sie mit lauter Stimme reden hören: Hier ist ein Kind. Was? Cuddy hat 'n Kind? Nicht dass ich wüsste. Wir können das Kind nicht hier lassen. Ist sie wach? Niedliches Baby. Mrs. Blessing erschauerte, wo sie saß. Der Himmel war grau, über dem Teich aber schon heller, und während die Sonne allmählich die Ränder des dichten Lavendelgewirrs entlang dem steinernen Sockel der Veranda und die Blüten des Sonnenhuts dahinter beleuchtete, die auf ihren langen Stängeln schwankten, kam ein weiterer Wagen angefahren, und eine Frau stieg aus. Sie trug ein Klemmbrett und eine große Schultertasche, und sie hatte die unverkennbare wichtigtuerische Zerstreutheit einer Staatsangestellten an sich.

»Miss!«, rief Mrs. Blessing gebieterisch von der Hintertür her. »Miss! Meine Enkelin ist da oben in der Wohnung.« Die Frau hatte sie ungerührt angeschaut. Als sie mit dem Baby auf dem Arm wieder herunterkam, ging einer der Beamten hinter ihr her, der das Klemmbrett trug und einen Stoffteddy, der of-

225

fensichtlich aus der Wiege stammte, und Mrs. Blessing meinte, er müsse wohl selbst Vater sein, dass er daran dachte, den Bären mitzunehmen. Ihre Hände zitterten, als sie die Frau anschaute, die den Kopf verdrehte, damit die kleine Hand, die aus den Falten einer Decke griff, eine Strähne ihres Haars losließ. Ihr fiel die deutsche Babyschwester ein, und wie Meredith eines Morgens im Bett versucht hatte, eine Locke vom Haar ihrer Mutter zu packen, wie die Frau mit dem Zeigefinger fest auf die kleinen Knöchel geklopft hatte. Meredith war zurückgewichen, und die Frau hatte ihr noch einen Klaps gegeben. »Es wird Ihnen nicht gefallen, wenn sie eines Tages beim Mittagessen an der Tischdecke zieht«, hatte sie gesagt. »So fängt es nämlich an.«

Die Frau mit dem Klemmbrett und der Beamte des Sheriffs standen mehrere Minuten im Gespräch neben dem Auto. Mrs. Blessing ging zur Tür und rief erneut: »Miss«, doch ihre Stimme brach bei dem Wort. »Der Sheriff kommt zu Ihnen, Ma'am«, hatte der Hilfssheriff erwidert.

»Ich komme raus«, sagte Mrs. Blessing, dann merkte sie, dass sie barfuß war. Ihre Füße waren kalt und steif, und sie humpelte nach oben, um Pantoffeln anzuziehen, kleidete sich aber nicht an. Sollten sie doch darüber sprechen, dass sie sie im Morgenmantel gesehen hatten. Das kümmerte sie nicht mehr.

Durch das Schlafzimmerfenster hatte sie gehört, wie der Wagen abfuhr, und es war zu spät; sie waren fort, hatten das Kind mitgenommen, das jetzt nicht mehr wegerklärt werden konnte, das Kind, für das sich keine neue Geschichte aus dieser oder jener plausiblen Lüge basteln ließ. Sie hatte es beim Sheriff versucht, mit der Hand auf dem Herzen gesagt: »Da war ein Säugling in seinem Zimmer ...«, doch der Mann hatte sie freundlich, aber entschieden unterbrochen. »Wir leiten eine Untersuchung ein, Ma'am. Wir haben schon mit Mr. Cuddy darüber geredet.«

»Wo ist die Kleine jetzt?«, fragte sie den Sheriff.

»Nach dem Gesetz müssen wir sie in einem Pflegeheim unterbringen, bis sich klärt, wo sie dann hinkommt. Übrigens, Mr. Cuddy hat gesagt, Sie hätten nichts von ihr gewusst.«

Mrs. Blessing hatte das Kinn gehoben und gesagt: »Mr. Cuddy ist ein Gentleman.«

»Es gab Zeiten, da hat er eine schlechte Wahl bezüglich seiner Freunde getroffen; aber im Großen und Ganzen würde ich Ihnen zustimmen.«

Sogar im Dachboden der Garage hing noch ein schwacher, unbeschreiblicher Geruch nach Baby. Die Männer des Sheriffs waren dort hochgegangen, hatten die Treppe zum Dachboden aus der Decke des Flurs gezogen, und sie wollte sich vergewissern, dass sie nichts mitgenommen hatten. Staubflocken tanzten im Sonnenschein, und als sie oben anlangte, atmete sie schwer, und ihre Hände waren grau vom Staub. Aus einer Ecke drang ein scharrendes Geräusch, und sie hörte einen weichen Aufprall, als die Katze, die ihr nachgeschlichen war, in den verborgenen Winkel sprang, der immer schon ihr Verlangen geweckt hatte. Sie verschwand unter den hinteren Dachsparren zwischen einer Reihe ungeöffneter Pakete mit dem Etikett »Simpson's Fine Textiles« und einem Lampenpaar mit zerrissenen Plisseeschirmen.

»Mittagessen«, rief Nadine von der Hintertür des Hauses. »Wird kalt!«

Hier war eine Welt, seit Jahrzehnten unberührt: ein Paket aus Newport mit Reitkleidung und Stiefeln, aus denen die elfjährige Meredith bereits herausgewachsen war, als es eintraf; ein Karton mit Lydias und Sunnys weißen Sommersachen, vergilbt an Säumen und Nähten, den Mrs. Foster hier untergestellt hatte; ein Paket von ihrer Mutter aus der Stadt, voll mit Büchern, die auf die Nachttische der Gästezimmer gelegt werden sollten, das aber irgendwie nie ausgepackt worden war; die Schachteln aus der Stadt mit Lydias Partykleidern, sorgsam zwischen Seidenpapier und Mottenkugeln gefaltet, als ob sie irgendwann, wundersamerweise, wieder jung werden und sie anziehen und Benny durch den Ballsaal des Clubs folgen würde, nachdem er sie zu einem Mitleidstanz aufgefordert hatte, aus dem eine Mitleidsehe werden sollte. Es gab Kartons mit Fotos und Notizblöcken und Tanzkarten und Streichholzheften und Dokumenten und Zeitungsausschnitten, sodass sich der Dachboden, wenn es möglich wäre, Besitztümer und Papiere zu beleben, mit Menschen füllen würde, und das in all ihren verschiedenen Erscheinungsformen, ihr Vater in seinem Pullover mit dem Princeton-P und seinem Wallstreet-Anzug und dem, was er seine »Golfklamotten« nannte, ihr Bruder in seinen Leinenshorts und seinen Skipullovern und mit seinem Panama-Hut, ihre Tochter in ihren Reithosen und ihren wollenen Faltenröcken und ihrem Reisekostüm, das irgendwie in einem Karton, überwiegend mit Babysachen gefüllt, gelandet war. Und auch Lydias ganzes Leben war hier, wunderschön geschneiderte Kleider mit eingefassten Säumen und Schuhe, die für ihren recht schmalen Fuß auf einem hölzernen Leisten angefertigt worden waren, und die wenigen Schachteln mit Briefpapier, die sie nicht verbrannt hatte, »Mrs. J. Bennet Carton« zu Grau verblichen.

Sie guckte noch einmal hinüber zu den Paketen mit »Simpson's Fine Textiles«. Sie hatte vergessen, dass es so viele waren, über zwanzig insgesamt, und fragte sich, wo ihr Vater das Geld hergehabt und warum er es geschickt hatte, ob er argwöhnte, dass ihre Mutter sie nach seinem Tod nicht mehr unterstützen oder ihr, was wahrscheinlicher war, Bedingungen stellen würde. Einmal hatte sie etwas zu ihm gesagt, als sie beide auf den hölzernen Gartenstühlen am Teich saßen, versucht, ihm in steifen und indirekten Worten zu danken, in denen natürlich nicht von Geld die Rede gewesen war. »Wir tun, was wir können«, hatte er gesagt. Nach dem zweiten Paket hatte sie nie mehr eins geöffnet. Vielleicht war der Rest ja voller Stoff oder Zeitungen oder Schals. Es war sinnlos, jetzt nachzuschauen. Aber angesichts der Möglichkeit, dass sie alle tausende von Dollars enthielten, stimmte es sie froh, dass ihr Vater das Dach mit Schiefer hatte decken lassen und es daher nie leck geworden war.

Sie hatte das Geld nicht gebraucht; irgendetwas an ihrer Heirat mit Benny Carton und dem Umzug nach Blessings hatte dazu geführt, dass ihre Mutter sie liebte oder zumindest billigte, und ohne dass etwas gesagt wurde, tauchte Geld von der Firma und aus den Investitionen, die ihre Eltern getätigt hatten, auf ihren Konten oder als Wertpapiere auf ihren Namen auf. Gelegentlich kam ihre Mutter zu Besuch, brachte Meredith handgeschneiderte Sachen mit, die entweder zu klein oder zu groß waren, fuhr mit Lydia in den Club und sah von der Terrasse aus zu, wie sie mit ihren Freunden Golf spielte; stets fand sie den einen oder anderen, mit dem sie die Art belanglosen Gesprächs führen konnte, die für Ethel Blessing am leichtesten und am befriedigendsten zu sein schien. Der Tod ihres Ehemanns hatte ihr die Möglichkeit eines zweiten Lebens eröffnet, eins, das ihren Talenten und Neigungen anscheinend angemessener war. Sie hatte einen kleinen Kreis ähnlich situierter Freundinnen, mit denen sie Karten spielte, einkaufen ging und auf den Schiffen der Cunard-Linie nach Europa fuhr. Einmal machte sie mit einer Gruppe von ihnen eine Weltreise, von der sie Meredith, die damals knapp dreizehn war, eine chinesisch kostümierte Puppe aus Biskuitporzellan mitbrachte und Lydia eine abscheuliche schwarze Perlenkette, die seitdem in einem Tresorfach vor sich hinschmorte. Über die Reise hatte sie lediglich gesagt, das Essen sei anständig gewesen, Singapur aber, wo es ganz sonderbar röche, zu heiß. Kurz darauf hatte ihr geistiger Verfall eingesetzt. Ab und zu, wenn Lydia sie in dem Pflegeheim besuchte, wo sie ihre weitgehend unbewussten letzten Jahre verbrachte, schien sie zu glauben, sie sei noch auf Reisen, und fragte Lydia manchmal, wo sie sich der Kreuzfahrt angeschlossen habe. »Hongkong«, sagte sie dann immer, und einmal hatte ihre Mutter heftig erwidert: »Bangkok hättest du dir nicht entgehen lassen dürfen.«

Hier war die chinesische Puppe, die roten Gewänder verblichen und zerknittert, in einer Schachtel mit weiteren Puppen. Da war die, die »Mama« sagte, was sich anhörte wie miauende Kätzchen, und die, die mit ihrer Pompadour-Rolle und dem mit einem Draht an ihrer rechten Hand befestigten Sonnenschirm aussah wie ein Gibson-Girl der Jahrhundertwende. Raggedy Andy lag in seiner zerschlissenen Kleidung auf dem Grunde des Kartons. Raggedy Ann hatte Meredith nach ihrer Heirat in einem Lastwagen voller ausrangierter Sachen von Blessings, mit denen das Farmhaus in Virginia eingerichtet wurde, mitgenommen, und Lydia war davon ausgegangen, dass sie irgendwann an Merediths Kinder, ihre Enkel, die Frank Askews rötliches Haar vielleicht in die nächste Generation trügen, weitergegeben würde. Sie hatte Jess, die sich die Fälligkeitsdaten an den Fingern ausrechnete und immer eine Tasche gepackt hatte, damit sie jeden Augenblick aufbrechen und mit den Fläschchen und beim Windelwechseln helfen konnte, und ihr altes Klavier mit Fotos von Neugeborenen und Kleinkindern voll stellte, mit ihrem Getue um Enkel lächerlich gefunden. Doch selbst Lydia hatte Pläne für einige Sachen in diesen Schachteln gehabt, die gesmokten Kleidchen mit den passenden Höschen, die weichen, weißen Baumwollunterhemden – Leibchen hatte die Babyschwester sie genannt. Ihre Pläne hatten sich verflüchtigt, als Meredith älter wurde, und dann waren sie mit dem kleinen Mädchen zurückgekehrt, das soeben wie das Beweisstück für ein Verbrechen von Polizisten fortgetragen worden war. Während sie sich umguckte, dachte sie, es müsse doch sicherlich eine Möglichkeit geben, die Dinge wieder in ihren alten Zustand zu versetzen, den Sheriff davon zu überzeugen, dass das Baby es hier am besten hatte, Charles begreiflich zu machen, dass die äußeren Umstände, wie der Sheriff meinte, sie getäuscht hatten.

Unten auf der Treppe waren Schritte zu hören, und Nadines Kopf reckte sich in den Eingang zum Dachboden. »Jeden Tag Mittagessen um eins. Jeden Tag. Jetzt zwei Uhr. Kein Mittagessen.«

»Ich esse später, Nadine.«

»Ich sage, nicht gut, nicht gut, hör auf mich. Du hörst nicht auf mich. Sie hört nicht. Sie sitzen zu Hause, weinen und weinen. Ha!«

»Gehen Sie weg, Nadine. Sagen Sie Jennifer, sie kann mich besuchen kommen, wenn sie will. Sagen Sie ihr, es war ein Fehler.«

»Ha! Sie essen Mittag.«

»Gehen Sie weg.«

In dem Karton mit der Aufschrift »Lydias Sachen« waren ihre alten Bücher, Kate Douglas Wiggins und ein in Leinen gebundenes Exemplar von *Der geheime Garten* und eine in Leder gebundene Ausgabe von *Heidi*, ein Weihnachtsgeschenk. Auf einem anderen stand einfach »Sunny«, und er enthielt mehrere Tweedjacketts und eine flache Kappe, die ihr Bruder, wie sie sich erinnerte, im Herbst getragen hatte, wobei sich seine Haare um den Rand lockten. Die Jacketts rochen nach ihm, nach so einem Zitronenzeugs, das er sich in dem einen Jahr, als er nach Oxford gegangen war, gekauft hatte. Sie nahm eins heraus, und Mottenkugeln regneten in die Schachtel. Da unten lag noch ein Anzug, fleckig und zerknittert, und ein Hut in der Farbe gemähten Heus, den er gern dazu getragen hatte. Sie starrte hinab in die schattigen Tiefen, und sie sah ihn beides tragen an jenem Tag, an dem er mit der Schrotflinte um die Biegung des Teichs zum Stall verschwunden war. Am Abend zuvor hatten sie am Ufer des Teichs ge-

231

sessen, während die Glühwürmchen mit ihren endlosen, nicht zu entschlüsselnden Signalen sie umflackerten, die Forellen fröhlich sprangen, das Eis schwach klappernde Geräusche in ihren Gläsern machte. Die Dunkelheit senkte sich leise nieder, sodass sie bald nur noch seine kühlen, hellen Augen und den weißen Kragen seines Hemdes sehen konnte, und eine ganze Weile herrschte Schweigen, dann ein Laut, den sie für Lachen hielt. Als sie sich ihm zuwandte, sah sie die Tränen silbern auf seinem Gesicht glitzern. Er war damals über vierzig, doch faltenlos wie ein Kind und auch ebenso ohne Scham, als er weinte und hinaus auf das tiefere Schwarz des Wassers, eingefasst vom Schwarz des Rasens, schaute.

»Was ist los, Sunny?«, fragte sie sanft.

»Ach, Lydie«, erwiderte er mit einem heldenhaften Schniefen, »meine große Liebe hat mich verlassen.«

»Davon hast du mir nie etwas erzählt«, hatte sie gesagt.

»Nein«, hatte er einfach geantwortet, als ob er das auch nie tun würde.

Der Hut und der Anzug waren wie sein Haar und alles Übrige an ihm gewesen, blassgolden. Sie hob beides auf und wunderte sich darüber, dass der Hut nicht beschädigt war. Vielleicht hatte er ihn vorher abgesetzt; er hatte neben seinem Leichnam auf dem Boden des Stalls gelegen. Sie entsann sich, dass sie sich, obwohl es nicht zur Sache gehörte, gefragt hatte, ob er ihn getragen hatte, auch noch, als sie gespürt hatte, wie sie schwer atmete, gespürt hatte, dass sie schrie, schrie, bis Mr. Foster aus der Garage angerannt kam, selbst mit einem Gewehr in der Hand. »Mein Bruder hatte einen Unfall«, weinte sie, und der ältere Mann guckte hin, dann hielt er sie zurück, während sie sich im Zwielicht krümmte, sodass es ausgesehen haben musste, als ob sie tanzten, sich gar umarmten, der Hut ein heller Fleck neben ihnen, wie der Mond.

Sie hatte nie genau erfahren, was mit den Sachen passiert war, die Sunny an jenem Tag getragen hatte. Sie hätte nie gedacht, dass die Fosters sie aufbewahrt, vielleicht Angst gehabt hatten, sie wegzuwerfen. Die Rückseite des Anzugs war schmutzig auf einer Schulter, sonst aber weitgehend unberührt, und vorn war er steif vor Blut, als ob ihn jemand noch feucht zusammengerollt und in diesen Karton gesteckt hatte, auf dem »Sunny« stand. Das Jackett hing schief, und mit bebenden Händen holte sie aus der einen Brusttasche seine Brieftasche hervor und wunderte sich, dass sie ihr Fehlen damals nicht bemerkt hatte. Sie fühlte sich zittrig und schwach, und ihr Arm tat so weh, und sie ging hinüber zu einem alten Stuhl, dessen Beine zerbrechlich und krumm waren wie Spinnenbeine, und setzte sich hin. Das schwarze Leder war noch geschmeidig und glänzte, und drinnen war Geld: zwei Zwanzig-Dollar-Scheine und sechs Einer. Visitenkarten von der Werbeagentur: »Sumner E. Blessing, stellvertretender Vizepräsident«. Eine Karte aus dem Continental Club mit einer Telefonnummer auf der Rückseite, hingekritzelt auf die altvertraute Weise: »Clearview 7, 8579«. Ein Führerschein war nicht da. Sunny hatte eines Sommers im Laster der Fosters fahren gelernt, ihn in eine alte Eiche auf der anderen Straßenseite gesetzt und es nie wieder versucht. »Ich kann mir nicht vorstellen, dass ich irgendwohin muss, wo ich nicht mit Zug, Taxi oder Chauffeur hinfahren kann«, sagte er gern.

Das war der ganze Inhalt, bis sie in das Fach hinter den Visitenkarten langte. Ein abgegriffener Zettel steckte darin und ein Foto. Das Foto war geknickt, sodass nur zwei Drittel davon zu sehen waren, ein sehr altes Foto, schwarz-weiß mit einem getüpfelten Rand, von Sunny und Benny am Lattenzaun draußen auf der Wiese. Sie blinzelten in den hellen Sommersonnenschein, und Sunny hatte seinen Arm um Benny gelegt und ihm den Kopf leicht zugeneigt, als wartete er darauf, dass er etwas sagte. In dem Foto war ein tiefer Knick, aber schon ehe sie es langsam in ihrer Hand umdrehte, wusste Lydia, was weggeklappt worden war. Sie legte es flach auf ihre Hand und glättete es sanft mit den Fingern, als könnte sie den Knick ausbügeln, und da, auf der anderen Seite von Sunny, stand sie, den Arm ihres Bruders um die Schultern. Aber das Foto war so lange geknickt gewesen, dass es jetzt, als sie es auseinander faltete, riss, und da waren die beiden Jungen zusammen, und das andere Stück wirbelte auf den staubigen Fußboden.

Auch in dem Zettel, der bei dem Foto steckte, waren tiefe Knicke. Er war so dünn wie das Luftpostpapier, auf dem die Jungen aus dem Krieg nach Hause geschrieben hatten. In Bennys vertrauter, kaum leserlicher Handschrift stand darauf: »Grüß dich, Kumpel. Mach dir keine Sorgen. Alles bleibt, wie es ist. Ben und Sun, bis zum Schluss, genau wie in Newport. Du weißt schon.«

Sie saß da, bis der Wind abgeflaut war, sodass das Klappern der Metalljalousien nur noch ab und zu erfolgte, als ob jemand anklopfte. »Mittagessen jetzt«, rief Nadine erneut. »Mittagessen jetzt, oder ich gehe.« Aber sie hatte keinen Hunger, als sie das Foto in ihren Händen drehte und sich fragte, ob Sunny wohl gewollt hatte, dass sie die Brieftasche nach seinem Tod fand, und ob sie ihn auf Umwegen, die sie ihr ganzes Leben gebraucht hatte nachzuvollziehen, getötet hatte, als sie sich selbst rettete.

Sie kämen um elf, hatte der Sheriff ihm mitgeteilt. Der Mann habe zwanzig Meilen weiter nördlich in Loganville eine Versicherungsagentur. Seine Frau unterrichte Englisch in der siebten Klasse. Ihre Tochter sei Studentin im zweiten Jahr an der staatlichen Universität. Sie kämen um elf zu Mrs. Blessing. Es hatte fast eine Woche gedauert, die Schwierigkeiten aus der Welt zu schaffen. Das Treffen in Blessings, das war die Idee des Sheriffs, um ihnen allen den Geruch desinfizierter Korridore und das Angestarrtwerden von Menschen zu ersparen, die in Plastik eingeschweißte Ausweise trugen, vielleicht sogar von ein paar Lokalreportern, die von der Geschichte Wind gekriegt hatten. Aber Skip fand, es läge auch eine poetische Gerechtigkeit darin, wenn Mrs. Blessing dort sehen müsste, was sie getan hatte, wo sie es getan hatte. Und das Mädchen auch. Um elf würden sie kommen.

»Sagen Sie ihnen, dass ich ihnen einen Babysitz fürs Auto mitgebe«, sagte Skip. »Sie müssen sie in einen Babysitz setzen. Sagen Sie ihnen, das ist Pflicht.«

Sie sollten um elf kommen, und Skip fuhr vormittags um halb zehn los, gleich nachdem ihm die Sozialarbeiterin mit verkniffenem Mund Faith überreicht hatte. Sie war fünf Tage lang irgendwo draußen auf einer Farm bei einer Pflegemutter gewesen und trug ein Kleid, das ihre kleinen Beine vom Fuß bis zum Oberschenkel frei ließ. Sie strampelte und strampel-

235

te, als ob es ihr gefiele, und der Rock des Kleides, das gelb war und bedruckt mit Schaukelpferden in Blau und Rosa, flog ihr über das Gesicht, und sie nieste und schlug mit den Fäusten in die Luft. Sie roch nach Talkumpuder. Talkumpuder war nicht gut für Babys.

»Stützen Sie ihren Kopf ab«, sagte die Sozialarbeiterin, als sie sie ihm übergab.

»Ich habe ihren Kopf seit dem Tag ihrer Geburt abgestützt«, sagte Skip.

Das war's gewesen, es reichte ihm. Er hatte ihr auf dem Vordersitz ein Fläschchen gegeben, bei offener Tür, damit sie in der schlechten Luft im Laster nicht erstickten, nachdem er sich vergewissert hatte, dass ihr Lätzchen richtig saß, damit sie, falls sie spuckte, das Kleid nicht befleckte. Sie starrte ihn an, während sie angestrengt an dem Sauger nuckelte, und schlang ihre Hand, wie sie es immer tat, um die, mit der er die Flasche hielt, ihre Finger langsam hebend und senkend. Als das Fläschchen halb leer war, begannen sich ihre Augenlider zu senken. Ihre Wimpern sahen so lang aus und ihre Finger auch, und für einen Moment war es, als sähe er sie wieder zum ersten Mal, wie damals, als er sie aus dem Karton gehoben und tief im Innersten gewusst hatte, dass sie ihm gehörte.

Er fuhr fast dreißig Meilen mit der schlafenden Kleinen neben sich in ihrem Babysitz. Als er gekommen war, um seinen Laster abzuholen, war Mrs. Blessing aus der Hintertür getreten, groß und dunkel und gesichtslos vor dem goldenen Licht aus der Küche. Er war hinauf ins Apartment gegangen und hatte seine Kleider in den alten Matchbeutel geworfen, den sein Dad in der Armee gehabt hatte, und hatte innegehalten, um zu überlegen, was er mitnehmen sollte, und dann nichts mitgenommen, weil er nichts brauchte, überhaupt nichts.

Als er zum Laster kam, stand sie daneben, leicht gebückt, eine Hand auf dem Herzen. Jennifer hatte Recht; sie sah jetzt älter aus, kleiner vielleicht, geschrumpft, aber statt sie zu bedauern, dachte er, es geschehe ihr Recht. Er selbst sah bestimmt auch älter aus.

»Charles, ich habe mit meinem Anwalt gesprochen, und er meint, es gibt eine Möglichkeit, wie Sie gegen diese Leute –«

»Der hat doch Scheiße im Kopf«, sagte er absichtlich grob und warf den Beutel in den Wagen, ohne sie anzugucken. Wenn sie dachte, er gehöre zu diesen Typen, dann gehörte er eben zu diesen Typen. »Ein halbes Jahr um sie kämpfen, während sie bei anderen Fremden untergebracht ist, und zum Schluss gewinnen sie. Sie hat eine Mutter. Die Mutter gewinnt immer. So ist das nun mal.«

»Sie waren dem Kind eine so gute Mutter wie jede Frau, die ich je gekannt habe. Das habe ich auch dem Sheriff gesagt.«

Er schaute ihr in die Augen und hatte den Eindruck, sie wiche ein bisschen zurück, als sie mitkriegte, wie er aussah. »Na, das hat aber keine große Rolle gespielt, als Sie mir die Bullen auf den Hals hetzten wie einem gewöhnlichen Verbrecher. Das hat keine große Rolle gespielt, als Sie sie denken ließen, ich wäre ein Mensch, der hier wohnt und sich um Ihr Anwesen kümmert und den verdammten Kaffee macht und sich dann rüberschleicht und die Kabel von der Alarmanlage durchschneidet und das Silber aus dem Esszimmer klaut. Sie kannten mich doch. Sie kannten mich. Sie kannten mich besser, als irgendwer sonst mich je gekannt hat. Sie wussten, was für eine Art Mensch ich bin. Und ein Blick, und Sie verurteilen mich, als ob ich ein ganz anderer Mensch wäre als der, den Sie kannten.«

»Ich habe einen Fehler gemacht«, sagte sie.

»Das haben Sie«, sagte er, und er stieg in den Laster und fuhr los, ohne in den Rückspiegel zu gucken.

Sie hatten den Laster durchsucht, nachdem sie ihn zusammen mit Chris und Ed und Joe festgenommen hatten. Sie hatten das Handschuhfach durchsucht und den auf die Ladefläche geschraubten Werkzeugkasten. Er sah, dass sie seine

Schubladen oben durchsucht hatten und die anderen Zimmer, und dann hatten sie etwas gefunden, das die Suche lohnte, fest schlafend, das Fieber gesunken. Er hoffte nur, dass sie sie gefüttert hatten, ehe sie sie wegbeförderten, sodass sie nicht den ganzen Weg in die Stadt über geweint hatte.

Im Polizeirevier sperrten sie ihn in einen fensterlosen Raum; die Handschellen waren straff angezogen, und in seiner Schulter entwickelte sich ein Krampf, wo der Arm am Gelenk zerrte. Es gab keine Wanduhr, und seine Armbanduhr konnte er nicht sehen. Es gab keine Nacht, aus der graue Dämmerung und blauer Tag wurde, keine Fütterungen, an denen man sich die Zeit ausrechnen konnte. Er hatte das Gefühl gehabt, verrückt zu werden. Endlich war der Sheriff gekommen und hatte seine Handschellen aufgeschlossen, sodass ihm die Arme schwer herabfielen.

»Von Rechts wegen müsste ich mir Ihre Version der Geschichte anhören, aber ich will Ihnen erst mal erzählen, was Ihre Spezis sagen«, hatte er gesagt.

»Das sind nicht meine Spezis.«

Ed und Joe hatten tatsächlich mal die Wahrheit erzählt, sich gegen Chris verbündet und gesagt, dass Skip nicht mit von der Partie gewesen sei, dass er versucht habe, sie dazu zu bringen, dass sie gingen und die Sachen daließen. Der Sheriff sagte, er habe Chris gefragt, was passiert sei, und der habe um eine Zigarette gebeten. »Ihr habt doch gesehen, wer das Gewehr hatte«, hatte Chris gesagt und sich auf seinem Stuhl zurückgelehnt.

»Er ist ein verdammter Lügner«, sagte Skip.

»Danke für die Neuigkeit. Ich habe aber noch ein Problem, über das ich mit Ihnen sprechen muss.« Und aus seiner Brusttasche holte er einen dienstlichen Zettel und legte ihn vor Skip sacht auf den Tisch, so sacht, dass Skip dachte, es sei vielleicht ein Haftbefehl oder ein Foto von etwas Schrecklichem, von dem der Sheriff glaubte, dass es ihn umhauen wür-

de. »UNTERSUCHUNG EINES MÖGLICHEN TÖTUNGSDE-
LIKTS« stand ganz oben, und dann wurde eine Geschichte erzählt auf die Weise, wie sie die Polizei immer erzählt, als ob es
um ein wissenschaftliches Experiment ginge und nicht um
menschliche Wesen. Eine Weiße, Alter neunzehn, war Ende
Juni mit Nachgeburtsblutungen ins Krankenhaus eingeliefert
worden. Eine Untersuchung förderte keine Spur von einem
Säugling zu Tage. Weiße unkooperativ. Beamte forschten
nach dem Verbleib des Säuglings oder seiner Überreste.

»Ach, Mist«, sagte Skip und legte seinen Kopf auf den
Tisch.

»Möchten Sie eine Zigarette?«, fragte der Sheriff.

»Ich rauche nicht.«

»Ich wette, Sie sind nie darauf gekommen, dass sie erwischt
wurde und man glauben könnte, sie habe das Kind getötet.
Man hat sie nur deshalb noch nicht verhaftet, weil man keine
Leiche hat. Ich habe heute Morgen mit der Mutter des Mädchens geredet. Wir sind hier ungefähr auf halber Strecke zwischen der Universität und ihrem Wohnort. Sie fragte ihre
Tochter, ob sie jemals in einem Ort namens Mount Mason gewesen sei, und sie klappte zusammen.«

»Sie gehört mir. Sie gehört mir.« Skip ließ seinen Kopf auf
dem Tisch, und er weinte, bis er nicht mehr weinen konnte,
und der Sheriff saß schweigend daneben.

»Kennen Sie Mrs. Liggett, die oben in der Thatcher Street
wohnt?«, sagte der Ältere schließlich. »Sie war früher Krankenschwester an der High School, vielleicht vor Ihrer Zeit.
Sie ist ein harter Brocken, und das sage ich, obwohl ich weiß,
dass sie und meine Frau seit ihrer Kindheit Freundinnen
sind. Sie kam und nahm das Baby mit, und als sie vom Krankenhaus aus anrief, sagte sie zu mir, jemand hat sehr gut für
das kleine Mädchen gesorgt. Sie ist sauber, sie ist wohl ge-
nährt, und sie hat ein freundliches Wesen.« Und bei diesen
Worten weinte Skip erneut, weil er sich vorstellte, wie Faith

239

Mrs. Liggett anlächelte, die ein harter Brocken war. Es war lange her, dass er geweint hatte, und er tat es so, wie er alles tat, an das er nicht gewöhnt war, stoß- und ruckweise, aber mit Überzeugung.

»Die Kleine muss zurück zu ihrer Mutter. Das wissen Sie genauso gut wie ich. Da gibt es kein Vertun. Aber ich kann Ihnen behilflich sein, wenn die Zeit kommt, damit Sie nicht ganz aus dem Spiel sind.«

Er hatte Skip eine Kopie des Zettels gegeben, und als er aus dem Revier kam und in die Mittagssonne blinzelte, saß Jennifer in ihrem kleinen blauen Wagen auf dem Parkplatz und las Zeitung. Er fühlte sich schmutzig in den Hosen von letzter Nacht und einem alten »Keine-Macht-den-Drogen«-T-Shirt, das einer der Beamten in einem Karton mit ausrangierten Sachen gefunden hatte, die für inhaftierte Obdachlose gedacht waren. Jennifers Augen waren rot, und auf dem Armaturenbrett standen zwei leere Pappbecher.

»Ich habe deinen Kaffee auch getrunken. Tut mir echt Leid«, sagte sie.

»Den hätte ich sowieso nicht vertragen.«

»Es muss doch eine Möglichkeit geben, sie zurückzukriegen.«

»Du bist aber sehr optimistisch.«

»Einer von uns muss es ja sein. Steig ein. Mein Dad möchte mit dir reden.«

Über der Autowerkstatt war ein Apartment, das nie jemand hatte mieten wollen, weil Mr. Foster sein Geschäft morgens um sieben öffnete, und das Gehämmere und Geklapper und das gegenseitige Sichanschreien den ganzen Tag andauerte, manchmal bis in den Abend hinein, und er außerdem nur an Nichtraucher vermietete und Leute, die keine Haustiere hielten, und die zur Kirche gingen. Doch Skip stand sowieso früh auf, und der Lärm hatte etwas Geselliges für ihn, auch nach Feierabend, und der Geruch von Motoröl und die Aussicht auf die Landstraße, die sich zwischen flachen Maisfeldern erstreckte, störten ihn nicht, weil sie ihn wenigstens nicht an den Geruch von gemähtem Gras und Penaten-Creme und von frisch gewaschenen Babyhemdchen erinnerten oder an den Anblick des Teichs, in dem sich die fichtenbewachsenen Hügel spiegelten. Morgens roch es nach Kaffee von der Kaffeemaschine, die Craig Foster auf dem Aktenschrank stehen hatte. Schlimmer war manchmal der Moment, wenn er sich aus dem Schlaf kämpfte und sein Blick auf die noch nicht vertraute, unverputzte Decke fiel und er dabei das Gefühl hatte, sein Traum von einem Leben sei auf ewig dahin.

»Ich habe gehört, Sie sind ein guter Mechaniker«, hatte Mr. Foster gesagt.

»Da kriegen Sie Probleme mit Ihrer Frau«, erwiderte Skip.

Mr. Foster hatte die Achseln gezuckt. »Nadine muss man zu nehmen wissen. Man muss sich klar machen, wo sie herkommt und was sie durchgemacht hat. Sie glauben, hier gibt es üble Wohngegenden? Das ist nichts verglichen mit ihrem früheren Zuhause. All diese kleinen Blechhütten ohne Toilette, die Kinder rennen nackt rum, und dazwischen die Soldaten. Männer in einem bestimmten Alter jagen ihr Angst ein. Männer in Ihrem Alter zum Beispiel. Sie meint es eigentlich nicht so. Sie müssen Sie bloß kennen, wissen, wie ihr Leben war.«

Nadine kam nie in die Werkstatt. Vielleicht lag es daran, dass alle, die dort arbeiteten, Männer in ungefähr Skips Alter waren. Als Jennifer kam, herrschte ein seltsames Schweigen. »Ich glaube, sie tüftelt mit ihrem Anwalt etwas aus«, sagte sie zu Skip.

»Ich will nichts davon hören«, sagte Skip und beugte sich über einen Motor.

Als er in der Stadt gewesen war, um zwei von auswärts bestellte Autoteile von der Post abzuholen, hatte er auf der Straße in jeden Kinderwagen gestarrt. Er war mit Chris' Mom zusammengestoßen, die gerade einen Plastikmüllsack in den

Waschsalon trug. Ihre Schwesternhelferinnenuniform raschelte, während sie daran herumfummelte. »Na, Skipper, dieser verdammte Junge hat es mal wieder geschafft, sich in Schwierigkeiten zu bringen«, sagte sie, als ob eine Verhaftung wegen Einbruchs so etwas wie ein Wirbelsturm wäre oder ein Loch in der Wiese, in dem man sich den Fuß verknackst, eins von diesen Dingen, die einem Menschen einfach widerfahren, weil er zur falschen Zeit am falschen Ort ist und Pech hat.

»Den hätten sie schon längst einsperren sollen«, sagte einer der anderen Mechaniker in Craig Fosters Werkstatt, dessen Schwester ein paar Mal mit Chris ausgegangen war.

Er war ein netter Typ namens Fred, der in der High School zwei Klassen unter ihnen gewesen war, und er hatte Skips Laster getunt, sodass er jetzt brummte, als er mit der auf ihr Kleid sabbernden Kleinen die Interstate entlangfuhr. Er hatte ihr nie ein Kleid angezogen; es kam ihm albern vor, all der Stoff, der um ihre zappelnden Füße und Beine wogte. Er warf einen Blick auf sie. Sie sah aus, wie ein Baby wohl aussehen musste, wenn es die Mutter kennen lernen sollte, die es, eingewickelt in ein zerlumptes Flanellhemd, in einem Karton auf seiner Schwelle abgestellt hatte.

Er sah vom Highway aus einen Spielplatz und nahm die nächste Ausfahrt und setzte Faith in ihrem Babysitz in die Nähe der Schaukeln, wo sie die beiden kleinen Jungen sehen konnte, deren Mutter sie anschubste, die linke Hand auf dem Rücken des einen, die rechte auf dem Rücken des anderen. Faiths Blicke wanderten auf und nieder wie die Schaukeln, und ihr Lächeln ging an und aus, an und aus wie ein blinkendes Neonzeichen. Sie kreischte den Jungen zu, und sie erwiderten das Kreischen, und sie stieß es erneut aus, diesmal noch lauter.

»Was würde ich nicht für ein Mädchen geben«, sagte ihre Mutter zu Skip, während die Jungen versuchten, einander zu packen.

»Das werden Ihnen die Jungs aber übel nehmen«, rief er zurück.

»Die nicht. Die nehmen nichts übel.« Sie schüttelte den Kopf. »Sie sind nur sechzehn Monate auseinander. Sagen Sie Ihrer Frau, sie soll sich nicht so sehr ins Zeug legen.«

Als er wieder auf dem Highway war, gab Faith laute Vogelgeräusche von sich, wobei sie den Kopf zwischen Seitenfenster und Windschutzscheibe hin- und herdrehte, als ob sie etwas suchte. Er musste immer wieder daran denken, dass er einfach weiterfahren könnte, weiter und weiter, bis irgendwohin, wo es flach und öde und sicher war, Nebraska vielleicht oder Kansas. In beiden Staaten war er noch nie gewesen, war eigentlich noch nirgendwo gewesen, aber irgendwie klangen sie so, als könnte er dort ein kleines Apartment mieten und den Leuten erzählen, seine Frau sei gestorben, und ohne allzu viele Umstände oder Fragen seine Tochter in einer Schule anmelden. Eine Raststätte flog vorbei, dann eine Ausfahrt, dann noch eine. Er nahm an, dass es für alle Menschen einen Zeitpunkt in ihrem Leben gab, wo sie dachten, sie könnten anders sein, als sie waren. Einen solchen Zeitpunkt hatte es für ihn vor Jahren gegeben, als er in der Mittelstufe mit einem Experiment über Fruchtfliegen einen Preis in Naturkunde gewann. Abends, als er im Bett lag, hatte er die Schleife auf seinem kleinen Arrangement aus Wellpappe und alten Einmachgläsern gesehen und sich eine Zukunft ausgemalt: »Gut gemacht, Skipper – mal über ein Medizinstudium nachgedacht?« »Hey, Skip, Mann, kann ich deine Hausaufgaben abschreiben?« »Lass uns doch zusammen Schularbeiten machen, Skip.« Vielleicht hätte es eine Möglichkeit gegeben, so ein Szenario Wirklichkeit werden zu lassen; er wusste es immer noch nicht. Er hatte die Schleife über dem Kartentisch, der ihm als Schreibtisch diente, an die Wand geheftet, und dann, als seine Tante und sein Onkel eines Sommers sein Zimmer neu gestrichen hatten, war sie verschwunden. Das war auch ganz gut so, denn sie zu sehen, erinnerte ihn immer daran, dass sie ein Zufallstreffer gewesen war. Ebenso wie Faith, das plötzliche Aufleuchten von etwas Strahlendem in einer langen Reihe grauer Tage.

Bei der nächsten Raststätte hielt er an und legte den Kopf aufs Lenkrad. Sie war ebenfalls nach vorn gesackt, sodass sie beide dieselbe Haltung der Kapitulation einnahmen. Sie hob den Kopf und kaute an ihrer Faust, schaffte es, ihren Daumen in den Mund zu stecken, und lutschte geräuschvoll daran. Er kaufte sich einen Donut und eine Cola und fütterte sie erneut, wobei er mit dem Zeigefinger ihre Hand streichelte. Er lächelte und lächelte sie an, und sie erwiderte sein Lächeln, sodass ihr der Sauger aus dem Mund rutschte.

Vielleicht konnte er diese Leute darum bitten, dass er sie behalten durfte, ihnen erklären, wie er all die Wochen hindurch mitten in der Nacht aufgestanden war, um sie zu füttern, und morgens so benommen gewesen war, dass er nur sicher war, es getan zu haben, wenn er das leere Fläschchen auf dem Nachttisch sah; wie er die Zunge herausgestreckt und sie gehänselt hatte, sodass sie lächelte, dann kicherte, dann lachte; wie er ihren kläglichen kleinen Haarflaum oben auf dem Kopf mit ein bisschen Babyöl auf dem Finger zu einer Art Locke gezwirbelt hatte; wie er ein kleines Zelt aus Gaze über ihr aufgespannt hatte, damit sie im Gras liegen und die Wolken und die Vögel über sich hinwegziehen sehen konnte und dabei nicht bei lebendigem Leibe von Mücken aufgefressen wurde. Und er wusste, was sie sagen würden, wenn er sie bat. Als die ganze Geschichte angefangen hatte, hätte er gemeint, es läge daran, dass er nicht genügend hatte – genügend Familie, genügend Geld, genügend Existenz. Er hätte gedacht, wenn er ihnen Blessings hätte anbieten können statt der Garage hinter Blessings, so wäre es etwas anderes gewesen. Doch nachdem er Jennifer über ihren Vater hatte reden hören und Mrs. Blessing und Mrs. Fox mit ihren scharfen

Profilen am Tisch neben dem Fenster über ihre Suppenschüs-
seln gebeugt gesehen hatte, war ihm klar geworden, dass
manchmal alles aufs Blut hinauslief.

Es gab zwei Ausfahrten, auf denen er die Raststätte verlassen konnte, eine, die auf den Highway nach Westen führte,
nach Nebraska oder Kansas, und eine, die nach Osten führte,
wo er hergekommen war. Er fuhr nach Osten. Es war eine Art
Kreisbewegung: um die Art Mensch zu sein, die Faith bei sich
aufgenommen hatte, musste er jetzt die Art Mensch sein, die
sie zurückbringen würde. Er fuhr mit einem Dröhnen im
Kopf und achtete darauf, dass er die Geschwindigkeitsbe-
grenzung nur knapp überschritt. Entlang der Böschung waren zwei tote Rehe und ein Wohnmobil, an dem ein Mann den
Reifen wechselte, der nicht so aussah, als wüsste er, was er
tat, während ein Schwarm untersetzter Frauen ihn wie aufge-
scheuchte Tauben umschwirrte. Da war der Spielplatz, wo er
angehalten hatte, voller Kindergartenkinder jetzt mit Na-
mensschildern aus bunter Pappe, die ihnen an Kordeln um
den Hals hingen. Da war ein Motel, wo er einchecken und
ein, zwei Stunden mit dem Baby auf dem Bett spielen könnte,
während der Sheriff das Kennzeichen seines Lasters über den
Polizeifunk des Bundesstaates weitergab. Er fuhr weiter.
Faith schlief.

Er fuhr an der Ausfahrt vorbei, die zu den Boatwrights
führte, und sah eine massige Frau in roten Shorts, die Wäsche
auf eine schlaffe Leine hängte. Es schien, als wäre in dem Kä-
fig auf der vorderen Veranda, der auf der Waschmaschine
stand, ein Waschbär. Er fuhr an der Ausfahrt zu McGuire's
vorbei und sah, dass der Parkplatz halb voll war, obwohl es
noch nicht einmal Mittag war. Jemand hatte die Seite der Garage neben McGuire's mit den Worten »Echte Männer Lieben
Jesus« bepinselt. Ein Stück entfernt von der gegenüberliegenden Seite des Highways konnte er hinter einem Ulmengehölz
das Obergeschoss von Fosters Autowerkstatt sehen. Der

Wal-Mart ragte neben der Straße auf, und dann rückten die Bäume näher, und er bog in die Rolling Hills Road ab, die Schultern steif, weil er das Lenkrad so fest gepackt hatte. Die Felder hatten Streifen aus hohen Gräsern in Gelb, Braun und hellem Purpur, und ein Habichtpaar stieg durch dünne, klare Luft auf. Er bog auf das Grundstück ein, und wie ein Reflex kam ihm der Gedanke, dass in Blessings das Gras gemäht werden musste. Die Katze hatte am Eingang zum Keller ein totes Eichhörnchen liegen lassen, und er fragte sich, wer den Kaffee machte, jetzt, wo er nicht mehr da war.

In der Einfahrt standen drei Autos, der Wagen des Sheriffs zwischen der großen Limousine, die Lester Patton, Mrs. Blessings Anwalt, gehörte, und ein blauer Toyota, den er noch nie gesehen hatte. Der Toyota hatte einen Aufkleber auf der Stoßstange, auf dem WIR BREMSEN AUCH FÜR TIERE stand, und einen Babysitz auf der Rückbank. Er fragte sich, was er wohl ihrer Meinung nach mit seinem machen sollte. Er konnte Nadine von der Rückseite des Hauses durchs Fenster spähen und sich die Hände mit einem gestreiften Geschirrtuch abwischen sehen, und obgleich es erst eine Woche her war, hatte er das Gefühl, nach langer Abwesenheit zurückzukehren, ähnlich, wie er sich fühlte, wenn er an der Grundschule vorbeifuhr, als ob sein Geist dort noch lebte, wenn er auch selbst schon längst weg war.

Nadine stand an der Hintertür, und er wartete, wartete bloß darauf, dass sie etwas sagte. Er konnte schon ihre Stimme krähen hören: »Viel Ärger für Sie.« Doch sie stand nur da, mit verschränkten Armen, den Kopf auf die Seite gelegt. Faith schlief immer noch, ein totes Gewicht an seiner Schulter, die rote Unterlippe vorgeschoben, als wäre sie verärgert über ihre eigenen Träume. Als er an Nadine vorbeiging, schaute sie herab, und ihre Augenbrauen schossen hoch, und sie sagte: »Hübsches Baby«, aber ohne Groll.

Das Wohnzimmer war voll. Mrs. Blessing saß in dem Ohrensessel. Sie mühte sich auf die Füße, sagte: »Charles«, halb fragend, doch er guckte sie nicht an, weil er sich an die beengte Dunkelheit des Raums erinnerte, als sie dort das letzte Mal zusammen gewesen waren, an die Anschuldigung in ihren Augen. Ihr Anwalt war auf dem Sofa, mit dem Rücken zum Zimmer; der Sheriff stand, große Schweißringe auf seinem Khakihemd, in der Ecke. Auf der Brokatcouch saßen, die Gesichter beschattet von der Markise vor dem Fenster, die anderen drei, eine Frau mit weichem, braunem Haar, einer Brille und baumelnden Silberohrringen, ein Mann im grünen Polohemd mit den Worten »Lucky Dog« über seinem Herzen und einem Haaransatz mit blassen Stellen über beiden Schläfen, und zwischen ihnen das Mädchen. Skip wusste, dass sie neunzehn war und Paula Benichek hieß. Was er wissen wollte, sah er sofort, die hellbraunen Haare, die bestimmt früher blond gewesen waren, das kleine, spitze Kinn mit dem weichen Knubbel an der Spitze, die schmale Ober- und volle Unterlippe. Sie ähnelte Faith so sehr, wie eine Erwachsene einem Kleinkind ähneln kann, und so war es, obwohl die Mutter des Mädchens ihm mit gespreizten und zitternden Fingern die Hände entgegenstreckte, obwohl das Mädchen mit verschränkten Armen und trotziger Miene dasaß, der Schoß der jüngeren Frau, in den er das Baby legte, und zwar so, dass der Schoß der jungen Frau eine natürliche Wiege bildete. Faith blinzelte, schloss für einen Moment die Augen, machte sie dann auf und stieß das Kreischen aus, das sie bei den Jungen auf dem Spielplatz von sich gegeben hatte.

Aus seiner Tasche holte Skip einen Brief und legte ihn neben die junge Frau, die Faith mit einem zerrissenen, entsetzten Gesichtsausdruck anstarrte. Er hatte ihn am Abend zuvor auf liniertem gelbem Papier geschrieben, nicht nachgedacht, nur gehandelt, wie er es immer tat, wenn er etwas Totes von der Einfahrt wegschaffen oder den Faulbehälter leeren musste. »6 Uhr morgens«, fing es an, »120 ml Isomil-Milchpulver ohne Eisen (sonst Verstopfung). Schläft danach zwei Stunden. Halb zehn wieder 120 ml. Wach bis 12.« Er war nicht bereit, zu viel preiszugeben, doch um Faiths willen wollte er, dass sie ihren Tagesablauf kannten und wussten, dass sie die ersten Impfungen hinter sich hatte. Das andere würden sie selbst herausfinden müssen: dass sie ihre Faust an die eine Wange drückte, wenn sie schlief, wie heftig sie im Sonnenlicht zwinkerte und dann nieste und nieste und lächelte, als ob sie gern nieste, wie sie ihre Füße zur Decke reckte und versuchte, sie zu packen, wobei sie eine kleine Falte in der Stirn hatte.

»Junge, wir möchten Ihnen danken«, sagte der Vater des Mädchens, stand auf und streckte seine Hand aus, aber Skip konnte bloß, als wollte er ihn wegschieben, die Hände heben.

»Ich weiß das zu schätzen, Sir, aber Sie können im Moment nichts sagen, das ich hören möchte. Ich finde nur, Sie sollten wissen, dass sie – dass sie –« Doch er konnte keine Worte mehr an dem harten Knoten in seiner Kehle vorbeizwängen, und so senkte er nur den Kopf und schüttelte ihn immer wieder. In der Küche knallte die Tür.

»Lass es nicht zu!«, rief Jennifer Foster von der Tür her. »Das dürfen sie ihr nicht antun!«

»Geht dich nichts an«, sagte Nadine.

»So ist das nun mal«, sagte Skip. »So läuft es eben.«

»Quatsch. Es ist falsch. Du weißt, dass es falsch ist. Du hast alles für sie getan, und jetzt, wo das Schwerste vorbei ist, kreuzen sie auf und wollen sie wiederhaben?«

Alle Gesichter waren ihm zugewandt, sogar das von Nadine, die aus der Küche verstohlen um die Ecke lugte. »Es war nicht schwer«, sagte er müde, nahm die Tasche mit den Windeln von seiner Schulter und stellte sie auf den Boden. »Es war nur schön.« Er drehte sich um und ging ohne ein Wort durch die Küche hinaus, fuhr in seinem Wagen die Einfahrt entlang in Richtung McGuire's. Auf der Rolling Hills Road kurbelte er das Fenster hinunter, damit sich der Geruch nach Talkumpuder verziehen konnte, doch er war immer noch da, als er in die Bar ging, einen Sechserpack Bier kaufte, eine schmale Bergstraße hinauffuhr und es ganz austrank. Hinter dem Lenkrad sitzend, schlief er ein und erlebte den tiefen, unbefriedigenden Schlaf des gründlich Betrunkenen. Als er aufwachte, waren Verwehungen von gelben und orangeroten Blättern auf seiner Windschutzscheibe, und es war Morgen.

Wieder ertönte das Geräusch, und noch einmal, und sie drehte sich langsam im Bett um, steif und müde bis in die Knochen, aber überhaupt nicht schläfrig, und langte nach dem Buch auf ihrem Nachttisch. An das Kopfende des Bettes war eine kleine Messinglampe geklemmt, die Meredith ihr vor zwei Jahren zu Weihnachten geschenkt hatte. »Es ist dieselbe, die ich habe, damit ich im Bett lesen kann, ohne Eric zu stören«, hatte sie gesagt, während Lydia sie von allen Seiten anschaute, wie sie es immer mit Geschenken tat, bevor sie sich sicher war, dass sie ihr gefielen.

»Ich weiß nicht, wieso ihr keine getrennten Zimmer habt. Eine Menge Ehen sind schon durch ein bisschen Privatsphäre gerettet worden«, sagte sie stirnrunzelnd.

»Sie geht nirgendwo hin«, hatte Eric gesagt und seine Hand auf die seiner Frau gelegt, und Lydia hatte einen Stich verspürt, den sie für heftige Missbilligung hielt, der in Wirklichkeit aber Neid war.

Diesen Agatha-Christie-Roman hatte sie vielleicht ein Dutzend Male in ihrem Leben gelesen. Sie hatte die gebundene Ausgabe, die während des Kriegs veröffentlicht worden war. Das wusste sie genau, weil auf der Rückseite des Umschlags in großen, roten Buchstaben »Kaufen Sie Kriegsanleihen. Seien Sie ein echter Soldat der Demokratie« stand. Ihre Bücher, ihre Fotos und ihre Winterkleidung: das waren die ersten Sachen, die ihre Mutter die Dienstmädchen hatte einpacken und nach Blessings schicken lassen, sobald sie dort war, die notwendige Vorsorge für das verlängerte Exil einer jungen Dame einer gewissen Gesellschaftsschicht.

Sie las die Christie-Bücher gern immer wieder, auch die anderen Krimis, die die gebeizten Kiefernholzregale in dem alten Herrenzimmer füllten, denn in ihnen herrschte eine bestimmte schöne, zwangsläufige, unveränderliche Ordnung. Zwischen den Liebenden gab es ein Missverständnis; die falsche Person wurde verdächtigt und eine unschuldige ermordet, um das Verbrechen zu vertuschen. Doch zum Schluss hatten Poirot oder Miss Marple, diese alberne alte Frau, den Gedankenblitz, den Mrs. Blessing zwanzig Seiten vorher gehabt hatte, und alles endete so, wie es sollte, die Liebenden wieder vereint, der Schuldige der Gerechtigkeit zugeführt, Miss Marples Strickarbeit fertig und Poirots Schnurrbart gewachst. Es waren läppische Bücher, die nichts bedeuteten; aber sie hatten den Reiz von Notenskalen, die auf dem Klavier gespielt oder Multiplikationstabellen, die laut rezitiert wurden, eine vollkommene Vorhersehbarkeit, die sie unbewusst zu lieben gelernt hatte.

Ihr Leben war einmal in Aufruhr gewesen, und so hatte sie es wieder in den Griff bekommen, durch das Einführen einer rigiden Ordnung. Und dann waren Charles gekommen und das Baby, und dann war das Baby weg, und sie hatte Sunnys Brieftasche gefunden, und jegliche Ordnung war dahin, sodass sie jetzt morgens in den silbergrauen Stunden am Rande der Dämmerung aufwachte und nichts weiter da war als der süßliche Geruch der Herbstluft und gelegentlich der deutliche Hinweis darauf, dass sich ein Stinktier auf den entlegeneren Wiesen vor etwas erschreckt hatte. Es war kein Duft nach Kaffee in ihrem Haus, erst Stunden, nachdem sie erwacht war, wenn der Tag und ihre Verfassung wegen des fehlenden Kaffees bereits in Schieflage geraten waren. Eines

Tages war sie in Nachthemd und Morgenmantel hinuntergeschlichen, um zu versuchen, ihn selbst zu machen, und stellte fest, dass sie nicht einmal die Mahlmaschine zu bedienen wusste. Als sie sich am Geländer hochzog, um sich geschlagen ins Bett zurückzuziehen und auf Nadines misstönende Morgenliturgie auf Topf und Pfanne zu warten, sah sie in dem Nebel, der über dem Tal hing, einen Graureiher am Ende ihres Teichs stehen, dünn und blass und reglos wie sie. Sein Schnabel blitzte auf und zerschmetterte das Spiegelbild der Bäume auf der glatten Oberfläche, dann kam er mit einer aufgespießten, zappelnden Regenbogenforelle wieder hoch.

»Weg da!«, hatte sie vom Fenster des Treppenabsatzes gezischt. »Weg mit dir. Hau ab!« Der riesige Vogel wandte langsam, beinahe mechanisch, den Kopf in Richtung des Geräuschs und schlang in gemessenen Bewegungen den Fisch hinunter.

Jetzt war es zu dunkel, als dass sie etwas hätte sehen können, doch die zarten Silberstreifen, die unter den dahinjagenden Wolken kamen und gingen, zeigten ihr, wo die Mitte des Teichs lag. Vielleicht war es der Reiher, der das sich ständig wiederholende Geräusch erzeugte. Es klang zwar nicht nach einem Vogel, aber schließlich hatte sie noch nie einen Reiher einen Laut ausstoßen hören; in ihrer Fantasie waren Reiher gespenstische, stumme Wesen, die sich herabfallen ließen und fraßen und sich verflüchtigten wie Rauch. Sie stellte sich vor, wie jetzt einer dort war und den Teich plünderte, und sie wünschte, sie könnte die Lampen um ihn herum anwerfen und ihn dabei ertappen, als ob das ein brennendes Verlangen in ihrem Innern stillen würde. Doch jemand hatte die Lichterkette ausgestellt, und sie schämte sich sagen zu müssen, dass sie im Laufe der Jahre vergessen hatte, wo der Schalter war.

»Was machen wir, wenn er nicht auftaucht?«, hatte der nervöse, in ihrem Wohnzimmer sitzende Mann im Polohemd gefragt.

»Der taucht auf«, sagte der Sheriff.

»Er ist sehr spät dran«, sagte die Frau, erneut auf ihre Armbanduhr schauend.

»Das sind Sie auch«, hatte Mrs. Blessing heftig gesagt, und alle Köpfe im Raum hatten sich ihr zugewandt, und das Mädchen hatte angefangen zu schniefen und zu keuchen und schließlich zu weinen. Die Mutter hatte ihr den Rücken getätschelt, aber das Mädchen hatte sie mit einem entschiedenen Wegdrehen der Schulter abgewehrt und das Gesicht in den Händen vergraben. »Sie hat Asthma«, hatte die Mutter erklärt und in ihrer Handtasche gewühlt. Mrs. Blessing fiel auf, dass das Geräusch, das sie dauernd von draußen hörte, wie das Geräusch klang, das das Mädchen von sich gegeben hatte, eine Art abgehacktes und atemloses Weinen.

Sie hatte ihnen keine Erfrischung angeboten, weder Tee noch ein kaltes Getränk, obwohl die Eltern so wirkten, als könnten sie eins gebrauchen. Sie verabscheute es, sie in ihrem Haus zu haben. »Leute, denen ich nie im Leben begegnet bin«, hatte sie zu Lester Patton gesagt. »Sie hatten hier einige schräge Figuren zu Besuch, als Sie jünger waren, Lydia«, hatte er erwidert und halbherzig an Nadines fürchterlichem Kaffee genippt. »Menschen, die wir kannten«, sagte sie. »Das ist etwas ganz anderes.«

Aber sie wussten beide, dass es nicht das war, wogegen sie Einwände hatte. Diese Leute hatten jenes Gefühl der Ordnung zerstört, das sie in den alten Büchern und in diesen vier Wänden gefunden hatte. Sie zerstörten es, weil sie, Lydia Blessing, ihre Anwesenheit für vollkommen richtig hätte halten müssen, weil sie wusste, was sie geantwortet hätte, wenn ihr jemand im Frühling, erst vor sieben Monaten, als die Schösslinge der Narzissen als Stängel aus der Erde an der Hintertür wuchsen, gesagt hätte: Nimm mal an, Lydia, ein junger Mann, unverheiratet, unerfahren im Umgang mit Kindern, entdeckt einen Säugling auf seiner Türschwelle und behält diesen Säugling und versucht, ihn als seinen eigenen aufzuziehen, und nimm an, die Mutter gibt sich zu erkennen und erhebt Anspruch auf das Baby, was soll dann geschehen?

Und doch wusste sie heute, dass es nicht sein durfte. Sie hatte Lester Patton auf dem Golfplatz angerufen, wo er zum ersten Mal seit einem Monat rühmliche neun Löcher spielte, und ihn damit erstaunt, dass sie sagte, was ihr neuerdings beschieden zu sein schien: »Ich habe einen schrecklichen Fehler gemacht.« Und sie hatte ihn gebeten, eine Möglichkeit zu finden, wie Charles das Baby behalten konnte, ihn gebeten, dem Mädchen Geld anzubieten, sie wegen Aussetzens eines Kindes zu verklagen, das Sorgerecht für sie, Lydia, zu beantragen. »Sie denkt immer noch, dass der Name Blessing alle Türen öffnet«, hatte er zu den anderen Mitgliedern seines Vierers gesagt, bevor er seine Schuhe säuberte und die Kleider wechselte. Aber dann hatte Lester Patton klugerweise zunächst mit Skip gesprochen, und als er von Fosters Werkstatt in Blessings eintraf, nahm er einen Gin Tonic entgegen, das Glas rutschig in seinen Händen, und erzählte ihr, dass Skip meinte, das Kind solle zurückgegeben werden. »Er findet, dass das Baby zu seiner Mutter gehört.«

»Das Baby gehört zu dem Menschen, der es am meisten liebt«, erwiderte Mrs. Blessing.

»Das Gesetz geht davon aus, dass das der Mensch ist, der das Baby zur Welt gebracht hat.«

»Dann ist das Gesetz ein Esel.«

Sie lag im Bett und blätterte eine Seite um und stellte fest, dass sie keine Aufmerksamkeit aufbringen konnte für das, was der Pfarrer vorgefunden hatte, als er der Dame aus London, die ein Cottage gemietet hatte, einen unerwarteten Besuch abstattete. Vom jenseitigen Ufer des Teichs ertönte wieder ein Schrei, wie von einem gequälten, wilden Wesen, wie ihre eigene Stimme, die vor so vielen Jahren geschrien hatte: »Mein Bruder hatte einen Unfall!« Auf dem Nachttisch lag ei-

254

nes der alten Alben, so alt, dass die Fotos mit schwarzen Klammern hineingeheftet waren, und die Fotos selbst waren schwarz-weiß, inzwischen verblasst zu Grau und Gelb. Und auf sehr vielen von ihnen war es, als ob ein Schleier aus Seidenpapier gelüftet würde, dieselbe Art Seidenpapier, die früher die Einladungen zu Partys, Einführungen in die Gesellschaft, Hochzeiten abgedeckt hatte. Jetzt konnte sie klar sehen: wie Sunnys Schulter im Foyer des Cartonschen Hauses die von Benny berührte. Wie sie Lydia in ihrem Tanzkleid anschauten, liebevolle Brüder beide. Wie sie einander über Lydias gesenkten Kopf hinweg anguckten. Der emotionale Code, der sich hinter dem gesellschaftlichen verbarg.

Vielleicht war es das, was ihre Mutter versucht hatte zu vertuschen, und nicht nur ihretwegen, sondern auch Lydias wegen: nicht die Schwangerschaft von einem verheirateten Mann, sondern die Ehe mit dem Jungen, der eigentlich in Lydias Bruder verliebt war. Oben auf dem Dachboden der Garage war ihr erster Gedanke gewesen, dass ihre Verbindung mit Benny eine eingefädelte Sache gewesen war, doch dann hatte sie sich wegen der Verlogenheit ihrer Empörung geschämt, weil diese Sache ihr nicht so ungeheuerlich erschienen war, als sie die Einzige war, die sie eingefädelt hatte. Es war wie in einer französischen Posse, zur einen Tür rein und zur anderen raus. Und während sie noch vor ein paar Jahren angewidert und verbittert gewesen wäre, war sie jetzt nur traurig über das dumme Schauspiel.

Sie versuchte, sich eine Welt vorzustellen, in der sie beide am Teich saßen, sie und Sunny, und sie ihm ihre Geheimnisse beichtete und er ihr seine. Aber das war nicht die Welt, in der sie aufgewachsen und älter geworden waren. Vielleicht hatte er von ihr und Frank Askew gewusst. Vielleicht hatte jeder davon gewusst. Doch die Ordnung wurde durch Schweigen aufrechterhalten.

Als sie die junge Frau anschaute, die im Wohnzimmer zwischen ihren verständnislosen Eltern saß und darauf wartete, dass ihr Schicksal sie ereilte, begriff sie, dass diese Einstellung noch längst nicht passé war. Sie fragte sich, ob es wohl immer so bleiben und ob am Ende dieses Schweigens immer Reue sein würde. Jetzt gäbe sie alles dafür, Sunny mit derselben rauen Stimme wie der Schrei, der wieder und wieder in der dunklen Nacht ertönte, anflehen zu können: »Erzähl mir die Geheimnisse deines Herzens.« Aber sie wusste, was seine Antwort gewesen wäre, wenn sie das gesagt hätte, konnte ihn nach all den Jahren, seit sie ihn ausgestreckt auf dem Boden des Stalls inmitten von Blut und Heu gefunden hatte, fast hören, wie er mit schleppender Stimme sagte: »Lydie, Liebste, sei nicht so theatralisch.«

So viel war ihr eingefallen, seit sie die Brieftasche entdeckt hatte. Sie erinnerte sich an einen Abend vor siebzig Jahren, als sie in dem engen Zimmer am Ende des Flurs mit den blauen Wänden und der weißen Tagesdecke gelegen hatte, das bis zu ihrer Heirat ihres gewesen war. Ein Lastwagen hatte mit knirschenden Reifen und quietschenden Gängen in der Einfahrt angehalten, eine Tür wurde zugeknallt, und sie hatte die leise Stimme ihres Vaters gehört und die eines anderen Mannes, höher, erregt, die schließlich ausrief: »Halten Sie Ihren verdammten Jungen von meinem Sohn fern!« Sie erinnerte sich, wie oft Sunny mit Prellungen oder Knochenbrüchen nach Hause gekommen war, und dass daraus die Familienlegende entstanden war, wie sehr er zu Unfällen neige. »Mir macht der Geschmack von Blut nicht so viel aus«, sagte er eines Morgens, nachdem er sich eine aufgeplatzte Lippe zugezogen hatte, und sie war erschauert, wissend und nicht-wissend zugleich.

Die kleine Lampe warf einen Kreis aus Gold auf die Seiten des alten Buches, dessen Ränder breit und raukantig waren, wie es vor langer Zeit üblich gewesen war. Sie hatte Meredith angerufen, um ihr zu berichten, was passiert war, über den

Einbruch und Charles und das Baby. »Das ist furchtbar«, hatte Meredith gesagt. »Er schien so ein netter Mensch zu sein. Und konnte auch so gut mit dem Baby umgehen, wie es nur wenige Männer können. Meine Güte, Mutter, da hast du ja was erlebt.« Irgendetwas an der Art und Weise, wie Meredith den letzten Satz sagte, erinnerte sie an etwas. Ihr wurde klar, dass es genau die Art Bemerkung war, die sie selbst womöglich gemacht hätte, um eine bestimmte Art von Gespräch zu beenden. Vielleicht würde sie sich mit Meredith, wenn sie das nächste Mal kam, an den Teich setzen, auf die alten hölzernen Gartenstühle, und sagen, Liebes, erzähl mir, was du weißt, und was du argwöhnst und was du befürchtest. Und ich erzähle dir dann, was davon zutrifft und was nicht.

Doch am Telefon hatte sie bloß gesagt: »Ich bin immer noch nicht die Alte.«

Ihr Arm tat weh, und sie verlagerte das Buch von der einen Hand in die andere, und das Geräusch von draußen wurde lauter. Sie schlug die Decke zurück. Sie hatte zehn Seiten umgeblättert, ohne eine einzige zu lesen, dachte sie, als sie das Buch auf den Nachttisch neben die hässliche Wasserkaraffe aus Kristall legte. Es war so typisch für ihre Mutter gewesen, sich einzubilden, es wäre vornehm, in jedem Zimmer eine zu haben und sie aus der Stadt hierher zu verfrachten und dann an den Kosten zu sparen, indem sie etwas Spießiges und Unelegantes kaufte. Richtiger Instinkt, falsche Ausführung. Lydia seufzte. Wie gründlich das lebenslange Training war, dass ihr etwas so Geringes und Unwichtiges immer noch auffiel.

Sie öffnete die Haustür, und der Wind blies ihr entgegen, warm für eine Oktobernacht. Die Wolken waren weggeweht, und der Vollmond warf einen großen, klobigen Schatten auf das Gras und verwandelte die Wasseroberfläche in einen Spiegel, der die Weiden reflektierte. Sie zog die alte Jagdjacke ihres Vaters über, band sich einen Schal um den Kopf gegen den Wind und ging in ihren Hausschuhen langsam über das

Gras, bis sie neben dem kleinen Boot stand und den Schrei von den Bergen widerhallen hören konnte. Er stammte von einem Menschen, dessen war sie sich jetzt gewiss, und als sie in Erwägung zog, dass jenes unselige Mädchen, das nicht einmal ein Papiertaschentuch hatte, um sich die laufende Nase zu putzen, das Baby eventuell zurückgebracht hatte, erfüllte sie nicht die Missbilligung, die sie hätte empfinden müssen, sondern Glück darüber, dass die Dinge vielleicht wieder so wurden, wie sie gewesen waren, mit dem gelegentlichen Picknick, dem gepflegten Rasen, dem fertigen Kaffee, den erfüllteren Tagen.

»Jennifer«, würde sie sagen, »hol Charles und sag ihm, ich hätte eine Überraschung für ihn.«

Sie bahnte sich ihren Weg um das ausgezackte Ufer des Teichs, und ein paar Frösche, die keine Angst vor frühem Frost hatten, hüpften erschrocken unter ihren Füßen weg, doch je mehr sie dem Geräusch folgte, desto weiter entfernt schien es. Die fetten Graskarpfen bewegten sich, mit dem Rücken das Wasser teilend, gleich unter der Oberfläche, und sie vernahm die wispernden nächtlichen Laute, die von geduckt durch die hohen Wiesengräser schleichenden nachtaktiven Tieren stammten.

Als sie am entlegenen Ende des Teichs angelangt war, hatte sie ein Dröhnen in den Ohren, wie aus dem Innern der alten rosa Seemuschel, die ihre Mutter auf der langen, vergitterten Veranda als Türstopper benutzt hatte, und sie war sich nicht mehr sicher, aus welcher Richtung das Schreien kam. Da waren die beiden alten hölzernen Gartenstühle an der Stelle, wo die Quelle hervortrat, sodass ihr Vater sich setzen konnte, wenn er müde vom Fliegenfischen war. »Lyds«, pflegte er zu sagen und den Stuhl neben sich zu tätscheln, »komm und leiste einem alten Knaben Gesellschaft.« Diese Stühle standen jetzt seit nahezu achtzig Jahren am selben Fleck; wenn ein Paar verrottete, die Nägel nachgegeben, die Leisten sich verbogen hatten, wurde es durch ein anderes ersetzt, das genauso aussah, und es wäre ihr ebenso wenig in den Sinn gekommen, dieses Arrangement zu verändern, wie es ihr in den Sinn gekommen war, dass sie Blessings, wann immer ihr danach zu Mute war, verlassen und neu anfangen konnte. Schwerfällig ließ sie sich in einen der Stühle sinken.

Der Mond über ihrem Kopf war eine leuchtende Silberscheibe. »Wie ein neues Zehn-Cent-Stück«, hatte Sunny eines Nachts gesagt, als sie in dem kleinen Boot dahintrieben. »Der Mond ist viel besser als die Sonne.« Sie hatte nie wieder jemanden kennen gelernt, dem es eingefallen wäre, so etwas zu sagen. Der Mond ist viel besser als die Sonne. Sie wünschte, sie könnte jetzt in das Boot klettern und den landumschlossenen, kaum wahrnehmbaren Gezeitenstrom des Blessingschen Teichs spüren. Als Kind hatte sie es so geliebt, das kleine Dorf, in tiefes Grün getaucht: die Forellen, die mit ihren farbigen Schuppen wie Buntglas schillerten, die Schildkröten, die mit gespreizten Beinen im Schutz der Pflanzen vorüberglitten, die Karpfen, die Unkraut ausrissen und wie Kühe mampften, die kuriosen, glotzäugigen Barsche. Sie alle waren jetzt dort, aber sie konnte nichts sehen außer schwarz-silbernen Spiegelbildern, nichts hören außer jenem abgebrochenen Schrei, nichts fühlen außer einem Schmerz in ihrem Herzen. Sie würde sich ausruhen, und dann würde sie das Kind finden, und alles würde gut werden. Sie würde dafür sorgen, dass die Dinge wieder so wurden, wie sie gewesen waren. Sie legte den Kopf zurück, um mit geblendeten Augen das neue Zehn-Cent-Stück anzuschauen. Es war besser als die Sonne, weil man ihm ins Gesicht starren konnte. Ein Fisch teilte die Wasseroberfläche, eine Fledermaus stieß auf den Steg herab, und eine Stunde später flog der Seetaucher, der aus dem Sumpf hinter ihr die ganze Nacht so beharrlich geschrien hatte, niedrig über den Stuhl, auf dem sie saß, doch sie konnte ihn nicht mehr hören.

Meredith Fox saß in einem der alten hölzernen Gartenstühle, als Skip die Einfahrt entlangkam. Sie wirkte so reglos, so gefasst, dass er sich einen Moment lang fragte, ob sie wohl seit der Beisetzung auf demselben Fleck verharrt hatte. Nun ja, eine Beisetzung war es nicht gerade gewesen, nicht so, wie er sich eine vorstellte. Kein Sarg und kein Leichenwagen und kein Friedhof, nur Meredith und ihr Mann in dem alten Cadillac. Eine Parade dunkler Limousinen war an der alten Steinkirche vorgefahren, und aus den Autos war eine Parade kleiner, verhutzelter Frauen in schwarzen Kostümen zum Vorschein gekommen, Frauen, die eine unbeschreibliche Ähnlichkeit mit Mrs. Blessing aufgewiesen hatten. Er hatte sie hinterher auf dem Bürgersteig mit Meredith murmelnd Stammbäume aufzählen hören: diese hier war die Schwester eines Jungen, der mit Merediths Vater zur Schule gegangen war, jene dort war in einer Örtlichkeit namens Bertram's ein Jahr über Mrs. Blessing gewesen. Danach hatten sie im Haus Sandwiches und Eistee eingenommen. Er war nicht zu dem Lunch gegangen. Es war ihm nicht richtig vorgekommen. Aber Mrs. Fox hatte ihn danach bei der Arbeit angerufen und gebeten vorbeizuschauen.

»Sie«, sagte Nadine, die aus der Küchentür auf die Hintertreppe trat, als er den Laster parkte.

»Ja«, sagte er.

»Sie da drüben«, sagte sie und deutete mit der Hand hin, die sie sich dann an einem verblichenen Geschirrtuch abwischte. Er vermutete, dass Mrs. Fox jetzt die *sie* in Blessings war.

Als er über den Rasen frontal auf sie zuging, sah er alle Aspekte, in denen Meredith Fox ihrer Mutter glich, nicht so sehr die Gesichtszüge, die weicher waren, weniger scharf, sondern die aufrechte Haltung, die Art und Weise, wie sie ihre Hände auf die Armlehnen des Stuhls legte, die Umrisse ihrer zurückgenommenen Schultern. Sie lächelte ihn an, blinzelte in die Sonne und erhob sich, um ihm die Hand zu schütteln.

»Setzen Sie sich«, sagte sie, nicht auf jene vertraute, gebieterische Art, sondern als ob sie sich schon lange kannten.

»Hier hat Nadine sie gefunden«, sagte Meredith und blickte hinaus über den Teich. »Ich kann mir die Szene ja nur vorstellen. Nadine behauptet, sie habe sofort Dr. Benjamin angerufen, aber ich vermute, sie hat sie erst mal eine Weile angeschrien, sie solle aufstehen.«

»Die Leute sagen, es war ein Schlaganfall.«

Meredith zuckte die Achseln und strich sich das Haar von dem tiefen V über ihrer Stirn zurück. »Anzunehmen. Es bedeutet mir eigentlich nicht viel, was es nun war. Sie war achtzig und hatte jeden überlebt, den sie liebte. Ihren Vater, ihren Bruder, ihre beste Freundin. Sie war noch im vollen Besitz ihrer Geisteskräfte. Ich musste nie versuchen, mit ihr über ein Altersheim zu sprechen. Besser gesagt, ich hätte nie gewagt zu versuchen, mit ihr über ein Altersheim zu sprechen. Und sie erschien mir in den letzten Monaten glücklicher, als sie seit Ewigkeiten gewesen war.«

»Mir ist sehr unwohl zu Mute. Ich war so böse über das, was passiert ist, mit der Polizei, mit Faith, und die ganzen anderen Sachen. Ich wollte nicht mit ihr reden, als ich sie das letzte Mal gesehen habe. Ich gab ihr an allem die Schuld.«

»Das habe ich auch immer getan, aber darüber bin ich hinweg«, sagte Meredith. »Quälen Sie sich nicht. Durch Sie hat sie viel Glück erlebt. Und sie hat wahrscheinlich besser verstanden, wie Ihnen zu Mute war, als Sie selbst. Keiner verstand selbstgerechte Entrüstung besser als Mutter. Solange ich sie kannte, war sie ständig aufgebracht. Wenn es kein kaputtes Sturmfenster war, dann war es eine durchgebrannte Sicherung in der Garage. Und natürlich empörte es sie immer, dass jemand das Haus strich und es zwanzig Jahre später wieder gestrichen werden musste. Ich bin gar nicht darüber hinweggekommen, wie Sie sie dazu überreden konnten, das Stalldach reparieren zu lassen.«

»Ich musste gar nicht viel reden.«

»Sie mochte Sie.«

»Ich weiß nicht. Ich glaube, es gefiel ihr, dass hier alles instand gehalten wurde.«

»Nein, sie mochte Sie. Sie haben dafür gesorgt, dass sie zum ersten Mal seit Jahren aus sich herausging. Seit ihre Freundin Jess starb, glaube ich. Sie mochte Sie, und sie mochte Nadines Tochter. Ist es schon überall in der Stadt rum, was sie für das Mädchen getan hat?«

»So ziemlich.«

»Sie war wütend, weil Nadine sie hier in Mount Mason behalten wollte. Sie meinte, das Mädchen wolle Ärztin werden, und Nadine stehe ihr im Wege, weil sie versuche, sie hier im Ort einzusperren. Ich vermute, eines der größten Hindernisse war Geld. Also hat Mutter Jennifer das Geld für ein Medizinstudium hinterlassen. Mutter hat es mir letztes Jahr erzählt. Ich bin mir nicht schlüssig geworden, ob diese Geste dazu dienen sollte, der jungen Frau zu einem besseren Leben zu verhelfen, oder ob sie einfach Nadine eins auswischen wollte.«

»Wahrscheinlich von beidem etwas. Was Nadine betrifft, war sie jedenfalls erfolgreich.«

»Nadine hat bei der Beisetzung geweint. Manchmal ist es es

262

schwer, aus den Menschen schlau zu werden, oder?« Sie seufzte. »Das mit Ihrem Baby tut mir sehr Leid«, fügte sie hinzu, Skips Hand tätschelnd.

»Das mit Ihrer Mutter tut mir sehr Leid.«

»Das mit Ihnen hat ihr auch Leid getan, das, was passiert ist. Sie rief mich an und erzählte es mir, und ich habe sie nie so reuevoll gehört. Und meine Mutter hat kaum jemals Reue bekundet. Ich weiß immer noch nicht genau, warum ihr das Baby anscheinend so viel Vergnügen machte. Ich habe nie erlebt, dass sie auch nur die geringste Neigung zu Babys hatte.«

»Ich glaube, es war einfach mal was anderes für sie, wissen Sie? Sie hatte irgendwie Spaß an dem Drama. Wir mussten das Ganze geheim halten, vor Nadine, und ich glaube, das gefiel ihr. Und vor Ihnen auch, so lange wir konnten. Tut mir Leid.«

»Ist schon in Ordnung. Natürlich ist Ihnen das in beiden Fällen nicht gelungen. Nadine wusste fast von Anfang an Bescheid. Sie rief mich ständig an. Sie sagte, sie habe gleich von der Kleinen gewusst, weil Sie sie in diesem Tragetuch vor der Brust hatten und dabei genauso aussahen wie sie selbst, als sie Jennifer nach ihrer Geburt in ihrem Dorf rumtrug. Man war wohl nicht gerade gut angeschrieben, wenn man sich von einem amerikanischen Soldaten schwängern ließ, deshalb versuchte sie anfangs, ihr Kind zu verstecken, bis sie befand, dass es ihr egal war.«

»Wow. Wow. Und wir dachten die ganze Zeit, wir hätten sie getäuscht. Jennifer dachte das auch. Das ist wirklich seltsam.«

»Nein, sie wusste Bescheid. Und eines Tages hat sie Sie über das Babyfon gehört, das meine Mutter auf dem Bett hatte liegen lassen. Manche Menschen bewahren gern Geheimnisse. Zu denen gehörte meine Mutter. Apropos, hat Mr. Patton Sie angerufen?«

Skip schüttelte den Kopf. Mrs. Fox lächelte. »Na, dann

habe ich eine nette Überraschung. Sie hat Ihnen ein lebenslanges Wohnrecht in der Garage hinterlassen.«

»In der Garage?«

»Ich weiß, es ist verrückt, nicht? Sie hat Ihnen den gesamten Inhalt und das Recht, dort für den Rest Ihres Lebens zu wohnen, vermacht. Lester Patton musste das vor ein paar Wochen aufsetzen.« Sie schaute mit hochgezogenen Augenbrauen zu ihm hinüber. »Ich muss zugeben, das wird es ganz schön schwer machen, das Anwesen zu verkaufen.«

»Sie wollen es nicht behalten?«

»Wofür?«

»Für Sie. Für die Familie.«

Meredith Fox blickte hinaus auf den Teich. »Es gibt keine Familie mehr. Ich bin die Letzte«, sagte sie.

»Tut mir Leid. Das wusste ich nicht. Jetzt fällt mir ein, dass sie uns erzählt hat, Sie hätten keine Kinder.«

»Das glaube ich gern«, sagte sie mit angespanntem Lächeln, und da sah er ihre Mutter in ihrem Gesicht und in ihren Augen, die blauen Murmeln mit stahlgrauem Rand. Dann zuckte sie die Achseln und grinste, und der Ausdruck war verschwunden. »Mein Mann und ich haben Hunde und Pferde gehabt, und das schien zu genügen. Und wir haben eine Farm in Virginia, die bestens geeignet ist für die Hunde und die Pferde. Ich möchte hier nicht leben. Es käme mir nicht richtig vor. Ich entsinne mich an meinen Großvater mit seinem Haus. Das ganze Unterfangen hatte irgendwie eine Aura der Unwirklichkeit und des Scheiterns an sich. Er kaufte Kühe. Was um alles in der Welt wusste er über Kühe? Oder über den Mais, den er einen Sommer pflanzen ließ. Ich war noch ein Kind, als er starb, und ich kam schon früh aufs Internat. Danach habe ich, glaube ich, nie mehr als einen Monat am Stück hier verbracht. Ich kann mir nicht vorstellen, wer ein so großes Haus haben will. Acht Schlafzimmer, und der Heizkessel ist bestimmt fünfzig Jahre alt. Vielleicht jemand, der eine Pension eröffnen will und dann vom Gespenst meiner Mutter verfolgt wird, wenn er in der Küche Sticktücher und anderen Kitsch aufhängt. Oder jemand wie mein Großvater, der an den Wochenenden von New York rauskommen und den Gentleman-Farmer spielen will. Oder eine große Familie, die gern abgeschieden leben würde. Auf jeden Fall wünsche ich mir jemanden, der hier glücklich ist.«

»Ich war glücklich hier.«

»Das ist wunderbar. Und das werden Sie auch weiterhin sein, hoffe ich.«

»Ich glaube nicht, dass ich für den Rest meines Lebens über der Garage wohnen möchte.«

»Vergessen Sie den Inhalt nicht. Sie haben einen Aufsitzmäher, zwanzig Schaufeln, eine Schneefräse, einen Cadillac und ungefähr fünfzig Kartons mit altem Plunder auf dem Dachboden geerbt.«

»Ich kriege den Cadillac?«

Da lachte sie, ein tiefes Lachen aus dem Bauch heraus, das er und seiner Meinung nach auch sonst jemand von Mrs. Blessing nie gehört hatte, das ihn auf den Gedanken brachte, ihr Vater müsse anders gewesen sein als so, wie er auf dem Foto im Wohnzimmer in seiner Uniform und mit dem weichen Mund und schwachen Kinn aussah. »Kein Wunder, dass sie Sie mochte«, sagte sie. »Der Wagen gehört Ihnen. Der Aufsitzmäher ebenfalls. Wenn Sie wollen, bezahlen wir Sie dafür, dass Sie die Garage ausräumen, und legen eine Pauschalsumme für Ihren lebenslangen Anteil an der Vermietung fest.«

»Sie können sie einfach haben.«

»Oh nein. Mutter würde mich auf ewig im Traum verfolgen. Sie wird mich sowieso verfolgen, aber das wäre eine doppelte Verfolgung, wenn ich Ihnen die Garage wegnähme.«

Meredith machte sich mehr aus dem alten Haus, als sie

dachte, wie Skip es bei vielen Leuten festgestellt hatte. Er hatte einen Karton mit leinenen Babysachen, so zerknittert, wie Mrs. Blessings Gesicht es gewesen war, und eine Sammlung ramponierter alter Kinderbücher aus der Garage ins große Haus getragen. Sie hatte die Kartons für den Versand zu sich nach Hause in Virginia mit Adressaufklebern versehen und sie zusammen mit den meisten Fotos aus dem Wohnzimmer und der Chenilledecke, die auf Mrs. Blessings Bett gelegen hatte, eingepackt. Wenn sie nicht am Teich saß, hatte er durch die Fenster des Hauses gesehen, wie sie mit einem Notizblock und einem Blatt mit Aufklebern von Zimmer zu Zimmer ging und einen gelben Kreis auf eine Kommode hier, einen Stuhl da klebte, damit die Umzugsleute manche Sachen zu ihr verfrachten und die anderen an das Auktionshaus in New York City schicken konnten, von dem sie ihm erzählt hatte. Mittags war Jennifer mit einer großen Tasche gekommen, und er hatte gesehen, dass auf der Seitenveranda das Licht an war, und gewusst, dass die beiden dort gemeinsam zu Mittag aßen und über den Tisch hinweg miteinander redeten, wie sie es einzeln mit Mrs. Blessing getan hatten. Über dem Kamin in der Bibliothek hing ein Ölgemälde mit dunklen, ineinander verhedderten Bäumen auf sumpfigem Boden unter einem bedrohlichen, gelben Himmel. Das hatte Mrs. Blessing Jennifer hinterlassen, zusammen mit dem kleinen Schreibtisch, an dem sie immer ihre Korrespondenz erledigt hatte, und genügend Wertpapieren, dass es fürs College und ein Medizinstudium reichte.

»Dann gehst du also endlich woanders aufs College«, sagte Skip, als Jennifer in Blessings war, um das große Gemälde in dem Goldrahmen in ihr kleines Auto zu laden.

Sie schüttelte den Kopf. »Erst nächstes Jahr. Dieses Jahr beende ich am Gemeinde-College, dann wechsle ich wahrscheinlich aufs staatliche und bereite mich da aufs Medizinstudium vor. Ich bin jedenfalls da. Ich lade dich zum Mittagessen ein. Ich nehme an, jeder denkt, dass ich mir das jetzt leisten kann. Reden alle über mich?«

»Klar.«

»Das bin ich gewohnt. Außerdem glaube ich, darum ging es ihr, Aufsehen zu erregen.«

»Ich glaube, es ging ihr darum, dass du tun kannst, was du willst.« Skip dachte einen Moment lang nach. »Und wahrscheinlich auch darum, Aufsehen zu erregen.«

»Also, darf ich dich zum Mittagessen einladen?«

»Vielleicht.«

»Es wäre merkwürdig ohne sie«, sagte Jennifer, und fast so schnell, wie ein Baby lächelt, begann sie zu schluchzen. Skip legte seine Arme um sie und tätschelte ihr die Schulter, und das erinnerte sie wieder an alles, sodass sie noch heftiger weinte. Als sie sich von ihm löste, lächelte sie. »Wenn wir jetzt ›sie‹ sagen, meinen wir wohl beide *Sies*, oder?«

»Vermutlich«, sagte er.

»Vermisst du sie?«

»Welche Sie?«

Jennifer Foster wischte sich die Augen ab. »Das war sowieso eine blöde Frage. Stell nie eine Frage, auf die du die Antwort schon kennst.«

»Wie nehmen deine Eltern das alles auf?«, fragte Skip.

»Was habe ich gerade gesagt? Stell nie eine Frage, auf die du die Antwort schon kennst.«

Vermisste er sie? So fühlte es sich nicht an, nicht wie etwas Schönes und Zartes, goldgerändert wie jene Teller, die Mrs. Blessing hatte, die das hohe, klirrende Geräusch machten. Manchmal erzeugten der Klang des Automotors oder das verhallende Zirpen der Grillen unter dem dicker werdenden Blätterteppich oder auch nur das keinen Schlaf erlaubende Summen in seinem Kopf das beruhigende Gefühl in ihm, es habe sich nichts verändert. Morgen bedeutete Kaffee mahlen und Fläschchen füllen. Mittag bedeutete das Aufblitzen eines Fernglases im großen Haus und ein langes Nickerchen in der Wiege über der Garage. Ein Vorteil eines geordneten Lebens bestand darin, dass die Ordnung ein eigenes Leben annahm, sodass er sich fast vorstellen konnte, dass alles geblieben war wie zuvor, gelenkt nicht durch Zufall oder gar Schicksal, sondern durch das regelmäßige Vorrücken der Zeiger auf seinem alten Wecker.

Aber es gab auch den einen oder anderen Morgen, an dem er in dem Apartment über Fosters Werkstatt mit dem Gefühl der Verwirrung aufwachte, dem Gefühl, er habe sich etwas so Schreckliches eingebildet, dass es nicht wahr sein konnte. Und dann wurde der Schleier des Schlafs beiseite gefegt, und da war ein scharfes, hässliches Ding, das in Sekunden unter seinem Brustbein Gestalt annahm, sodass er sich ständig fühlte, als hätte man auf ihn eingestochen. Unter seinen Augen lagen blaue Schatten, und sein Gang war gebeugt geworden, ohne dass er es wusste. Er war sich nicht einmal sicher, welchen Verlust er empfand, oder ob es beide zusammen waren, die ihm das Gefühl vermittelten, als ob er im Schlaf durch Schlamm schwämme und die Stunden des Tages halb lebendig verträumte.

Während jener langen, gemächlichen, befriedigenden Sommertage hatte er sich nicht vorstellen können, dass er jemals Gott dafür danken würde, nie wieder nach Blessings zu müssen. Doch jetzt empfand er so, als er die Einfahrt entlangkam, wendete, die Treppe ins Apartment hochstieg, hinausschaute über das gekräuselte Konfetti gebräunter Schwarznussblätter auf dem Gras am Teich. Jemand würde sie zusammenrechen müssen, aber nicht er. Er musste jetzt nur noch die Sachen auf dem Garagendachboden durchsehen und beschließen, was er behalten wollte. »Die Garage und ihr Inhalt.« Er nahm an, es würde im Wesentlichen auf die Werkzeuge und das Auto und jenen alten Polstersessel hinauslaufen, der mit der Zeit die Konturen seines Körpers kennen gelernt hatte.

Doch sobald er auf dem Dachboden war, wurde ihm klar, dass er einen Schatz an alten Anzügen, kaputten Stühlen, stockfleckigen Büchern und Dutzenden von Kartons geerbt hatte. Er würde alles sichten und entscheiden müssen, was Mrs. Fox vielleicht behalten wollte, was weggegeben werden konnte und was noch gut genug war, um in New York verkauft zu werden. Das Apartment hatte bereits das verstaubte Aussehen eines Ortes, der nicht bewohnt wird. Noch vor seiner Ankunft hatte jemand die Wiege entfernt und die kleinen Decken zusammengefaltet auf die Kommode im hinteren Schlafzimmer gelegt. Er konnte sich vorstellen, wie Nadine herumfuhrwerkte und dabei den Kopf schüttelte, sodass ihr schwarzes Haar vor Entrüstung auf und ab wippte. »Bei mir zu Hause ist es nicht sehr gemütlich«, hatte Craig Foster grimmig gesagt. Skip machte Überstunden und Craig ebenfalls; er arbeitete jeden Abend bis acht oder neun, weil er nicht zwischen zwei sture, stinksaure Frauen geraten wollte, die dank einer dritten, inzwischen toten, entzweit waren.

Skip klebte Kreppband auf die wenigen Sachen, die er, wie er meinte, die Treppe der Garage hinunter und die Treppe zu der Wohnung über Fosters Autowerkstatt hinaufbefördern konnte. Vielleicht sollte er den langen Eichentisch irgendwo einlagern, der sich gut in einer Küche machen würde, falls er je eine Küche hätte. Die Kartons am Fenster würde er wohl für Mrs. Fox hinuntertragen. Anhand der wenigen, die geöffnet waren, sah er, dass sie voller alter Sachen waren, die sie bekommen sollte, Familienfotos und Nippes und ein paar Kleidungsstücke, die aussahen, als wären sie in einem anderen Leben zusammengelegt worden.

Der große Stapel verschlossener Kartons stand an einer der langen, schrägen, fensterlosen Wände im Schatten. Sie waren mit altmodischen Adressetiketten beklebt, richtig hübsch, mit abgerundeten Ecken und roten, mittlerweile zu Rosa verblichenen Umrandungen. »Simpson's Fine Textiles« stand in Handschrift darauf. Er nahm ein Teppichmesser und schlitzte einen Karton entlang der Mittelnaht auf. Ein dicker Ballen helllila Stoffs mit goldenen Blumen war darin. Der nächste Karton enthielt weißen Stoff mit Tupfen in Blassblau. Dann war da noch dunkelgrüner Samt und ein Material, das er schon mal gesehen hatte, dessen Namen er aber nicht kannte, mit Streifen, die sich durch die Bahn zogen, als wäre Wasser hindurchgelaufen. Er hob es auf und schaute darunter.

»Heiliger Strohsack«, sagte er laut.

Es waren siebzehn Kartons, und als er sie alle durchgesehen hatte, stellte er fest, dass er siebzehn Ballen verschiedener Stoffe und, wie sich beim ersten Zählen ergab, anscheinend ungefähr siebzigtausend Dollar in alten Zwanzig-Dollar-Scheinen besaß. Merkwürdig war, dass nur zwei der Kartons vorher geöffnet und sie offensichtlich alle nicht ausgepackt worden waren. Er ging nach unten, trank eine Cola und aß ein Tunfisch-Sandwich, das er in dem Essensladen auf der Main Street gekauft hatte, zählte noch einmal, aß eine Tüte Marshmallows, zählte wieder und wechselte das Öl in dem Aufsitzmäher.

»Heiliger Strohsack«, sagte er, während er auf dem Mäher saß, einen Fuß auf dem Garagenfußboden, um sich abzustützen. Ihm fiel ein, dass Mrs. Blessing entsetzt gewesen wäre darüber, zu wie vielen Flüchen sie ihn veranlasste, vielleicht aber auch belustigt, ohne es zuzugeben. »Was zum Teufel hat sie sich dabei gedacht?«

Er klang genau wie Jennifers Vater. Skip hatte den alten Cadillac gleich am ersten Morgen in Craig Fosters Werkstatt gebracht, da er in seiner Mittagspause daran arbeiten wollte; womöglich konnte er seinen Laster in Zahlung geben. »Ich weiß immer noch nicht, was sie sich dabei gedacht hat«, hatte Craig als Erstes gesagt, als Skip angefahren kam. »Das hätte ich nie im Leben geglaubt.«

»Dass sie mir den Cadillac hinterlassen würde?«

»Sie wissen schon, was ich meine. Ich hätte es niemals geglaubt.« Das sagte er mindestens zwanzigmal im Laufe des ersten Arbeitstages, nachdem das Testament eröffnet worden war.

»Wieso nicht?«

»Wieso nicht? Wieso nicht? Wissen Sie, wie viel Geld sie dem Kind vermacht hat? Wissen Sie, was es kostet, auf ein Privatcollege zu gehen und Medizin zu studieren? Zum Teufel noch mal, das ist ein Haufen Geld. Entschuldigen Sie meine Ausdrucksweise, aber das ist zum Teufel noch mal ein Haufen Geld. Sie scheinen mit der Frau besser ausgekommen zu sein als alle anderen bis auf Jenny. Was zum Teufel glauben Sie, hat sie sich dabei gedacht?«

Craig Foster war Diakon der presbyterianischen Kirche, ein Mann, der bei Picknicks Limonade trank und Frauen

»Ma'am« nannte und einmal einen Typen feuerte, der in seiner Autoreparaturwerkstatt einen Playmate-Kalender aufgehängt hatte, obwohl Autoreparaturwerkstätten mehr oder weniger die offizielle Heimat von Playmate-Kalendern sind. Er hatte an diesem Tag öfter *Teufel* gesagt als in den letzten fünf Jahren zusammen.

»Ich glaube, sie mochte Jennifer.«

»Ich mag Sie. Ich habe Ihnen einen Job gegeben, und Sie wohnen günstig bei mir. Ich habe Ihnen kein kleines Vermögen geschenkt.«

»Vielleicht fand sie nicht, dass es ein kleines Vermögen ist. Sie hatte sehr viel Geld.«

»Junge, entschuldigen Sie, aber die Frau war ein richtiger Geizdrache, wie meine Oma immer sagte. Dass ich nicht an ihrem Auto gearbeitet habe, liegt nur an dem einen Mal, als ich es tat und ihr hundertvierundvierzig Dollar für eine Batterie berechnete, was sie, wie Sie wissen, mich selbst kostet. Sie meinte, ich würde sie ausnehmen. Jetzt hat sie dem Mädchen genug hinterlassen, um sich eine ganze Batteriefirma zu kaufen, nur dass sie es für nichts anderes ausgeben darf als für ihre Ausbildung. Wissen Sie, was die Leute hier im Ort darüber sagen? Sie sagen, Nadine hätte unangemessenen Einfluss ausgeübt. Unangemessenen Einfluss.«

Und da hatte Skip angefangen zu lachen. Er lachte und lachte, und jedes Mal, wenn er versuchte, sich in den Griff zu kriegen, sah er vor seinem geistigen Auge Mrs. Blessing stocksteif in ihrem Ohrensessel sitzen und Nadine vor Wut schäumen und die beiden miteinander reden, als ob sie seit fünfzig Jahren die Hauptdarstellerinnen einer ausgewachsenen Familienfehde wären. Immer wenn Mr. Foster die Wörter *unangemessenen Einfluss* wiederholte, musste er erneut lachen, bis er merkte, dass ihm Tränen über das Gesicht liefen. Er war froh, dass Mr. Foster da war, denn er wusste, wenn er allein gewesen wäre, hätte er sich endlich seiner Verzweiflung hingegeben, und sein gebrochenes Herz hätte sich über sein Gesicht in seine verschrammten und ölverschmierten Hände ergossen, wo er es zum ersten Mal hätte richtig anschauen müssen. Aber das konnte er noch nicht ertragen, konnte es nicht ertragen, im Supermarkt ein Baby anzugucken oder eins im Fernsehen zu sehen oder sich auch nur für einen Moment ins Gedächtnis zu rufen, wie Faith gerochen und wie sie ihre kleinen Finger um seine großen geschlungen hatte, wenn er sie fütterte. Er hatte ein Leben voller kleiner Unglücksfälle hinter sich, doch ein großer fühlte sich völlig anders an, schlimmer, als er es sich auf einmal zumuten konnte. Und er hatte zwei große Unglücksfälle direkt hintereinander erlebt, denn wenn er an Faith dachte, dachte er auch an die alte Frau und daran, wie sie ihren Kopf auf eine Weise hochgehalten hatte, die ihn, nur für eine Weile, davon überzeugt hatte, dass Würde nicht nur möglich, sondern simpel ist. Er hatte sie beide geliebt.

Als er sich die vorgeblichen Lachtränen vom Gesicht gewischt und dabei Halbmonde im streifigen Schwarz alten Motorenöls unter seine Augen gewischt hatte, sagte er deshalb nur: »Ich weiß nicht, warum, aber ich hatte die alte Dame richtig gern.«

»Das kapiere ich ja, aber ich kann mir nicht vorstellen, was sie sich dabei gedacht hat. Es ist ein kleines Vermögen, wie man es auch nimmt.«

»Ich glaube, sie wollte, dass die Menschen in der Lage sind, das zu tun, was sie möchten«, hatte er schließlich in der Werkstatt zu Mr. Foster gesagt.

»So geht es aber nicht zu auf der Welt«, hatte Craig Foster geantwortet.

So geht es nicht zu auf der Welt, dachte Skip bei sich, als er vom Aufsitzmäher stieg, wieder nach oben ging und noch einmal in die Kartons schaute. So viel Geld sah irgendwie nicht echt aus, so wie das Geld in Filmen nie echt aussah oder das

Scherzgeld, das sie im Ramschladen verkauft hatten, als er ein Kind war, das man auf den Bürgersteig legen und wegreißen sollte, wenn sich jemand bückte, um es aufzuheben. Vielleicht kam er deswegen ständig zurück, weil er auf das Wegreißen wartete. Langsam senkte sich die Dämmerung auf das hintere Ende des Grundstücks, die automatische Außenbeleuchtung hatte sich eingeschaltet, und im Dachboden wirkte alles verschwommen, sodass die geöffneten Kartons aussahen, als ob sie nichts enthielten als graue Schatten, ihre Verheißung sich mit dem Licht verflüchtigt hätte. Das einzige noch deutlich Sichtbare im Raum war ein alter Strohhut, der auf einer Kommode lag, so blassgolden, dass er in der Düsternis fast von innen erhellt zu sein schien, wie das kleine Boot auf der Oberfläche des Teichs, das er vom Dachbodenfenster aus sehen konnte, Mrs. Fox darin in der Mitte des Gewässers, die Ruder zu beiden Seiten schräg ausgelegt.

Er hörte ein Geräusch, das Geräusch einer zuknallenden Autotür, und Mrs. Fox' Kopf hob sich langsam, als hätte sie im Boot gesessen und nachgedacht und wäre durch den jähen Laut wieder zum Leben erwacht. Als er den Fuß der Wohnungstreppe erreichte, stand da eine Gestalt, die er zunächst nicht erkannte, den Rücken dem letzten Tageslicht zugewandt, und dann sah er, dass es das Mädchen war. Das Luder, die Hexe, so unsäglich übel, diese Paula, die er, so hatte er sich geschworen, im Geiste nie eine Mutter nennen würde. Paula Benichek, die sich eine Haarsträhne über die Wange strich und auf ihre Schuhe hinab-, dann zu ihm aufschaute, dann wieder nach unten. Sein Herz schwoll und fiel wieder in sich zusammen, als er ihre leeren Arme sah.

»An diese Außentreppe erinnere ich mich«, sagte sie.

Er kam sich dumm dabei vor, nett zu ihr zu sein, aber er konnte sich nicht vorstellen, wie er sonst sein sollte, und er konnte sich nicht vorstellen, dass sie etwas anderes von ihm wollte als Nettigkeit. In den letzten Tagen hatte er sie zu einem richtig bösen Menschen aufgebaut, und nun war sie einfach bloß ein Mädchen, ziellos, still, ein bisschen verloren. Er zeigte ihr das Zimmer, in dem er mit Faith geschlafen hatte, und den Anhänger für den Mäher, in den er sie gelegt, und das Tragetuch, in dem sie geschlafen hatte, während er den Rasen mähte. Eigentlich gab es nicht viel zu zeigen, und das machte ihm klar, wie wenig vom Leben des Babys mit ihm zurückgeblieben war. Er hatte ein Buch, in dem stand, Kinder könnten erst mit acht Monaten zwischen einem selbst und anderen Leuten unterscheiden. Das erzählte er dem Mädchen jetzt, und während er es sagte, spürte er, wie er sich aus dem Leben des Kindes verflüchtigte wie der Nebel über dem Teich bei Tagesanbruch, der bis zum Morgen verdunstet war.

Sie trug silberne Ohrreifen, und sie spielte nervös mit ihnen, als ob sie etwas von ihm erwartete, das er ihr nicht gab. Sie hatte eine kleine Nase mit einem Höcker auf dem Rücken, und ihre Augen standen ziemlich weit auseinander, und sie ließ sich das Resultat einer jener unbesonnenen Haarfärbeaktionen herauswachsen, die Mädchen zu seiner Überraschung ständig unternahmen, sodass sie an den Wurzeln hellbraun und an den Enden leicht rötlich waren. Er fragte sich, ob Mrs. Blessing das wohl bemerkt hatte. Es hätte ihr nicht besonders gefallen. Außerdem waren ihre Nägel abgekaut.

»Ich hatte nie eine richtige Gelegenheit, mich zu bedanken«, sagte sie schließlich, als sie auf dem Sessel in seinem Wohnzimmer saß und hinaus auf den Teich schaute, dessen Umrisse im Licht eines Halbmonds verschwammen.

»Das hätte doch jeder getan.«

»Ich kann immer noch nicht fassen, was ich da gemacht habe. Es war so blöd. Nur zu der Zeit schien es – ich weiß nicht, als ob wir ungeschehen machen könnten, was geschehen war.«

»Das geht wohl nicht«, sagte er.

»Meine Mutter fährt total auf sie ab. Sie überlegt sich, nur noch halbtags zu arbeiten, damit sie mehr mit ihr zusammen sein kann. Und ich bleibe zu Hause und belege die nächsten ein, zwei Jahre nur ganz wenige Kurse. Vielleicht auch länger. Ich weiß es noch nicht genau.«

»Was ist mit ihrem Vater?«

Sie stieß einen kleinen, verächtlichen, schmerzerfüllten Laut aus. »Fragen Sie nicht«, sagte sie.

»Blödmann.«

»Arschloch.«

»Es wird schon gut gehen. Sie ist ein wirklich braves Baby. Das fand jeder.« Er konnte nicht glauben, dass er so nett war, und dann erkannte er, dass er keine andere Wahl hatte. Dies war Faiths Mutter. Dies war Faiths Zukunft. Er spürte, wie seine Schultern bebten.

Das Mädchen merkte nichts. Sie zupfte an ihrer Nagelhaut. Das hätte Mrs. Blessing auch nicht gefallen. »Es ist bloß eine Menge Arbeit«, sagte sie. »Ich glaube, das kapieren meine Freundinnen gar nicht. Man kann zum Beispiel nicht einfach ins Auto steigen und ins Einkaufszentrum fahren. Man muss den Babysitz mitnehmen und die Windeltüte und den Kinderwagen. Man kann nicht einfach losziehen, wie man will, wissen Sie. Ja, klar wissen Sie das. Ich klinge vermutlich unglaublich bescheuert und egoistisch, wenn ich ausgerechnet Ihnen das sage.«

»Sie werden sich dran gewöhnen. Sie haben sie ja erst zwei Wochen.«

»Das werde ich wohl. Meine Mutter nervt mich dauernd wegen einem Namen. Ich glaube, ich nenne sie Samantha.«

»Das ist doch so ein Seifenopern-Name.«

»Wie haben Sie sie denn genannt?«

»Das hat man Ihnen nicht erzählt? Faith. Sie heißt Faith.«

»Ich habe noch nie von jemandem gehört, der Faith heißt.«

»Das ist ihr Name«, sagte er, und seine Stimme war jetzt härter.

Er begleitete sie nach unten. Oben im Wandschrank waren der Karton und das Flanellhemd und die Haarspange und ein T-Shirt, bedruckt mit »Daddy's Girl«, das Jennifer im Einkaufszentrum besorgt hatte, und eine getrocknete Kleeblüte, die Faith mit der Faust aus dem Rasen gerupft hatte, und sechs Einwegkameras voller Fotos. Und er wusste, dass er nichts davon hergeben würde. Es war schon wenig genug, was er von ihr hatte. Bald würde der Geruch aus seinen Hemden herausgewaschen sein, das Gefühl aus seinen Händen schwinden. Und dies wäre dann alles, was ihm blieb. Vielleicht hatte er es von Anfang an gewusst. Vielleicht sagte jedes Foto auf seine Weise *klick klick*, lebwohl, lebwohl. Ich werde dich immer lieb haben.

Draußen drehte sie sich ein wenig atemlos um und sagte: »Ich bin eigentlich nicht gekommen, um meine Probleme bei Ihnen abzuladen. Ich wollte Ihnen nur sagen, dass ich ab und zu vorbeischauen und sie mitbringen werde. Zu Besuch, wissen Sie, ein-, zweimal im Monat. Sie könnten dann mit ihr abhängen. Sie könnte mit Ihnen spielen. Ich könnte sie sogar bei Ihnen lassen, damit ich nicht im Wege bin.«

»Sie werden schon klarkommen.«

»Dann kann ich sie also bald vorbeibringen? Nur für einen Besuch?«

Er schüttelte den Kopf. »Ich finde, das ist keine gute Idee. Es könnte sie verwirren. Kinder müssen wissen, wer wer ist, verstehen Sie?«

»Aber wenn ich sowieso in der Gegend wäre?«

Er schüttelte den Kopf. »Ich bin nicht mehr lange hier.«

»Was wollen Sie machen?«

»Ich bin mir noch nicht hundertprozentig sicher, aber ich glaube, ich kaufe mir irgendwo ein kleines Haus.« Und während er es aussprach, wusste er, dass es stimmte. Er hatte Geld. Er würde sich ein Haus kaufen. Vielleicht würde er einen Betrieb eröffnen. Eine Gärtnerei. Das wäre gut. Er könnte tun, was er hier getan hatte, mähen und beschneiden und trimmen und dafür sorgen, dass alles wuchs und gedieh. Gärtnerei Cuddy. Der kein Baum zu hoch ist. Kein Rasen zu groß.

»Was?«, sagte er zu Paula Benichek, und im Geiste hörte er eine Stimme sagen: »›Wie bitte?‹ heißt es, Charles.«

»Wo Sie sich ein Haus kaufen wollen, habe ich gefragt. Irgendwo in Kalifornien vielleicht? Oder in Florida?

Viele von meinen Freunden würden gern nach Florida ziehen.«

Er schüttelte den Kopf. »Irgendwo hier in der Gegend. Mir gefällt es hier.«

Sie schaute mürrisch drein, als sie ins Auto stieg, als wären die Dinge nicht so gelaufen, wie sie es sich gewünscht hatte. Vielleicht gehörte sie zu den Mädchen, die immer so aussehen. Skip kannte eine Menge von ihnen. Hoffentlich wurde Faith nicht auch so.

Vor einem Jahr hätte er in den herabgezogenen Mundwinkeln des Mädchens, ihren angeknabberten Nägeln und zusammengekniffenen Augen ein Omen gesehen, die Prophezeiung einer Zukunft, in der Boatwrights nichts als weitere Boatwrights zeugten. Aber man schaue sich Jennifer Foster an oder Meredith Fox. Oder Skip Cuddy, der es geschafft hatte, sich vier Monate lang so um ein Baby zu kümmern, das er in einem Karton gefunden hatte, wie es sein Vater seines Wissens in seinem ganzen Leben nicht getan hatte. Die meisten Menschen entpuppten sich als das, was man von ihnen erwartete. Doch nicht alle. Keineswegs.

»Gucken Sie sie einfach an«, sagte er und lehnte sich ins Wagenfenster. »Gucken Sie sie an, als ob sie Ihnen nicht gehört, als ob Sie sie noch nie gesehen hätten. Sie vollbringt so erstaunliche Sachen. Nur zu beobachten, meine ich, wie sie ihre Arme und Beine bewegt, ist mit das Coolste, was es gibt.«

Sie zuckte die Achseln. »Wenn sie Ihnen so am Herzen liegt, warum haben Sie sie dann aufgegeben?«

»Ich habe sie nicht aufgegeben. Sie haben sie aufgegeben. Ich habe sie zurückgegeben.«

Am späten Nachmittag des 2. November saß Meredith Fox auf der vorderen Veranda des großen Hauses von Blessings. Sie hatte Skip gebeten, die beiden Schaukelstühle rechts und links von der Eingangstür stehen zu lassen, und jetzt stieß sie sich in einem von ihnen mit dem Absatz hin und her, in einem Rhythmus, den sie immer noch, nach all diesen Jahren, unverhältnismäßig beruhigend fand. Der Schaukelstuhl knarrte monoton. Die Schwarznussbäume hatten sämtliche Blätter abgeworfen, und die Eichen machten es ihnen nach. Die gelben und goldenen Chrysanthemen an den Wegen verfärbten sich bräunlich.

Wenn die Maklerin eintraf, würde sie ins Haus gehen müssen, aber vorher hatte sie keine Lust dazu. Sie war schon früher in leeren Häusern gewesen. Nachdem ihre Großeltern Carton innerhalb von sechs Monaten gestorben waren, war sie durch das große Haus in Newport nahe am Wasser spaziert. Es lag eine Last auf der Leere von Räumen, in denen man einmal gelebt hatte, die Furcht erregender war als alles, was ihr sonst begegnet war, nicht weil es in ihnen spukte, wie sie mit Skip Cuddy gescherzt hatte, sondern weil es keine Gespenster gab. Die Gespräche, die Streitigkeiten, die langen, bedeutungsschweren Momente des Schweigens, die Tränen: sie waren endgültig und vollständig verschwunden. Ein Friedhof war ein Ort, wo Stille beabsichtigt war. Aber hier, wo einst Leben geherrscht hatte, war der Tod am deutlichsten zu spüren.

Sie erinnerte sich, wie sie ihre Mutter einmal gefragt hatte, warum sie ihren abendlichen Rundgang um den Teich, die hintere Zufahrt entlang zum Stall und über die Wiesen aufgegeben habe. Und als sie sich den Stall hatte erwähnen hören und sah, wie ihre Mutter den Mund verzog, hatte sie verstanden und leise gesagt: »Es ist über zehn Jahre her, Mutter. Ich bezweifle sehr, dass Onkel Sunny dir erscheinen würde.«

»Ich glaube nicht an Gespenster«, hatte ihre Mutter mit kalter und zugleich zitternder Stimme erwidert.

Jetzt wusste sie, was ihre Mutter gemeint hatte. Die Toten verließen einen; nur unter den Lebenden gab es Gespenster. Meredith war ein wissender Mensch, seit jeher schon. Als Kind war sie so wohl erzogen gewesen, dass die Erwachsenen oft vergaßen, dass sie im Raum nebenan war. So hatte sie vieles erfahren, das ihr, wie sie später im Leben feststellte, nach Meinung ihrer Mutter eigentlich ein Rätsel sein musste. Sie hatte gewusst, dass die Eltern einiger ihrer Freundinnen im Internat verächtlich auf ihre Abstammung von den Blessings herabsahen, und sie hatte gewusst, dass sie bei den Eltern ihrer wenigen Freundinnen in Mount Mason Ehrfurcht auslöste. Sie hatte in mehreren Unterhaltungen gehört, wie ihr Onkel als Schwuchtel bezeichnet wurde und ihre Mutter als Einsiedlerin. Mrs. Foster hatte sie einmal in den Dachboden über der Garage schlüpfen lassen, als ihre Mutter schlecht gelaunt war, und dort hatte sie in einer Schachtel voller Seiden- und Satinkleider mit langen, schmalen Röcken die Heiratsurkunde ihrer Eltern gefunden und sich hinterher ausgerechnet, dass ihre Mutter bereits schwanger gewesen sein musste, als die beiden heirateten. Ihr Mann meinte, jede Familie berge im Innersten ein Geheimnis. In seiner Familie war es das fehlende Geld gewesen, die Tatsache, dass es in dem riesigen Haus in Winnetka, wo er aufgewachsen war, neun Schlafzimmer gab und in fünfen davon kein einziges Möbelstück stand. Wenn sich bei einer Party jemand in einen dieser Räume verirrte, hatte seine Mutter stets erklärt, sie habe die Tapete, die Gardinen, das Bett und die Kommode keinen Moment länger ertragen und den Auftrag erteilt, das Zimmer neu einzurichten. »Ich glaube nicht, dass sie irgendjemanden damit hinters Licht führte«, hatte er mit einem Lachen zu Meredith gesagt.

Sie hatte wohl immer schon gewusst, dass ein Teil ihres Geheimnisses die Ehe ihrer Eltern, dass sie das Gespenst im Hause war. »Nana, glaubst du, dass sich meine Mutter und mein Vater sehr sehr lieb gehabt haben?«, hatte sie ihre Großmutter Carton eines Tages gefragt, und die Augen der Frau hatten sich mit Tränen gefüllt, und sie hatte sie auf den Schoß genommen, obwohl sie dafür eigentlich schon zu groß war.

»Hat deine Mutter jemals wieder geheiratet? Geht sie in der Stadt mit Männern zum Essen aus? Ist irgendjemand für längere Zeit bei ihr zu Gast gewesen?«

Als sie den Kopf schüttelte, war um sie herum schwach der Duft ihrer Großmutter, ein Parfüm namens Arpège, das Meredith heute selbst zu speziellen Anlässen trug, wie eine Erinnerung aufgestiegen.

»Nun denn, mein Liebling, da hast du deine Antwort.«

Das war die Lektion ihres Lebens: Treue war alles. Später war ihr klar geworden, dass dies in Wirklichkeit keine Antwort auf ihre Frage gewesen war, dass ihre Großmutter sie bewusst nicht direkt beantwortet, sondern ein umfassenderes, anscheinend wichtigeres Thema angesprochen hatte. Ihre Mutter war die treueste aller Töchter, Ehefrauen, Schwestern gewesen, erstarrt im Bernstein dieses wunderschönen, versteckten, vergessenen Ortes.

»Eins von den Mädchen in der Schule hat mich gefragt, warum ich Carton heiße und du Blessing heißt«, hatte sie eines Tages beim Mittagessen mit Jess, der Freundin ihrer Mutter, und zweien von ihren Töchtern gesagt. Hühnchensalat, Eistee, Früchtekuchen. Der Lunch ihrer Mutter, wenn Gäste da waren. Treue.

»Ich muss mich doch sehr darüber wundern, was manche Menschen anderer Leute Angelegenheiten kümmern«, hatte ihre Mutter erwidert.

»Ach, Lydia, um Himmels willen«, hatte Jess gesagt. »Was ist das denn für eine Antwort? Hier hast du die Wahrheit, Merry: dieses Haus heißt schon immer Blessings, und deine Mutter wird seit so vielen Jahren Miss Lydia Blessing genannt, dass ein Ort wie Mount Mason eine Veränderung einfach nicht bewältigen kann. Und es ist nicht nur sie. Es gibt immer noch Ladenbesitzer in der Stadt, die mich Jessie Thornton nennen, und ich bin seit fünfzehn Jahren nicht mehr Jessie Thornton. Und ich wette, wenn mein Haus Thornton's hieße, würde ich auch in alle Ewigkeit so genannt. Sag deiner Schulfreundin, deine Mutter hätte ihren ständigen Wohnsitz an einem Ort, wo sich absolut nie etwas verändert.«

»Sie ist eigentlich gar nicht meine Freundin«, hatte Meredith gesagt.

»Das kann ich mir denken«, hatte ihre Mutter erwidert.

Oh ja, damals gab es Gespenster im Haus: das Gespenst der augenfälligen Verachtung ihrer Großmutter für ihren Großvater, das Gespenst der Privatschul-Jovialität ihres Großvaters, die namenlosen, gesichtslosen Gespenster ihres Vaters und seiner Ehe und der Launen von Onkel Sunny und der Missbilligung ihrer Mutter. Sie erinnerte sich daran, wie die Wochenendgäste gekommen und gegangen waren, und an die Gespenster ihres Geflüsters und ihres Grunzens und Stöhnens. Es war ein merkwürdiger Ort für ein Kind gewesen.

»Heirate den Mann!«, hatte Jess an dem Freitag nach Thanksgiving gesagt, als sie Eric mit nach Hause gebracht

283

hatte und er mit Jess' Mann und Söhnen am Bach beim Tontaubenschießen war.

»Was für ein vorschnelles Urteil«, hatte ihre Mutter kühl gesagt.

»Oh Lydia, Herrgott noch mal. Hast du ihr Gesicht gesehen, wenn sie ihn anguckt?«

»Ach, das.« Hatte sie genau gewusst, was ihre Mutter mit diesen beiden Worten meinte? Lag es daran, dass sie sich des Datums auf der Heiratsurkunde entsann, des Abzählens der Monate an den Fingern, des anstrengenden Versuchs, sich vorzustellen, Lydia Blessing sei zu etwas gedrängt worden, das sie vielleicht nicht wollte, oder dazu gezwungen, etwas Schmutziges und Würdeloses zu tun? Merediths Gesicht war unter ihrem kastanienbraunen Haar rosig erglüht, hauptsächlich deshalb, weil sie und Eric in der recht warmen Novembernacht ihrer Ankunft auf einer alten Decke am Ufer des Teichs die Tat vollbracht hatten, wie die Mädchen im College es nannten. Er hätte den Heuboden des Stalls vorgezogen. »Da nicht«, hatte Meredith zu ihm gesagt.

Manchmal dachte sie, ihre Ehe hätte sie gerettet. Es gab keine Gespenster darin, sondern großen Frieden und auch Leidenschaft. Sie hatte nicht gewollt, dass sie kinderlos blieb, doch sie trauerte nicht um die Kinder, die sie nie gehabt hatte, vielleicht weil sie, fast ohne es zu wissen, so viel Zeit damit verbracht hatte, um die Mutter zu trauern, die sie nie gehabt hatte, und auch um den Vater.

Als sie in das Haus ihrer Mutter gekommen war, nachdem diese den ersten Schlaganfall gehabt hatte, hatte sie in einem der hinteren Schlafzimmer nach etwas zu lesen gesucht und eine alte Ausgabe von Bänden mit dem Titel *Enzyklopädie für Mütter* gefunden. Sie hatte sie nacheinander wahllos aus dem Regal gezogen, sich auf den Fenstersitz daneben gesetzt und simple Weisheiten über Frühstücksflocken und frische Luft und hochgeschlossene Schuhe gelesen. Nach drei Bänden

war sie auf einen dick mit Bleistift unterstrichenen Absatz gestoßen, einen Teil von »Mutters Aufgaben« namens »Lässt
sich Liebe erzwingen?«. Sie konnte sich beinahe an den
Wortlaut erinnern, auf jeden Fall aber an den Sinn des Satzes:
»Denn die Mutter, das arme Mädchen, ist entsetzt über sich
selbst, wenn sie das Baby nicht will; sie hat das Gefühl, sie sei
eine Verbrecherin, und keine sei wie sie; vielleicht hat sie sich
sogar gewünscht, dass es sterben möge, und hier ist es nun,
rosig und süß und strampelnd, und stößt komische, freundliche Laute aus.«

Da war es also, das Gespenst der Beziehung zwischen Lydia und ihr, die eine zur Mutterschaft gezwungen, die andere
das ungewollte Kind. Die Traurigkeit, die sie von diesem Tag
an verspürte, hatte sie auf die Traurigkeit vorbereitet, die sie
jetzt empfand, als ob sie etwas nach und nach, Zentimeter für
Zentimeter, verloren hätte. Nach der Beisetzung hatte sie dafür gesorgt, dass alle Bücher aus jenem Raum an ein Antiquariat in New York geschickt wurden.

Der Wagen der Maklerin kam langsam die Einfahrt herunter. Es war ein schickes Auto, schicker als Merediths, das
dazu gedacht war, Pferdeanhänger zu ziehen und sich ver-
schneite Wege entlangzukämpfen. Sie hatten immer schicke
Autos, diese Makler, ebenso, wie das schönste Haus in der
Stadt immer in ein Bestattungsunternehmen umgewandelt
wurde. Mittlerweile war der Teich illuminiert, und die Fenster glänzten so stark, dass der grelle Schein schrecklich war,
als das Scheinwerferlicht auf sie fiel. Skip und Nadine hatten
eine Woche lang daran gearbeitet, das Anwesen in diesen Zustand zu versetzen. Sogar die Garage war jetzt leer. Eric hatte
Skip bei der Lösung des Problems geholfen, eine Menge Bargeld zu haben und nicht zu wissen, wie man es verwenden
oder investieren sollte. Es war schwieriger, als man denken
mochte, so viel Geld in alten Scheinen auf die Bank zu bringen, ohne dass jemand großes Aufhebens darum machte.

»Sie tun, als ob der arme Junge das Lindbergh-Lösegeld entdeckt hätte«, hatte ihr Mann gesagt, während sie Hand in Hand um den Teich spazierten.

Das war auch so etwas, das sie gewusst hatte: dass das Geld da war. Sie hatte gewusst, dass dieser Junge ein netter Junge war, aber nie besser, als bis er zu ihr gekommen war und ihr, wie ein Geständnis, von all den Kartons voller Geld auf dem Dachboden erzählt hatte. »Ich nehme an, sie wollte, dass Sie es bekommen«, hatte sie gesagt. »Das und den Cadillac.« Meredith war als Kind selbst auf diese Kartons gestoßen, als Mrs. Foster sie einmal auf den Dachboden hatte steigen lassen. Aber natürlich war es nicht angegangen, ihrer Mutter etwas davon zu sagen, denn dann hätte es Fragen und Anschuldigungen gegeben, und Mrs. Foster wäre in Schwierigkeiten geraten und sie ebenfalls. Meredith hatte bei ihrer Heirat festgestellt, dass sie wohlhabend, und nach dem Tod ihrer Großeltern, dass sie reich war. Jetzt war sie natürlich noch reicher. Sie fragte sich, was wohl mit all dem Geld passieren würde, wenn sie, die letzte der Blessings, die letzte der Cartons, tot wäre. Vielleicht würde sie einiges davon der Bertram's vermachen oder dem Krankenhaus in Mount Mason.

Die Maklerin trug ein Klemmbrett und eine lederne Aktentasche mit eingeprägten Goldinitialen auf der Verschlussklappe. Ihre Mutter hatte auffällige Monogramme stets gehasst. »Was sind das für Menschen, die ständig an ihren eigenen Namen erinnert werden müssen?«, sagte sie immer. Sie tolerierte Initialen, die in die Manschetten von Männerhemden gestickt waren, und das Monogramm auf ihrem Leinen, das weiß auf Weiß war. Aber Gold? Niemals.

»Fantastisch«, sagte die Immobilienmaklerin, eine Blondine mit den Augen und dem Teint einer Brünetten. »Absolut fantastisch. Wie aus dem Bilderbuch.«

»Stimmt«, sagte Meredith und meinte es ernst. Das weiße Haus, die gestreiften Markisen, der braune Stall, das silbrige

Wasser, die grünen Hügel. Jeder, der jemals nach Blessings gekommen war, hatte das Gefühl gehabt, es sei ein besonderer
Ort, so auch sie. Als sie die Asche ihrer Mutter von dem kleinen Boot aus in die Mitte des Teichs gestreut hatte, hatte sie
erwartet, dass sie in der Luft glitzern würde wie die von Sunny. Doch bis sie sich endlich überwunden hatte, das Kästchen
zu öffnen, war der Abend hereingebrochen, und die Asche
war fast unsichtbar vor dem Hintergrund der Dunkelheit, als
sie auf der Teichoberfläche dahintrieb und dann langsam
durch das Wasser fiel. Am gegenüberliegenden Ufer war ein
Reiher gewesen, dessen Blaugrau mit dem sich senkenden
Nachthimmel verschmolz, und er hatte seine großen, starken
Flügel ausgebreitet, den Kopf zur Erde geneigt und war dann
ins Dunkel gefegt. Sie hatte den Kopf gehoben, um ihn anzuschauen, und als sie wieder nach unten blickte, war die Oberfläche des Teichs ungerührt.

»Es gibt doch keinen Ersatz für diese reifen Gewächse«,
sagte die Maklerin und musterte die Reihen der Chrysanthemen.

»Meinen Sie, wir sollten das Schild am Ende der Einfahrt
abnehmen?«, fragte Meredith die Frau, während sie die
Haustür öffnete.

»Warum?«

»Na ja, ich nehme an, das Anwesen wird nicht mehr Blessings heißen.«

»Nein«, sagte die Frau. »Lassen Sie es, wo es ist. Die Leute
lieben es, wenn ein Haus einen Namen hat.«